D1320888

Wanneer de cyclonen komen

Van dezelfde auteur

Minnares
Kom naar bed, mijn lief

Wilt u op de hoogte worden gehouden van de romans en literaire thrillers van uitgeverij Signatuur? Meldt u zich dan aan voor de literaire nieuwsbrief via onze website www.uitgeverijsignatuur.nl.

Anita Nair

Wanneer de cyclonen komen

Vertaald door Laura van Campenhout
en Annemarie van Limpt

SIGNATUUR

2011

Omslagontwerp: Wil Immink Design
Omslagfoto: Wil Immink Design/Fotolia
Foto auteur: Suresh Parambath
Typografie: Pre Press Media Groep, Zeist
Druk- en bindwerk: Koninklijke Wöhrmann, Zutphen

ISBN 978 90 5672 358 3
NUR 302

Achter in dit boek is een verklarende woorden- en namenlijst opgenomen.

Dit boek is gedrukt op papier dat het keurmerk van de Forest Stewardship Council (FSC) mag dragen. Bij dit papier is het zeker dat de productie niet tot bosvernietiging heeft geleid. Een flink deel van de grondstof is afkomstig uit bossen en plantages die worden beheerd volgens de regels van FSC. Van het andere deel van de grondstof is vastgesteld dat hiervoor geen houtkap in de laatste resten waardevol bos heeft plaatsgevonden. Daarom mag dit papier het FSC Mixed Sources label dragen. Voor dit boek is het FSC-gecertificeerde Munkenprint gebruikt. Dit papier is 100% chloor- en zwavelvrij gebleekt en wordt geleverd door Arctic Paper Munkedals AB, Zweden.

Ter nagedachtenis van Paul Marsh

O, wat is het Land van Dromen?
Wat zijn zijn bergen, wat zijn zijn stromen?

– WILLIAM BLAKE

Waar heeft ze dit aan te danken? Al die gratie, zoveel blijdschap, het hele leven aan haar voeten, deze perfecte septemberdag ...

Meera wendt haar gezicht nog eens naar de hemel en glimlacht. Vloeibaar zonlicht smelt samen met zuivere geuren. Topnoten plagen en dansen. Appel. Jasmijn. Walnoot. Rozen. Muskus. Wijn. Een enkele chrysant. Knallende kurken. De constant gebogen stroom. Koel glas tegen haar wang.

In de Griekse mythen waar Meera zo van houdt, komt een godin voor die zij had kunnen zijn. Hera, echtgenote van Zeus, god onder de goden, en koningin van het universum.

Ze is vrolijk, de Meera die in de wind staat en hem spelletjes met haar laat spelen. Hij plooit het chiffon van haar rok en tilt speels een haarlok op die over haar wang haar mond in krult.

Ergens in haar binnenste is een klein meisje aan het touwtjespringen. In spin, de bocht gaat in. Uit spuit, de bocht gaat uit.

Meera kan maar niet ophouden met glimlachen. Het is de meest perfecte septemberdag die je je kunt wensen.

En het lijkt erop dat iedereen hier er net zo over denkt. Het wordt druk aan de rand van het zwembad. Al deze mooie mensen, denkt Meera, die in hun mooie kleren uit hun mooie huizen zijn gekomen voor een samenzijn bij het zacht kabbelende water van het hotelzwembad onder een strakblauwe lucht.

Ze nipt nog eens aan haar witte wijn. Hij smaakt wrang. Heel even maar. Dan snelt hij door haar heen, koel en zuur, dwars door elke knoop. Plop. Plop. Plop. Bij elke knoop die uiteenvalt, heeft Meera er weer een reden bij om te glimlachen.

De organisatoren van de brunch, wijnmakers die een nieuwe wijn lanceren, zullen verrukt zijn met deze opkomst. Wat willen ze nog meer? Mooie mensen die chic en zelfverzekerd met hun vingers om de steel van hun glas poseren voor fotografen die op een sukkeldrafje de groepjes af gaan en mooie momenten vastleggen.

Zij mogen zich van zichzelf nooit belachelijk voelen, deze mooie mensen, niet zoals ik, verzucht Meera. Daar staan ze om bekend. Een diepgeworteld geloof in hun 'ik ben hoe dan ook onschendbaar'-principe. Giri is vast in zijn nopjes nu we hier tussen de mooie mensen van Bangalore staan. Hij zal nog veel meer in zijn nopjes zijn als een foto van ons de societypagina haalt.

Meera kijkt naar een lange, slanke vrouw die met een pafferige man met een staartje staat te praten. Meera zou dolgraag die vrouw zijn, Aphrodite, niet te trots om zich te meten met een bok. Ze weet wie hij is. Pan, die bij het zwembad zijn eigen echo najaagt. Het zou leuk zijn om achternagezeten te worden, al was het maar door Pan op zijn bokkenpoten. Maar is waar nimfen dwalen wel plaats voor de slobberige, middelbare Hera?

De seizoenen hebben te goed voor haar gezorgd, steeds hebben ze haar met hun plengoffers gevoed, steeds hebben ze haar met hun heerlijkheden willen vullen; zij, Meera Hera, godin van de aarde, ideale echtgenote, zal genoegen moeten nemen met haar luie pose tussen de blauwgroene kussens bij het zwembad. Onopvallend, stilletjes te zwaar en makkelijk genegeerd.

De nimf trekt Pan aan zijn oor en lacht met haar hoofd in haar nek. Meera ziet haar halslijn en voelt onwillekeurig onder haar eigen kin. Wanneer is deze vlezige vouw er gekomen?

Het zonlicht weerkaatst op de gouden oorringen van de vrouw. Ze draagt een halterbloes en een capri. Meera bekijkt de overdaad aan glanzende huid en strakke spieren en slaat haar ogen ten hemel. 'Zulke bovenarmen, meer vraag ik niet!'

Als ze die van haar niet snel onder handen neemt, heeft ze binnenkort zwabberende kipfiletjes. Meera onderdrukt een zucht en neemt nog een slokje. Plop. De last wordt lichter. Weer een zorgenknoop verdwenen. Morgen FitnessOne bellen en een afspraak maken. Tot die tijd: plop, plop, plop.

Er krast een kraai, hij houdt zijn kop schuin en zijn zwarte kraalogen overzien de wereld bij het zwembad. Meera glimlacht naar de kraai. Wat ziet hij? Olifanten die tot hun knieën in de modder staan en van geen hulp willen weten. Luipaarden op de loer en afwachtende, hongerige hyena's. Opgezwollen nijlpaarden en gazelles bij een drinkplaats? Statige giraffes, een zee van zebra's en gedrongen wrattenzwijnen. Een school vissen die voorbijglijdt. Citroenvlinders die zich door bloemen net zo aangetrokken voelen als door de urine van de dieren. En dat alles voortdurend in de gaten gehouden door een tapijt van gieren, klaar om toe te slaan. De dierenwereld. Meera giechelt.

Een fototoestel staart haar aan. Meera kijkt weg en vervangt haar gegiechel door een beheerste glimlach. Hoe ongepast om gezien te worden met een scheve grijns die haar verborgen gedachten misschien wel prijsgeeft.

Meera knabbelt aan een taartje. Ik was minder scheutig geweest met de dille, denkt ze. Ze heeft zin in nog wat inktvisringen. Die zijn goed klaargemaakt. De meeste restaurants maken er elastiekjes van. Maar deze ringetjes zijn heerlijk. Met een vleugje knoflook en glanzend van de olijfolie.

Meera ziet de ober met de inktvisringen aan de overkant van het terras. Ze staat op van de rotanbank. 'Nikhil, ik ben zo terug,' zegt ze. 'Gaat dat lukken?' voegt ze er wat onzeker aan toe.

Ze had hem hier niet willen hebben. 'Hij zal zich vervelen, Giri. Hallo, hij is dertien. Wat moet hij bij de lancering van een nieuwe wijn?'

Maar Giri stond erop. 'Het is geen cocktailparty. Het is een zondagse brunch. Er zijn echt wel andere kinderen. Waarschijnlijk zelfs een paar uit zijn klas. Het wordt trouwens tijd dat hij de deur uit gaat en ziet hoe echte mensen leven.'

Zeus sprak terwijl hij de zondagskranten doorspitte. Zeus, die zelfs door de hemellichamen werd gehoorzaamd, duldde geen tegenspraak. Zijn wil was wet. Zij, Meera Hera, luisterde. Anders ging hij met die vervaarlijke bliksemschicht slingeren, zijn wrevel. Dat stilzwijgend en kalm maar vastberaden door de kamer ijsberen maakte haar banger dan alle valse woorden bij elkaar.

'Een zwembadbrunch met echte mensen? Je maakt een grapje,' had ze willen tegensputteren, maar ze was bang dat hun breekbare verstandhouding dan aan diggelen ging.

Ze had het gevoel dat ze de laatste maanden alleen maar aan het ruziën waren. Stilletjes, zodat niemand anders in huis wist dat het oorlog was. Sissend uitgesproken beschuldigingen die afketsten op kille, woordeloze woede. Een overdosis emotie die beheerst werd weggewist. Ze zweeg dus, zette Nikhil voor het blok en kocht hem uiteindelijk om zodat hij met hen meeging.

Nu tikt ze zijn elleboog aan, omdat hij niet reageert.

'Wat?' vraagt hij en hij doet de oortjes van zijn iPod uit.

'Ik moet even wat rondlopen. Wil je iets eten? Zal ik een bordje voor je maken? Een paar taartjes, een stuk quiche, inktvisringen?'

'Bah! Hebben ze pizza?'

Meera schudt haar hoofd. 'Nee, volgens mij niet.'

'Dan hoef ik niks.' Hij stopt zijn oortjes terug en doet zijn boek weer open.

Meera fronst haar wenkbrauwen. Of hij eet alleen maar rommel of hij eet niets. Wat moet ze met hem beginnen? Hera had ook een zoon. Python. Hoe deed zij dat met hem?

Ze neemt nog een slok. Plop.

Er hangt een geur van geroosterd vlees in de lucht. Ze kijkt om zich heen. Zoveel goden en godinnen zijn er niet, maar ze zijn allemaal hier. Mensen die ze herkent van de societypagina's in de krant. Mensen die ze kent. En een paar vreemden. Een maharadja zelfs, met een entourage van lijfwachten en bedienden. De zon valt op de edelstenen in zijn ringen als hij de ene na de andere zoute cashewnoot uit het bakje pakt dat een bediende hem voorhoudt. Uiteindelijk komen ze allemaal samen en draagt iedereen zijn gekunstelde steentje bij. Zo gaat dat op dit soort feestjes. Netwerken met een drankje in de hand en een lach op je gezicht, handen vastpakken, de lucht kussen en de hele tijd een ober in je kielzog als een moeder met een dienblad vol hapjes om het ondeugende, ronddrentelende kind te verlokken.

Waar is haar Zeus eigenlijk? Ze heeft Giri sinds ze hier zijn niet meer gezien. Meera denkt weer aan Hera. Vreemd dat hun levensloop bijna hetzelfde pad heeft gevolgd. Net als Hera heeft zij een verfomfaaide koekoek aan haar boezem gewarmd. Hij heeft volop gegeten en gedronken en zich in haar warmte en liefde genesteld, en nu wil hij haar huis. Wat moet ze doen? Hera zijn, die in de gaten had wat Zeus, vermomd als koekoek, van haar wilde? Of zich laten manipuleren als een naïeve kraaienmoeder met een koekoeksjong in haar nest? Haar hart begint plotseling te bonzen. Ze kan toch niet nu al dronken zijn!

Waar is Giri? Ze denkt een glimp te zien van een turkooizen overhemd. Ze hoort zijn lach opstijgen uit een groep mannen. Meera glimlacht. De wind behoort Hera toe. Maar alleen als Zeus lacht, is Hera in staat de zeilen te doen bollen en het graan te wannen. Wat heeft Hera verder ook aan de wind? Echtgenotes zijn overal hetzelfde. Als Giri lacht, doet zij dat ook. Een verliefde echtgenote. Meera Hera.

Ze maakt aanstalten om naar hem toe te gaan, staat dan stil. Ze trekt even aan de trosjes traanvormige robijnen in haar oren, haalt haar vingers door haar haren en blijft besluiteloos staan. Moet ze naar hem toe of met anderen gaan praten?

Giri houdt er niet van als ze aan hem blijft plakken. 'Dan kunnen we net zo goed thuisblijven,' had hij een keer gezegd. 'Wat heb je eraan als je uitgaat zonder iemand aan te spreken, nieuwe mensen te ontmoeten? Rondlopen, Meera, rondlopen. Een praatje maken. Stel jezelf voor als niemand anders het doet. Laat ze wat van die befaamde Meera-charme zien!'

Ook toen had Meera niets gezegd. Ze wist niet of die laatste, quasinonchalante opmerking die hij op haar afvuurde een compliment of een steek onder water was.

Dat weet ze steeds vaker niet bij Giri.

Meera loopt naar de barbecue. Ze gaat een bordje maken voor Nikhil. Ze weet precies wat hij niet kan weerstaan.

'Hé Meera,' zegt een stem in haar oor. Meera draait zich abrupt om. Het is Akram Khan. Een modefotograaf die ze goed kent en ontzettend graag mag. Ze heeft lang geleden een fotoshoot voor hem helpen stylen. Ze lacht en zoent drie centimeter lucht aan weerskanten van zijn gezicht. En wacht tot hij hetzelfde doet. Goden en godinnen wijken zelden af van hun ritu-elen. 'Hoe gaat het met je?' vraagt ze.

'Super. En met jou? Hoe doet je boek het?'

Een nietig vrouwtje met een spitsmuizensnuit trippelt op hen af. 'Ik heb gehoord dat het tegenwoordig verplicht leesvoer is voor alle ideale echtgenotes,' zegt het knaagdier bij wijze van begroeting.

'Dag Lata,' zegt Meera, die haar veel liever de rug zou toekeren. Koningin Lat. Muizige trut. Meera's haren staan recht overeind. Het knaagdier was ontzettend kleinerend in haar recensie. Ze noemde Meera de Madhur Jaffrey van de directiekamer. En nu kleineert ze haar nog steeds.

Meera glimlacht, zoals altijd als ze van streek is. Een vaag, weifelend glimlachje dat niet meer prijsgeeft dan minzame vriendelijkheid. En Akram, die de verkapte belediging opvat als lof, zegt stralend: 'Dat is geweldig, Meera.'

Ga alsjeblieft niet weg, smeekt ze in stilte zodra hij aanstalten maakt om naar een ander groepje te wandelen.

Wat moet ik tegen haar zeggen als ik eigenlijk haar hoofd en haar muizensnuit wil inslaan met mijn gietijzeren koekenpan? Ze neemt nog een slok wijn. Plop.

Het maakt niet zoveel uit. Eens een muis, altijd een muis. En één enkel Mevrouwtje Muis? Vals, berekenend en bijna lach-wekkend in haar poging om schade aan te richten. Die vrouw doet ook maar haar werk. En Meera, echtgenote van Giri, ko-ningin van haar wereld, moeder van twee kinderen, kookboe-kenschrijfster, mentor van ideale echtgenotes en bevriend met al wat rijk en beroemd is, vindt dat iemand die alles heeft het zich kan veroorloven vergevingsgezind te zijn. Dat knaagdier mag alleen af en toe een boek recenseren. Meera kan dus gerust gul zijn. Ze kijkt de vrouw stralend aan. 'Ik had je nog willen bellen om je te bedanken voor de recensie. Je hebt het onderwerp zo ...' Meera zoekt naar een woord, '... inzichtelijk benaderd. Niet iedereen begrijpt hoe zwaar het is om een ideale echtgenote te zijn!'

'Hallo, lieverd,' bromt een stem in haar oor. Meera draait zich om met een lach die haar ogen laat schitteren. Het is Charlie Fernandcz. Hij houdt haar schouders stevig vast en kust haar vastberaden op allebei haar wangen. Meera doet geen poging haar genoegen te verbergen.

'En, hoe is het met mijn favoriete kookboekenschrijfster?' zegt Charlie zo hard dat iedereen om haar heen het kan horen. 'Ik heb dat Thaise garnalenrecept geprobeerd. Het was werkelijk briljant! Welke idioot had daar iets op aan te merken?'

Meera ziet een zweem van onzekerheid in de ogen van het knaagdier. De kleine oogjes van het kleine knaagdier. Als ze snorharen had gehad, hadden ze nerveus getrild. Koningin Lat, nu niet zo koninklijk meer. Charlie wordt alom gezien als dé culturele hogepriester. Aan zijn smaak valt niet te tornen. En de Thaise garnalencurry had heel wat kritiek te verduren gehad in de recensie van het knaagdier. Iets over hoe lastig het was om zelf kokosmelk te maken enzovoort. Vooral voor vrouwen die te stellen hebben met een lakse huishoudelijke hulp.

Heeft ze nog nooit van kokosmelk uit een pak gehoord? Je knipt er met een schaar een hoekje af en schenken maar. Of je mengt kokosmelkpoeder en water met een lepel en als er geen lepel is, gewoon met je vinger. Dat moet zelfs de meest geplaagde kok toch lukken? Meera kookte van woede toen ze de recensie las. Als ze nu ziet hoe ongemakkelijk het knaagdier zich voelt, doet ze haar uiterste best haar leedvermaak te verbergen. Leedvermaak dat een zelfverzekerde stem wordt als ze een vinger opsteekt naar een ober.

'Geef je dit even aan die jongen daar?' zegt ze en ze duwt een bord met geroosterd vlees in de handen van de ober en wijst naar Nikhil. 'En geef hem een glas cola.'

'Nog wijn, mevrouw?' Een andere ober verschijnt aan haar zijde.

'Beter van niet. Dit is mijn tweede glas en het is nog niet eens middag,' zegt Meera weifelend.

'Kom op, je bent een grote meid,' moedigt Charlie aan. En dan mompelt hij: 'O, kijk eens wat daar binnenkomt.'

Meera ziet een bekende societygastvrouw en danseres binnenschrijden.

'Dat is me er eentje! Ooit deed ze openingen en knipte daarbij zoveel satijnen linten tussen deurposten door dat Deepak haar in een van zijn columns Edward Scissorhands heeft genoemd. Ze praat niet meer met hem.'

Meera giechelt.

Plotseling realiseert Meera zich dat ze zich kostelijk amuseert. Dit zijn allemaal vrienden van haar. En dit is het leven dat ze zo graag wilde. Meera weet zeker dat ze nergens liever zou zijn.

De middag vordert. Meera vergeet de glazen te tellen. Ze zit bij het zwembad en laat het water aan haar voeten likken. Ze heeft een enkelbandje om. Haar dochter heeft het andere. Haar volwassen dochter, die een heel volwassen leven leidt in een andere stad ...

Hoe zou hij reageren als ik hem vertel dat ik een dochter van negentien heb? Een lang meisje met een huid als porselein en grijsgroene ogen dat aan het Indian Institute of Technology studeert. Ze kijkt naar de knappe, ambitieuze acteur die naast haar met zijn voeten in het water zit. Hij heeft zijn broek zo hoog opgerold dat ze het haar op zijn benen ziet. Mia macho. Mia maxima macho ...

Zeus, kijk je mijn kant op? Meera werpt een blik over haar schouder. Zie je hem, deze Adonis, met een hals als een Dorische zuil die eindigt in een nevelige bron? Waar de sprinkhanen zich voeden, kan ik dat ook, Giri, kan ik dat ook.

Meera lacht honingzoet naar de acteur, al kraamt hij nog zulke onnozelheden uit; zo wil hij bijvoorbeeld een vloer met schaakbordmotief en een boek schrijven over zijn jeugd in een klein stadje. Meera onderdrukt een geeuw en vraagt zich af waarom iedereen een boek wil schrijven over zijn jeugd in de buitenwijken. Lange fietstochten, de bast van mangobomen trekken, cricketwedstrijden en andere gezonde dingen – waarom geen boek over stadsstegen afstruinen, katten wurgen en autoruiten inslaan?

Maar om de zoveel tijd ziet Meera hem een steelse blik op haar enkels werpen en voelt ze zijn blik op haar lippen. Als hij het puntje van haar neus aanraakt, vraagt ze zich af of ze er iets van moet zeggen. Ze weet waar Giri hem van zal beschuldigen als ze weer thuis zijn. 'Hij wil je gewoon neuken. Zulke kerels willen maar één ding. Ik weet dat. Ik weet hoe mannen denken!'

Meera duwt de gedachte weg, zet haar alles-wat-je-zegt-is-het-boeiendste-wat-ik-ooit-heb-gehoord-gezicht op en concentreert zich op de acteur.

'Je bent zo ...' begint de acteur.

'Charmant? Sexy?' Meera giechelt.

'Ik wilde "toegankelijk" zeggen. Ik voel een enorme klik bij jou. Maar inderdaad, je bent ook charmant en sexy!' fluistert hij hees.

Iemand moet hem verteld hebben dat een zware stem sexy klinkt. Wat een idioot! Ik moet mijn mond houden en hem niet aanmoedigen. Ik ben dronken, denkt Meera terwijl ze kijkt of ze Giri bij het zwembad ziet. Waar is hij? Ze wil naar huis en gaan liggen.

Dan komt Nikhil naar haar toe. 'Mam, ik kan papa niet vinden!'

'Hij loopt hier vast ergens rond.'

'Niet waar. Ik heb bij de herentoiletten gekeken. En op de parkeerplaats. Zijn auto staat er ook niet.'

Meera staat direct op. Ze drukt bord en glas in de handen van de acteur en kijkt om zich heen. 'Hij moet hier ergens rondlopen,' zegt ze weer en ze loopt terug naar het zitgedeelte.

'Zoek je Giri?' vraagt Charlie bij de bar.

'Ja, heb jij hem gezien, Charlie?' Ze probeert de ongerustheid in haar stem te verbergen. Ze ziet de ogen van Koningin Lat glinsteren. Dat vermoeden.

'Hij ging naar buiten toen ik aankwam. Dat was ongeveer twee uur geleden, Meera.'

Op dat moment voelt Meera dat haar perfecte septemberdag met zijn blauwe lucht een grijs randje krijgt.

Er komt een jammerklacht opzetten. Maar ze houdt hem binnen en improviseert: 'Wat dom van me. Hij heeft natuurlijk een vroege vlucht ...'

De woorden sterven weg. Meera ziet de veelbetekenende blikken om haar heen.

Mijn Giri is Zeus niet. Hij stoeit niet met nimfjes, laat staan met godinnen. Hij is heetgebakerd; hij is ambitieus. Maar hij is uitermate betrouwbaar.

Weer hoort Meera dat kritische stemmetje in haar hoofd: dat is precies wat Hera moet hebben gedacht, steeds als Zeus aan haar horizon verdween!

Het wordt donker aan de horizon. Er trekt een donkergrijs waas over de blauwe namiddaglucht. De drukkende hitte die in juni de regenbuien aankondigt blijft uit. In plaats daarvan rommelt de donder diep in het opeenstapelende grijs. Vanuit zijn ooghoek ziet Jak de vrouw rillen en haar omslagdoek steviger om zich heen slaan. Hij fronst zijn voorhoofd. Zo koud is het niet in zijn kleine blikken karretje. Hij kijkt op zijn horloge. Halfvier. 'Hmm, de moesson laat niet lang meer op zich wachten,' zegt hij om de stilte in de auto op te vullen.

De vrouw en de jongen zwijgen. Hun stilte geeft hem een ongemakkelijk gevoel. Als dit ding een radio had, zou hij hem aanzetten. Alles om die rouwsluier te verdrijven. Hun bleke gezichten kleuren bij de bladeren aan de bomen waar ze langsrijden, met hun vale glans waarin de dreigende lucht weerspiegeld lijkt te worden.

Hij wacht tot een van beiden iets zegt. Wanneer dat niet gebeurt, gaat hij verder.

'Ik vind regen heerlijk. Dat heb ik denk ik het meest gemist toen ik weg was. Die pure, leemachtige aardegeur na de eerste bui. Grappig dat je zulke kleine dingetjes meer mist dan de echt belangrijke. Heb ik al gezegd dat ik in de Verenigde Staten heb gewoond voordat ik weer naar Bangalore kwam? Of zeggen jullie Bengaluru?'

Meera schudt haar hoofd. 'Dat zegt bijna niemand, behalve de omroepers op vliegvelden en stations. En politici, misschien. Voor mij zal het altijd Bangalore blijven.'

'Net zoals Chennai voor mij altijd Madras zal zijn.'

Er klinkt een schreeuw door de auto. Hij remt abrupt.

'Je telefoon gaat! Je telefoon gaat!' krijst een schrille stem.

De jongen haalt de telefoon uit een van zijn talrijke zakken en zet hem uit. 'Sorry,' mompelt hij. En hij grijnst, want hij kan niet verbergen hoe leuk hij het vindt dat zijn ringtone hen zo deed schrikken.

Jak probeert terug te grijnzen, maar zijn hart bonkt in zijn keel. Achterlijk joch, denk hij.

De vrouw kijkt alsof ze in tranen gaat uitbarsten. 'Nikhil,' sist ze. 'Ik had je toch gezegd dat je die ringtone moest veranderen?'

'Sorry,' zegt de jongen. 'Dat wilde ik nog doen. Vergeten.'

'Het geeft niet,' zegt hij. 'Maar ik moet toegeven dat ik bijna in m'n broek sche...' Als tot hem doordringt wat hij bijna had gezegd, stopt hij. 'Ik verstijfde helemaal.'

Hij kijkt naar de vrouw en de jongen.

Hij was in een opwelling naar de brunch gegaan. Hij kende er bijna niemand. Maar Sheela, een van de managers van het pr-bureau dat de brunch had georganiseerd, was een vriendin van vroeger en had hem weten over te halen. 'Ik heb je nodig. Ik heb nieuwe gezichten nodig op de foto's. Het is bijna lachwekkend ... of er nu een wijn wordt gelanceerd of een boek gepresenteerd, het zijn altijd dezelfde mensen. De geloofwaardigheid komt in het geding, dus mag jij de geloofwaardige man zijn, Kitcha. De nieuwe. Heerlijk, die combinatie van dat grijs bij je slapen en die designerstoppels. En al die armbanden, dat diamanten oorknopje en de sigaar. Het toonbeeld van cool! Professor JAK, op bezoek uit de States enzovoort! Trouwens, hoe wil je hier anders iemand leren kennen? Toe, één uurtje maar.'

Hij schudde geamuseerd zijn hoofd. Toonbeeld van cool, het zal wel. Ze zou de gekste dingen zeggen om hem naar dat wijngebeuren mee te slepen. Hij deed niet veel aan zijn uiterlijk en ging eerder voor gemakkelijke kleding dan voor elegantie. Hij was lang, een meter achtentachtig op zijn sokken, en met zijn brede schouders zag hij er atletischer uit dan hij was. Voor de spiegel in de badkamer kneep hij vaak zuchtend in de vetrol rond zijn middel. Ik word dik, zei hij tegen zichzelf terwijl hij de spiegel steeds in een andere positie draaide en donders goed wist dat hij er niets aan zou doen.

Hij vond het niet erg om oud te worden en was er niet speciaal op uit om de tol van de ouderdom te verhullen. Geen verf voor zijn grijze haren of het zo stylen dat het zijn beginnende kaalheid verborg. Hij ging niet naar de sportschool en was niet op dieet. Als hij echt onrustig was, ging hij weleens hardlopen of zwemmen. Dat was alles. Wanneer vrouwen hem aantrekkelijk vonden, vroeg hij zich dus af waarom. In zijn hoofd was hij nog steeds die slungelige, onhandige jongen van vroeger, die geen idee had wat hij met zijn armen en benen aan moest. Uiteindelijk had hij geleerd vrouwelijke aandacht ongedwongen te aanvaarden. Hij was er niet naar op zoek, maar versmaden wat hem ten deel viel, deed hij evenmin.

Sheela had hem als Kitcha al gekend. Ze noemde hem nog altijd Kitcha en niet Jak, zoals alle anderen. Het maakte iets in hem los als hij werd aangesproken met de naam uit zijn kinderjaren. Ze voelt zeker aan dat ik naar gezelschap snak, dacht hij. Nee, afleiding was het woord. Zijn leven was één grote sleur geworden, terwijl het niets voor hem was om ergens al te lang te blijven. Toch zat hij nu al zeven maanden in Bangalore zonder te weten of hij er ooit nog zou vertrekken.

Nogmaals glimlachend om Sheela's beschrijving had hij zich naar haar toe gebogen om haar een vuurtje te geven.

En hij ging. Hij dronk een paar glazen wijn. Hield zich op aan de buitenkant van de groepjes, mengde zich niet in discussies en vroeg zich net af of hij weg kon zonder Sheela voor het hoofd te stoten, toen ze hem vroeg of de vrouw en de jongen met hem mee konden rijden. 'Als dat niet lastig is, tenminste? Ze wonen aan dezelfde kant van de stad als jij. Haar man moest halsoverkop weg en nu zijn ze gestrand.'

En nu zaten ze dus in zijn auto. De vrouw was kennelijk een kookboekenschrijfster. Een gracieuze vrouw, maar stil. Hij vroeg zich af wat er was gebeurd dat haar man zo plotseling weg was gegaan. Hadden ze ruzie gemaakt? Er waren hem geen onaangenaamheden opgevallen. Of misschien was er voor zijn komst al iets gebeurd.

In de achteruitkijkspiegel vangt hij een glimp op van de jongen: de strijd tussen verbijstering en hoop op het gezicht van een kind dat wacht tot alles vanzelf goed komt. De aanwezigheid van deze dertienjarige die met zijn neus tegen het autoraampje gedrukt zit, doet voor hem de tijd stilstaan.

Deze jongen was ik, denkt hij.

Pientere Kitcha van dertien, niet geplaagd door volwassen problemen, die vond dat elke mango een worp waard was, elke schelp het lied van de zee gevangen hield en elke lege bladzijde wachtte op een tekening van zijn hand.

Kitcha, die de opgejaagde blik in zijn vaders ogen niet begreep en zich afvroeg waar een volwassene bang voor kon zijn. Kitcha had een geschiedenisleraar die altijd klaarstond om hem aan de tand te voelen, maar wiens meedogenloze kritiek vreesde *appa*?

Kitcha had erbij gestaan toen zijn koninklijke moeder, vijf centimeter langer dan appa en met de brede schouders die ze aan hem had doorgegeven, een jammerend hoopje ellende werd op de dag dat zijn vader aankondigde dat hij bij een ashram zou gaan. Afstand zou doen van de wereld. Hun wereld.

Zijn vader stond niet langer ineengedoken en zijn zenuwtrekjes waren allemaal verdwenen. Appa was zijn appa niet meer en het enige wat hij kwijt wilde was: 'De tijd is gekomen!'

Zijn moeder richtte zich op, steunend op haar elleboog. 'Voor wie? Voor jou of voor mij? Heb je enig idee waar je mij toe veroordeelt? Heb je daar ook maar één seconde bij stilgestaan? Wat heb ik verkeerd gedaan? Waar heb ik schuld aan? Zeg het me.'

Appa schudde afwijzend zijn hoofd. 'Het is niet wat je denkt. Het is niet jouw schuld. Als er al iemand de schuld moet krijgen, dan ben ik dat, omdat ik zo laf ben geweest. Ik had het je moeten vertellen. Mijn ouders wisten dat ik hier nooit om heb gevraagd. Een vrouw, een kind, de onverkwikkelijkheden van *grihastha ashrama* ...

Het was mijn plicht om hen een erfgenaam te bezorgen, zeiden ze. Voor de instandhouding van de familie. Vergeet niet wie we zijn, zeiden ze. Wie zijn we dan? had ik willen vragen. De vorsten van Hoysala of Cholas, met al dat gepraat over een erfgenaam? Maar ik kon hen geen pijn doen. Ik moest mijn verlangen dus wel opschorten.

En toen kwam jij. En daarna Kitcha. Hun erfgenaam. Maar ik ontdekte dat jij me met je ranken had omstrengeld.'

Even dacht Kitcha in zijn vaders ogen haat te zien. Hoe kon zijn vader zo naar zijn moeder kijken? Toen hoorde hij zijn vader zeggen: 'Ik nam me voor te wachten tot de *brahmoupadesham*. Zodra zijn *upanayam* achter de rug was, dacht ik te kunnen vertrekken. Dwaas die ik was!'

Kitcha rolt de heilige draad tussen zijn duim en wijsvinger. Was deze dunne draad, het nu al vergelende bewijs van zijn brahmaanse bestemming, debet aan al deze ellende? Als hij zijn upanayam niet had gedaan, had appa dan moeten blijven?

'Maar toen kon ik niet weg. Ik wilde hem zien, bij hem zijn, hem horen brabbelen en lachen. Ik kon de band nog niet verbreken. Maar nu is het zover. Niets hiervan.' Appa's uitgestrekte arm omvatte alles: Kitcha met een schetsboek en een doos met tubes Camlin-waterverf en twee penselen in een glas water, zijn huilende moeder, de lange, lege gang met de schommelbank, de *veena* in de hoek, de oude klok aan de muur en de bedbank die

Kitcha 's avonds uitklapte om op te slapen. 'Niets hiervan heeft nu nog betekenis. Voor mij is het allemaal *bandhanam*. Boeien. Ketenen. Ik krijg geen lucht!'

Appa had zich naar hem toe gedraaid. Hij stak zijn hand uit alsof hij zijn zoon wilde omhelzen, maar liet haar ineens weer zakken. Kitcha dacht: ben ik ook bandhanam? Hoe kon appa deze kille onbekende zijn geworden?

Kitcha's moeder, Sarada Ammal, de perfecte echtgenote die elke gunstige datum en elk voorspoed brengend ritueel in acht nam, die jasmijn vlocht voor de avond-*puja* en veena speelde, die op *Janmashtami* door het hele huis een spoor van voetstappen aanbracht en honderd-en-één kaarsjes brandde tijdens *Karthika vilakku*, lag op haar zij en stamelde: 'Veertien jaar lang heb ik je geen enkele keer tegengesproken. Jouw wens was mijn bevel. En nu noem je me een keten die je gevangen houdt. Hoe kun je? Wat moet ik nu beginnen? Wat moet ik doen?'

Toen appa weer sprak, deed hij dat alleen tegen Kitcha. Het was alsof hij Sarada's aanwezigheid al uit zijn leven had gebannen. 'Op een dag zul jij het ook ervaren, Kitcha. Een moment van waarheid waarna al het andere geen enkele betekenis meer zal hebben. Al het andere zal alleen een belemmering lijken. Iets ergerlijks dat zich tussen jou en je doel bevindt.'

Kitcha vroeg zich af of appa misschien bezeten was. Zijn vader gebruikte woorden die hij niet snapte. Wat appa zei sloeg nergens op. Toch klonk er zekerheid door in zijn stem.

En Kitcha voelde zich verscheurd. Bewondering voor een vader die nu al een halfgod leek te zijn geworden, en verdriet om zijn moeder, die hij nog nooit zo diepbedroefd en gebroken had gezien.

Toen zette Kitcha het op een lopen. Hij gooide zijn verf en penselen neer, verfrommelde de tekening tot een vieze, natte prop papier en rende naar de groezelige jachthaven met attracties als de vrouw met twee hoofden en het monsterkind, het paard, kamelenritjes, straatverkopers en ontheemden zoals hij. Naar de deining en het gespetter van de golven op de kust. Hij staarde naar de zee en telde de golven. Hij zag de zee het wrakgoed en de woorden die hij in het zand schreef wegspoelen.

Krijg de tering, appa, schreef hij. Krijg de tering. Klootzak. Lul. Kankerlijer. Smeerlap. Hij schreef alle woorden op die hij kende uit de romans van Harold Robbins die hij bij de bibliotheek leende. Hij kalmeerde.

Hij liet zich meevoeren door de vluchtige, koude, zanderige golf en ontdekte in die aanraking een onbegrensd gevoel van hoop. De golf. Hij kwam. Hij ging. Hij kwam. Hij ging. Hij kwam. Hij ging. Niets kon dat veranderen. Misschien kwam ook zijn wereld weer in orde. Als hij thuiskwam, zou zijn horizon zijn zoals hij hem altijd had gekend: appa met de kortegolfradio tegen zijn oor gedrukt alsof hij de wereld van de BBC en The Voice of America door osmose de zijne kon maken. En *amma*? Zij viste vliesjes en stukjes gruis uit de rijst voor het middageten. Ze keek fronsend op van het bord. Nog voor hij de drempel over was, zou ze hem uitfoeteren omdat hij was weggelopen. En appa zou hem meteen verdedigen. 'Laat de jongen met rust, Sarada. Hij zal het nooit meer doen, hè, Kitcha?'

Er was niets veranderd toen hij die avond vies, verwaaid, hongerig en moe thuiskwam. Hij trof een moeder aan met een gezicht van steen en zijn vader was weg.

'Wat moet ik doen?' vroeg zijn moeder aan de stille kamers van hun huis. 'Ze zeggen dat ik me gelukkig moet prijzen om getrouwd te zijn geweest met een man die volgens de *sanyas* is gaan leven. Ik ben vervloekt, Kitcha, dat ben ik. Geen echtgenote en geen weduwe. Wie ben ik, Kitcha? Zeg het me. Het ligt niet aan jou, zegt hij. Ik kan dit niet verdragen. Als hij me voor een ander in de steek had gelaten, zou ik hem terugwinnen. Ik zou hem naar ons terugbrengen. Maar dit! Hoe moet ik hiertegen vechten, Kitcha?'

Kitcha wist niet wat hij moest zeggen. Hij schaamde zich voor deze behoeftige vrouw die op haar zij op de vloer lag en met haar wijsvinger kringetjes trok op het beton. Sommige dingen die ze zei begreep hij en de rest was een mysterie, net als zijn vaders besluit om weg te gaan. Trouwens, hoe troost je een moeder? 'Ik weet het niet, ik weet het niet,' fluisterde hij. Ik voel me net zo verloren als u, dacht hij.

Het is Kitcha de jongen die heimelijk naar het gezicht van de vrouw kijkt. Hij wil troostende woorden zeggen tegen de vrouw en de jongen. 'Misschien is hij gewoon een eindje gaan rijden. Ik heb dat zelf ook gedaan. Meer dan eens. Als alle demonen zijn verjaagd, ga ik terug naar huis. Volgens mij hoeven jullie je geen zorgen te maken. Echt niet!'

Maar het is Jak die spreekt. De hoffelijke, beminnelijke Jak met zijn arsenaal aan koetjes en kalfjes. 'Sheela zei dat je fantastisch kunt koken. En dat je kookboeken hebt geschreven. Je moet me een paar recepten geven. Iets wat heel makkelijk te maken is,' zegt hij.

Misschien moet hij er maar beter niet bij betrokken raken. Meera, herinnert hij zich. Zo heet ze. Hij moet ineens denken aan de *bhajans* over Meera die zijn moeder in de eerste, lege jaren na appa's vertrek was gaan zingen. Zijn moeder had in Meera een zielsverwante gevonden. Nog een vrouw die wegkwijnde door een manische, onbeantwoorde liefde. Nog een vrouw die met een reputatie was getrouwd.

Jak rilt. Hij wil niet bij het verleden stilstaan. Eigenlijk wil hij nergens bij hoeven stilstaan.

Bovendien wil hij de schreeuw vergeten. Die heeft hem erger van streek gemaakt dan hij zich realiseerde. Zelfs als hij wegrijdt bij het lila huis hoort hij in zijn hoofd de echo ervan, die hem doet denken aan het geschreeuw dat Smriti soms voortbrengt.

Welke schikgodin was erbij toen hij zijn kind die naam gaf? Want dat is alles wat ze nu is. Wat wordt herinnerd ...

Zijn vingers klemmen zich om het stuur alsof hij het pijn wil doen, en weer voelt hij die druk op zijn borst.

EERSTE STADIUM

DE CYCLOGENESE VAN DE WANHOOP

Of een kind nu wakker is of slaapt, het is zich van geen kwaad bewust. Het voorvoelt niet wat er kan gebeuren. Een kindervoorhoofd blijft glad, rimpelloos en kalm tot het weten er postvat.

Op het schilderij *Het kind Mozes wordt naar de dochter van de farao gebracht* van William Hogarth kijken we nu eens niet naar alle bijfiguren: de dienstmaagden en de dochter van de farao; we staan niet stil bij de donkere schaduwen of de samenpakkende wolken. We richten ons daarentegen op het kind Mozes, dat een kind is zoals kinderen horen te zijn, zonder de last van het verleden of kennis over de toekomst. Dit is zo'n perfect moment waarop we geloven dat wij allemaal en alle mensen om ons heen in harmonie zijn. Alleen kinderen kennen dit, en de wolken en de zeeën.

Maar zelfs de wolken en de zeeen zijn niet ongerept. Want het kan gebeuren dat er zonder echte waarschuwing, zonder voorbode of aankondiging, een rustige golf begint in een systeem dat als gesloten wordt beschouwd. Er komt een stroom op gang. Als de golf tegen de wijzers van de klok in gaat, zet hij alles wat we kennen en begrijpen op zijn kop, wat een zeer intense, instabiele atmosfeer veroorzaakt.

Wanneer de wanhoop toeslaat, gebeurt er hetzelfde. Je levert een krankzinnig gevecht om te begrijpen wat er gebeurt. Het tollende hoofd piekert over elk voorval en wil uitleg, een reden ... Het enige waar een cycloon of wanhoop zekerheid over verschaft, is de onzekerheid die erdoor ontstaat. En net als bij wanhoop wordt de cyclogenese van een tropische storm zelden aangekondigd. Zeker is de eruit voortvloeiende turbulentie.

Prof. J.A. Krishnamurthy
De metafysica van cyclonen

De schreeuw dringt het huis binnen. Het lila huis. Een lang aanhoudende, panische schreeuw.

Meera schrikt wakker. Haar hand gaat naar haar mond. Heeft zij geschreeuwd? Ze wacht op lichten die worden aangeknipt, deuren die opengaan. Maar er is enkel stilte en duisternis en haar dat overeind staat.

Meera komt uit bed, schiet in haar slippers en sluipt de gang op.

Een woud van schaduwen waar de onbevreesde Meera die panische kreet naartoe kan jagen om zijn bokkenpoten in de boeien te slaan en zijn keel open te snijden. Al die jaren heeft Meera de paniek de toegang tot haar lila huis ontzegd.

Toen vader stierf en bijna niets naliet, toen er een zilvereik op de keuken stortte, toen Giri zijn baan kwijtraakte, toen Nayantara op haar zeventiende het huis uit ging, toen Lily haar enkel brak, toen de septic tank overliep en ze voortdurend die weeë, zoete uitwerpselenstank inademden, toen Lily's hulp en Meera's steun en toeverlaat besloot dat zij voortaan elke nacht met nieuwemaan door de godin Parasakhthi in Melmarvathur zou worden uitverkozen als orakel, hogepriesteres en vertrouwelinge, toen de schooljuf van de negenjarige Nikhil haar belde om te vertellen dat hij vanwege een weddenschap een bh de klas in had gesmokkeld en Meera niet wist of ze moest lachen of huilen of zich druk moest maken of het een oud gerafeld kanten ding was of een overdreven sexy, chic rood beugelgeval met opengewerkte mousselinen cups, toen de zilvervisjes zich te goed deden aan de vele aantekeningen die ze had gemaakt in de hoop dat ze op zekere dag haar proefschrift 'Over de rol van de watertank in Amerikaanse fictie met wortels in suburbia' zou schrijven, toen ze een knobbeltje vond in haar borst en in Giri's aktetas een geheim bundeltje rekeningen – lunches, drankjes voor twee personen, een fles parfum – telkens wanneer de wraak- en schikgodinnen het kalme kleed van de siësta die haar leven was beroerden, smoorde Meera de paniek nog voor die zich kenbaar maakte. Wie durft er nu, in haar huis, in paniek te raken?

Ze blijft staan voor de deur van een slaapkamer. Die van haar moeder. Ze hoort een gelijkmatige ademhaling die telkens door zacht gesnurk wordt onderbroken. Ze glimlacht een beetje sardonisch. Mama beweert namelijk dat ze 's nachts meestal geen oog dichtdoet en dat ze daarom van die donkere kringen om haar ogen heeft. Zodra ze haar slapeloze nachten weer gebruikt als smoesje om onder iets uit te komen waar ze geen zin in heeft, zal Meera het zeggen. Wie weet kijkt ze dan even niet meer zo zelfvoldaan.

Nu stopt ze voor haar grootmoeders deur. Hier wordt in tweevoud gesnurkt. De oude vrouw op het bed. De hulp op de grond.

Op weg naar Nikhils kamer hoort ze het gemompel. Hij praat in zijn slaap. Meera doet de deur open en gaat zachtjes naar binnen. Het dunne dekbed waarmee hij zich toedekt zit als een prop om zijn benen.

Ze streelt zijn voorhoofd. 'Stil maar, stil maar, liefje!'

Nikhils ogen schieten open. 'Papa! Is papa thuis?'

'Ga maar slapen, schat. Je zult zien dat hij er morgen weer is!'

'Ik droomde dat papa's auto op het randje van een klif stond. Hij probeerde uit te stappen voordat de auto naar beneden viel. Hij riep dat ik moest komen helpen.' Nikhil bibbert van afgrijzen. 'Ik probeerde naar hem toe te rennen, maar mijn benen bewogen niet. Ik probeerde het echt, mama, echt ...'

'Sst ...' mompelt Meera en ze wiegt heen en weer met zijn hoofd tegen zich aan.

Sheela, de vrouw van het pr-bureau, had geregeld dat iemand Nikhil en haar thuis zou afzetten. Iemand die ook op het feest was en bij haar in de buurt woonde, zei Sheela. Hij was volkomen betrouwbaar, ook al kende Meera hem niet. Zij was al sinds haar studententijd met hem bevriend.

Meera was opgelucht toen ze hoorde dat het geen bekende was. Liever dat dan meegaan met een kennis. Iemand die ze niet kende zou niet veel vragen en niet speculeren over Giri's vertrek.

Ze had gezien hoe Nikhils ogen de weg afzochten. Hij speurde naar gezichten, geparkeerde auto's, nummerborden. Toen de schreeuw door de auto klonk, trok het bloed weg uit haar gezicht. Wat nu weer? Toen zag ze Nikhil grijnzen en bijna was ze in tranen uitgebarsten. Hoe kon hij?

En Giri, wilde ze schreeuwen. Wat voor spelletje speel jij? Waar ben je naartoe?

Uit de verte, leek het, meende ze de man iets te horen zeggen. En ze hoorde zichzelf op de automatische piloot antwoorden: 'O, dan moet je een recept hebben voor een snelle koude soep! Misschien een gazpacho.'

Wat had hij gevraagd?

De auto stopte voor hun hek. Nikhil en zij keken hem na toen hij wegreed. Een kleine, blauwe auto.

'Zag je hoe zijn auto er vanbinnen uitzag? Wat een rotzooi! Er lag een papieren zak met pindadoppen en dan die enorme hoop boeken en dossiers. Wat denk je, zou hij de achterbank als kantoor gebruiken?' ratelde Nikhil.

Ze luisterde zonder te letten op wat hij zei. Ze kon alleen maar aan Giri en zijn verdwijntruc denken. Wat had dit te betekenen? Toen hij ineens vroeg: 'Heeft papa ge-sms't?' zei ze dus automatisch: 'Nee.' En ze voegde er, bang voor wat ze in zijn ogen zou kunnen lezen, omzichtig aan toe: 'Nikhil, zeg nog maar niet dat papa is weggegaan zonder iets tegen ons te zeggen. Je weet hoe ze zijn ...' besloot ze, niet wetend hoe ze verder moest gaan.

'Maar waar is hij volgens jou dan naartoe, mama?' vroeg Nikhil, eerder nieuwsgierig dan bang.

Meera schudde haar hoofd. 'Ik weet het niet. Misschien moest hij wel naar een spoedvergadering, iets zakelijks.'

'Waarom kon hij dat dan niet gewoon tegen je zeggen?' zei Nikhil, die haar uitleg met een directe, kinderlijke argeloosheid accepteerde en het hek open schopte.

Meera keek hem na toen hij naar binnen ging. Ze volgde hem en vroeg zich af met welke verontschuldigingen voor Giri's afwezigheid ze kon aankomen. Tenzij hij al thuis was natuurlijk. Ze haastte zich naar binnen, de gedachte gaf haar vleugels. Misschien was dat het wel. Iets, de warmte of de alcohol, had hem migraine bezorgd en toen was hij vlug naar huis gegaan voordat die ondraaglijk werd en hij niet meer kon rijden. Hij wist dat zij, wanneer hij het haar vertelde, per se samen met hem weg zou willen, en hij wilde dat ze het naar haar zin had.

Hij was vast in hun kamer, met de gordijnen helemaal dicht om het licht buiten te sluiten en de ventilator op de hoogste stand. Daar zou hij in een walm van tijgerbalsem liggen, met zijn arm over zijn voorhoofd alsof hij alleen door zijn ledematen zo zorgvuldig te positioneren de pijn onder controle kon houden. Als zij ook maar uitademde, morde hij al: 'Kan het wat zachter? Ik heb hoofdpijn!'

In de badkamer zou de stank van braaksel hangen. Dat was ook vaste prik. Het overgeven. Meestal ruimde hij het zelf op. Hij was een pietje-precies. Maar als hij zich echt beroerd voelde, lag dat ook op haar te wachten.

Voor deze ene keer verlangde Meera naar het gemopper en de irritatie, de stukjes voedsel en spetters gal in de closetpot. Naar de stank en haar eigen onwillekeurige gekokhals. Arme schat, dacht Meera en ze haastte zich om de door migraine gevelde Giri te hulp te schieten.

Toen ze het huis in liep, hoorde Meera Nikhil zeggen: 'Pa is naar de golfbaan.'

Haar moeder zei: 'Jouw vader doet niet aan golf.'

'Eigenlijk doet hij helemaal nergens aan.' Haar grootmoeder lachte.

Nikhil propte zijn handen in zijn zakken. 'Zei ik dat hij was gaan golfen? Hij is met een vriend mee.'

'Welke vriend?' vroeg haar moeder.

'Hij heeft geen vrienden,' deed haar grootmoeder er nog een schepje bovenop.

Ze vroeg zich af of ze naar de politie moest gaan. De gedachte alleen al schrok haar af. Ze was nog nooit op een politiebureau geweest. Wat moest je dan doen? Wat moest je er zeggen? En dan moest er iemand worden omgekocht. Ze kon zo'n agent toch moeilijk wat bankbiljetten toesteken in een onder tafel wachtende hand of in een jaszak en er 'Voor een kop thee!' bij mompelen.

In films had ze gezien dat je iemand pas na 24 uur als vermist kon opgeven. Ze maakte zich druk om niets. Hij zou er zo weer zijn. Ze zou 24 uur wachten voor ze zich zorgen ging maken, hield ze zichzelf voor terwijl ze aan de kaptafel haar oorbellen uitdeed.

In de spiegel zag ze het bed met de strakgetrokken sprei en de opgeschudde kussens die tegen het onderkussen stonden. Een onaangeroerd bed, ongewoon verlaten.

Om zeven uur zat haar moeder met blocnote en pen klaar voor de tv. 'Geen gebabbel alsjeblieft, Nikhil!' zei ze tegen de zwijgende Nikhil, die in zijn iPod-doolhof van 1756 nummers was ingeplugd.

'Waarom vraag je niet gewoon of ik mijn mond wil houden?' zei haar grootmoeder.

'Toe nou, mams, het is mijn lievelingsprogramma. Volgende week is er een vergadering van de bibliotheek. Ik moet weten wat ik moet aanraden!'

'Kletskoek! Dacht je dat die man ook maar één van die boeken leest? Hij leest toch alleen maar wat er achterop staat! Hoe kun je je door hem zo laten inpakken? En volgens mij heeft hij foundation op. Zie je die streep op zijn kaak niet?' mompelde Lily verongelijkt.

'Wat weet jij nou van boeken? Jij kijkt de hele dag alleen maar films of talkshows. Ik snap niet dat je naar die hersenloze onzin kunt kijken.'

'Beter dan die reis- en lifestyleprogramma's die jij kijkt. Waar had je gedacht heen te gaan? Of trouwens, wanneer heb jij voor het laatst iets gekookt? Ha!'

Ze kibbelden maar door. Meera wreef over haar voorhoofd. Haar hoofd bonsde. Ze wilde dat ze hun kon toebijten: 'Koppen dicht! Koppen dicht! Zien jullie niet dat ik me zorgen maak? Dit hoef ik er niet bij te hebben.'

Maar dat kon ze niet. Wat er ook gebeurde, Meera verloor nooit haar kalmte. Uit haar slof schieten of snauwen deed ze nooit. Zo zat ze gewoon niet in elkaar.

In de hoop de gemoederen en haar hoofd tot bedaren te brengen, kwam ze tussenbeide met: 'Lieve Lily, kan ik je iets te drinken inschenken?'

Lieve Lily glom. 'Ik dacht dat je het nooit zou vragen. Schenk voor haar ook maar iets in. Ze zegt nee als je het haar vraagt, en dan neemt ze stiekem slokjes uit mijn glas als er niemand kijkt.' Met haar kin gebaarde Lily naar haar dochter.

Meera zuchtte.

De zucht viel Lily onmiddellijk op. Ze bestudeerde Meera aandachtig. Het bedrukte gezicht en de wallen onder haar ogen. Lily fronste haar wenkbrauwen. Wat is er aan de hand, vroeg ze zich af. Toen zette ze het uit haar hoofd. Een van de voordelen van ouder worden was dat je elke zorgelijke gedachte die in je opkwam kon wegduwen met: dat lost zich vanzelf wel op, of iemand anders doet het! Je opjutten is nergens voor nodig.

Toch raakte Lily even Meera's elleboog aan. 'En jij? Je ziet eruit alsof je wel een glaasje kunt gebruiken!'

Meera schudde haar hoofd. 'Ik heb op het feest al genoeg gedronken. Te veel, zelfs!'

Ze ving de blik op waarmee Nikhil naar haar keek. Wat dacht hij?

Meera dacht aan het plaatje dat ze moesten vormen. Drie vrouwen uit drie generaties en een jonge jongen in een kamer vol vergane glorie. De lichtvlekken, de schaduwen, de allang ondoorzichtige geschiedenis over hoe ze hier terechtgekomen waren.

Toen Raghavan Menon in de jaren dertig van de vorige eeuw in Calcutta ging werken, was hij verliefd geworden op een manier van leven. In veel opzichten deed Calcutta hem aan zijn Calicut denken, maar dat was niet het enige. De kunst gedijde er in elk huishouden en op een van de soirees waar hij zijn opwachting ging maken, ontmoette hij Charu, een vrouw uit Bengalen. Eenmaal met haar getrouwd ontpopte hij zich tot fanatiek Bengalees. Charu stierf een paar jaar later en Raghavan Menon besloot zijn dochter Leela naar Santiniketan te sturen. 'Ik wil dat er cultuur door haar aderen stroomt. Liever cultuur dan bloed, wat mij betreft!' zei hij tegen zijn broers, die erop aandrongen dat hij Leela in Calicut liet studeren. De broers schudden mistroostig hun hoofd. Als het meisje naar Calicut was gegaan, zou hij misschien weer naar huis gekomen zijn om daar een leven op te bouwen. Nu was hij verloren. Korte tijd later stuurden ze hem een cheque voor zijn aandeel in het familiebezit.

Toen werd Leela ontdekt door een bekende Bengaalse regisseur en Lily werd geboren. Omdat de Hindi filmindustrie al een Leela had, werd besloten dat de naam die thuis werd gebruikt haar artiestennaam werd. Lily acteerde alleen in onconventionele films en net toen filmliefhebbers zich voor haar begonnen te interesseren, trouwde ze met Sandor, een Hongaarse kunstschilder. Ze kwamen naar Bangalore en gingen in dit huis wonen, dat Raghavan Menon voor hen had gevonden.

Saro werd geboren. Saro werd op dure scholen gedaan. Saro werd verliefd op de broer van haar beste vriendin en trouwde met hem. Sandor stierf, en een jaar later werd Saro op negenendertigjarige leeftijd weduwe. Daarop kwam ze naar dit huis, op zoek naar een toevluchtsoord voor zichzelf en haar negentienjarige dochter Meera.

Een rammelend raam deed Meera opschrikken uit haar gemijmer. Ze haalde een hand door haar haren, leunde achterover in haar stoel en deed net alsof het tv-journaal haar volle aandacht had.

Lily en Saro hadden hun onenigheid bijgelegd en dronken hun borreltjes. Het gekibbel hoorde erbij. Net als de boeken die Saro kocht. Een roman, bij voorkeur van iemand die net een belangrijke prijs had gewonnen of die maand door het literaire establishment tot stem van de eeuw was uitgeroepen. En een nonfictieboek, doorgaans een biografie of een geschiedschrijving, liefst van een Engelsman. Saro kocht alleen boeken waarvan er minstens honderdduizend waren verkocht of die een grote prijs in de wacht zouden slepen. En ze liet zich door het boekenprogramma naar die titels leiden. Een boek ter hand nemen louter en alleen omdat ze de titel prikkelend vond, een boek waarvan niemand ooit had gehoord, was helemaal niets voor haar. Dat risico kon ze niet nemen. Tenslotte stond haar reputatie op het spel. Saro werd graag beschouwd als een vrouw met smaak, of het nu ging om kleding, sieraden of boeken.

Lily koos haar lectuur juist op basis van het boekomslag. 'Geef mij maar een boek waarop een man en een vrouw elkaar diep in de ogen kijken. Of eentje met een mes en een rode klodder. Iets dergelijks. Ik ben ervan overtuigd dat je het in één adem uitleest. Hoewel zij het daar natuurlijk niet mee eens is! Ze is zo'n snob.' Ze keek met opgetrokken wenkbrauw naar Saro, haar dochter, Meera's moeder.

Ze ruzieden de hele dag. Als het niet over boeken ging, ging het wel over een plant of een meubelstuk of iets wat ze zich verschillend herinnerden of een recept waarvan ze allebei zwoeren dat het hare authentiek was. Als er niet werd geruzied, kwam dat doordat een van hen zich niet lekker voelde of in de put zat. Meera mat het welzijn van de oude dames dus af aan het venijn waarmee ze elkaar bestookten. Die avond ging het best goed met hen. Giri's afwezigheid leek hen niet te deren.

Over Nikhil maakte ze zich daarentegen wel zorgen. Hij was stil. Te stil. 'Gaat het, knulletje?' vroeg ze.

Hij staarde haar aan. 'Ik ben geen knulletje.'

Toen vroeg hij ineens: 'Heb je zijn mobiel geprobeerd?'

Meera knikte. 'Niet bereikbaar.'

'Wat ga je tegen ze zeggen als hij er om middernacht nog niet is?' fluisterde Nikhil. Ze keken naar de oude dames die naar een programma zaten te kijken dat ze allebei leuk vonden. Een talk-show met een presentatrice die sophisticated genoeg was om haar moeder tevreden te stellen. En die vroeger filmster was geweest, wat haar in haar grootmoeders ogen glamour verleende.

'Geen gefluister in het openbaar,' zei haar moeder.

'Stout geheimpje, hè?' voegde haar grootmoeder er blijmoedig speculerend aan toe.

Meera zoog op een smeltend ijsklontje. Ze hoopte dat het de schreeuw zou bevriezen die nu elk ogenblik uit haar mond dreigde te ontsnappen.

Haar telefoon piepte. Nikhil keek op. Meera graaide naar het apparaat. 1 nieuw bericht. Dat was het sms'je waarin Giri uitleg gaf, zich verontschuldigde, zei dat hij snel thuis zou zijn.

Het was een reclame voor ringtones. Meera liet de telefoon vallen en pakte nog een ijsklontje.

'Kunnen we een pepperonipizza bestellen?' vroeg Nikhil.

'Nee,' zei Meera kortaf. 'Je hebt drie dagen geleden al pizza op!'

'Het is niet goed voor je om zoveel pizza te eten,' gniffelde Lily. 'Al dat ongezonde eten ga je over twintig jaar zien. Je wordt een heel dikke man.'

'En een arme,' voegde Saro eraan toe. 'Pizza's groeien niet aan de bomen. Ze zijn duur. Besef je wel dat je moeder met al dat geld een hele week boodschappen kan doen voor ons allemaal?'

Nikhil legde zijn boek met een klap weg. 'We hebben nooit ergens geld voor. Wat ik niet snap is hoe we het kunnen betalen om hier te wonen. Kijk eens naar dit huis!'

'Nikhil ...' bromde Meera. Ze keek langs hem heen en zag de roerloosheid die de andere vrouwen plotseling beving. Ze voelde dat ook zij erdoor werd bekropen. Het huis. Het lila huis. Op de een of andere manier kwamen ze altijd daarop uit. Het huis.

Als het niet om het huis was geweest, vroeg Meera zich af, zou Giri die eerste dag dan zijn blijven hangen?

Was het huis zijn vermogen kwijt om te betoveren en vast te houden?

Meera kuste het voorhoofd van haar slapende kind. Als Nikhil het zich morgen nog herinnert, zal hij zich generen dat hij zich zo aan haar heeft vastgeklampt. Misschien zal hij het zelfs regelrecht ontkennen. 'Dat heb je vast gedroomd,' zegt hij dan, uitdagend.

Maar voorlopig is hij weer haar kleine jongetje. Een klein jongetje dat niet weet wat hij moet vinden van een vader die zo geheimzinnig was verdwenen op een perfecte zondagmiddag in september.

I

Het was een perfecte dageraad in september geweest toen hij haar voor het eerst zag. Hij zei dat hij betoverd was. Hij zei dat hij niet wist of hij in lachen wilde uitbarsten of tegen het hek geleund voorgoed naar haar wilde blijven kijken. Giri zei dat hij toen verliefd was geworden.

'Denk je eens in,' zei hij en hij boog zich voorover om een lok van haar haren om zijn vinger te winden, 'een meisje in een crèmekleurige jurk. De zon die haar haren een speelse, amberkleurige schittering geeft. Een meisje dat op haar blote voeten een vlucht ganzen nazit over het gras!'

'Een troep. Geen vlucht,' mompelde ze.

'Vlucht! Troep! Dat doet er toch niet toe! Het enige wat ik wist was: dáár wil ik zijn. Bij dat meisje en haar tamme ganzen in hun lila huis.' Met een zucht leunde hij achterover in zijn stoel.

Zijn blik overzag huis en tuin, de overvloed aan bloesem aan het latwerk en in de borders, de bomen en de karpervijver met het stenen kikkertje. Ze zag hoe zijn ogen met hetzelfde opgetogen genot even op haar gezicht bleven rusten. En ze wist dat ze hem niet kon vertellen dat de witte jurk een verschoten nachthemd was. Of dat ze de ganzen op het gazon in de voortuin had gehoord en uit bed was gesprongen en naar buiten was gerend om ze te verjagen voor ze de pas aangeplante aubergines konden vertrappen. Of dat de ganzen alleen maar werden vetgemest om ze na verloop van tijd aan Hamid Bhai te verkopen, op tijd voor Kerstmis. (Want elke gans was zijn gewicht in goud waard of zou op zijn minst meebetalen aan de vervanging van de daksparren van de bijkeuken die vol termieten zaten.) En dat ze er niet warm of koud van werd als de ganzen werden afgevoerd om zich de lange nek te laten omdraaien en hun dons te laten plukken. Dat ze met evenveel smaak als ieder ander van het ganzenvlees smulde. Hij zou helemaal van streek zijn geweest. Hij noemde haar zijn tamme gans. Het ganzenmeisje van het lila huis. Ze glimlachte. Ze vond het leuk om zijn ganzenmeisje te zijn.

'Het enige wat ik dacht was: hoe krijg ik hier mijn voet tussen de deur? Ik was de prins die voetje voor voetje om het betoverde huis heen liep, op zoek naar een ingang.'

'Je had gewoon hallo kunnen zeggen, dan had ik hallo teruggezegd!' Ze grinnikte.

Hij fronste zijn voorhoofd. 'Je begrijpt het niet. Hallo zeggen was veel te gewoon geweest. Ik moest je ontdekken, mijn ganzenmeisje van het lila huis.

Dus toen de modellencoördinatrice voorstelde om dit huis te gebruiken voor de fotosessie van Coconut Kisses, zei ik zonder erbij na te denken ja.'

Toen zag ze het voor zich. Het introverte rukje met de elleboog, de gebalde vuist, het explosieve 'ja' dat van diep vanbinnen het verlangen overbracht om haar te ontdekken. Zijn ganzenmeisje van het lila huis. En stralend weerspiegelde zij dat hevige verlangen.

De modellencoördinatrice bleef verrukt kijken. Zo makkelijk had ze het nog nooit gehad. Locatie en rekwisieten op één en dezelfde plek, met een gratis styliste erbij inbegrepen. Meera had de gehaakte onderleggers en de organza vingerdoekjes met hun tere, geschulpte zomen tevoorschijn gehaald, de zilveren servetringen en het zilveren theestel, het porseleinen taartplateau en de Royal Doulton-theekopjes. Ze had de Coconut Kisses gerangschikt en zelfs een manier gevonden om het koekjespak zo te zetten dat het er één geheel mee vormde en daarna had ze de tafel gedekt. Meera hoorde de blijdschap in de stem van de art director. 'De verfijnde levensstijl! Dit is precies wat we gepland hadden!'

Meera glimlachte. Ze vroeg zich af hoeveel ze extra kon rekenen voor de rekwisieten. Een verfijnde levensstijl krijg je niet op een koopje, wilde ze zeggen. Toen ontmoetten haar ogen de zijne en ze zag zichzelf erin. En ze zei niets. Ze zou het er terloops met de modellencoördinatrice over hebben en zich niet laten afbrengen van het bedrag dat ze in gedachten had.

Maar hij had redenen ontdekt om haar niet met rust te laten. Keer op keer bleef hij bij haar rondhangen voor een babbeltje tussen de opnamen door. Was er dan een wonder gebeurd? Voelde hij zich dan tot haar aangetrokken? Toen hij de dag erna met een mandje bloemen voor haar langskwam, pakte ze nogmaals uit met de verfijnde levensstijl, helemaal voor hem alleen. Het was haar enige wapen. Andere meisjes showden de aanzet van hun borsten of lonkten met hun ogen. Meera had alleen dit te bieden en was ook van plan er gebruik van te maken. En de oude dames speelden hun rol.

Daar zaten ze: moeder, dochter en kleindochter, en ze maakten hem stuk voor stuk het hof zonder dat hij het zelfs maar besefte. Lily met haar kanten waaier die ze zo vaak ze kon met een elegant polsgebaartje liet wapperen. Saro met haar parels en smetteloze katoenen sari en 'Zal ik de thee inschenken?'

Alleen Meera deed als altijd. Onzeker, bedeesd en verborgen achter een façade van verstrooide charme. Ze bad dat haar handen niet zouden beven als ze hem een stuk taart aanbood. Ze wilde zo graag dat het goed ging. Want Meera was helemaal en hopeloos verliefd geworden.

Ze kruiste haar enkels, legde haar handen in haar schoot en zei weinig.

Ze zag dat hij gecharmeerd was. Giri bood vleierij aan alsof het om een gemberkoekje op een schaaltje ging. 'Ik vind de kleur van jullie huis fantastisch,' zei hij.

Lily sperde haar ogen open en begon: 'De huisschilder ...'

Maar Saro viel haar in de rede met: 'Mooi is die, hè. Het is elke keer weer zo lastig om de juiste tint te krijgen als het opnieuw wordt geverfd.'

Meera slikte krampachtig. Ze besefte dat Lily op de proppen had willen komen met het verhaal over de huisschilder die hun de verf had aangeboden voor de helft van de eigenlijke prijs. Hij had ergens anders iets fout gedaan en probeerde zijn kosten er een beetje uit te halen. En zij hoefden niet zoveel te betalen als wanneer ze de kleur zelf hadden gekozen.

Meera stond op. 'Ik moet even naar iets op het vuur kijken,' zei ze. Haar hart bleef maar bonzen. Zou Giri genoeg van hen hebben? Ze zou het niet kunnen aanzien als dat gebeurde.

Lily was even stil. Toen begon ze de voorname vrouw des huizes te spelen. 'Wacht, Meera. Waar vlucht je nu heen? Ze is zo'n verlegen ding, en zo consciëntieus.'

Deugden die iedere aanstaande echtgenoot zou willen.

'Je moet hem vertellen over toen David Lean hier bijna was bij de opnamen van *A Passage to India*!' begon Lily.

Meera bleef staan. 'Dat is jouw verhaal, Lily ... Kom, vertel het zelf aan Giri!'

En Giri zei: 'Ja, Lily, mag ik u Lily noemen, vertelt u eens.'

En daarna bood Saro tegen de filmspoelen op met verhalen over de theeplantages van Meera's vader. Zonder dat ze het ritme ook maar één keer verbraken, lieten ze de anekdotes elkaar opvolgen.

Lily's korte carrière als actrice in Hindi films. De telg van een onbeduidend vorstenhuis die waanzinnig verliefd op haar werd. Het trosje robijnen dat hij in een ring zette en liet bezorgen bij de voordeur. 'Op een kussen gedragen door een man met een tulband die er zelf als een maharadja uitzag,' giechelde Lily.

De ontmoeting met Sandor, de portretschilder uit Hongarije. Hun wervelende verkeringstijd en stiekeme huwelijk.

'Saro was een braaf meisje,' zei Lily schalks. 'Niet onbezonnen zoals haar mama. Toen de broer van haar beste vriendin haar een aanzoek deed, stemde ze toe. Meera's vader was een heel knappe man. En de bungalow waar ze in Coonoor in woonden, wat een pracht van een huis was dat!'

'Er waren vier bedienden, afgezien van een butler en twee koks,' droeg Saro bij. 'De feesten die we gaven ...!'

'Toen heeft Meera al die dingen geleerd. Hoe je de tafel dekt en de bloemen doet, een menu maakt en de gasten plaatst. Meera wordt een voorbeeldige echtgenote!' Lily boog zich opvallend fluisterend naar Giri.

Vanaf haar plekje bij de tuindeur zag Meera haar moeder met gedempte stem tegen Giri praten. Ze zag hem onder hun bekoring komen terwijl de oude dames hun toverkunsten op hem loslieten. Meera bleef zich nog een poosje zorgen maken. Het kon nu elk ogenblik gebeuren. Hij zou hen zien zoals ze waren. Maar Giri zag het niet. Giri dronk kleine slokjes thee en at zijn taart. En Meera ging onopvallend in de stoel naast de zijne zitten.

Toen Saro opstond, sprong hij overeind. Ze lachte haar hooghartige ik-ben-de-koningin-van-dit-feodale-rijk-glimlach en gaf hem haar hand om te kussen of vast te houden, maar niet om te schudden, waartoe de rest van de wereld geneigd zou zijn. 'Kom nog eens terug, jongeman. Meera is zo'n schuw schepsel, het zal haar goeddoen om meer jongelui zoals u te ontmoeten.'

Zoals u. Meera's hart trilde van vreugde. Mams vond hem leuk. Ze vond hem zowaar leuk. En Lily, die onverbeterlijke deugniet van een Lily, stond met een kokette glimlach naar hem te turen en zei: 'En zo knap. Meera, laat hem niet gaan, hoor!'

Toen bloosde hij en hij keek naar haar. Wat nu, vroeg Meera zich af.

'Wat een verrukkelijke dames,' mompelde hij.

Want nu waren ze de bewaaksters van het verfijnde lila huis. En beschermsters van Meera, zijn ganzenmeisje dat op ontdekking wachtte.

Dus toen hij zich naar haar toe boog en zei: 'Heb je zin in een autoritje? Dan kunnen we bij het Corner House stoppen voor een ijsje!' gingen Meera's ogen wijd open van plezier en ze probeerde niet te kijken naar wat er nog op het theeblad lag, de sandwiches, gebakjes en koekjes, taartpunten en kruimels. Alleen al bij de gedachte aan een ijsje zat ze vol. Maar ze liet zich hem niet ontglippen.

Ze wilde hem hebben. Arme Meera. Ze vroeg niet wat hij wilde. Haar, het lila huis of datgene waar ze samen voor stonden.

Haar lippen bloeiden open. 'Dat wil ik dolgraag,' zei ze.

Dolgraag zichzelf en alles wat ze had in zijn handen leggen, zo vatte Giri het op.

44

Giri voelde zich groeien. Welke man niet? Hij dacht aan de voor hem uitgespreide rijkdommen. Een elegante, beschaafde bruid en een mooi oud huis. Een grootmoeder die sir Richard Attenborough in één adem noemde met Satyajit Ray. Een moeder die raffinement uitstraalde. Ze had zelfs een vork om heel bevallig het vlees uit een krabbenpoot te halen.

Giri had zulke mensen nooit gekend. Hij dacht aan zijn vader in zijn verschoten *banian* en *dhoti* in Palakkad. Hij dacht aan het oude, uitgewoonde huis en de familieleden die al net zo mager en armlastig waren als zijn vader. Hij had geboft met zijn hersenen en met Sivaraman Iyer, de wiskundeleraar die hem thuis had weggeloodst. Eerst naar de regionale technische school, waar zijn ogen opengingen voor een wereld waarvan hij niet had geweten dat ze bestond. Toen naar het IIM in Ahmedabad. Werving op de campus had ervoor gezorgd dat hij zich in de zakenwereld een positie verwierf.

Giri had zorgvuldig gepland waar hij tegen zijn dertigste, veertigste, vijfenveertigste zou zijn ... erna kwamen de speelweiden van zijn leven. Om dat te verwezenlijken moest hij de kantjes bijvijlen die hem, een jongen uit een provinciaal, kleinburgerlijk milieu, nog altijd aankleefden. Hij was ervan overtuigd dat Meera dat mogelijk zou maken. Meera, die aristocratie uitwasemde alsof het de L'air du temps was die ze gebruikte. Discreet, elegant en oud geld.

Op zijn buitenlandse trips bracht Giri vele uren door in de taxfreezone, waar hij in zijn geheugen de accessoires van de verfijnde levensstijl opsloeg zoals deze belichaamd werden in de designartikelen op internationale luchthavens. Mont Blancpennen en Burberry-jassen, Louis Vuitton-tassen en de kristallen wereld van de geurtjes. Hier gaf hij het bijna op. Het oog kon zich patronen en vormen herinneren, maar de neus bezorgde hem bijna een nederlaag. De neus werd makkelijk beetgenomen. Uiteindelijk nam hij ook die horde. Hij koos telkens een paar parfums die hij het lekkerst vond en wist de verkoopsters zover te krijgen dat ze er voor hem een beetje van op een wit strookje karton spoten. Hij snoof er vlijtig aan en hield dat vol tot de topnoot in zijn geheugen was opgeslagen. Giri wist dat hij zich het laagje beschaving eigen moest maken waarmee Meera geboren leek te zijn.

Giri liet zijn adem ontsnappen. Met Meera was hij in staat zich op te werken. Eindelijk zou hij niet meer worden belemmerd door het verschoten verleden en de kwalijke lucht van het zich behelpen. Meera. Van hem. Net als het lila huis. L'air du temps.

Meera voelde zich weleens bezwaard. Was Giri om alle verkeerde redenen verliefd op haar? Ze dacht aan de jonge vrouwen die deel uitmaakten van zijn beroepswereld. Rijzige jonge vrouwen die hun geschiktheid net zo tentoonspreidden als hun haar. Glanzend, verzorgd en nooit uit model. Waarom heeft hij liever mij dan hen, vroeg ze zich af. Ze zijn slim, weten van wanten en hebben een carrière. Terwijl ik alleen een doctoraal Engels en het rentmeesterschap van dit huis heb.

'Doe niet zo gek,' mompelde hij tegen haar wang. 'Ik hoef geen journaliste, geen docente, geen brand manager, jóú wil ik als mijn echtgenote. Neem gerust van mij aan dat alleen een vrouw met echte kwaliteiten een ideale echtgenote kan zijn.'

Meera liet haar wang tegen de zijne rusten. Dat zou ze zijn. Een ideale echtgenote. De vrouw achter zijn succes. Dat wilde ze. Er zijn voor hem. Ze zouden samen aan hun leven bouwen.

Enkele dagen voor de bruiloft vroeg Saro: 'En nu, Meera? Ga je het huis uit of blijf je hier wonen? Wat wil Giri? Weet je dat? Hebben jullie het er überhaupt over gehad?'

Giri wilde daar wonen. 'In het lila huis,' zei hij. 'Waarom zouden we ergens anders willen wonen? Het is jouw thuis. Ons thuis. En trouwens, hoe kan ik van jou verlangen dat je na zoiets in een miezerig flatje trekt?'

Weer voelde Meera zich bezwaard. 'Giri, je moet je er geen verkeerde voorstelling van maken. Ik ... we ... hebben niet veel. Dit huis ...' begon ze.

'Sst. Ik weet wat je wilt zeggen. Dit huis is alles wat er is. Dat is

genoeg, ganzenmeisje! Alleen jij in dit huis, meer vraag ik niet.'
Meera legde haar armen om zijn nek. Ze wist wat ze met haar twijfel en achterdocht zou doen: er balletjes van draaien, net als van de tamarinden die elk jaar in de zon werden gedroogd en met steenzout in een terracotta pot werden bewaard. Uit het zicht. Niet meer aan denken.

Meera staat bij het raam en kijkt naar het donker buiten. Er staat een straatlantaarn bij het hek. Een blauw baken waardoor je iedereen die erbij in de buurt staat moet kunnen zien.
    Terwijl ze wacht is ze hoopvol gestemd. Elk ogenblik kan het blauwe licht vervagen in de koplampen van een auto. Elk ogenblik kan er een rammelende, lawaaiige autoriksja stoppen.
    Meera blijft staan waar ze staat. Plotseling begint de straatlantaarn bij het hek te sputteren en te knetteren. Ze kijkt er heel lang naar en houdt de tijd tussen het gesputter en geknetter bij. Misschien is Giri een eindje gaan rijden om zijn hoofd helder te krijgen. Hij kreeg panne; ze weet hoe hopeloos weinig hij kan als het om auto's gaat. Hij weet niet eens hoe hij een lekke band moet vervangen. Misschien was de batterij van zijn telefoon leeg of had hij geen bereik. In de buitenwijken van Bangalore zijn veel plekken waar geen bereik is. Dat is de enige verklaring, houdt Meera zichzelf telkens opnieuw voor. Wat kan het anders zijn? Zoals wanhopige vrouwen dat doen, klampt ze zich vast aan elke strohalm om maar te verhinderen dat haar gedachten dat ene, voor de hand liggende steegje in gaan. Een smal, donker, stinkend steegje dat 'de andere vrouw' heet.

Heeft Hera er zo bij gezeten, vraagt Meera zich plotseling af.
    Hera, wier bruidsnacht driehonderd jaar duurde. Hera had de gouden appel van zijn klokhuis weten te ontdoen en in beide helften een kuiltje gemaakt. Daarin had ze haar ganse zelf geschonken: haar zoetgeurigheid en adem, speeksel en sap, melk en welzijn, zweet en ziel. Ze wreef een kwart dat ze van de helft had afgesneden over haar ledematen zodat het nat alle zoetheid van haar jeugd en hoop opnam, en dat voerde ze Zeus met haar lippen. Zijn tong kwam als een slang tevoorschijn en hij at uit

haar mond. Ze deden zich aan elkaar te goed en Hera dacht: welke andere vrouw heeft hem dit te bieden? Welke godin, nimf, stervelinge kan er tippen aan de reikwijdte van alles wat ik hem gegeven heb?

Dat had Meera gedacht toen Neruda en daarna Poesjkin voor het eerst op Giri's nachtkastje verschenen, waar ooit Deepak Chopra en Thomas Friedman hadden gelegen. Toen Giri aan zijn schemerige ommetjes buiten haar gezichtsveld begon met zijn mobiel weggestopt in zijn borstzakje alsof er een zeldzame parel in zat. Ze deed alsof ze de veranderingen in zijn kleding niet zag en zijn mobiel niet hoorde als die aan het begin van de ochtend en tot besluit van de avond een toverformule piepte. De rozerode transparantie van de herontdekte jeugd beklijft zelden, hield ze zichzelf voor.

Ik ben Hera niet, houdt ze zichzelf voor. Ik raak niet in paniek. Ik spuw geen gif en maak mijn woede niet wereldkundig. Ik haal mijn waardigheid niet naar beneden en maak mezelf niet te schande. Met deze schimmen kan ik leven zolang ik het ben bij wie hij thuiskomt.

Bovendien is Giri Zeus niet. Hij is geen dwangmatige rokkenjager, maar gewoon een man van middelbare leeftijd wiens hoofd op hol is gebracht. Meera spreekt zichzelf toe: geen paniek; wie kan hem verder nog deze overvloed aan elegantie bieden? Welke andere vrouw kan zijn tafel dekken als ik, of hem een thuis geven als ik? Er ligt misschien een schaduw over ons levensgeluk, maar van bezoedeling of inbreuk zal nimmer sprake zijn. Giri zet dit niet allemaal op het spel.

Maar toch. Waar is Giri?

Meera recht haar rug en neemt zich voor de tijd tot Giri's thuiskomst vol te maken. De boeken in de huiskamer moeten afgestoft worden. Honderden door Giri vergaarde boeken, gedeclareerd onder de post 'Boeken & Tijdschriften'.

Een voor een stoft Meera ze af. Maar Giri moet nog steeds thuiskomen.

Meera zet de computer aan. In een opwelling opent ze Giri's e-mailaccount. Hij heeft zich vergeten af te melden en met bonzend hart betreedt Meera zijn privéwereld. Maar er valt niets te ontdekken voor haar. Al zijn mappen zijn leeg. Postvak In, Postvak Uit, Verzonden ... Net alsof hij zichzelf uit zijn leven heeft weggegumd. Tot ze in de map Concepten een onvoltooide e-mail vindt.

Toen de projectontwikkelaars gistermorgen terugbelden, schreef ik met bevende hand hun aanbod op. Het was een fors bedrag. Ik zou nooit meer hoeven ploeteren met zo'n bedrag op mijn bankrekening. Met zo'n buffer zou ik eindelijk kunnen doen wat ik wil. Voor mezelf beginnen. M stak de draak met me toen ik het haar probeerde te vertellen.
'O, Giri, zoek nou eerst maar eens uit wat je wilt doen en dan praten we daarna wel over het huis verkopen.'
'Je bent een stijfkop. Zo'n bod krijg je van je leven niet, en dan voor dit oude huis?' zei ik toen.
Soms kan ik haar geloof ik wel wurgen. Ze weigert naar rede te luisteren. Ik probeerde het haar uit te leggen: 'Hoor eens, Meera, als we het doen, zal dat ons leven veranderen.'
Ze staarde me met een vreemde blik aan. 'Waarom zou je ons leven willen veranderen? Het is volmaakt. Ik ben gelukkig. Ben jij niet gelukkig? Ik dacht dat je gelukkig was.'
Ik wilde haar in haar gezicht slaan. Haar gezicht waar ze verdomme een halve pot Nivea op heeft gesmeerd. Dat is verdomme het enige waar ze zich over opwindt. Rimpels. Begrijpt ze dan nooit eens wat ik dag in, dag uit te verduren heb? Weet ze wat ik moet doen om mijn plek op de zakelijke ladder te kunnen behouden? De onophoudelijke aanslagen op mijn gevoel van eigenwaarde? De angst om zonder werk te komen zitten of, erger nog, overgeslagen te worden bij een promotie? Wat weet zij van al die dingen?
'We hebben opgroeiende kinderen. Begrijp je? Je zult je baan moeten aanhouden. Je kunt niet alles wat we hebben op het spel zetten. We zijn het hun verschuldigd ze het beste te bieden. Bovendien ben jij te oud om de hippie uit

te hangen, Giri. Biologische landbouw is prachtig hoor,
maar weet jij het verschil tussen een spade en een schoffel?'
zei ze, alsof ze het tegen een pruilend kind van zes had.
'Doe niet zo neerbuigend,' zei ik.
Maar eigenlijk wil ik haar door elkaar schudden tot haar
tanden ervan klapperen en haar zeggen: Krijg de klere, jij
en je oude rothuis!
Maar ik zie de hele tijd de bedragen die de projectontwik-
kelaar heeft genoemd. Er zit niets anders op dan het nog
eens te proberen. Ze moet gewoon over de streep getrokken
worden. Ik wacht wel tot ik M in een welwillender stem-
ming tref. Er zit niets anders op. Het lila huis is nu eenmaal
van mevrouw.

Meera staart ontzet naar het onvoltooide mailtje. Aan wie
schreef hij dit? En wie is deze Giri? Waar komen al die rancune
en verbittering vandaan?

Meera had nooit grote dromen gekoesterd. Ze verlangde niet
naar designerkleren, diamanten of dure vakanties. In de moeilijke jaren na haar vaders dood had ze geleerd te knielen bij het
altaar van genoeg. Dat was het enige waar ze altijd op hoopte.
Genoeg om ervoor te zorgen dat er een dak boven hun hoofd
was en eten in hun maag kwam. Genoeg om hun waardigheid
intact te laten en niet bij onwillige verre familieleden te hoeven
aankloppen voor een tijdelijke aalmoes. Genoeg om te leven
zoals ze dat deden.

Toen beleefde Meera haar ogenblik van revelatie: Giri. Hij was
de god van haar genoeg. Ze drukte haar opluchting koesterend
tegen zich aan. Het genoeg dat ze altijd had gewild was van haar.

Slechts twee keer ervoer ze een korte maar hevige beklemming
die haar rust verstoorde. Toen schreeuwde Meera, de anders zo
terughoudende Meera, het uit van pijn in de verloskamer. De
verpleegkundigen hadden geprobeerd haar stil te krijgen, maar
ze had geschreeuwd en gekrijst om vaart te zetten achter het
procédé dat haar terug kon brengen naar haar toestand van genoeg.

Toen de baby's in haar armen werden gelegd, werd ze overrompeld door een allesomvattend gevoel van vervulling. Hoe kan al het andere zich hiermee meten, dacht ze, terwijl haar blik die van Giri zocht.

Meera leest de e-mail nog een keer. Ze is zo blind geweest. Giri wilde méér dan genoeg.

En dan is ze ineens overweldigd. Meera, het ganzenmeisje, de ideale echtgenote, was vergeten dat achterdocht, net als de tamarinde, nooit haar wrangheid verliest. Achterdocht weet hoe ze moet wachten. En wanneer ze als een venijnig gonzende zwerm tevoorschijn moet komen.

II

Achterdocht zwermt en zweeft, klaar om venijnig toe te slaan. Is het hier? Hoe kan dat nou? Misschien vergist de taxichauffeur zich ...

Een gang met grijs geverfde deuren. Heel gewoon grijs waardoor de grauwe beige muren er als aangelengde kipkerrie uitzien. De mozaïekvloer is afgeschilferd en smerig. Hij volgt de jongen door de gang en bij elke stap neemt zijn moedeloosheid toe. Waarom besloot ze hiernaartoe te komen?

'Er is nog één andere de luxe kamer. Maar die is gereserveerd voor de dokter,' zegt de jongen. 'Die komt af en toe, maar de kamer wordt altijd voor hem gereedgehouden. Deze kamer is ook heel goed.'

De jongen draait de deur van het slot en duwt hem open. Er ontsnapt een golf warme, onwelriekende lucht. De jongen doet het licht en de plafondventilator aan. Jak kijkt om zich heen.

Aan de ene kant staat een bed, opgemaakt met een gebatikt laken en een kussen waar een gevouwen laken op ligt. Er hangt een spiegel aan de muur met een houten richel eronder. Naast de hoofddeur is nog een deur. De badkamer, denkt hij en hij stelt de onvermijdelijke huiver om wat hij zal aantreffen even uit. Een minuscuul stukje antibacteriële zeep en een miniflacon shampoo. Een versleten handdoek, een groezelige emmer en beker. En een wc waar hij alleen boven kan hurken als hij al zijn in Amerika verworven hygiënische maatstaven uitbant.

'Thee, koffie, mineraalwater? Meneer! Meneer!' De jeugdige stem snerpt door zijn gedachten. De jongen staat met verwachtingsvolle ogen bij de deur.

Jak haalt een briefje van vijftig roepie uit zijn portefeuille; hij weet best dat hij te veel fooi geeft. De jongen straalt. Hij zal van pas komen, weet Jak.

Hij zet zijn tas op een lage houten tafel. Aan de andere kant van de kamer is nog een deur. Een grijze deur met aan weerszijden ramen. Grijze kozijnen. Boven zijn hoofd brengt de zoemende ventilator de lucht in de stille kamer in beweging. Hij vraagt zich nogmaals af waarom ze besloot naar deze gribus te komen. Wat stelde ze zich in vredesnaam voor?

Dan loopt de jongen naar de dichte deur en met het aplomb van een amateurgoochelaar die een konijn uit een zwarte hoge hoed haalt, trekt hij hem open.

De scherpe zeelucht. De dreunende, klotsende branding. Het zout van het opstuivende water. De lucht. Alles komt tegelijk de kamer in. Jak loopt het balkon op. Zijn benen trillen. Hij ziet de zee zoals zij die moet hebben gezien. En hij voelt hoe de vertrouwde pijn die altijd op de loer ligt, de kop opsteekt en zich krachtig uitrekt. Ze was hiernaartoe gekomen omdat ze een herinnering najoeg. Zijn herinnering aan dit kustplaatsje, Minjikapuram.

Hij begint het te begrijpen. Hij had om zijn eerste keer in Minjikapuram aan haar te beschrijven die ene zin opgediept die hij nog uit zijn Perry Mason-periode wist: 'Longen vol storm krijg je daar!'

Hij had het voor haar geschilderd. Het verrassende ervan, het grootse. Het door zee en wind overrompelde zelf. Ze had alles gewild wat hij had beleefd. Dus ook dit.

De taxichauffeur had naar het papiertje gekeken waarop hij het adres had geschreven. 'Ik breng u naar een beter hotel. Met kabel-tv en een koelkast op de kamer.'

Hij schudde zijn hoofd. 'Nee, ik wil hiernaartoe,' zei hij met een priemende wijsvinger op het papiertje.

De taxichauffeur haalde zijn schouders op. Ieder zijn meug, maar als het je niet aanstaat, ligt dat niet aan mij, sprak zijn rug beledigd.

Het hotel in Madurai had de taxi voor hem geregeld. 'De

chauffeur komt ervandaan. Hij moet de plek waar u naartoe wilt kunnen vinden,' zei de receptionist.

Jak had geknikt. 'Goed,' zei hij. 'Dat scheelt weer tijd.'

'Maar meneer,' de ogen van de man drukten een en al nieuwsgierigheid uit, 'wat is er in Minjikapuram te doen? Waarom gaat u ernaartoe? Gaat u op familiebezoek?'

Jak haalde zijn schouders op. 'Onderzoek! Gewoon wetenschappelijk onderzoek. Ik ben cycloonspecialist. En er zijn hier aan de kust een paar interessante ontwikkelingen die ik wil bestuderen.'

'O, nu begrijp ik het,' zei de man, die Jaks rekening aan het printen was. 'Na de tsunami zijn hier een paar wetenschappers geweest. Ze waren op onderzoeksreis en gingen verder naar het zuiden, zeiden ze. Maar weet u wat ik vind ...?' Hij pauzeerde vol verwachting.

Jak stond daar zonder iets te zeggen, wetend dat hij het toch te horen zou krijgen.

'Je kunt de natuur bestuderen zoveel je maar wilt, maar voorspellen kun je haar nooit. Eigenlijk is er niets te voorspellen in het leven.'

Jak dacht er weer aan toen de auto de marktweg op draaide. Had hij ooit gedacht hier nog eens terug te komen? Het was bijna eenendertig jaar geleden dat hij in Minjikapuram was geweest. Na de hectische drukte van Madras had het er stil en kleinsteeds geleken. Hij speurde de weg af naar een vertrouwd oriëntatiepunt. Hij herinnerde zich alleen nog de bushalte met ervoor een rij winkelgevels. En de tempel op de heuvel.

'Komen er nog steeds mensen naar de tempel?' vroeg hij.

'Niet zoveel meer. Iedereen rent tegenwoordig naar Tirupati of Sabarimala. Maar de mensen hier uit de buurt bidden nog tot Minjikaiyan en Minjikammal voor het welzijn van hun kinderen. Mijn vrouw gaat er elk jaar één keer heen en dan moet ik per se mee van haar. Als het om je kinderen gaat, neem je liever geen risico's. Tenslotte zijn onze kinderen ons meest waardevolle bezit.'

Hij had die nuchtere mededeling van de chauffeur al diverse

keren gehoord. Maar nu waren de woorden scherp als een uit-beenmes. Hij werd erdoor opengereten en in één plotselinge haal van zijn krachten ontdaan.

Jak bekeek de winkelgevels aan weerszijden van de straat. Het zag er allemaal zo vertrouwd uit. Een zaak met aluminium bakken. Een andere met zakken graan. Een kapper en een kiosk met kranten en drank. Rollen stof naast een winkelingang en hangertjes met sari's aan het plafond. De gouden gloed uit een afgeschermd interieur. Het aroma van koriander en koffie dat de lucht verzadigde. Het rijtje bloemenverkopers met enorme slingers goudsbloemen en jasmijn. Een verkoper die in een reusachtige koekenpan op zijn handkar *pakodas* bakte. Een andere verkoper zat onder een boom op een lap zeildoek met een uitstalling van felgekleurde plastic artikelen en verderop was er een waarzegger met een parkiet in een kooitje. Er leek de afgelopen dertig jaar niet veel te zijn gebeurd. Het was nog steeds een stadje dat er nu eenmaal was en daar zou blijven.

Dat had Jak aanvankelijk zo bevreemd. Waarom had ze juist naar Minjikapuram willen komen?

De taxi volgde de marktweg en kwam langs een kerk. Het aantal winkels nam af en Jak rook de oceaan.

'Is de zee hier ver vandaan?' vroeg hij aan de taxichauffeur.

'Achter het hotel,' zei de man. 'Maar het is geen zee om in te zwemmen. Deze kust is gevaarlijk.'

'Dat weet ik,' zei Jak. 'Ik ben hier al eens geweest.'

'Dan hoef ik u niet te vertellen dat u voorzichtig moet zijn,' zei de man.

'Nee.' Hij zei het zachtjes. Had iemand Smriti maar gewaarschuwd dat ze voorzichtig moest zijn.

Toen de taxi voor een lelijk, vaal gebouw stopte, vroeg hij: 'Weet je zeker dat het hier is?' De chauffeur keek hem met een nietszeggende blik aan en haalde toen zijn schouders op. 'Dit is het hotel. Totaal ongeschikt voor iemand als u. Zal ik u ergens anders naartoe brengen? Ik weet een heel goed ...'

Jak hield met opgestoken hand de woordenstroom tegen. Hij

betaalde de chauffeur en duwde het ijzeren hek open. Ergens in dit groezelige kusthotel zou hij de eerste aanwijzing vinden, dacht hij.

De receptionist was een lijst aan het invullen en liet hem wachten. Aan de muur hing een kalender. 30 september. Er stond een rijtje rode plastic stoelen tegen de muur. Enkele mannen bladerden door krantenkaternen. Eén man praatte in een mobiele telefoon.

Hij voelde hun blikken. De rook van hun sigaretten prikte in zijn keel. Waren jullie hier toen het gebeurde? wilde hij ze vragen. De laatste week van februari. Op de achtentwintigste. Weten jullie het nog? Hadden jullie niet iets kunnen doen? Wat dan ook?

U, meneer, wilde hij een oudere man vragen die in een crèmekleurig hemd met halflange mouwen en een dhoti de krant zat te lezen, u ziet eruit als een vader, een grootvader; een beschaafd iemand. Had u niet iets moeten zeggen? Haar vragen waarom ze hier was. Dat doen we toch? We steken verdomme overal onze neus in, stellen vragen over alles wat we zien. Ze zou het niet leuk hebben gevonden. Ze had u misschien gevraagd of u zich met uw eigen zaken wilde bemoeien. Ze was misschien weggelopen terwijl ze 'Indiërs!' mompelde. Maar als u het haar had gevraagd ... Misschien.

Toen hij wegliep, hoorde hij de oudere man aan de receptionist vragen: 'Wie is dat? Niet het soort dat we hier te zien krijgen.'

Hij hoorde de receptionist mompelend reageren.

'Wie is dat?' vroeg Jak aan de jonge hotelbediende, terwijl hij de vorsende blik van de bejaarde man op zijn rug voelde schroeien.

'De eigenaar van het hotel. Dokter Srinivasan. Hij bezit alles hier in Minjikapuram. De winkels. Het ziekenhuis. De bioscoop. Alles. Een heel belangrijk iemand.'

Jak wendde met een knikje belangstelling voor. Weer werd hij door zijn eigen gedachten overstelpt.

Jak schuift op zijn stoel en legt het boek weg dat hij probeert te lezen. Hij heeft dezelfde regel nu al twintig keer gelezen en het blijft een reeks betekenisloze lettergrepen. Hij steekt een sigaar op, maar die smaakt bitter en droog in zijn mond. Hij besluit een eindje te gaan lopen. De receptionist doet net of hij Jak niet ziet langskomen. De vijandigheid van zijn afgewende blik verbaast Jak. Dit slaat helemaal nergens op. Ze kennen elkaar niet eens.

Hij wandelt op zijn gemak over de weg. Het is donker als hij bij de hoofdstraat van Minjikapuram is. Hij kijkt op zijn horloge. Kwart over zes. Hij blijft aan de kant staan en wrijft over zijn neus. Wat doet hij hier?

De bioscoop staat waar hij vroeger stond, voor de bushalte. Jak koopt een kaartje en gaat de verduisterde zaal in. Hij heeft een balkonplaats, helemaal achterin. Maar omdat de bioscoop bijna leeg is, kiest hij zelf een plaatsje uit op de eerste rij. Hij leunt achterover en zet zijn voeten op de balustrade voor hem. Hij kan zich niet herinneren wanneer hij voor het laatst in een bioscoop is geweest.

Appa ging graag naar de film. Ze gingen altijd naar de late avondvoorstelling, appa, amma en hij. Het was de enige zwakheid die zijn verder zo sobere vader zichzelf toestond. Amma zei het niet, maar die bioscoopavondjes maakten haar extra gelukkig. Dan trok ze iets van zijde aan en vlocht jasmijn in haar haren. Dan echode haar lach door het huis en maakte ze iets bijzonders klaar voor het avondeten. Nu Jak naar het verhaal keek dat zich ontvouwde over hoe liefhebbende echtgenoten en geduldige echtgenotes werden beloond, over schurken die tot moes werden geslagen en een leven dat gezegend was met rechtvaardigheid, vroeg hij zich af of amma in de films hoop vond, terwijl appa naar iets anders op zoek was: respijt van de dingen van alledag. Een vlucht uit het leven waartoe hij was veroordeeld. Of wie weet zag hij daar de banaliteit die hem had gesterkt in zijn besluit dit leven achter zich te laten.

Diep in de nacht gaat Jak op het bed af. Heeft zij erin geslapen? Was ze alleen? Of was er iemand bij haar? Deelden ze deze kamer, die tussen zijn groezelige blauwe muren de zee insluit? Hebben ze hier gevreeën? God, bidt hij, laat haar alsjeblieft hebben geweten hoe het is om zachtaardig te worden bemind, teder en behoedzaam. Niets zal ooit de verschrikking van wat er is gebeurd verzachten. Te weten dat iemand van haar heeft gehouden maakt het echter een beetje draaglijker. En dat ze wist hoe ze moest geven, niet alleen maar onbarmhartig werd beroofd en aangerand.

Hij dreunt zijn vuist tegen de muur.

Hij was niet van plan geweest terug te gaan naar waar het was gebeurd. Elk ogenblik te laten herleven, na te vorsen en er iets uit te deduceren. Wat heeft het voor zin? Dat hij weet hoe het zit zal Smriti's toestand niet terugdraaien.

Maar wat herinnert Smriti zich? Hij weet dat hij achter het ontstaan van die schreeuw, de bron van die doodsangst moet zien te komen.

III

Een ondefinieerbare doodsangst dreigt hem steeds verder het doolhof in te trekken.

Rillend van kou wordt hij wakker. IJskoude vingers grijpen zijn tenen.

Vroeger deed Smriti dat. Dan hield ze haar hand onder de koude kraan, ging naar zijn kamer, tilde het beddengoed op en pakte zijn voeten. Als hij wakker schrok, dook ze weg achter het voeteneinde terwijl ze haar best deed zichzelf niet met gegiechel te verraden. Als hij nu kijkt, is ze er dan?

De zeelucht heeft iets scherps. Hij staart naar buiten. De wolken hebben de kleur van geborsteld staal. Hij ruikt regen.

Het is alweer lang geleden dat hij veldwerk deed. Maar dit heeft hij altijd al gehad. Een tinteling in zijn binnenste die hem waarschuwt zodra de winden samenkomen en botsen. Kitcha die de voortekens leest, de waarschuwingen verzamelt, het baken dat het stormsein afgeeft, zo noemde zijn professor hem, maar half voor de grap. Zo nauwkeurig was Kitcha vroeger met zijn voorspellingen. Toen werd hij JAK. De goeroe van de cycloonsimulatie. Beroofd van zijn vermogens, in de steek gelaten door die intuïtieve kennis, wist hij niet dat aan de andere kant van de wereld zijn kind werd toegetakeld en geschonden. In plaats daarvan was hij in een strandhuis in Florida de vrouw van een collega tegen de muur aan het neuken.

'Dit wil je allang, hè, slet,' gromde hij in haar oor. En zij murmelde van ja en zette haar tanden in zijn schouder. Geile slet. Bitch. Hoer. Met dat feilloze instinct van hem wist hij dat dit absoluut geen snoezepoes, schattebout of *mon petit chou*-typetje was. Dat er in de stille professorenvrouw een latente sloerie school die alleen opgewonden raakte door hem en zijn magische schunnigheden: geile slet. Bitch. Hoer.

Heeft iemand dat tegen Smriti gezegd? De gedachte dringt zich abrupt en pijnlijk op. Hij struikelt het bed uit. Uit zijn tas pakt hij een blauw spijkerhemd en een foto. Hij wikkelt het fotolijstje erin zoals hij ooit haar in een hemd wikkelde en kruipt ermee in bed.

Jij wilde helemaal geen kind. Je vond het maar een angstaanjagend idee, vader zijn. Naar ons volwassen leven brengen we de dingen mee die we hebben geleerd van de volwassenen die we als kind kenden. Hoe kon je een goede vader zijn? Je was doodsbenauwd dat je de betrokkenheid die een kind van je zou verlangen, niet kon opbrengen. Dat je tegenover het kind hoe dan ook zou falen. Net als je vader. Wie wist hoe jij zou zijn als het zover was? Zou er een aangeboren egoïsme tevoorschijn komen? En dan de verantwoordelijkheid. Wat wist jij over hoe je een kind moest grootbrengen?

Maar Nina vond je angsten maar onzin. 'Je bent niet de eerste man die vader wordt; ik ben ook bang. Maar ik wil dit,' zei ze en ze drukte je hand tegen haar nog platte buik. 'Hier zit een leven in. Ons leven. Ons kind! Stel je voor, Kitcha!'

Toen Smriti was geboren, sloeg je die hele eerste nacht het slapende kind gade. Jouw kind. Je had nog nooit zoiets gehad: je smeltende, haperende hart als haar piepkleine vuistje een van jouw vingers greep. Van mij. Mijn dochter. Mijn leven.

Als ze midden in de nacht wakker werd, wikkelde je haar in een oud spijkerhemd, zacht van het vele wassen. Ze leek dat liever te hebben dan de vrolijk gedessineerde babyspulletjes die Nina en jij in de babywinkel hadden gekocht. En dan ging je met haar naar de huiskamer. Eerst bleef je een poosje met haar rondlopen, langzaam en zachtjes neuriënd, en daarna wiegde je haar in de schommelstoel bij het raam in slaap. Langzaam, heel langzaam, met haar zachte babywangetje naast je hals gevlijd, haar zoete, naar melk geurende babyadem op je huid, de warmte van haar lijfje waarvan jij doortrokken raakte. In die donkere, eenzame uren van osmose wist je dat je één was met het heelal en je kind. Als haar ooglid knipperde, voelde je dat aan jouw hartenklop. Als haar adem ook maar één milliseconde stilviel, sloeg jouw hart een slag over: mijn kind. Mijn dochter. Mijn leven.

Zijn ogen zijn heet en zwaar. Zijn keel doet zeer. De natte plek op zijn wang verbreidt zich. Daar ligt hij, in de grijze dageraad, een man geveld door een gedachte: waarom moest het haar overkomen?

Hij trekt het laken op tot zijn kin, draait op zijn zij en wiegt het bundeltje.

Een geluid doet hem schrikken. Hij heeft het nog nooit gehoord. Hij hoort het weer als het aan zijn keel ontsnapt. Een jammerklacht, een stille wanhoopsklank, een klaaglijke kreet van angst. En nu hij het niet meer kan opbrengen om sterk te zijn, komen de tranen. Eerst stilletjes, zijn pijn en verdriet dempend. Maar dan kan hij zich niet meer inhouden. Het leed wringt zich naar buiten. Jak huilt.

's Morgens wordt hij wakker met een gedachte: iemand zou het zich nog herinneren. Hij zou rondvraag doen. Iemand zou het weten. Hij springt uit bed en graaft weer in zijn tas. In het documentenvak zit de uitdraai. Hij had hem in vieren gevouwen erin gestopt. Nu haalt hij hem tevoorschijn en strijkt hem glad op tafel.

Twee dagen voor ze hier was aangekomen had ze hem de foto gemaild. Een glimlachend meisje met achter haar drie jongens. *Papa Jak, dit zijn mijn vrienden. Asha staat niet op de foto. We gaan met z'n vijven aan de slag met het 'Red het meisje'-project. Ik heb er zooo'n zin in!* had ze geschreven.

Jak kijkt naar de gezichten. Waar zijn die jongelui nu? De drie jongens en Asha. Waarom zijn ze haar niet één keer komen opzoeken? Schuldgevoel, misschien. Daar zou hij nog in kunnen komen. Dat ze er niet waren geweest voor haar.

En toch knaagt er iets. Het verontrustende van zo'n totale stilte. Er is een paar keer gebeld en er zijn zelfs wat mensen op bezoek gekomen. Maar niemand van de foto. De onzichtbare Asha heeft evenmin contact gezocht.

Wat is er in Minjikapuram gebeurd?

Er waren levens veranderd. Dat van Smriti en dat van hem. Dat weet hij in elk geval zeker.

De knopen moeten worden losgemaakt. De knopen van stilte die om de dagen voor het ongeluk heen lijken te zitten. Maar hoe en waar vindt hij dat stukje touw dat wat losser zit?

IV

Jak maakt voorzichtig het touwtje los. Hij doet de verpakking van krantenpapier open en daar ligt op een bananenblad de *masala dosa* die hij voor zijn ontbijt had besteld. De dosa zit aan één kant vol rodepeperchutney. Een uit herinneringen en aroma's samengestelde wolk dringt zijn neusgaten binnen. Het sissende beslag op de bakplaat, het smeltende klontje *ghee* waar het beslag bruin en krokant van wordt, de uien en chilipepers in de chutney, de geur van in bananenblad verpakt eten. Het water loopt Jak in de mond.

Ondanks alles, al stort onze wereld nog zo in, laat ons lichaam ons nooit vergeten dat we leven en behoeften hebben. Dat we onze honger moeten stillen, onze dorst lessen, onze verlangens bevredigen; ons leven leiden. Daar is geen ontkomen aan, denkt Jak, terwijl hij met gretige hand een stuk van de dosa trekt.

De jongen kijkt Jak gespannen aan. 'Is hij goed? Ik heb de *sambhar* en de chutney apart laten inpakken!' zegt hij en hij wijst naar twee plastic zakjes, het ene boordevol groen, het andere vol bruin vocht.

Jak knikt. 'Hij is prima. En hoe zit het met jou? Ik had je gevraagd ook iets voor jezelf te halen. Ik hoop dat je dat hebt gedaan.'

Swami glimlacht. 'Zal ik koffie inschenken?' vraagt hij en hij draait de dop van de thermosfles.

'Hoe lang werk je hier al?' vraagt Jak.

'Een paar maanden. Hoezo?'

'O, zomaar,' zegt Jak, die doet alsof het hem niet interesseert. 'Iemand die ik ken is hier eerder dit jaar geweest. Ik vroeg me af of je je haar herinnert. Ze was van jouw leeftijd. Negentien. Ze kwam uit Bangalore.'

Swami schudt zijn hoofd. 'Er was een probleem met dat meis-

63

je. De politie is eraan te pas gekomen. De receptionist en de bediende die toen in het hotel waren, werden door hen naar Tuticorin gestuurd. Hoezo? Waarom wilt u dat weten?'

Jak kijkt naar de grond en plooit zijn gezicht zo dat het niets verraadt. 'Gewoon uit nieuwsgierigheid. Ik heb over het ongeluk gelezen.'

Swami begint op te ruimen. 'Ik zou Chinnathayi ernaar kunnen vragen. Ze veegt hier. Zij weet het vast wel. Ze kent alles en iedereen.'

Jak denkt aan de bejaarde vrouw die hij de gang heeft zien vegen en er flakkert iets van opwinding in hem op. Iets wat hij sinds lang niet heeft gevoeld.

'Chinnathayi is vanmorgen niet gekomen.' Swami komt terug om het hem te vertellen.

'En wat doe ik nu?' vraagt Jak hardop aan zichzelf. Maar Swami geeft antwoord. 'Waarom gaat u niet naar het algemene ziekenhuis, meneer? Daar brengen ze alle politiegevallen naartoe.'

De dokter in het regionale ziekenhuis kijkt hem kort aan als hij de spreekkamer in loopt. Hij heeft de ziekenbroeder Jak laten binnenroepen, ondanks de lange rij patiënten. 'Ja, ja, wat kan ik voor u doen?' zegt hij monter, terwijl hij Jak opneemt met de roofzuchtige honger van een aasgier in afwachting van een doodgereden beest.

Wanneer Jak vertelt wie hij is, slaat de dokter zijn ogen neer. De glimlach verdwijnt. 'Wacht u alstublieft buiten. Ik heb veel patiënten, zoals u ziet. Waarom komt u trouwens niet een andere dag? Ik heb het momenteel erg druk,' zegt hij en hij drukt op de bel om de broeder te waarschuwen.

Maar Jak weigert te gaan. Hij gaat zitten en telkens als er een patiënt weggaat spiedt hij door een kier van de deur naar binnen in de hoop de blik van de dokter te vangen.

'Naakt. Nu weet ik het weer. Het is een maand of vijf, zes geleden gebeurd, nietwaar? De eerste week van maart, als ik me niet vergis. Hoe zou ik het kunnen vergeten? Hoe zou iemand het kunnen vergeten? We waren allemaal geschokt door haar toestand toen ze haar binnenbrachten. U weet hoe het gewoonlijk gaat ... Bij een verkeersslachtoffer moeten we de kleding wegknippen, maar in haar geval was er alleen een doek over haar heen gegooid. Ze had onmiskenbaar geen draad aan haar lijf gehad toen ze het ongeval kreeg. Waardoor je je afvraagt wat ze aan het uitspoken was.' De dokter in overheidsdienst slaat de pagina's van het dossier voor hem om en elk rukje aan het papier drukt de minachting uit die hij voelt voor een jonge vrouw die zo nonchalant met haar eerbaarheid omspringt en de expatvader die haar zo heeft opgevoed.

Je staart naar het gebogen hoofd van de man en wil hem in zijn gezicht stompen. Je hebt het over mijn kind, hoor. Zou je zo harteloos zijn als het om je eigen dochter ging? Zou je hier je afkeuring etaleren met zo'n air van 'wat er is gebeurd is haar verdiende loon'?

En het was geen ongeluk. Dat weet jij net zo goed als ik. Ze hebben je geld toegestopt om er een ongeluk van te maken. Heb je daarmee het dure horloge dat je draagt bekostigd, de mobiel in je zak, de auto die buiten geparkeerd staat? Schoft die je bent!

Je balt je vuist, maar onderdrukt de impuls om de man aan zijn overhemd overeind te trekken en tegen de muur te kwakken.

'Excuseer, meneer.' Jak perst dat 'meneer' eruit met alle onderdanigheid die hij bijeengeschraapt krijgt, in de hoop een wat minder behoedzame reactie te ontlokken. 'Wij, haar moeder en ik, kunnen nog altijd niet begrijpen hoe het is gebeurd.'

De dokter slaat zijn ogen op, kijkt achter hem. 'Is haar moeder hier?'

'Nee.' Jak veegt met de rug van zijn hand over zijn voorhoofd. 'Nee, ze is niet hier.'

'Ziet u, dat is het probleem met uw soort mensen. Expats zoals u. U begrijpt niet dat volwassen meisjes bij hun moeder moeten zijn. U denkt dat dit Amerika is. U stuurt uw dochter terug met een hoofd vol liberale ideeën die u haar in het Westen hebt geleerd en als er dan iets misgaat, geeft u India de schuld. Ze was hier met een man, hoor ik. In haar eentje.'

'Ze was hier niet met een man. Ze hoorde bij een groep. Ze waren vrijwilligers van een ngo-project,' probeert Jak ertussen te krijgen.

De man haalt zijn schouders op. 'Een man, een groep ... Zouden Indiase meisjes zo voortvarend zijn? Ze waren misschien klasgenoten, maar ze was alleen en wie weet wat er toen plaatsgreep? Hebt u of haar moeder haar niet geleerd wat ze moest doen en laten? Als u het mij vraagt, zou ik de schuld bij u leggen. Bij haar ouders.'

Jak staat op. Hij vertikt het om naar dit waardeloze, corrupte schepsel te luisteren dat hem de les leest over ouderlijke verantwoordelijkheid. Wat weet hij van hen? Of van haar? Voor hem is ze alleen een naakt ongevalsslachtoffer.

'Hoe gaat het nu met haar?' vraagt de dokter opeens.

Jak wacht even. Hij staart hem aan. Hij ziet de tikkende vingers, de zweetdruppeltjes op het voorhoofd; hij ziet de ontwijkende blik, het akkoordje waarop de man het met zijn geweten heeft gegooid. Hij ziet iemand die met de patiëntenstatus heeft geknoeid.

'U kent de toestand waarin ze verkeerde toen ze hier wegging. Wat zou er volgens u hebben kunnen veranderen?' zegt Jak en zijn schouders gaan hangen.

'Maar hoop is alles wat we hebben. Snap je dat niet? Je moet geloven dat er ergens een deel van haar nog in leven is. Dat haar vertelt dat er verandering komt. Het zal haar bij ons terugbrengen. Aan die gedachte moeten we ons vastklampen, Kitcha,' zei Kala Chithi met dat diepe, afgemeten stemgeluid van haar dat hij zo goed kende en waar hij zo op gesteld was. Haar stem was voor hem altijd al de stem van de rede geweest.

Ze zaten de dag voordat Jak naar Minjikapuram zou gaan in Smriti's kamer. 'Kijk dan,' was hij losgebarsten; hij eiste dat ze zag wat hij zag. Overal in de kamer stonden spulletjes die Smriti in de loop van haar leven had verzameld. Ansichtkaarten en kiezelstenen. Veertjes en knipsels. Foto's en boeken. De hele dag werd voor haar het soort muziek gedraaid waar ze vroeger naar luisterde. Op de planken tegen een muur stonden haar boeken. En op alle plekken die over waren de poppen. Poppen van plastic, schildpad, been, terracotta, metaal, rubber, met polyestervezel gevuld, met fluweel bekleed ... Al Smriti's poppen die de afgelopen vier jaar op Nina's zolder opgeslagen hadden gelegen. Toen Smriti ze wegborg, had Nina geklaagd: 'Ik zou willen dat ze mij die aan het kinderziekenhuis liet geven. Waarom wil ze ze houden?'

Dozen vol poppen van dag één tot ze veertien jaar en twee maanden oud was en Jak en Nina uit elkaar gingen.

Toen Jak ze wilde laten opsturen, zei Nina met overslaande stem aan de telefoon: 'Wat voor morbide idee is dit, Kitcha? Wat ben je met die poppen van plan? Je maakt het er voor ons geen van allen makkelijker op ... om hiermee om te gaan ... om deze tragedie te verwerken.'

'Tragedie! Je klinkt als zo'n plastic mens van het journaal,' snauwde Jak. 'Ze is onze dochter. Je kunt niet om haar heen of haar verwerken. Smriti is ons kind!'

Nina klonk kalm toen ze verder sprak. 'En Shruti dan? Denk eens aan wat dit met Shruti doet. Kun je je herinneren dat je nog een kind hebt? Denk in godsnaam aan haar, Kitcha! Je hebt niet eens naar haar gevraagd.'

Maar Jak had Smriti willen omringen met alles waarvan ze in haar ooit zo beeldschone wereld had gehouden. Elke pop bevatte een overvloed aan herinneringen. Wie weet wat haar zou terughalen? Het gitzwart van een oog, een blonde krul, een gestreept katoenen schortje, een witte rubberschoen ...

'Het lijken de koningsgraven wel. Alles waarvan ze hield, alles wat haar dierbaar was ... maar ze is niet dood. Weet je wat we aan het doen zijn? Haar levend aan het begraven.

Kijk deze poppen eens.' Hij liet zijn vingers langs een rijtje lappenpoppen gaan. 'Haar baby's; ze heeft ze toen ze net zes was allemaal een naam gegeven. "Ik heb later een huis vol baby's," zei ze en wij lachten bij het idee dat onze Smriti moeder zou worden. Kun je je onze Smriti als moeder voorstellen, zeiden Nina en ik lachend tegen elkaar.

Het maakt me kapot, Kala Chithi, om te bedenken dat het leven van mijn Smriti voorbij is. Dat ze nooit zal hebben wat ze allemaal wilde ... Nina denkt dat ik Shruti ben vergeten. Dat ze voor mij niet bestaat. Maar ik durf niet eens aan haar te denken. Hoe kan ik nog liefhebben? Hoe kan ik mezelf hier nog voor openstellen?'

Hij staarde naar de grond en terwijl zijn blik glazig werd, hoorde hij zichzelf zeggen: 'Het was beter geweest als ze was gestorven.'

Hij wachtte op Kala Chithi's stokkende adem. Op haar mededeling dat hij een harteloos schepsel is, een abnormale vader. Welke ouder zegt zoiets?

Toen een reactie uitbleef, keek hij op en zag in haar ogen alleen een groot verdriet. Vond zij dat ook, vroeg hij zich af. Dat er ondanks alle geruststelling die ze hem meende te moeten geven, werkelijk geen hoop was dat Smriti er ooit nog bovenop zou komen?

In het schemerduister van de kamer leek Kala Chithi extra uitgemergeld, de stoppels op haar hoofd waren ontelbare grijze puntjes. 'Je ziet er moe uit,' zei hij.

'Ik ben moe,' zei ze. 'Ik ben het moe me zorgen om jou te maken. Houdt dit dan nooit op?'

'Waar heb je het over?' Hij fronste zijn voorhoofd.

'Kijk naar haar, Kitcha. Als haar leven in de wacht staat, is dat vanwege een ongeluk. Maar jij, Kitcha? Jij hebt je leven ook in de wacht gezet. Je gedraagt je alsof het verraad is om er weer bovenop te komen en verder te gaan. Nina pakt dit beter aan dan jij. Wat doe je jezelf aan?'

Hij haalde zijn vingers door zijn haar. 'Het gaat goed met me. Ik moet alleen een paar dingen uitzoeken en daarna ben ik weer helemaal in orde.'

Kala Chithi raakte zijn elleboog aan. 'Waarom doe je dit, Kitcha?'

'Wat doe ik?' Hij hield zich van de domme.

'Ik ken je te goed. Je moet het niet voor me verbergen, Kitcha. Ik weet dat je op Smriti's universiteit bent geweest met je gegraaf en je vragen.'

Hij haalde zijn schouders op. 'Ik moet het weten. Ik kan niet geloven dat het een bizar ongeluk was.'

'Maakt dat het makkelijker om te dragen?'

'Er is iets wat me niet lekker zit ...' Kitcha klonk weifelend.

'Wat dan?'

'Dat er sporen waren van seksuele activiteit voor het ongeval. Met meer dan één man ... Dat mijn dochter, mijn Smriti zich ... Het ongeluk gebeurde op het strand. Denk je dat zij zich ...' Zijn stem brak, niet in staat de gedachte af te maken: als een loopse teef op het strand zou laten neuken door meer dan één man.

Hij rechtte zijn rug. 'Ik kan niet aanvaarden wat ze zeggen. Als iemand haar dit heeft aangedaan, dan moet diegene worden bestraft.' Jak sprak langzaam. 'Ik ben haar vader. Ik moet het voor haar rechtzetten.'

De oude vrouw zat naast Jak, haar Kitcha. 'Dit is geen boek of film, Kitcha. Er komt geen "en ze leefden nog lang en gelukkig" nadat jij de wrekende vader hebt gespeeld die op vergelding uit is!'

'Dat weet ik.' Hij liet zijn hoofd op zijn armen zakken. 'Ik weet ... wat de gevolgen zijn. Maar ik moet uitzoeken wat er met haar is gebeurd. Ik ben een wetenschapper, Kala Chithi. Ik ben van nature geneigd dingen te onderzoeken, proberen ze te peilen, te doorgronden.'

Jak wachtte tot Kala Chithi iets zou zeggen. Dat ze zijn bewering over een wetenschappelijke noodzaak met een luid 'wat een onzin' van tafel zou vegen. Toen hij opkeek, zag hij een verwrongen, leugenachtig lachje van afkeuring op haar gezicht.

Onder zijn blik gleed het lachje weg. 'Hoe weet je wanneer je moet ophouden?'

Hij stond op. De behoefte om weg te gaan streed met zijn behoefte om zich in een achterkamertje terug te trekken waar hij zich tussen de boeken en lange kolommen met gegevens en grafieken kon ingraven.

'Ik weet het niet. Maar wetenschappelijk onderzoek eindigt nu eenmaal altijd met een conclusie. Misschien dat ik het daar dan bij laat.'

'En wat doe je met de conclusie die je trekt, Kitcha?'

Jak schudde zijn hoofd. 'Ik ben een wetenschapper, maar ik ben ook een vader. Het hangt af van wat ik ontdek. Ik kan je nu niets beloven, Kala Chithi.'

In gedachten verzonken liep hij de kamer uit. Hij vergat zelfs Smriti zoals altijd onder haar kin te kietelen. Even met zijn vingers kriebelen en dan 'Wakker worden, kleine meid, binnen twee minuten, anders wordt papa Jak heel boos!'

Jak zit op het balkon van zijn kamer en staart naar de horizon. Op dit tijdstip voelt hij altijd een hunkering vanbinnen. De jonge Kitcha had zijn hoop op de avondlucht gevestigd, maar de volwassen Kitcha wordt er alleen maar moe van. Weer een zinloze dag voorbij.

Chinnathayi leek te zijn verdwenen, zei Swami. 'Thuis is ze ook niet. Ik ben er geweest om haar te zoeken, maar het huis was afgesloten.'

'En de dokter? Was die er toen?' vroeg Jak ineens. 'De dokter die hier in het hotel overnacht?'

Swami schudde zijn hoofd. 'Hij betaalt niet. Hij komt af en toe met zijn echoapparaat naar het ziekenhuis van Srinivasan *sir*. Er staat dus niets over in het hotelregister. Ik kan navraag doen bij Dorai sir van de receptie.'

Maar Dorai had niets te melden, net zo min als iemand anders in het hotel. 'Dorai sir vroeg trouwens of ik me met mijn eigen zaken wilde bemoeien. Hij vroeg of ik voor u werkte of voor het hotel. En wilde ik mijn baan houden, ja of nee?' zei Swami, die in de deuropening stond en Jaks blik ontweek.

En Jak wist dat dit het zoveelste doodlopende spoor was.

Het was net alsof je tegen een doorzichtige glazen wand omhoog probeerde te klimmen. Aan de andere kant was de waarheid en aan deze kant vormden zich vage vermoedens.

Hij wachtte de hele middag op het politiebureau. Hij was door een nieuwe nederigheid bevangen. Deze mensen hadden het druk. Hij had hen nodig, zij moesten tijd voor hem vrijmaken. Hij wachtte; elke seconde was een keiharde pinda in zijn mond waar zijn tong niet vanaf kon blijven, waar hij vreselijk graag zijn tanden in wilde zetten om hem doormidden te bijten.

'Kom later maar terug,' raadde de agent hem aan. 'Ik moet de dossiers zoeken. Dat kost me zeker een week. Het is een drukke week. Morgen is het *Gandhi Jayanthi*, of bent u dat vergeten? Een parlementslid komt de festiviteiten bijwonen!'

Starend naar de lucht wrijft Jak over zijn neus. Wat moet hij nu aanvangen? Hij weet dat het politiedossier de doktersverklaring zal bevestigen, meer niet. Ongevalsslachtoffer. Naam. Leeftijd. Geslacht.

Hoe zit het met de anderen? De drie jongens en Asha. Jak haalt de uitdraai uit zijn zak en kijkt er nog eens naar.

Wat gek dat de dokter van het regionale ziekenhuis zei dat Smriti er met een man was. Blijkbaar heeft niemand het over de twee andere jongens of het meisje. Waar waren die dan toen het ongeluk gebeurde? Of heeft Smriti tegen hem gelogen? Maar waarom zou ze? Hij is niet het soort vader dat de wet voorschrijft of regels oplegt. Ze hebben altijd alles kunnen bespreken. Waarom zou ze dan tegen hem liegen?

Jak staat abrupt op. De plastic stoel schuift achteruit, blijft op de afgeschilferde mozaïekvloer steken in een kuiltje en kiept achterover. Hij wil hem overeind zetten, maar schopt hem dan weg. Zijn dochter ligt op haar rug, kan misschien wel nooit meer zitten. Waarom maakt hij zich verdomme zo druk over een stoel?

Van waar hij op het balkon staat, kan hij de strook zand achter het hotel zien. De zandheuvel. Is het daar gebeurd? Of aan de kust verderop? Of misschien in een beschutte inham?

Komt er dan nooit een einde aan deze marteling die hij zichzelf aandoet?

Jak propt zijn nog natte handdoek in een plastic tas en draait de deur achter zich op slot. Het is een verraderlijke kust. Hij weet dat alleen dwazen en toeristen die niet goed snik zijn, in zee gaan zwemmen. Maar hij kan het rusteloos in zijn binnenste ijsberende beest niet in toom houden.

Hij trekt zijn kleren uit en rent in zijn boxershort de zee in. De golven slaan tegen hem aan, maar hij werkt zich door de branding heen. Dit is niet de vriendelijke oceaan waar hij door het jaar heen meestal in zwemt. Dit is niet de vredige zee waaraan hij zijn vakantie heeft doorgebracht. Hier tillen de woeste, ruwe golven hem op en smijten hem terug naar de kust. Maar Jak vertikt het om terug te gaan. Hij vertikt het om te luisteren naar de waarschuwing van de zee. Ik ken jou even goed als mezelf. Denk je dat je me bang maakt? Wat heeft dat voor zin? Het ergste wat er kan gebeuren, is al gebeurd. Wat denk je dat je me nu kunt aandoen, schreeuwt hij tegen de golven. En dan valt, zoals hij al wist, de zandplaat onder zijn voeten weg. Een bodemloze afgrond. Nu staat hij er alleen voor.

Alleen.

V

Hij vond het niet langer erg om alleen te zijn, hij was eraan gewend. Af en toe was hij bang dat hij nooit meer met een ander zou kunnen leven. Zijn persoonlijke ruimte was belangrijk geworden voor hem. Sterker nog, er waren dagen bij dat hij bijna opgelucht zijn stille appartement in liep. Die middag was hij blij geweest dat er niemand zat te wachten toen hij de sleutel in het slot stak.

Hij had zachtjes voor zich uit fluitend de deur van zijn appartement opengedaan en was naar binnen gewandeld. Het was zo'n irritant woordeloos deuntje. De tekst was hij vergeten, maar nadat Lisa de eerste keer had gebeld was de melodie blijven hangen en zat nu nog in zijn hoofd.

Een week geleden had hij thuis een feestje gegeven voor wat aanstaande ex-collega's en hun vrouwen. Hij ging weg, een sabbatical voor onbepaalde tijd om research te doen voor het boek dat hij wilde schrijven. Als hij het nu niet deed, deed hij het nooit, zei hij lachend. Uit zijn ooghoeken zag hij Lisa die hem met haar grote blauwe ogen verslond.

Zo was het begonnen. Het veroveren van Lisa Sherman.

Hij had met plezier met haar geflirt. Dat ging hem goed en moeiteloos af. Hij moest zich gewoon aan een stramien houden. Dat had hij van de cyclonen geleerd. Dat er niets willekeurigs is aan het leven, oceaanstromingen, wolken of relaties met getrouwde vrouwen, ook niet als ze de echtgenote zijn van een collega. Hij pikte haar eruit als degene die volgens hem het meest kwetsbaar en dus buitengewoon neukbaar was.

Om haar hals lag een enkel snoer van barnstenen kralen en op haar gezicht stond haar verlangen te lezen: twee ontevreden plooien bij haar mondhoeken en honger in haar ogen. Haar vingers friemelden speels met de barnstenen kralen terwijl ze hem vanaf de andere kant van de kamer met haar ogen uitkleedde. *'Come back Liza, come back girl, wipe the tear from my eye,'* zong Belafonte op de stereo; zijn Bose-speakers zeiden het alleen tegen haar.

En toen haalde hij zijn Leonard Cohen tevoorschijn. De enige dichter die in hem zong. Cohen die een versregel had voor elke man, elke vrouw, elk ogenblik. Voor Lisa en haar zusters. Voor elke vrouw die haar eenzaamheid als een zonde met zich meedroeg.

Ze belde hem de dag erna. Dat hoorde ook bij het stramien. Goede echtgenotes die bellen om je te bedanken. Het volgende telefoontje, twee dagen later, was om te zeggen dat CNN een programma over Bangalore uitzond. Zat zijn dochter daar niet? Dat zou hij wel graag willen zien, dacht ze.

Hij had die vertrouwde opgewonden kriebel in zijn binnenste gevoeld; het was alsof je op een satellietfoto dwars door de cirruswolken heen het oog van een cycloon ontdekte. Zodra hij dat zag, wist hij wat er zou komen.

Laat in de namiddag was de kamer al gedompeld in het duister van het afnemende licht. Jak gooide zijn sleutels op de tafel bij de deur. Het gekletter van de sleutels op het metalen blad vulde de gang. Even hield Jak zijn pas in. Het lege appartement, de stilte die er hing, vulde hem. Over twee weken zat hij op Hawaï. Het was niet niks om op zijn achtenveertigste weer opnieuw te beginnen, net als toen hij als tweeëntwintigjarige naar de Verenigde Staten was verhuisd. Zou hij het anders aanpakken als hij die jaren over kon doen?

Het deuntje zat nog steeds in zijn hoofd en Jak kon het alweer naar buiten horen komen. Hij ging naar de koelkast en pakte een beker fruityoghurt. En uit een zakje een handvol wortelreepjes. De koelkast was vrijwel leeg. Morgen zou hij boodschappen doen. En dan werd het tijd om af te sluiten en te vertrekken.

Jak leunde achterover op de bank en drukte op de afstandsbediening van de tv. Het geluid van een honkbalwedstrijd vulde de kamer. Hij zette het geluid uit en maakte de beker yoghurt open. Lisa's oksel. Een wolk van aardbei met daaronder een kaasgeurtje. Een ongewassen Lisa die geen deodorant op had en niet voorbereid was geweest op hem. Hij had haar die eerste keer overvallen met stoppels onder haar oksels, piekhaar en onder haar spijkerbroek een slipje dat zacht was van het vele wassen en waarvan de elastiek begon te lubberen. Een slonzige, riekende Lisa die schuilging achter de façade van nette echtgenote. Een ongetemde Lisa met scherpe, spitse tanden en een onverzadigbare honger. 'Niet hier, niet hier,' klikklakten de barnstenen kralen tegen de deur terwijl zij kreunde. 'Niet hier in huis! Niet in zijn huis!'

Je wilde een vrijpartij, eventueel een paar vrijpartijen achter elkaar. Maar Lisa's huwelijk wilde je niet kapotmaken. Toch stemde je toe toen ze voorstelde elkaar te ontmoeten in het strandhuis van een vriendin van haar. Dat kon toch geen kwaad? Ze wist wat ze deed. Volwassenen onder elkaar enzovoort. Ze had het allemaal piekfijn voorbereid. De oppas voor de kinderen en een alibi voor zichzelf. Een picknickmand met iets te knabbelen, wijn, zelfs een kurkentrekker. Sexy lingerie, pas gewassen haar en gelakte nagels. Terwijl ze je op dat haastig opgemaakte bed pijpte, vroeg je je af hoe lang ze hierover had nagedacht.

Maar toen je de ramen dichttrok en de deur op slot deed, klampte ze zich aan je vast. 'Wanneer? Wanneer kan ik je weer zien, schat?'

En het was gedaan met je postcoïtale gevoel van verzadiging. 'Schat!' Je zag haar vingers die zich om je pols sloten en je kreeg een bittere smaak in je mond. Wist ze dan niet dat je wegging?

Er flikkerden beelden op het tv-scherm voor hem. Wat had hij nu weer gedaan? Hij hoorde het Nina zeggen: 'Jij denkt niet na. Dat doe je nooit. Je zwicht gewoon voor die wilde, roekeloze impuls. Heb je ook maar één moment aan de andere betrokkenen gedacht?'

Toen ging de telefoon, een zacht maar aanhoudend gerinkel dat door het appartement echode. Lisa, dacht hij. Ook dat was het stramien. Ze belden altijd nadat ze die eerste onderdrukte honger vrij spel hadden gegeven. Vrouwen noemden neuken nooit gewoon neuken. Het moest opgetut en gelouterd worden door over liefde te praten. Met een zucht pakte hij de telefoon. 'Met Jak,' zei hij.

Het was Kala Chithi. 'Kitcha.' Haar behoedzame stem in zijn oor. 'Ik ben gebeld door het politiebureau in Minjikapuram.'

En hij voelde de grond wegglijden.

VI

Telkens als hij denkt dat hij een zandbank heeft gevonden waar hij kan uitrusten, glijdt hij weg.

De golven beuken nog steeds op hem in. In zijn gevecht met het water vergen de deining en het gesjor al zijn kracht. Zodra hij ook maar één tel verslapt, heeft hij geen lucht meer. Het water prikt in zijn ogen. Zijn armen doen pijn, zijn benen worden moe, maar hij kan niet omdraaien. Hij moet het schuldgevoel ontvluchten dat hem achtervolgt. Hij had het magische land van Minjikapuram geschapen. Door te vertellen wat hij er allemaal had meegemaakt, plantte hij een zaadje in Smriti's hoofd. Nu denkt hij aan die eerste keer.

Ze was zeven. Hing tegen hem aan met in één hand een lappenpop en haar duim in haar mond.

'Er staat een tempel op een heuvel aan zee. Maar hij is niet zoals de andere tempels. Deze heeft twee goden. Minjikaiyan en Minjikammal. Ze zijn geboren toen op die heuvel Shiva's zaad werd opgesplitst.'

'Wat voor zaad? Is Shiva een vrucht?'

Jak lachte. 'Nee, gekkie. De heer Shiva met het derde oog. Als hij het opendoet veranderen jij en ik, mama en de kleine Shruti, en jouw Melissa en Sita, Tinkerbell en Kolika,' zei hij met een gebaar naar de poppen die ze naar de huiskamer had meegebracht, 'in geroosterd vlees.'

'O, hoe weet jij dat? Ben je hem tegengekomen?' vroeg Smriti met ogen boordevol bewondering voor haar papa Jak.

'Bijna. De mensen geloven dat de wens die je doet in vervulling gaat nadat je bij de tempel in Minjikapuram in zee hebt gezwommen en daarna de 1333 treden beklimt. Dus ik sprong in het water. Ik wilde gewoon even zwemmen en dan mijn wens doen. Maar de zee had andere plannen met mij.'

'En toen, papa?' Smriti raakte zijn schouder aan.

Jak keek naar het gezicht van zijn dochter en probeerde het afgrijzen weg te lachen dat hij had gevoeld op het moment dat hij wist dat de stroming hem niet zou laten gaan.

Hoe kon hij nou toegeven dat hij doodsangsten had uitgestaan? Door te erkennen dat hij bang was geweest, maakte hij zichzelf en zijn geruststellingen verdacht: *je bent nu een grote meid, je hebt geen nachtlampje nodig. Papa zit hiernaast, je hebt toch niets te vrezen? Het is gewoon een akelige droom, kindje. Te veel pizza. Er is geen monster dat je komt pakken. Papa is hier.*

De zeeën voor de kust waren wild, de stromingen onvoorspelbaar en bijna duivels in hun opzet. 'Waar ben jij mee bezig, onnozelaar?' had de man tegen hem geschreeuwd toen hij hem op zijn catamaran hees. 'Dit is de oceaan, niet een of ander stom pierenbadje waar je in kunt poedelen. Je moet de oceaan begrijpen, weten wat de lucht zegt voor je je erin waagt.'

Kitcha van vijftien lag met zijn hoofd over de zijkant van de boot. Zijn borst deed pijn en hij voelde het bijtende zout in zijn keel, het water in zijn opgezette buik. Dood. Hij had dood kunnen zijn en dan was zijn lichaam drie dagen later op het strand aangespoeld.

Hij merkte dat ze hem onderzoekend aankeek. Haar vingertjes lagen om zijn pols.

'Papa, is je wens uitgekomen?'

Jak glimlachte. Hij was zo bang geweest dat hij vergeten was zijn wens te doen. 'Ik ben nooit meer bang geweest voor de zee.'

'Je bent niet bang voor de zee! Echt niet?' Haar ogen zochten de zijne. Ze hadden haar net op zwemles gedaan. 'Al dat water om je heen, over je heen ... je was eerst heel bang, hè papa?'

Toen was Nina uit haar werkkamer gekomen. 'Kitcha, je weet dat je haar jouw verhalen niet moet opdringen. Ze zwemt toch al niet graag. En nu maak je haar nóg banger!' Alsof ze de angel uit haar woorden wilde halen, woelde Nina in het langslopen door zijn haar.

Ze was toen nog niet op het punt waarop ze alles wat hij deed, alles wat hij zei, zelfs hoe hij ademhaalde, aanstootgevend vond.

'Natuurlijk was ik bang, in het begin. Maar toen heb ik iets geleerd. Ik leerde de zee te respecteren en ik ben nooit meer bang geweest. Je moet altijd respect hebben voor het water,' zei hij. 'Geen flauwekul. Geen stomme risico's. Daarom is Minjikapuram in mijn leven zo'n belangrijke plek, snap je. Ik heb er iets geleerd. Niet weglopen van de dingen waar je verschrikkelijk bang voor bent. Ik was bang voor water, maar niet lang. Als je het begrijpt, kan het je nooit de baas worden of je bang maken.' Jak probeerde zijn beste vaderlijke beentje voor te zetten. Een vader die levenslessen overbrengt en zijn kind door de complicaties van het leven heen loodst.

Hij zag Smriti's intense blik. Ze was een kind dat alles wat hij zei beschouwde als de heilige waarheid. Missers of zwakheden van hem zou ze nooit toestaan. Dus trok hij, ineens onbehaaglijk omdat ze hem zo serieus nam, aan haar staartje. 'Weet je wanneer ik hem echt geknepen heb?' Hij ging op fluistertoon verder. 'Toen ik je moeder vroeg of ze met me wilde trouwen. Ik stond te trillen op mijn benen. Dát was pas eng!'

Nina glimlachte naar hem vanaf de andere kant van de kamer. 'Leugenaar,' zei ze geluidloos. 'Leugenaar, leugenaar, leugenaar ...'

Jak deed alsof hij ineenkromp. 'Weet je wie ze was?' Hij wendde zich tot Smriti.

'Ze was het Meisje uit Madras. Het enige Meisje uit Madras op de hele universiteit in Syracuse. En ik was die ontzettend onschuldige jongen uit een steegje in Mylapore. Een klein brahmaantje dat niet eens wist wat voor spijkerbroek hij moest kopen. Maar het Meisje uit Madras wist alles.

En daar bleef het niet bij. Toen ik vroeg of ze met me wilde trouwen, keek ze me met één rood oog aan. Want ze had een rood oog, weet je.' Jak kneep zijn ogen bijna dicht. 'Ze keek me door haar zonnebril aan met haar rode oog en ze zei: "Ik weet het niet, Kitcha, ik weet het niet."'

'Kitcha, hou eens op met dat kind van die rare dingen te vertellen. Ik snap niet waarom je het doet. Smriti, luister eens. Dat rode oog kwam door een bindweefselontsteking. Ik weet niet waarom papa dat erbij vertelt ...' Nina roerde in haar koffie en likte het lepeltje af.

'Maar ze wist het, papa, ze wist dat ze met je wilde trouwen. Daarom zijn jullie met elkaar getrouwd en ben ik er en de kleine Shruti,' riep Smriti, die ontzettend graag deel wilde uitmaken van dat ogenblik dat Kitcha en Nina, papa en mama, elkaar hadden gevonden.

Kitcha, Nina, Smriti en Shruti. Wanneer was het allemaal veranderd?

Er slaat een golf over hem heen.

De middenfase. Dat is de periode waarop je bedacht moet zijn, denkt Jak.

Hij heeft het zien gebeuren. Hoe soms zelfs een goed ontwikkelde golf, een jonge, veelbelovende cycloon, niet volledig tot wasdom komt terwijl ze dat wel hadden voorspeld.

Jak vraagt zich af waarom hij het niet heeft zien aankomen. Zijn leven ging zich steeds meer afspelen in leslokalen en laboratoria waardoor de verandering hem ontging. En Nina en hij groeiden uit elkaar ... tot op een dag het huwelijk over was.

Het onbehagen, de schaamte, de teleurstelling ... Je nam je toevlucht tot de theorie van de god van de gaten om je kinderen het verdwijnen van de belofte uit te leggen. Je voelde de blik waarmee je oudste kind jou en Nina volgde. Je zag dat ze haar jongere zusje in haar armen nam. Ze had in Nina of jou geen vertrouwen meer als ouder. Je probeerde de logica; alle theorieën die je kende, alle redeneringen die je kon bedenken om het begrijpelijk te maken. Dat was de enige manier waarop je haar kon helpen er de zin van in te zien: van het voortdurende gehakketak, de muggenzifterij, de meedogenloze kritiek, het gebits en gesnauw dat ontaardde in kille ruzies die kwetsten en verminkten. De tastbare rancune wanneer jij en Nina alleen al samen in één kamer waren.

Smriti werd een kind gevangen tussen twee fronten. Ze weigerde de soms-groeien-mensen-uit-elkaar-er-is-geen-verklaring-vooruitleg te accepteren. Was ze daarom hun strijdtoneel ontvlucht? En op afstand probeerde ze Shruti's verhuizing te bewerkstelligen. 'Hier zullen we gelukkig zijn,' schreef Smriti. 'Dit is ons thuis. Hier betekent familie alles!'

Waren Nina en jij de aanstichters van wat er met haar was gebeurd? Had die stomme dokter dan toch gelijk?

Je hele leven wilde je enkel en alleen je kinderen beschermen. Tegen demonen en teleurstellingen, grote en kleine. Tegen leed en letsel, toegebracht door een onverschillige, harteloze wereld. Ook wanneer je alleen vanaf de zijlijn kon toekijken: toen Smriti niet werd gekozen voor de toneelopvoering op school, toen Shruti's vriendinnetjes niet kwamen opdagen op haar verjaardagsfeestje, toen Smriti's vriendje het uitmaakte.

Je deelde alles met hen wat het leven je over het leven had geleerd, zodat ze de fouten die jij had gemaakt konden vermijden. Maar toen ze besloten hun eigen fouten te maken, was er voor jou evengoed geen andere optie dan er voor hen te zijn.

Hoe kun je ophouden een ouder te zijn, ook als je kind zo vastbesloten de mantel van het kind-zijn van zich af schudt?

Wanneer laat je los? Waar houd je op? Hoe trek je de grens?

Jak kijkt watertrappelend om zich heen. In de verte ziet hij de tempel. Hoe is het mogelijk dat jullie niet op mijn kind hebben gepast? Toen ze hierheen kwam, betekende dat dat jullie verantwoordelijk voor haar werden. Hoe hebben jullie dit kunnen laten gebeuren? Jak gaat tekeer tegen het duo, broer en zus, en houdt er dan ineens mee op. Waar is hij mee bezig? Proberen de verantwoordelijkheid af te schuiven op stenen goden in een vervallen tempel op een heuvel?

Als de zee hem meesleurt, is er niemand op wie hij zijn beschuldigingen kan richten, behalve op hemzelf.

En Smriti? Wat gebeurt er dan met haar? Nina zou haar ergens naar een inrichting brengen. Nina is niet langer de vrouw die hij kende. Het broze pantser waar vroeger zo snel barstjes in kwamen, is versteend.

Nina had kort voor ze naar haar leven in Amerika terugkeerde, bij Smriti gezeten. Een nu eens inerte Smriti. Ze zat vaak aan haar dochters bed naar haar gezicht te kijken, speurend naar een of ander teken van verandering. 'Kitcha,' zei ze ineens kwaad, 'ik vind dat jij hier verantwoordelijk voor bent. Jij en niemand anders. Ik wil niet dat je bij Shruti in de buurt komt. Desnoods stap ik naar de rechter. Ik wil niet nog een dochter aan jou kwijtraken. Aan India.'

'Nina.' Hij wilde haar hand in de zijne nemen. Maar ze duwde de hand weg.

'Jullie wilden geen van tweeën ooit naar me luisteren. Jullie spanden samen tegen mij. Ik ging niet met mijn tijd mee. Ik was een gargouille die adviezen spuide, ik werd door jullie uitgedaagd, getreiterd zelfs. Prima! Zorg jij nu maar voor haar. Neem je verantwoordelijkheid.'

Jak draait naar de kust.

Daarginds op het vasteland ligt Smriti. De verantwoordelijkheid voor haar leven. De last van het verleden. Haar versteende toekomst.

VII

Meera's versteende toekomst. Die begint zo:

Het schorre geschreeuw van een zwerm *mynahs* in de avocadoboom bij het slaapkamerraam.

Ze kan het moment nog even rekken terwijl ze de slaap verdrijft die ze in alle vroegte met een pilletje had weten te verlokken. Op haar zij had ze de chemische samenstelling liggen lezen van het engeltje dat haar zenuwen zou weten te sussen.

Met gesloten ogen houdt ze haar adem in. Stel dat Giri in bed is komen liggen toen ze nog sliep? Een beweging naast haar. Een ademhaling. Een stilletjes naderende hand die haar heup omvat. Iemand schraapt zijn keel. De aanwezige Giri.

Met dichtgeknepen ogen ligt ze daar.

Meera's kruipende vingers bereiken de onbeslapen bedhelft. Nu weet ze dat het de ochtend na Giri's verdwijning is. In het tijdsbestek van één minuut springt, hinkelt, huppelt, tuimelt, tolt, wentelt en kronkelt haar geest door de talloze mogelijke gedaanten van de smart die haar wacht.

Verklaringen. Nayantara. Het politiebureau. Mama, Lily en Nikhil. De buren. Collega's. Vrienden. De chauffeur, de hulp, de mensen in het park. Telefoongesprekken. Creditcards. De bankdirecteur. Ziekenhuizen. Telefoonboeken. Het mortuarium, waar het stoffelijk overschot op identificatie wacht ... Hou op, hou op, zegt Meera tegen zichzelf. Ze ziet zichzelf ineens in de spiegel en denkt: ken ik die vrouw? Die daar met haar armen om haar knieën zachtjes zit te wiegen, als om zichzelf te troosten. Ken ik die vrouw van wie het verlies aan haar ogen, haar gezicht en haar ledematen is af te lezen? Een vrouw die niets anders weet te doen dan af te wisselen tussen verdriet en vernedering?

Ooit besloot Zeus Hera voor haar eigenzinnigheid te straffen. Hij hing haar aan de hemel met ketenen van goud om haar beide polsen en aambeelden aan haar beide enkels.

Hera zag haar spiegelbeeld in de zeeën onder zich. Ze sidderde bij het beeld van wat er van haar was geworden. Maar nog erger was de wetenschap dat men haar zo zou zien: een versteende vrouw.

Hoe kon dit haar zijn overkomen? Hera wist niet wat haar het ergste kwelde, de pijn of de vernedering. Een kreet ontsnapte haar.

En zo'n kreet slaakt ook Meera Hera als ze op deze klamme septemberochtend haar ogen opent.

'Waar is Giri?' vraagt Saro aan het ontbijt en ze prikt een blokje papaja aan haar vork.

'Dat weet ik niet,' zegt Meera. Haar moeder moet elke ochtend een hele papaja hebben, waarvan ze de ene helft in blokjes snijdt en opeet. De rest smeert ze op haar gezicht. Meera staart haar nu aan alsof ze haar voor het eerst ziet. Dit rare mens met haar oranje gezicht, mijn pauwenmoeder. Moet ik bij haar aankloppen voor troost en bijstand?

'Komt hij niet ontbijten?'

'Dat weet ik niet.'

'Hoezo weet je dat niet? Is een beleefd antwoord soms te veel gevraagd?'

'Tut tut, Saro,' valt Lily haar in de rede. 'Wind je niet zo op! Meera bedoelt dat ze niet weet of Giri binnen is of in de tuin.' Lily bebotert haar sneetje toast. 'Hij zal zo wel komen!'

Het mes schraapt over het krokante oppervlak van de boterham. Schraap. Schraap. Schraap. Meera voelt het over de binnenkant van haar schedel krassen.

'Nee, ik weet het niet. Dat bedoel ik dus. Ik weet niet waar hij is. Ik weet niet waar hij vannacht was of bij wie hij nu is. Ik weet niet of hij thuis komt ontbijten of ooit nog naar hier komt. Ik weet niet of hij leeft of dood is of ergens in een ziekenhuis in coma ligt ... Ik weet verdomme helemaal niets!' snauwt Meera. Haar ogen schieten vol en ze veegt de tranen weg. 'Tevreden? Is je nieuwsgierigheid hiermee bevredigd, ma?'

Saro's ogen zijn rond van schrik. Lily's sluwe oude ogen zijn spleetjes. Meera buigt zich zo ver voorover dat haar voorhoofd op het tafelblad rust. Ze wil in een diep donker hol kruipen en daar blijven. Weg van hun bemoeizuchtige ogen, hun vragen en de aanblik van Nikhil, een zwijgende Nikhil die net doet of hij niets heeft gehoord, die achter een verstard gezicht zijn ontsteltenis probeert te verbergen om een plotseling vloekende, snauwende moeder en een mysterieus verdwenen vader. Alleen zijn vingers, die een sneetje toast verkruimelen, verraden hem.

'Maar hij moet toch iets gezegd hebben,' begint Saro.

'Heb je geprobeerd hem te bellen?' vraagt Lily.

Meera wrijft met haar voorhoofd over de tafel. Wanneer de kinderen of Giri zich ergerden aan de oude dames die het intrappen van open deuren tot kunst verhieven, had Meera hen altijd afkeurend aangekeken.

'Zeg dan dat ze ermee moeten kappen. Ze hoeven mij heus niet te vertellen wat ik zelf kan zien,' kaatste Nayantara dan terug.

Nu zou Meera willen dat ze hetzelfde kon doen als Nayantara. Met het hoofd in de nek er boos vandoor gaan. Met opeengeklemde tanden vraagt ze: 'Wat dacht je?'

Precies achttien uur na Giri's verdwijning licht Meera's mobieltje op met een sms van hem: *Check je mail.*

Ze staart geschokt naar het schermpje. *Check je mail.*

Ze belt hem. Er wordt niet opgenomen. Of Giri negeert haar of hij krijgt geen toestemming de telefoon te gebruiken. Meera's hand gaat naar haar mond. Is hij ontvoerd?

De kranten staan vol met zulke verhalen. Over mannen die op weg naar huis onder bedreiging van een mes worden beroofd. Over vermiste IT'ers en vermoorde zakenlui. Was Giri ... Meera rent naar de computer.

Meera.

Haar hart staat even stil.

Dat directe is al een beginselverklaring. Meera racet door de brief zonder te kunnen geloven wat ze leest. Dan leest ze hem nog eens, langzaam, zodat elke lettergreep zich in haar hoofd grift.

Meera, ik weet dat je bezorgd zult zijn vanwege mijn ver-dwijning. Woest, zelfs. Het spijt me als ik je hiermee onge-rust heb gemaakt. Ik was niet van plan het zo te doen, ge-loof me. Ik wilde er rustig over praten met je. Als ik je zou vertellen hoe ik me voelde, wist ik dat je het zou begrijpen. Dat ons leven samen een last voor me was.
Maar ik had niet gedacht dat het zover zou komen. Dat ik de moed zou vinden om zomaar ineens te vertrekken. Van-morgen in Chennai vroeg ik me bij het wakker worden af: waar ben ik mee bezig, ver van jou en de kinderen? Toen voelde ik opluchting. Ik weet niet hoe ik het moet uitleggen. Ik heb het geprobeerd, je moet weten dat ik het heb gepro-beerd, maar ik kan zo niet langer doorgaan. We hebben maar één leven te leven, en dat kan ik niet verspillen.
Ik moet helderder voor ogen hebben wat ik wil doen. Ik neem contact op. Heb geduld met me, Meera. Heb tot dan geduld met me.

Heb tot dan geduld met me. Meera leest de regel telkens weer opnieuw. Tot wanneer, Giri, tot wanneer?

Meera kijkt naar haar handen. Moeten die niet beven? Moe-ten haar lippen niet trillen en haar ogen vollopen? Maar ze voelt even niets. Tot er in haar voorhoofd een ader begint te kloppen en ze diep in haar maag iets zwaars voelt. Iets zwaars dat haar met kilte omhult. Wat moet ze hiermee?

Heeft hij haar verlaten? Of komt hij nog terug? Is dit een tus-senfase, een tijdelijke gekte, of komt hij nooit meer terug? Wat bedoelt hij als hij schrijft dat 'ons leven samen een last voor me was'?

Achter de ramen is de hemel in beroering. De blauwe septem-berlucht is veranderd. Dikke grijze stapelwolken verzwelgen licht en lucht. De kamer komt op haar af; de gigantische klauwen van een reusachtig beest knijpen de wanden naar elkaar toe. De donder rommelt. Meera staart zonder iets te zien naar het computerscherm. Ze weet dat ze overeind moet komen en de computer moet afsluiten, de stekkers uit alle elektrische apparaten moet trekken. De elektricien waarschuwde haar dat de bedrading defect was. 'Mevrouw, de hele bedrading moet opnieuw. Deze kan de belasting niet aan. Voorlopig adviseer ik u in de regentijd de stekkers eruit te trekken. Anders krijgt u kortsluiting.'

Het begint als gesis. Dan een hoosbui. Meera kijkt naar buiten. Nikhil is drijfnat als hij straks thuiskomt. Weer is ze niet in staat zichzelf in beweging te krijgen.

Meera tast rond in haar binnenste, op zoek naar een leidraad die haar zegt hoe ze moet reageren. Verdriet. Verraad. Woede. Angst. Verlies. Rancune. Haat. Wat moet ze voelen?

Ze zit daar maar, zonder te weten wat te doen. Binnenkort weet ze het, hoe ze de betekenis van dit ogenblik moet duiden. Als die wetenschap zich kenbaar maakt, krijgt ze voorrang op het gebonk in haar voorhoofd dat bij elke dreun vraagt: maar wat nu? Wat ga je nu doen?

VIII

Wat nu, vraagt Meera zich af en ze legt de hoorn zachtjes weer op de haak.

Hij was vandaag hier, zei Giri. En hij wilde haar zien. 'Niet daar,' zei hij. Ze merkte dat hij het woord 'thuis' meed. Ons thuis. Het thuis dat hij was ontvlucht. 'Niet met die oude tangen erbij die alles horen en zich ermee bemoeien.'

Meera kromp ineen. Haar moeder en grootmoeder waren geen gemakkelijke huisgenotes. Maar ze kon niet verdragen dat Giri hen op hun nummer zette of belachelijk maakte. De eerste keer dat hij zich spottend over hen uitliet, was het alsof zijn hard-vochtige houding, zijn irritatie jegens hen Meera letterlijk tegen de borst stuitte. Ze was woedend op hem geworden. Zijn kritiek op hen voelde als kritiek op haar.

'Hoe kun je, Giri! Hoe kun je zo gemeen zijn? Dat doe je toch niet,' zei ze toen hij de betovering waarmee ze hem aanvankelijk hadden ingekapseld, verbrak. Hij was verbitterd van ontgooche-ling. Hatelijk zelfs.

Giri keek haar aan alsof hij zijn oren niet kon geloven. Zijn ganzenmeisje Meera zei dat hij het mis had. Meera beantwoord-de zijn strakke blik, al wist ze dat hij gekwetst was. Misschien had ze haar armen om hem heen moeten slaan, hem haar vol-slagen loyaliteit moeten belijden en in zijn oor moeten fluiste-ren: 'Ik weet het, ze zijn nogal moeilijk in de omgang. Ook mijn geduld stellen ze op de proef.'

Maar hoe kon ze zo trouweloos zijn? Als ze haar moeder en haar grootmoeder zo gemakkelijk verried, zou ze op zekere dag ook zijn verraadster worden. Zag hij dat niet? Nee, dat zag Giri niet. Hij besloot zich juist afzijdig te houden. Wanneer Meera naar hem kwam om een verdrietig moment te delen waarvan zij de aanleiding waren – een loslippigheid, een ondoordachte handeling, wondjes die, al waren ze gedachteloos en niet echt met venijn toegebracht, toch pijn deden – wanneer Meera zich tot Giri wendde voor steun en troost, wendde hij zich af van haar leed en verwarring. 'Ik wil er niet bij betrokken worden. Het is jouw familie. Je zult het niet fijn vinden als ik iets zeg. Laat dat gekrakeel maar aan me voorbijgaan. Al zou "burgeroorlog" een passender beschrijving zijn.'

Maar nu vindt Giri beleefd blijven niet meer nodig. Hij kan zeggen waar hij zin in heeft. En als het haar niet aanstaat, zoekt ze het maar uit, suggereert zijn toon.

En toch kan Meera het niet helpen dat er een steelse gedachte in haar hoofd postvat. Hij is hier, nietwaar?

Meera wachtte tot de ochtend erna voor ze over de e-mail begon. 'Lieve schat,' zei ze tegen Nikhil, 'papa zit in Chennai.'

Nikhil keek weg. 'Wanneer komt hij thuis?' vroeg hij.

'Ik weet het niet. Dat zegt hij niet.' Meera keek naar haar stevig samengeknepen vingers. 'Je moet naar school. We kunnen het er straks over hebben,' zei ze met iets fris en vrolijks in haar stem. Als ze niet liet merken hoe erg ze van streek was, zou hij zich misschien niet te veel zorgen maken.

Saro en Lily lazen samen de e-mail. Zonder iets te zeggen keken ze elkaar aan. Toen begon Lily: 'Ik snap niet waarom hij klinkt alsof hij in de val zit ...'

'Zijn wij het, Meera? Zijn wij de reden?' vroeg Saro aarzelend.

'Ik weet het niet, ma, ik weet echt niet wat Giri bezielt.' Meera merkte dat zich sterk houden niet meer lukte.

'Bel hem op. Zeg hem dat we weggaan,' zei Lily. 'Dan heeft hij het huis en jou voor zichzelf.'

'Wij zeggen het hem wel!' viel Saro bij.

Meera schudde haar hoofd. 'Ik denk niet dat het daaraan ligt. Echt niet. Ik denk dat hij ons gewoon beu is ... dit leven!'

Lily snoof. 'Hij is toch geen kind van vier. Hij is de vader van twee kinderen. Hij heeft verantwoordelijkheden.'

Saro legde haar arm om Meera heen. 'Volgens mij moet je je niet te veel zorgen maken. Het is gewoon een fase. Die maken bijna alle mannen door. Zelfs jouw vader. Een paar daagjes weg en dan is hij er weer. Je bent een goede echtgenote, Meera, en hij zal je nooit kunnen vervangen. Geloof me nu maar, liefje!'

Meera wilde dat ze dat kon.

Daarna belde Meera Nayantara. Hoe vertel je een volwassen kind dat haar vader ervandoor is? Alsof het een kinderlijke poging is om aan de monotonie van alledag te ontsnappen? Maar Nayantara snauwde in de telefoon: 'Als je over papa belt, dat weet ik al. Hij heeft me na zijn aankomst in Chennai midden in de nacht gebeld. Wat heb je hem aangedaan, mama? Hoe kon je? Je hebt hem nooit gesteund. Daarom moest hij weg. Je liet hem stikken. Dat zie ik nu ...'

Meera drukte de telefoon tegen haar oor. De stem van haar dochter snerpte uit de hoorn.

'Hij is die middag van het hotel in één ruk naar Chennai gereden,' zei Nayantara. 'Hij kon er niet meer tegen. Hij huilde, mama. Weet je hoe het is om een man te horen huilen? Om papa telkens weer te horen zeggen: "Het spijt me, kindje, maar ik moest weg. Ik wist niet wat ik anders moest doen ..." Mijn hart brak. Jij hebt hem dit aangedaan! Ik kan je alles vergeven, maar dit niet. Je hebt hem zijn waardigheid afgenomen. Jij hebt hem dit aangedaan!'

Meera dacht: hoe kan het dat mijn leven de clichés nooit is ontstegen? Groot huis, arme bewoners; jongen komt naar het huis om te werken, wordt verliefd op huis en meisje: ze krijgen twee kinderen, een jongen en een meisje; man maakt carrière, vrouw in zijn kielzog, blij om zijn helpster te zijn; midlifecrisis; man laat vrouw in de steek; gezin valt uiteen: jongen met moeder, dochter spreekt haar trouw uit aan vader ...

'Hou je mond, Nayantara,' sist ze. 'Jij weet helemaal niets over je vader en mij. Hij heeft je altijd verwend en dat ben je: een dwaas, verwend nest dat haar moeder alleen maar veroordeelt omdat zij degene was die zei waar het op stond.'

Ze hoorde Nayantara inademen. De razende stilte. En toen de klik van de telefoon.

Nog een cliché. Dochter verbreekt de verbinding met moeder,

kan de waarheid niet onder ogen zien. Nayantara meent het niet. Ze is bang en verward en ze moet iemand de schuld kunnen geven, zei Meera telkens opnieuw tegen zichzelf als de beschuldigingen van haar dochter haar weer kwamen achtervolgen.

Meera doet haar benen over elkaar. Giri is laat. Ze werpt een blik op haar pols. Ze had graag naar het toilet gewild om lipgloss op te doen en te kijken hoe haar sari zit. Maar wat als hij dan komt? Ze wil niet dat hij denkt dat ze niet is komen opdagen.

Haar blik dwaalt weer door de ruimte en stopt bij het grote bloemstuk met paradijsvogels, siergember en varens op een antieke ronde tafel. De dikke kussens op de rotanbanken, het glanzende blad van de kamerplanten in hun gigantische koperen potten en de blinkende vloeren. Het is precies het soort setting waarin Giri zichzelf graag ziet. Ze glimlacht, maar kan niets doen aan de bitterheid die aan haar lippen knaagt terwijl haar mond zich verbreedt.

Ze gaat bij het raam staan. Het is een idyllische wereld buiten. Er fladdert een vlinder boven een bosje frangipanibloemen. Het blad ritselt in de wind. Er dartelen koi in de vijver.

De volmaakte wereld, gezien vanuit een airconditioned vertrek. Niets wat wijst op de schroeiende zon of het vuil buiten. Zweet noch stof. Ongeveer zoals mijn leven tot nu toe was, verzucht Meera en dan roept ze zichzelf bijtijds een halt toe.

De afgelopen weken heeft ze 's nachts documentaires op tv gekeken. Verhalen over inheemse vrouwen in Afghanistan die in het kraambed sterven; kinderen in Darfur die van de honger doodgaan; de gewonden, de verminkten. Hoe meer lijden zich in haar tegenwoordigheid openbaart, hoe minder geïsoleerd ze zich voelt. In haar hoofd weerklinkt het refrein van een vrouw die over de dood van haar zeventienjarige dochter sprak: 'De god die geeft is ook de god die neemt.'

Toen kwam de nacht dat de kinderen haar vonden. Nayantara,

die nog steeds niet bereid was haar moeder van schuld vrij te pleiten, wilde haar toch graag troosten. 'Mama, waarom kijk je naar van die deprimerende programma's?'

En Nikhil, arme Nikhil, die zichzelf heeft benoemd als haar belangrijkste steun en toeverlaat: 'Ik heb een dvd van *Heroes*. Zullen we die kijken? Die gaat over allemaal mensen die ontdekken dat ze bijzondere gaven hebben, bovennatuurlijke krachten.'

Meera zuchtte. 'Ik zou willen dat ik bovennatuurlijke krachten had. Die heb ik niet. Ik ben een doodgewone ...'

'Kom nou,' riepen de kinderen in koor en ze kwamen naast haar zitten. 'Kom nou, niet doen. We weten al wat je wilt zeggen.'

Nikhil legde zijn hand in de hare. 'Waarom zucht je zoveel, mama?'

'Het klinkt zo triest, dat diepe inademen, dat harde uitademen, echt heel triest, hoor.' Nayantara pakte haar andere elleboog.

Meera keek weg en zei: 'Weet je wat Keats schreef? "Eén zucht is voor ja en één zucht voor nee,/ En één voor onverdraaglijk!/ O, blijven we staan of moeten we gaan?"'

Ze zag hoe de kinderen elkaar met een bijna komisch afgrijzen op hun gezicht aanstaarden. Mama draagt tegenwoordig gedichten voor. Wat staat ons nog te wachten?

Dus nam Meera zich voor om nooit te zuchten. Of althans minder vaak dan ze vandaag de dag kennelijk deed.

Ze ziet hem door de loungedeuren binnenkomen. En hij heeft haar blijkbaar gezien, want hij loopt recht op haar af. Met neergeslagen blik probeert Meera haar hart tot bedaren te brengen, haar mond niet in een verwijtende schreeuw open te sperren, niets onsamenhangends over haar lippen te laten komen: beschuldigingen, verwijten, smeekbedes ... Op hoeveel manieren treed ik je tegemoet?

Ze slaat haar ogen naar hem op. Wat kan ze verwachten? Wroeging misschien. En wrevel. Ze weet dat Giri niet graag toegeeft dat hij fout zat. Zelfs bij overduidelijke vergrijpen verontschuldigt hij zich zelden. En als hij het doet, is het een trieste vertoning. Gênante, kortaangebonden woorden die enkel het strikt noodzakelijke toegeven. Meera heeft geleerd ze te aanvaarden als het beste waarmee hij voor de dag kan komen. Wat gaat hij nu zeggen?

Ze weet wat haar te doen staat. Ze moet het hem gemakkelijk maken. Hem tegemoetkomen. Ze zal hem laten zien dat het in het huwelijk daarom draait. Een boom die overeind blijft, ook al is hij nog zo toegetakeld. We moeten wat er ook gebeurd is maar beter toedekken, zal ze zeggen. Ik zal je niets vragen, tenzij jij het me wilt vertellen. Ik zal er niet over beginnen en de anderen evenmin. We gaan gewoon verder alsof je de afgelopen zes weken op zakenreis bent geweest. Dat je hier bent, dat we samen zijn, Giri, dat is genoeg. Dat is het enige wat telt, zal ze mompelen en dan laat ze haar hand in de zijne glijden. Voel maar, ik ben niet die koude, ongevoelige vrouw waar je me voor aanziet, zal de warmte van haar hand in de zijne hem zeggen. Voel dan, voel dan, voel dan hoe belangrijk je voor me bent ...

Daar staat hij. En aan zijn houding, de stevig tegen zich aan gedrukte armen, de iets uit elkaar geplaatste voeten, zijn strakke gezicht met de blik op oneindig, kan Meera de afwijzing zien. Nog voor hij iets heeft gezegd weet ze het al. Ze is hem kwijt.

'Meera,' zegt Giri.

Ze gaat staan. De woorden vallen in haar mond uit elkaar. Wat moet ze zeggen? Hallo? Tot ziens? Ze voelt zich uitgewrongen. Ze wil naar huis, gaan liggen. Zich met het dekbed over haar hoofd op een warm, donker plekje terugtrekken waar niets verandert en alles veilig en vredig is.

'Kom,' zegt hij en hij gaat haar voor naar het café.

Ze voelt iets in haar keel; is het een snik of een brokje angst?

Weet hij het niet meer? Toen de Oberoi openging, waren ze daar 's avonds laat altijd naartoe gegaan. De kinderen, Giri en zij. Dan reden ze eerst naar de stad voor een ijsje bij het Lake

View. Abrikozen met slagroom in de winter. Aardbeien met slagroom in de zomer. En tot besluit koffie in de Oberoi. Cappuccino in brede, ondiepe koppen met kaneelspikkels op het schuim. Meera stak een lepeltje schuim in haar mond en bedacht dat dit genoeg was. Wat kon ze zich nog meer wensen dan Giri en de kinderen en deze kalme, tevreden momenten?

Ze zitten tegenover elkaar. 'Wat zal ik zeggen?' begint hij.

Ze wacht. Wat zal hij zeggen?

'Ik was het echt niet van plan geweest, die middag. Het was niet mijn bedoeling zomaar te verdwijnen. Of je bang te maken. Ik wilde met jou ergens rustig gaan praten. Je vertellen hoe ik me voelde. Je zou het begrijpen, dat wist ik. Jij was de enige tegen wie ik alles kon zeggen. Dat weet je toch?'

Meera schuift met het bestek alsof ze het goed wil leggen. Niet dat het haar iets kan schelen. Maar als ze haar handen niet iets te doen geeft, haar hoofd deels daarmee bezig laat zijn, zal ze hem bij zijn kraag pakken en schreeuwen: 'Wat wil je hier nou verdomme mee zeggen? Wat had ik moeten begrijpen? Zeg het gewoon en laat me gaan.'

'Daar stond ik dan. Bij een groepje. Allemaal jonge mannen en vrouwen. Maar het waren de mannen waardoor ik wel kon janken. Hun zelfvertrouwen, hun levenslust ... Meera, ik heb ze bekeken. Ik rookte de ene sigaret na de andere. Ik dacht: als ik die high maar weet te krijgen, komt het allemaal goed. Dan zou ik me niet zo volledig in de steek gelaten voelen. Maar de wijn viel niet goed. Toen vroeg ik om een scotch. Daar lukte het ook niet mee. Ik kon niet drinken. Ik heb na één slok het glas op tafel laten staan.'

Meera rilt bij het woord 'scotch'. Whisky, single malt of blended; ze wil niets liever dan hem verbeteren. Dan legt ze zichzelf het zwijgen op. Hoe kán ze zo belerend doen? Op het juiste woord hameren terwijl haar echtgenoot probeert uit te leggen waarom hij deed wat hij heeft gedaan. Ergens in mijn binnenste, bedenkt ze, vind ik dit één grote grap. Hij maakt zijn uitleg af en dan gaan we samen naar huis.

'En ik keek naar die jongelui met al hun ambities en dromen

en ik dacht: wat heb ik met mijn leven gedaan? Ik had het gevoel dat ik langzaam maar zeker werd gewurgd. Ik moest verder,' mompelt Giri.

Hij wacht tot Meera iets zegt. Iets opmerkt, vraagt of alleen maar reageert. Maar Meera, klaar met het bestek, rangschikt de stapel zoetjes op hun zilveren schaaltje. Naderhand zal ze zich afvragen of het wegebbende gesprek een andere kant op zou zijn gegaan als ze toen iets had gezegd. Kwam het door haar zwijgen dat Giri zich geroepen voelde het in een teneur van 'hier valt niet over te onderhandelen' te beëindigen?

'Ik ben dus weggegaan. Zonder te begrijpen of zelfs maar te beseffen waarom ik het deed. Ik dacht dat jij evenmin zou begrijpen hoe ik me voelde.'

'Hè?' vraagt Meera. 'Ik dacht dat je zei dat ik de enige was die het zou begrijpen. En nu blijkt dat ik je niet begrijp. Ga je het zo spelen? Dat malle midlifegedoe van je ... Is dat het?'

Giri schudt zijn hoofd. 'Je snapt het gewoon niet, hè? Hoe ik me voel, wat ik doormaak. Hoe breng ik je dat aan je verstand?'

Dat is het moment dat er bij Meera vanbinnen iets knapt en terwijl ze overeind komt, laat ze haar vervaarlijke tanden zien en haar blik daagt hem uit verder te praten. 'En wij dan? De kinderen, ik ... Wat worden wij geacht te doen terwijl jij jezelf zoekt?'

'Ga zitten, Meera. Ga zitten. Iedereen kijkt naar ons!' sist Giri.

Meera kijkt wild om zich heen. Dan laat ze zich in de stoel vallen. Wat heeft het ook voor zin?

Ze hoort hem dingen zeggen. Praktische zaken over dat ze gaan scheiden en wat er gedaan moet worden. Hun levens, hun kinderen, hun gezamenlijke bankrekening en alles wat ze ooit samen deelden. Het is zo eenvoudig om een streng te ontrafelen als je dat wilt.

Lang geleden zei Giri tegen haar: 'Geduld, Meera, geduld. Meer is er niet nodig om iets uit de knoop te krijgen. Als je blijft proberen, kom je een eindje tegen dat wat losser zit en dan is het zo gedaan.'

Giri, de Houdini van het huwelijk. Waar heeft hij dat losse eindje gevonden?

'En dan het huis. Ik heb het je gevraagd en gesmeekt, ik heb gesoebat of je het huis wilde verkopen. Met dat geld had ik nooit voor een ander hoeven werken. Ik had me met mijn droom kunnen bezighouden, mijn kans op geluk ... maar je wilde niet luisteren. Telkens veegde je het plan van tafel. Je hield me aan het lijntje met je "nu niet, dat doen we later wel" alsof ik een kind was dat zijn zinnen op de maan had gezet. Ik moet door, Meera. Ik weet niet wat ik wil doen. Ik weet dat ik niet van jou kan verwachten dat je begrijpt wat ik doormaak. Of dat je dit objectief bekijkt. Maar je moet weten dat ik jou of de kinderen geen pijn heb willen doen.

Je zult nu misschien serieus moeten overwegen het huis te verkopen. Ik zal niet veel kunnen bijdragen tot ik de boel op orde heb. De opleiding van de kinderen, hun basisbehoeften ... die zijn voor mijn rekening.' Hij stopt even en kijkt weg. Dan, alsof hij eventuele protesten van haar in de kiem wil smoren, gaat hij op stellige toon verder: 'Ik heb nu ook andere verant-woordelijkheden.'

Meera kijkt hem onderzoekend aan. Heeft het daarmee te maken?

Al die keren dat hij in het weekend werkte, de vergaderingen 's avonds laat ... Hoe kón ik zo blind zijn? Mama vergist zich. Ik ben geen goede echtgenote. Zou ik het dan niet hebben aange-voeld? Dat er een andere vrouw in je leven was. Hoe kon ik er zo naast zitten? Wie is het? Waar zagen jullie elkaar? Hoe lang is het al bezig? Maar ik ga je niet vragen wie het is. Ik ga je niet de gelegenheid geven je van je schuldgevoel te ontdoen. Ik ga hier niet naar je zitten luisteren als je zegt: 'Meera, jij bent de enige tegen wie ik dit kan zeggen ... je bent de enige tegen wie ik ooit iets heb kunnen zeggen.'

Ergens vanuit haar achterhoofd komt een gedachte opzetten: als je je leven liefhebt, ben je lief te hebben. Als je je leven haat, word je het haten waard. Heeft ze dat ergens gelezen? Of is het een van die wijsheden à la Lily en Saro die ze na verloop van tijd heeft omarmd en die altijd en eeuwig komen bovendrijven op

het moment dat een voorval erom vraagt? Waarvan ze een akelige smaak in haar mond krijgt nu ze zich nogmaals realiseert
hoe waar het allemaal is, alles wat zij afdeed als hun kleingees-
tige nonsens.

Meera zit er voor het laatst met Giri en lepelt het schuim met
kaneelspikkeltjes naar binnen zonder iets te proeven.

Ze ziet hem weggaan en denkt: wat nu?

IX

Wat nu?

Ze staat al tien minuten in de wacht, oftewel, rekent Meera uit, 52,65 roepie. Dit is de vierde keer. De keren ervoor lieten ze haar alleen wachten om te zeggen dat Randhir Sahi in vergadering of elders was. 'En zijn mobiele nummer? Is dat veranderd? Daar kan ik hem ook niet op bereiken. Kunt u me het nieuwe nummer geven?' Meera probeerde er geen smeekbede van te maken.

Maar ze gingen er niet op in. 'Probeert u het een andere keer, mevrouw.' 'Belt u straks nog eens.' 'We zullen zeggen dat u hebt gebeld.' En Meera wachtte tot hij terugbelde. Wat hij niet deed.

Meera knaagt op haar lip. De teller tikt. In haar oor speelt het nummer van *Titanic*. Er trilt een hysterische giechel in haar keel. Kon het nog toepasselijker? Een zinkend schip en haar ... 'Hallo,' zegt ze in de telefoon. 'Hallo, hallo, hallo ...'

Toen ze de deur uit liep, had Nikhil gevraagd: 'Waarom bel je niet vanuit huis?'

'Omdat het goedkoper is,' zei ze. 'Daar kan ik de teller in de gaten houden. Hier zou ik gewoon verder blijven kletsen.'

'Jij kletst niet. Dat doen zij!' kaatste hij terug. 'Zij zitten veel te lang aan de telefoon.'

'Sst! Het geeft niet. Ze doen hun best, Nikhil. Het is niet makkelijk voor hen,' zei Meera en ze probeerde haar lip niet te laten trillen. Tegenwoordig raakte ze bij een minimaal vertoon van vriendelijkheid al van slag. Ze was bestand tegen woede en boosheid, frustratie en zelfs onbeleefdheid. Maar vriendelijkheid ... daar werd ze doodzenuwachtig van.

De oude dames deden hun best. Meera zag Lily en Saro na elk telefoontje consciëntieus één knoop in de doos doen. Meera had gezegd dat dat moest. 'Elke knoop is één gratis gesprek. Na honderd gratis gesprekken moeten we gaan betalen. En als jullie interlokaal willen bellen, komen jullie het aan mij vragen. Ik heb die functie geblokkeerd. We moeten nu zuinig aan doen. Echt. Ik heb onze mobiele abonnementen ook allemaal naar prepaid laten omzetten.'

Lily en Saro keken elkaar aan. Dit was een onherkenbare Meera. Een Meera met een huishoudstrategie. Eén knoop per telefoongesprek. De zakenkranten en opiniebladen opgezegd. Geen halfvolle wasmachines meer laten draaien. Lampen en ventilators uit zodra ze niet nodig zijn. Kliekjes opwarmen. En voortaan een maatschep zonder bergje. Maar ze zeiden niets. Meera's strakke gezicht alarmeerde hen meer dan ze besefte.

's Nachts hoorden ze in de beslotenheid van hun slaapkamer de echo van de herrie in Meera's hart: wat moeten we nu beginnen?

Lily zei: 'Ik hoef geen mobiel, Meera. Iemand die me wil spreken kan naar hier bellen. Eigenlijk is het ook veel te lastig! Allerlei onbekenden die op rare tijden bellen om je dingen te verkopen die je niet nodig hebt.'

En Saro, die de gedachte dat ze een potje marmelade met iemand moest delen al onverdraaglijk vond, zei: 'Zij en ik kunnen samen doen met de mijne. Waarom je geld vergooien aan twee nummers?'

'Voorlopig is het prima zo. Ik zeg wel wanneer we een van de nummers moeten wegdoen,' zei Meera rustig.

'Ja, Meera,' davert zijn stem door de telefoon. Haar uitgever en redder in de nood.

'Dag Randhir,' zegt Meera zo kalm mogelijk. 'Ik probeerde je al diverse keren te bellen, maar ik kon je niet bereiken.'

'Heb ik gehoord,' zegt de stem aan de andere kant. Meera wacht tot hij met uitvluchten komt, misschien zelfs met een verontschuldiging. Vroeger belde hij zonder mankeren terug. En bij boekmanifestaties was hij er altijd, uitbundig en vol korzelige humor, en tegen iedereen die hij te pakken kreeg zei hij:

'Mijn meest succesvolle kookboekenschrijfster. Alleen kun je haar geen kookboekenschrijfster noemen. Ze is veel meer. Ze is de Spencer Johnson van de ideale echtgenotes, een inspiratie voor alle vrouwen met een echtgenoot in het bedrijfsleven!'

Dan glimlachte Meera, deels in verlegenheid gebracht omdat hij overdreven veel aan haar toeschreef en deels omdat ze hem graag mocht. Ze had altijd op hem kunnen rekenen.

Ze was eigenlijk niet van plan geweest een kookboek te schrijven. Als Meera al literaire ambities had gehad, zou ze trouwens meer verheven, gewichtiger thema's hebben gekozen uit haar Griekse mythen. Of misschien leven en werk van een dichter hebben geschetst. Of een literaire essayreeks hebben gemaakt over boeken en schrijvers.

En toen was er die zaterdagavond, drie jaar geleden, dat ze helemaal niets om handen had. Saro en Lily waren op bezoek bij vriendinnen. De kinderen waren naar de film en Giri was voor zijn werk naar Singapore. Er was een tijd geweest dat Meera hem op zijn buitenlandse reizen vergezelde. Maar na die ene keer dat Nikhil ziek werd toen ze in Brussel waren, aarzelde Meera steeds vaker om de kinderen alleen te laten. Nu gingen ze eens per jaar samen met de kinderen op vakantie naar het buitenland. Dat deed Meera liever dan de godganse dag op een hotelkamer zitten of doelloos door de straten van een of andere buitenlandse stad te dwalen, terwijl ze wachtte tot Giri na een dag vergaderen en presentaties bijwonen vrij was.

Ze zat aan de eettafel aluminiumstrips met vitaminepillen in keurige vierkantjes te knippen. Ze deed ze in een ronde glazen snoeppot zodat iedereen ze kon zien en eraan zou denken er meteen na het ontbijt een te nemen. Ze dacht aan het dinertje waar ze een week geleden naartoe waren geweest. Een jonge collega van Giri was gastheer. Zoals verzocht stonden ze om stipt kwart over zeven 's avonds bij het twee straten verderop gelegen appartement, waar ze een geagiteerde gastheer en een radeloze gastvrouw aantroffen.

'De hulp is niet komen opdagen en de baby heeft de hele dag gehuild ...' mompelde Tina, de jonge echtgenote, die probeerde te verbergen dat ze al de hele avond in tranen was. 'En gister-avond viel de stroom uit en toen is het eten dat ik kant-en-klaar in de koelkast had liggen bedorven. Neeraj is boos op me omdat ik eten heb laten brengen, maar wat moest ik anders? En toen heeft de hond de kebabs opgegeten die ik op een schaal had gelegd om ze op te warmen en te serveren. En Neeraj zegt dat het allemaal mijn schuld is. Dat ik de boel beter op orde moet hebben.'

Meera zag de roodomrande neus en de opgezette ogen, ze hoorde de onvaste stem en had met haar te doen.

'Maak je geen zorgen,' lachte Meera, de legendarische gast-vrouw. 'Wij gaan Neeraj blij maken. Zo, wat heb je allemaal in de keuken?'

Toen ze naderhand zag hoe Tina Giri en de andere mannen voor zich innam met verhalen over haar vorige baan, moest Meera stilletjes lachen. Ze was in elk geval niet zo onnozel als Meera destijds. Meera had op haar eerste dinertje geprobeerd het gesprek aan tafel op literaire weetjes te brengen, in de veron-derstelling dat ze het amusant en onderhoudend zouden vinden en er misschien zelfs over zouden gaan discussiëren. 'Wisten jullie dat Sylvia Plath gewoon een synoniemenwoordenboek gebruikte?' had ze gezegd.

Giri's baas schepte zijn bord vol *pulao* en mompelde: 'Een verstandige vrouw! Want wat is poëzie ook anders dan dezelfde gedachte in andere woorden? Met een synoniemenwoorden-boek geef je ze een betere structuur. Zeg Meera, heb jij dit alle-maal gemaakt? Verrukkelijk eten en een voortreffelijk menu! Ik vind vooral dat ananassmaakje van je pulao heerlijk. Giri, je bent een heel gelukkige man. Ze is een aanwinst!'

Meera's glimlach verflauwde, haar gespreksonderwerpen zak-ten in en geleidelijk aan was ze stilgevallen. Met de jaren had ze geleerd haar opwellingen niet meer de vrije loop te laten en die werelden uit te kiezen waar je gewoon wat kon ronddobberen zonder ergens diep in door te dringen of iets te analyseren. De goudprijs was goed, net als het nieuwe restaurant waar ze gege-ten hadden of een film die ze had gezien; internationale be-roemdheden en een beschrijving van een bezoek aan iets aparts met volop ambiance en historie waren perfect, vooral als je buitenlandse gasten had. En als dat allemaal niet werkte, kwam Meera met haar vaders theeplantage en Lily's filmsterrentijd op de proppen. Meera's feestjes zouden nooit knallen. Het waren elegant opgebouwde, perfect georkestreerde symfonieën zonder enige wanklank. Meera, die met wervelende pols dirigeerde, had maar één missie: dat de baas blij vertrok en Giri's collega's bij het naar huis gaan jaloers waren op zijn leven.

De tijdschriften lieten zich vrij laatdunkend uit over mensen zoals zij. De soufflésoort. Het teflontype. Dat deed pijn, vooral vanwege het knagende gevoel vanbinnen dat ze zo was geworden, zij die in haar studententijd in aanbidding had opgekeken naar Germaine Greer en Marilyn French, Andrea Dworkin, Gertrude Stein, Dorothy Parker en Simone de Beauvoir: de *devi's* van het vrouw-zijn die haar leerden hoe ze haar vrouwelijkheid en vrouwelijk denken moest vormgeven. Eén lange blik op Giri en de devi's en hun theorieën waren al in het niets verdwenen. En nu was ze het soort vrouw dat onzin uitkraamde.

'Dank je, Meera,' fluisterde Tina in haar oor terwijl het diner vlotjes verliep. 'Eigenlijk zou je een boek moeten schrijven voor echtgenotes zoals ik. Voor de ideale echtgenotes, zodat ze de carrière van hun man en hun huwelijk niet verpesten!'

Tina was op dat moment al meer dan een beetje aangeschoten, maar toen Meera met een handvol vitaminepillen aan haar eettafel zat, pakte ze toch een schriftje van Nikhil en schreef op de eerste bladzijde:

DE IDEALE ECHTGENOTE ONTVANGT
1. Gij zult gekleed, geparfumeerd en gereed zijn tegen de tijd dat de gasten komen.
2. Gij zult niet te veel alcohol drinken.
3. Gij zult niet vergeten uw waardering te tonen voor de geurkaars die de vrouw van de baas meebrengt. (Dezelfde kaars die u hun vorig jaar met *Divali* schonk.)
4. Gij zult niet treuzelen met opdienen, noch door de maaltijd heen spurten.

5. Gij zult niet de hele conversatie naar u toe trekken.
6. Gij zult niet praten over het bij u op de zaak gevoerde beleid, laat staan over uw kwalen, keukenpersoneel, chauffeurs, dienstmeisjes en schoonfamilie.
7. Gij houdt uw opvattingen over bedrijfsbeleid voor u, ook indien u in het bezit bent van een doctoraal bedrijfskunde van IIM of Wharton.
8. Gij zult niet flirten met de baas van uw wederhelft. Ook niet indien hij op Richard Gere, Alec Baldwin of Saif Ali Khan lijkt.
9. Gij hebt niets aan te merken op uw wederhelft, ook al wilt u zijn vingerkootjes nog zo graag tussen de notenkraker leggen.
10. Gij denkt eraan bij tijd en wijle uw wederhelft toe te lachen. Superieuren weten dat een gelukkig man een gelukkige werknemer is.

Daarna had Meera een paar maanden geen lege avonden meer. Ze werkte aan haar boek en met dezelfde afstandelijke heimelijkheid als waarmee ze het had geschreven, stuurde ze een uitdraai naar een van de bekendste uitgeverijen van India, Watermill Press.

Een nieuwsblad gespecialiseerd in literaire roddels meldde dat Randhir Sahi zo enthousiast was over het manuscript dat hij Meera de avond dat hij het had gelezen telefonisch een contract had aangeboden. In een halfjaar tijd werd Meera de schrijfster van een bestseller die iedere zakenman zijn vriendin, verloofde, echtgenote en in sommige gevallen ook zijn moeder cadeau gaf.

'Als je niet wordt doorverbonden, moet je me gewoon even een mailtje sturen, Meera. Ik ben niet altijd in de gelegenheid om aan de telefoon te komen,' zegt hij. 'En, wat kan ik voor je doen?'

'Nou, het gaat over het nieuwe boek,' begint Meera. 'Ik zat op bericht van jou te wachten over het voorstel dat ik heb opgestuurd ... over de toetjes.'

Hij zucht. En Meera's hoop krijgt een knauw.

'Ik weet niet of we het wel kunnen uitgeven,' zegt hij. 'Ik heb je een mail gestuurd. Heb je die niet gehad? Het past gewoon niet helemaal in ons fonds.'

De mail had Meera in verwarring gebracht. Wat bedoelde de redacteur met dat het niet in hun publicatieprogramma van dat jaar paste? Dat was toch een vergissing? Ze had haar vingers door haar haren gehaald en gedacht: ik moet hem zelf spreken. Misschien realiseerde de redacteur zich niet wie ze was of wat Randhir van haar vond. Zijn ster, noemde hij haar.

'Randhir, die mail overdonderde me. Ik dacht dat jij hem niet had gezien ...'

'Ik zie elke mail die wordt verzonden, Meera.' Zijn stem krijgt iets scherps. '*De ideale echtgenote ontvangt* was inderdaad een succes. Maar er is minder vraag dan verwacht naar *Lunchen aan de top*. En Giri heeft op de boekpresentatie gezegd dat hij duizend exemplaren kon terugkopen met een combinatiedeal, maar daar heb ik hem niet meer over gehoord. Ik heb inlichtingen moeten inwinnen en nu hoor ik dat jullie gescheiden zijn. En dat verandert de zaak volkomen. Bovendien is *Welverdiende toetjes; nagerechten voor als de baas komt eten* veel te specifiek en veel te riskant!'

Meera luistert. Ik ga niet bedelen. Ik ga niet smeken, denkt ze. Maar dan hoort ze zichzelf zeggen: 'Wat moet ik nu beginnen?'

'Ik zou het echt niet weten. Bedenk iets anders. Een kookboek dat niemand heeft. Zoals je met *De ideale echtgenote ontvangt* deed. Maar stuur me eerst even een opzet.'

Er dendert een containerwagen over de smalle weg. Diverse claxons schetteren door elkaar. 'Waar bel je vandaan, Meera?' vraagt de stem, ineens nieuwsgierig geworden.

Meera hangt stilletjes op. Ze zal hem straks een beleefde mail sturen om uit te leggen dat de verbinding werd verbroken en dat ze hem niet meer kon bereiken. Ze heeft hem harder nodig dan hij haar en ze is bereid door het stof te kruipen. Maar op dit moment haalt ze diep adem en staart naar de telefoon alsof die Randhir zelf is. 'Klootzak! Vuile klootzak!' mompelt Meera zachtjes, opgesloten in de telefooncel. De scheldwoorden komen tegenwoordig moeiteloos naar buiten gerold.

Waarom had ze het dubbelcontract niet getekend dat hij haar na *De ideale echtgenote ontvangt* had aangeboden? Waarom had ze niet gedaan wat schrijvers overal deden? Wat schoot ze er nu mee op, met die dwaze poging om haar onafhankelijkheid te bewaren? Ook Giri had haar onder druk gezet: 'Je had een hoger voorschot kunnen vragen!'

'Het gaat niet om het geld, Giri,' had ze proberen uit te leggen.

'Het gaat altijd om geld,' kapte hij haar af. 'Je schrijft een commercieel boek. Hij verdient er geld mee. Dat moet jij ook doen! Maar wanneer zul jij eens naar me luisteren?'

Meera loopt nu kalm naar huis. Ze heeft 110 roepie uitgegeven aan een telefoongesprek dat haar geen stap verder heeft gebracht. Ze heeft zichzelf in elk geval de vernedering bespaard van haar moeder en grootmoeder die om haar heen drentelen terwijl ze luistervinkje spelen en vervolgens samen in conclaaf gaan, speculerend over wat er te gebeuren staat.

X

We weten niet wat er in ons leven te gebeuren staat, denkt Meera als ze bij het hek van het lila huis komt. Hebben Lily en Saro ooit deze onzekerheid gekend, vraagt ze zich af. Misschien wel, en zijn ze daarom zo geworden. Voor alles en iedereen op hun hoede, wat van hen is angstvallig bewakend. Word ik over een tijdje ook zo? Dat ik liever voor mezelf zorg dan voor een ander? Meera heeft een hekel aan de vrouw die ze aan het worden is.

De rieten stoelen staan eenzaam en ongebruikt op de patio. De toppen van de potpalmen bewegen in de bries. Meera staat bij de pilaren en kijkt naar het huis. Haar in klimop gehulde lila huis met de tuin in volle bloei. Zoemende bijen, kwebbelende eekhoorntjes, roepende vogels. Een oase van rust tussen hoge appartementengebouwen aan weerszijden en het winkelcentrum ertegenover. Met een zucht vraagt Meera het huis: 'Hoe heb je me dit kunnen aandoen?'

Als iemand een paar maanden geleden had gezegd dat dit huis, haar geliefde lila huis, haar huwelijk kapot zou maken en haar leven overhoop zou gooien, had ze de slappe lach gekregen. En diegene daarna speels op zijn neus getikt. 'Wat heb je daarnet gegeten? Een paddo-omelet? Zoiets bizars heb ik nog nooit gehoord! Alsof dit het huis uit *Amityville Horror* is!'

Meera gaat naar binnen. Waar is iedereen? Ze hoort de televisie. Ze gaat naar de keuken en schenkt een glas water in. Ze gaat ermee op de patio zitten.

Ze heeft zich aan strohalmen vastgeklampt. Kookboeken zijn prachtig voor ideale echtgenotes van wie de man de rekeningen betaalt en de schulden aflost. In de steek gelaten ideale echtgenotes moeten méér hebben. Meera pakt een notitieboekje uit haar tas. De hele administratie van het huishouden staat erin. Ze heeft het gevoel dat dit het enige is wat ze tegenwoordig doet. De getallen telkens weer in kolommetjes zetten alsof ze daarmee op een totaalbedrag uitkomt dat haar de verzekering geeft dat alles goed is: Giri is dan wel vertrokken, maar dat zullen ze overleven. Op de een of andere manier.

Meera vindt Nikhil in zijn kamer. Hij ligt dwars over het bed met zijn hoofd op een arm.

'Wat was er nou?' vraagt Nikhil.

Meera haalt haar schouders op. 'Eigenlijk niets. Hij wil dat ik met een idee kom voor een boek à la *De ideale echtgenote ontvangt!* Wat ik nu heb wordt niets, zegt hij.'

'Komt het door papa?'

'Nee, schat. Papa heeft hier niets mee te maken.' Laat staan met ons, tegenwoordig, denkt Meera, maar ze slikt haar woorden in. Nikhil denkt nog altijd dat zijn papa terugkomt.

Ze gaat naast hem zitten en woelt door zijn haar. Ze neemt zijn kamer in zich op. De kamer van een kind, al heeft hij er een hekel aan als ze hem zo noemt. Ze denkt aan hoe hij elke week luidkeels een nieuw boek verlangde. En nu doet hij dat niet meer. In plaats daarvan is hij de boeken die hij heeft aan het herlezen. Ze denkt aan hoe hij in een poging om verantwoordelijk te lijken de krant leest. In Giri's stoel houdt hij net als zijn vader vroeger de pagina's omhoog en probeert diens plaats in te nemen.

Nikhil kijkt haar aan. 'Wat gaan we doen, mama?' vraagt hij en Meera denkt dat haar hart zal breken om wat ze in zijn ogen ziet: Nikhil weet dat zijn vader niet meer naar huis komt. 'Moet je mijn iPod verkopen?' vraagt hij.

'Nog niet,' zegt ze rustig en ze baalt omdat ze niet in staat is om 'Natuurlijk niet!' te zeggen. Op deze manier zal het niet zo'n schok zijn als het wel moet, redeneert ze.

Nog een nagel aan je doodskist, akelige zeikerd, zegt ze in gedachten tegen Giri. Ik kan je vergeven wat je mij aandoet. De angst waarmee je mijn moeder en grootmoeder opscheept. Maar dit niet. Niet dat je mijn zoon, onze zoon, zijn jeugd afneemt. Wat je ook doet, zelfs al kom je terug, niets zal die donkere schaduw uit zijn blik kunnen halen. Ik hoop dat het ergens in je nieuwe, gelukkige thuis in je nieuwe, gelukkige leven tot je doordringt dat je een kind hebt dat zijn tong resoluut heeft opgedragen nooit meer 'ik wil' of 'ik moet' te zeggen.

'Wat ga je doen?' vraagt hij weer.

'Ik weet het nog niet, schat. Maar we redden ons wel. Ik weet dat ons dat lukt.'

Meera krijgt de boeken in het vizier. 'Maar ik zal je vertellen wat we nu meteen gaan doen.'

Ze gaat in haar slaapkamer een boodschappentas op wieltjes halen. Ze pakt boeken van de planken in de slaapkamer en de woonkamer. Alle reclame- en marketingboeken die Giri met de inhalige hebzucht van een kind voor wie het nooit genoeg is heeft gekocht. Hij hoefde ze alleen maar te hebben; sommige boeken zijn nog in plastic verpakt, niet opengesneden, ongelezen.

'Wat doe je?' vraagt Nikhil in de deuropening.

Meera glimlacht. 'Kom mee.'

Ze gaan met een autoriksja naar een oude boekhandel waar Meera de deur platliep in een tijd dat boeken kopen eerder noodzaak dan luxe was.

Ze kijkt toe terwijl de boekhandelaar de prijs van de boeken bepaalt. Een zacht prijsje voor het stelen van iemands jeugd, Giri, denkt ze.

'Je mag twee boeken kopen van elk tweehonderd roepie,' zegt Meera tegen Nikhil als ze het geld in haar tas doet.

'En Nayantara?' vraagt Nikhil omzichtig. Hij weet dat Meera niet over haar te spreken is.

Meera kan Nikhil wel knuffelen. Haar zoon die de wereld zo graag weer in orde wil maken, hun wereld, waarin papa en mama bij elkaar wonen en broer en zus niet tussen hun ouders hoeven te kiezen. 'Als ze in het weekend thuiskomt, krijgt ze ook boekengeld!' zegt Meera en ze lacht.

Ze dwalen rond tussen de rijen met boeken op zoek naar paper-
backs waar een prijs op staat die hun budget niet te boven gaat,
boeken die hun een tijdje troost zullen bieden.

Door de mufheid van jaren, uit het stoffige patina dat in de
lucht hangt, stijgt een zachte stem op. Een kind zingt *We Shall
Overcome*.

Meera draait zich om en ziet een jongetje met een elfenge-
zichtje op de grond zitten. Hij zingt terwijl hij de pagina's van
een prentenboek omslaat.

Meera's blik zoekt en vangt die van Nikhil. Ze glimlachen.
Medeplichtigheid en hoop.

Meera voelt een warme golf van liefde voor het onbekende
kind.

Dit komen we te boven, denkt ze.

In de ochtendkrant viel Meera's oog op een advertentie voor
redacteurs bij een softwarebedrijf. Ze heeft haar doctoraal En-
gelse taal en letterkunde. Zouden ze haar te oud vinden? Stel dat
het lange werktijden zijn? Wat zouden ze – Lily, Saro en de kinderen – ervan zeggen? Het doet er niet toe, denkt Meera. Ik kan
alles verdragen, als het deze constante angst voor geldgebrek
maar verdrijft. Als ik het daarmee weet te redden tot we de boel
op orde hebben. Als ik er tijd mee kan winnen ...

TWEEDE STADIUM

HET CIRRUSSCHERM VAN DE ONTKENNING

Laten we mythologieën vergelijken. In de mythologieën van alle beschavingen vertegenwoordigt de hemel het hoogste. Het goddelijke rijk waar over het lot van ieder mens wordt beschikt, voordat het wordt geëtst op het voorhoofd van het leven dat in de baarmoeder ontspringt. De wolken scheiden dus de sterfelijken van de onsterfelijken, het bekende van het onbekende. Wat we niet zien, kunnen we niet weten.

Wij zien geluk als ons grondrecht, maar wanhoop? Hoewel de logica ons verzekert dat waar geluk is, ook wanhoop zal zijn, zijn we er nooit op voorbereid. Niet echt. En als het zover is, is er een tijd lang een andere fase voordat het onvermijdelijke wordt geaccepteerd.

Wolken verhullen, en de almachtige gunt ons ook nog dit: de kracht van de ontkenning. Als het op zelfbedrog aankomt, is het menselijk brein tot oneindig veel in staat. In het Los Angeles County Museum of Art hangt een uniek schilderij dat deze menselijke eigenschap ironisch weergeeft. *Ceci n'est pas une pipe.* 'Dit is geen pijp' komt uit de serie 'Het verraad van de voorstelling' van René Magritte. Kijk ernaar. Het is een afbeelding van een pijp. Een uitvergrote pijp.

Magritte stelde echter: 'Maar kunt u mijn pijp stoppen? Nee, het is slechts een voorstelling, nietwaar? Als ik dus "Dit is een pijp" op mijn schilderij had geschreven, dan had ik gelogen!' (Harry Torczyner, *Magritte: Ideas and Images*, p. 71)

Zo ook in de wereld van de cyclonen. Alsof ze de aanwezigheid ervan wil ontkennen, produceert de dichte, instabiele stapelbewolking een uitstroom. Er wordt een imposante, wollige, witte cirrusformatie uitgestoten die het oog van de cycloon verbergt. Het cirrusscherm boven het stormgebied zet alles in de wacht. Wat niet te zien is, bestaat niet. Ondertussen wint het oog aan kracht en wreedheid.

Prof. J.A. Krishnamurthy
De metafysica van cyclonen

s.o.e.p.
e.p.o.s.
p.o.s.e.

Meera beweegt de muis over de gehusselde letters. *s.p.e.o.* In één oogopslag ziet ze drie juiste oplossingen. Maar ze willen er maar een. Welke zal ze kiezen? Meera fronst haar wenkbrauwen.

s.o.e.p., besluit Meera.

'Ik ben klaar,' zegt ze tegen het meisje dat eruitziet als een oudere versie van Nayantara.

'Wat moet ik nu doen?' vraagt ze het meisje.

Het meisje staart haar uitdrukkingsloos aan, doet haar oordopjes uit en zegt: 'Over een paar dagen hoort u van ons.'

Meera glimlacht naar het meisje. Ze had haar gezegd waar ze moest zitten. Ze had geholpen met het lokaliseren van de tests op het bureaublad, de koptelefoon voor haar gevonden en gezegd: 'De test bestaat uit twee delen. Eerst bekijkt u het filmfragment en typt u de dialoog uit. Er zijn vier fragmenten. U mag ze zo vaak kijken als u wilt, maar in totaal mag u er niet langer dan een halfuur over doen. Daarna komt er een taaltest. Daar hebt u ook een halfuur voor.

U kunt gewoon gokken als u een antwoord niet weet,' voegde ze er nog aan toe.

Meera zat in het computerhokje. Om haar heen liepen mannen en vrouwen, jong genoeg om haar kinderen te kunnen zijn, die met grote teugen uit hun blikje Red Bull of flesje fris dronken. Er was een pizzadoos in een prullenmand gepropt die al boordevol kartonnen verpakkingen en blikjes zat ... Wat doe ik hier, vroeg Meera zich af. Wat zeg ik tegen de kinderen? Misschien kan ik gewoon naar de ondertiteling wijzen als we film kijken en zeggen: 'Dat is mijn nieuwe baan. Films ondertitelen. Wat een fantastisch beroep, hè? De hele dag films kijken ...' overwoog Meera terwijl ze naar het filmfragment keek.

In het begin kon ze er geen touw aan vastknopen. Toen begonnen de woorden op hun plaats te vallen en liet Meera haar vingers over het toetsenbord vliegen.

Ik kan dit. Ik kan dit goed. Ik moet dit doen. Zo moeten we overleven. Meera's vingers vlogen.

Meera kijkt naar het meisje dat voor haar staat. Haar bloesje eindigt een paar centimeter boven de tailleband van haar legerbroek. Haar oorlellen hangen vol piepkleine zilveren versiersels. 'Dag,' zegt Meera. Maar het meisje heeft haar oordopjes alweer in.

De stalen wand van de lift reflecteert vervormde beelden. En zo ziet Meera zichzelf.

Meera, met haar haren naar achter en in kleren van haar dochter. Meera, die op haar vierenveertigste hoopt door te gaan voor een 35-plusje. Meera, wanhopige Meera, wanhopig op zoek naar werk in een wereld die niet zit te wachten op ideale echtgenotes, al zijn ze nog zo voorbeeldig.

Meera doet haar haarband uit, nog zo'n afdankertje van Nayantara, en laat haar haren los vallen. Haar hoofd doet pijn. Meera, de gemaskerde. De verlaten echtgenote die zich voordoet als beschermster.

Hera stond er nooit zo lang bij stil. Zeus was immers altijd paraat om haar te hulp te snellen. Tijdens het gevecht tussen de Giganten en de Olympiërs, toen Porphyrion zijn enorme handen om haar hals legde en haar begon te wurgen, was Hera's laatste gedachte dus niet: ik ga dood. Haar gekronkel kwam daarentegen voort uit de toorn van de gekwelde maar onbevreesde echtgenote: 'Waar is Zeus als ik hem nodig heb?'

Het kwam niet eens in Hera op dat Zeus haar niet spoorslags zou komen redden.

Giri was er altijd geweest. Al die jaren was Giri Meera's steun geweest. Maar nu is Giri weg.

Al die jaren had Meera niet geweten hoe het was om je waardigheid te verliezen. Ze heeft het gevoel dat ze zich aan de blikken en speculaties van de hele wereld blootstelt. Haar handen spreiden zich uit over haar borst en schaamstreek. Ze voelt zich naakt en kwetsbaar.

Ze deinst terug als de liftdeur opengaat.

I

Door de geopende liftdeuren ziet Vinnie een vrouw ineengedoken tegen de stalen zijwand staan. Een vrouw met gebogen hoofd en bevende schouders. Is ze in haar telefoon aan het giechelen?

Haar wenkbrauw schiet onwillekeurig omhoog. Waar kakelen die vrouwen de hele dag over?

Dan gaat het hoofd van de vrouw omhoog om haar aan te kijken en Vinnie kan zich niet herinneren ooit iemand zo verscheurd van pijn te hebben gezien. Of zo naakt.

Vinnie heeft een fractie van een seconde om te kiezen. Ze kan de huilende vrouw negeren of erbij betrokken raken. Voor ze weet waarom, ligt haar hand op de schouder van de vrouw en zegt ze: 'Kom. We gaan koffiedrinken. Wat er ook aan de hand is, het zal je goed doen.'

De vrouw staart haar door haar tranen aan. Dan gaat ze met haar mee.

'Het spijt me, het spijt me,' fluistert ze steeds, terwijl ze haar ogen droog probeert te deppen.

Aan de overkant van de straat is een Café Coffee Day. Vinnie komt niet graag in dit soort tentjes. Het wemelt er van de pubers. Kinderen waar je de grote bekers dikmakende chocolade en melk niet aan af ziet. 'Er kan veel gebeuren bij een bakkie,' had Arun naar haar gegrijnsd. Ze hadden ooit 's avonds afgesproken en Vinnie had de blik gezien waarmee hij de meisjes steels opnam, talmend bij de zachte, gladde middeltjes die alleen twintigjarigen hebben. En wat genoten de jonge meisjes van hem. 'Ze zullen wel denken,' zei ze.

'Laat ze maar,' zei hij lijzig. 'Wat kan ons het schelen?'

Jou misschien niets, maar ik voel me idioot. Een middelbare idioot, had Vinnie hem toe willen bijten.

Voor Vinnie was het ook geen makkelijke ochtend geweest. Arun wil geld lenen.

Het is Vinnie niet gelukt de stemmen in haar hoofd en hart het zwijgen op te leggen. Hun toon varieert van regelrechte spot tot vleierij en ze proberen elkaar te overschreeuwen.

Geef het hem, zei een van de stemmen.

Als je nu toegeeft, ben je verloren, zei een andere.

Geef het hem, fluisterde de stem in Vinnies hart. Geef het hem en hij geeft jou alles waar je naar verlangt, zei de onnozelaar.

Er is een naam voor mensen zoals jij die moeten betalen voor hun verlangens, dame, schamperde de andere stem in Vinnies hoofd.

Vinnie aaide de knot boven op haar hoofd. Een kroon die haar in staat stelde haar efficiëntie als zakenvrouw te etaleren met enkel een opgetrokken wenkbrauw en een afkeurende blik. De kroonlijst boven op een façade van macht. Met mij valt niet te sollen, waarschuwde ze het volk van werknemers, winkelmeisjes en andere onderdanen dat zijn bijdrage leverde aan een betere wereld voor Vinnie.

'Ik vind je haar niet leuk zo,' had Arun gezegd toen hun relatie een paar dagen oud was, en hij had het secuur gecoiffeerde kapsel losgemaakt. 'Ik vind het vreselijk,' zei hij, terwijl hij met zijn vingers door haar haren woelde. 'En dit,' vervolgde hij en hij liet het eetstokje waarmee ze haar haren bijeenhield in haar handen vallen, 'hoort thuis in een Chinees restaurant!'

Vinnie glimlachte en stopte het in haar tas. Andere vrouwen droegen broches en ringen; Vinnie had haar eetstokjes. Een hele schaal vol om haar kleding te matchen en haar knot op zijn plaats te houden. Van jade, been, hoorn, porselein, hout, zelfs een paar van plastic. Pinnen om het hart van al haar heimelijke, nukkige verlangens te doorboren en opgerold op zijn plek te houden.

'Wulps, hoor,' mompelde Arun terwijl hij met haar haren speelde, met haar zenuwen, haar zelfbeheersing.

'Kijk, dit ben jij,' zei hij en hij wond een pluk om zijn vinger. En Vinnie kon geen woord uitbrengen. Alleen al als ze haar minnaar zag, kwam er een begerige hebzucht in haar op. Zijn lange muzikantenvingers zongen op haar huid, zijn mond was een voedende kietelende likkende zuigende kelk, hoe konden twee lippen en een tong zoveel weten, die zachtheid, o zijn zachte huid, de spieren op zijn rug, de wirwar van haren op zijn borst die over haar borsten schuurde, de achterkant van haar dijen, haar tepels, haar schaamstreek, waarmee hij mocht doen wat hij wilde. En zij gaf alles wat ze in huis had, greep naar zijn pik, de ronding van zijn ballen, van haar, van haar, van haar, waarmee zij mocht doen wat zij wilde, haar rug die hol werd van genot, een genot dat bij haar wriemelende tenen begon en via zenuwen en spieren naar haar hersencellen schoot; één gedachte: ik zou eindeloos kunnen doorgaan. En terwijl de gedachte weer naar haar tenen daalde, dacht ze: genoeg, genoeg, genoeg, en ze zakte ineen als een hoopje verzadiging, uitgestorte vloeistoffen en immense treurnis dat het zo moest gaan. Namiddagen van uitzinnig gegraai en geneuk, geluiden die zijn en haar mond ontglipten, maar geen woord over liefde of voor altijd. Allemaal enkel om de lust te bevredigen, de eenzaamheid te stelpen. Iets wat hij en elk gelukskoekje wisten, maar haar echtgenoot niet: een vrouw moet worden bemind, niet begrepen.

Vinnie klemde haar tas vast. Toen hij met die rijpe middelbare-mannenstem van hem om het geld vroeg – 'Het is maar een lening, snap je, je krijgt het terug als mijn geld is gestort' – zag ze de welving die als een verzonken sleutelbeen zijn mond bekroonde. Ze dacht aan hoe hij haar bloes had opgeraapt, door haar in de haast om in zijn armen te liggen zo achteloos opzij gegooid, en die zorgzaam had gestreken. Elk kreukeltje, elke vouw maakte hij glad met de toewijding van een huisvrouw zodat ze, zodra ze hem aantrok, weer Vinnie werd. De harde, niet kapot te krijgen Vinnie die alleen hij kon verkruimelen met een knabbeltje aan haar oorlel. Ze wist dat hij genoot van zijn macht over haar. En er welde een gevoel van tederheid in haar op.

Hield ze van hem? Ze wist het niet. Maar ze had hem nodig en was als de dood om hem kwijt te raken.

Door hem geld te geven zou ze echter de koers wijzigen van 'dit ding, wat het ook is', zoals hij hun relatie noemde.

Zou het hem aan haar binden? Of maakte het haar zijn geldschieter, telkens als hij krap zat? Dat vleierige in die diepe bariton, dat hulpeloze in die ogen. Zou hij denken dat dat genoeg was om Vinnie direct naar de dichtstbijzijnde pinautomaat te doen snellen?

Vinnie wist het niet. Ze kon niet besluiten wat goed of fout was.

Ze zet haar dwalende gedachten opzij en neemt de vrouw mee naar een ander café, een eindje verderop. Er slentert een ober naar hun tafeltje. 'Twee filterkoffie, graag,' zegt Vinnie.

'We hebben geen Zuid-Indiase koffie.'

'Dat meen je niet,' zegt Vinnie smalend. 'We zijn hier in Bangalore in Zuid-India en je hebt, wat staat er?' Ze kijkt. 'Colombiaanse, Braziliaanse, Keniaanse ... maar geen oude vertrouwde Zuid-Indiase filterkoffie. Doe maar twee espresso en twee ijswater.'

De vrouw dept haar wangen met een tissue. 'Het spijt me dat ik me heb opgedrongen,' zegt ze met een waterig glimlachje op haar gezicht.

'Welnee. Ik ben Vinnie. Wat er ook aan de hand is, ik ben ervan overtuigd dat het kan worden opgelost.'

'Ik ben Meera,' zegt de vrouw verlegen. 'Dank je, Vinnie. Bedankt voor ...' Ze is even stil, onzeker hoe de situatie waarin ze is aangetroffen kan worden omschreven.

II

'Dat is dus mijn situatie. Misschien moet ik overwegen om hoer te worden! Waar ben ik anders voor opgeleid?' besluit Meera met trillende lippen en bevende handen. Het lucht op om met iemand te praten, met deze volslagen onbekende, over hoe haar leven is veranderd; over het ongewisse; over de vragen en antwoorden die elk moment van de dag en in haar slaap door haar hoofd spoken.

Het trillen houdt maar niet op. Vinnie merkt hoe Meera's handen beven, maar ze doet alsof ze het niet ziet en haakt in op wat ze zojuist zei.

'Een hoer!' Vinnie lacht met haar hoofd in de nek. 'Ik zie het voor me. Wat denk je dat je gaat doen? Je klanten thee en koekjes aanbieden en ze wat etiquette bijbrengen? Meera, Meera, wat bezielt je?'

Dan zwijgt Vinnie plotseling. Ze ziet dat Meera niet lacht. Ze kijkt niet eens schaapachtig na het opperen van zo'n belachelijk idee. In plaats daarvan bijt ze op haar lip, alsof dat de enige manier is om te voorkomen dat ze in huilen uitbarst.

'Meera.' Vinnie pakt haar arm. 'Wat haal je je in je hoofd? Ik ben met stomheid geslagen.'

Meera recht haar schouders en zegt: 'Wat moet ik anders? Die baan waar ik op heb gesolliciteerd ... ik weet niet eens of ik hem krijg. En mocht dat wel zo zijn, dan krijg ik er niet veel voor betaald.'

Meera doet haar handtas open – een dure van Coach, ziet Vinnie – en haalt er een notitieboekje uit. Ze slaat een bladzijde om en schuift het Vinnies kant op.

'Kijk. Zoveel geld heb ik elke maand nodig. Uitgaven. Ik heb zo veel mogelijk bespaard. Mijn gezin, mijn grootmoeder en moeder en mijn kinderen, zelfs de hulp, ze doen allemaal zo hun best, het is hartverscheurend om ze zo te zien. Maar ook als ik de hand op de knip hou is het niet genoeg, Vinnie. Als ik niet snel een baan vind, hebben we een groot probleem.'

Vinnie ziet de kolommen met bedragen in Meera's nette handschrift. Elke post is zorgvuldig genoteerd. Hoe wanhopig moet een vrouw zijn dat ze overweegt haar lichaam te verkopen?

'Had je geen idee dat het eraan zat te komen? Een diepgeworteld onbehagen over wat er tussen jullie gaande was?' vraagt Vinnie.

Meera kijkt naar Vinnie, die een suikerzakje openscheurt en de inhoud op haar schoteltje strooit, waarbij haar hand geconcentreerd de omtrek van het kopje volgt. Daarna roert Vinnie in haar suikerloze koffie.

'Waarom doe je dat?'

'Wat?' Vinnie trekt haar wenkbrauwen op. Ze kijkt naar het lege suikerzakje.

'O, dit.' Ze lacht schaapachtig. 'Het is gek, maar een deel van mij, het suikerminnende deel, wordt hier heel rustig van. En ik hoef me geen zorgen te maken dat die lege witte calorieën op mijn heupen gaan zitten!'

Vinnie neemt een slok en vraagt weer: 'Had je echt geen idee dat het niet allemaal koek en ei was tussen jullie?'

Meera staart voor zich uit. 'We kibbelden. Welk stel doet dat niet? Maar ik had niet gedacht dat er een andere vrouw was of dat het zou leiden tot zijn vertr... nee, dat hij ons in de steek zou laten.'

Ineens zit Meera rechtop, getroffen door een herinnering.

De avond voor Giri wegging, had hij stevig gedronken. Hij nam zelden meer dan zijn gebruikelijke borrel, maar die avond had hij al twee whisky op. Hij kwam de slaapkamer in met het ijs rinkelend in zijn glas. Meera keek op van de kleren die ze aan het klaarleggen was voor de brunch van de dag erop, en glimlachte naar hem.

Hij liep naar de kaptafel waar haar kleine collectie make-upartikelen en haar parfumflesje stonden. Hij pakte de parfum en rook eraan. 'Je moet eens iets nieuws proberen. Iets van Dolce

& Gabbana of Armani. Het wordt tijd voor een nieuw geurtje!'
Meera keek verrast op. 'Ik dacht dat je dit bij me vond passen.
Ik dacht dat je het lekker vond. Daarom koop ik nooit iets anders.'

Hij nam een slok van zijn borrel. 'Jouw probleem, Meera, is dat je alles bij het oude wilt houden. Je moet verandering de ruimte geven. Zodat ik kan veranderen. Ooit vond ik dit een lekker geurtje. Nu niet meer. Ik vind het saai. Ouderwets, zonder pit!'

Meera zei niets. Ze hield een rok omhoog en vroeg: 'Hoe vind je deze?'

'Hmm ...' zei Giri met het chiffon tussen zijn vingers. 'Een beetje braaf, zou ik zeggen. Heb je niets spannenders?'

Meera's gezicht betrok. 'Ik ben vierenveertig, Giri. Ik kan me niet kleden alsof ik twintig ben. Matrone in een minirok enzovoort.'

Giri haalde zijn schouders op. Vraag het dan niet, gaf hij daarmee aan. Meera beet op haar lip en hing de rok terug. Wat verwachtte hij van haar? Het leek wel alsof ze hem niet meer kon plezieren.

'Ik heb een dochter van bijna twintig,' begon Meera opeens. 'Het ziet er zo raar uit als ik me kleed zoals zij ...'

'Alsjeblieft. Laat maar zitten.' Giri stak een hand omhoog. 'Draag en doe wat je wilt, helemaal wat je zelf wilt. Alsof jij trouwens alleen maar doet wat ik van je vraag.'

Meera liep naar Giri toe en raakte zijn elleboog aan. 'Weet je wat, ik fleur het geheel op met wat sieraden. Oorhangers, dat enkelbandje met kraaltjes, wat vind je daarvan?'

Giri wapperde ongeïnteresseerd met zijn hand. Wat krijgen we nu, vroeg Meera zich af. Gaat hij er nu over mokken?

'Heb je nagedacht over wat ik vanochtend zei?' vroeg hij vanuit de fauteuil waarin hij zich had genesteld.

'Waarover, liefje?' vroeg Meera afwezig, terwijl ze in haar kledingkast staarde. Zou ze haar ondergoed nog snel ordenen?

'Sla godverdomme niet zo'n toontje tegen me aan. Ik ben geen kind van drie.'

Meera draaide zich verrast om toen de venijnige bliksemschicht met volle kracht op haar af kwam.

'Giri,' begon ze.

'Ik vroeg vanochtend of je het aanbod van die vastgoedmakelaars wilde overwegen. Heb je erover nagedacht?' Hij leunde naar voren, zijn glas in zijn hand geklemd.

'Wat valt er na te denken?' zei Meera zacht. 'Ik kan het niet doen. We kunnen het huis niet verkopen.'

'Denk je eens in,' zei Giri langzaam en hij kwam naast haar staan. 'Naast het geld krijgen we van de projectontwikkelaars twee appartementen. Eén voor ons en een voor Lily en Saro. In hetzelfde gebouw. Dan hoeven ze niet te denken dat je ze in de steek laat. En je kunt zo vaak langsgaan als jullie willen, zodat ze niet vereenzamen.

Het zou ideaal zijn, Meera, denk je eens in. Geld zou niet langer zo belangrijk zijn. Je hoeft alleen maar ja te zeggen.'

Meera ging op het bed zitten. Ze voelde een vertrouwde vermoeidheid bezit van haar nemen. Wat moest ze Giri vertellen?

'Nee, Giri.' Ze schudde haar hoofd. 'Ik kan het niet. Al zou ik ermee instemmen, zij doen dat niet. Dat doen ze nooit ... Daarbij blijft het natuurlijk hun huis.'

'En ik dan?' Giri verstijfde. Hij nam een flinke slok whisky. 'En ik dan?' Zijn rancune lag nu niet meer verscholen achter een beleefde façade. 'Heb ik er dan verdomme niks over te zeggen? De afgelopen tweeëntwintig jaar heb ik zoveel in het huis gepompt. Kijk om je heen, Meera. Wie betaalt het onderhoud?'

Toen knapte er iets in Meera. Was het omdat ze al zo lang met een leugen leefde? Of omdat haar echtgenoot in een muggenziftende bullebak was veranderd? 'Dat klopt. Maar eerlijk is eerlijk: je hebt nooit huur betaald.'

Bij het zien van zijn gezicht was Meera alweer helemaal ontdaan. 'Giri,' probeerde ze als goedmaker. 'Zo bedoelde ik het niet. Ze zullen het er niet mee eens zijn. Echt niet. Ik weet wat er in ze omgaat. Ze houden niet van verandering.'

Hij had zijn gezicht afgewend. Ze legde haar hand op zijn

arm. 'Wat is er met ons aan de hand? Ik kan niet geloven dat we ruziemaken over dit huis, over geld, kom.'

Giri maakte zich los uit haar greep en liep weg. Hij pakte zijn glas en de stem die na zijn slok whisky met ijs te horen was, klonk kil. En zijn woorden ijzig: 'Daar maken echtparen ruzie over. Maar wij zijn toch geen echtpaar? Jij bent de hospita en ik de huurder. Er is geen wij. Het gaat altijd over jou. Jouw huis. Jouw familie. Jouw vrienden. Besef je hoe ik me voel?'

'Maar jij wilde dat we in dit huis woonden met mama en Lily. Jij wilde al mijn vrienden ontmoeten,' begon Meera. 'Jij zei dat je van mijn leven jouw leven wilde maken ...'

'Je begrijpt het niet, hè? Dat heb je nooit gedaan,' viel hij haar in de rede, terwijl hij verder liep, het schemerduister in.

Wat begrijp ik dan niet? Meera balde haar vuist. Waarom komt hij daar altijd mee als ik hem iets vraag? Alsof het een fatale tekortkoming is om hem niet te begrijpen. Alsof op de plek waar in mijn brein het begrijpen begint er vanaf mijn kleine hersenen tot aan mijn vagina een lange katheter zit die al mijn absorptie- en bevattingsvermogen afvoert. Alsof alleen wanneer hij dat gat opvult, alles wat fatsoenlijk, nobel of goed is door mij kan worden opgenomen.

'Wat begrijp ik niet, Giri?' vroeg ze, zonder de bittere klank van haar stem te verdoezelen.

Toen kwam de tirade. Een hele waslijst van doorkruiste verwachtingen en verbeten teleurstellingen. Dat hij in haar niet de steun had gevonden die hij verwachtte; dat zij hem tegen zijn familie had gekeerd, zijn verleden. 'Jij wilt geen echtgenoot, Meera, jij wilt verdomme een marionet.'

Meera voelde een domme grijns op haar gezicht komen. Wat zei hij nu?

'Ik wist dat je niet wilde verhuizen en je leven hier niet wilde veranderen, dus heb ik mijn carrière op een laag pitje gezet. Ik kreeg volop aanbiedingen, maar ik zei tegen mezelf dat ik jouw leven niet overhoop zou gooien.' Ze hoorde aan zijn stem hoe erg hem dat nu speet.

Bij de deur draaide hij zich om. 'Weet je wat jouw probleem is, Meera? Jij wilt dat je leven past binnen die lijstjes die je altijd maakt. Dat heb je niet in de gaten, hè? Dat jouw lijstjes allemaal over het verleden of over de toekomst gaan. Af te handelen karweitjes. Nog te doen. Hoe zit het met het heden, Meera? Hoe zit het met het nu? Daar maak ik me zorgen over. Daar wil ik leven.'

Meera zat daar maar op bed. Ze voelde hoe koud ze het kreeg. Zo had Giri nog nooit tegen haar gesproken. Het klonk bijna alsof hij haar haatte. Alsof ze hem gevangen hield in een ondraaglijke situatie. Ze propte haar vingers in haar mond om te voorkomen dat er een snik ontsnapte.

Ze deed die nacht in bed alsof er helemaal geen verbitterde woorden waren gezegd en kroop dicht tegen hem aan. Ze was moe. Het was een lange, vermoeiende dag geweest, maar ze wilde het goedmaken met Giri. Alle oneffenheden gladstrijken die tussen hen in waren geslopen. Het vagevuur dat hun leven was, herstellen. Als hij de liefde wilde bedrijven, dan was ze daartoe bereid. Mocht er diep vanbinnen een spottend stemmetje zeggen dat ze haar lichaam versjacherde voor de lieve vrede, dan zou ze dat effectief het zwijgen opleggen. Wat was nu een deukje in haar eigenwaarde ter wille van het algemeen welzijn?

Maar hij lag daar, bewegingloos en kil. Erger nog, ze voelde hem terugtrekken. Hij had zijn ogen dicht en een arm over zijn voorhoofd en deed alsof hij sliep.

Meera rolde op haar rug, verbijsterd. En bang. Zo teruggetrokken had ze hem nog niet meegemaakt. Wat nu? Wat heb ik gedaan, vroeg Meera zich keer op keer af, heen en weer dobberend tussen een klaarwakker bewustzijn en de uitputting die haar in een rusteloze slaap bracht.

Maar 's ochtends glimlachte Giri naar haar. Meera klampte zich vast aan die achteloze glimlach met de onverzettelijkheid van een drenkelinge die alles aangrijpt, zelfs een flinterdun lachje. Ik zal het goedmaken met hem. Ik probeer die woorden ongedaan te maken. Ik probeer weer zijn ganzenmeisje te zijn, zei ze tegen zichzelf toen ze haar oorhangers indeed en het enkelbandje van haar dochter omdeed. Daarna spoot ze impulsief een wolk van Nayantara's parfum op.

'Hij heeft niet veel achtergelaten. Hij wilde dat we het huis verkochten. Ik weigerde. Daarom straft hij me nu. Dat hij ons zo laat zitten, dat is kinderachtige wraakzucht.' Meera's stem trilt.
    'Waarom verkoop je het huis dan niet?'
    'Dat kan ik niet, Vinnie. Kon ik het maar. Dat is het punt. Het huis kan niet door mij of mijn moeder of grootmoeder worden verkocht. We mogen er alleen in wonen. Het is iets heel merkwaardigs. Mijn overgrootvader heeft het huis voor een periode van 99 jaar gehuurd. Dat was 54 jaar geleden. Over 45 jaar krijgen de oorspronkelijke eigenaars het weer terug. Ik weet niet wat hem bezielde. Misschien wilde hij voor zijn dochter en kleindochter zorgen; de generaties erna zouden het zelf moeten doen, zoiets. Ik heb geen idee waarom voor deze constructie is gekozen en mijn grootmoeder heeft er evenmin een logische verklaring voor.'
    'Weet Giri dit?'
    Meera schudt haar hoofd. 'Nee.' Haar blik gaat van de tafel naar Vinnie. 'Ik heb het niet expres voor hem verzwegen. Toen ik het er in het begin over wilde hebben, wilde hij er niets van weten. Hij liet me nooit uitpraten. En naderhand was ik veel te bang. Ik wist dat het huis en ik een totaalpakket waren. Als hij het huis niet kon hebben, zou hij mij ook niet willen, dacht ik. En ik bedacht dat het huurcontract pas zou aflopen als we stokoud of dood waren, en dan zou het niet meer uitmaken.'
    'Hoe zit het met de huur?' Vinnie herinnert zich dat ze het gigantische oude huis en de grond eromheen ooit heeft gezien. 'Kun je die betalen?'
    'Tweehonderd roepie. Over zes jaar wordt het vijfhonderd!'
    'Wat?' Van ongeloof begint Vinnie hardop te lachen.
    'Precies. De huisbaas was de beste vriend van mijn overgrootvader. Zijn familie heeft geprobeerd het huis terug te krijgen, de huur te verhogen enzovoort, maar het contract dat die twee oude mannen hadden opgesteld, was waterdicht. Mochten we dus verhongeren, dan doen we dat in een chique omgeving!'

III

De omgeving vervult hem met een diep gevoel van verlies. Jak leunt op de stalen tafel en kijkt naar de jongen die tegenover hem zit. Voor iemand van zijn leeftijd drinkt hij veel. Te veel, denkt Jak. Deze jongen zit helemaal in de knoop. Allemachtig, hoe kan hij zoveel rum achteroverslaan zonder om te vallen?

Uiteindelijk had Minjikapuram Jak uitgeput. Net zoals de keer ervoor, toen hij vijftien was. Het stadje kon hem niet geven wat hij zocht.

In plaats daarvan deed het precies wat het al eens eerder had gedaan. Het zette hem aan tot handelingen die hij uit willoosheid of misschien zelfs uit apathie zou hebben nagelaten.

De stilte in Minjikapuram maakte hem zo woedend dat hij besloot hoe dan ook uit te zoeken wat er werkelijk was gebeurd. Dat kon betekenen dat hij opnieuw moest beginnen vanuit een ander vertrekpunt, maar ook daar wist Jak alles van. Indien de beschikbare wetenschappelijke data slechts twijfelachtige antwoorden opleverden, zocht je elders. In de verhalen van degenen die het hadden zien gebeuren, in naverteld voorboden en flarden van horen zeggen. Jak wist dat er vissers waren die op zee stormsignalen opvingen waar de radar resoluut over zweeg, die het naderen van een cycloon konden aflezen aan de kam op een golf of het krijsen van een zeemeeuw. Jak ging dus naar huis en begon weer helemaal opnieuw.

De handen van de jongen trillen als hij een borrel inschenkt en het glas bijvult met water uit een stalen kan. Achter hem dansen de schaduwen van mannen die in en uit lopen. Er wordt niet gelachen en nauwelijks gepraat in het vertrek dat wordt verlicht

door een kaal peertje, bungelend aan het midden van het plafond.

'Hoe wist u dat ik hier zou zijn?' vraagt de jongen.

Jak haalt zijn schouders op. 'Ik heb zo mijn trucjes.'

Even denk je aan de dagen die je doorbracht op de gangen van
de universiteit en de mensa, op zoek naar een gezicht van het
printje in je zak. Gezichten die in je geheugen staan gegrift,
opdat je ze overal zou herkennen.

Ze keken je bevreemd aan. Wie was deze man die op de uni-
versiteitscampus rondhing en elk gezicht inspecteerde? Toen
vroeg je om een gesprek met de directeur.

'Dit kan ik niet toestaan. Ik kan u geen vertrouwelijke informatie geven over onze studenten,' zei de man stellig. 'Waarom
wilt u überhaupt iets van ze weten?'

Smriti studeerde niet aan deze universiteit. De jongens waren
vrienden van Asha, had ze gezegd. Wat kon je zeggen?

'Ze waren bevriend met mijn dochter,' zei je.

'Waren?'

'Het gaat niet goed met haar,' zei je zachtjes.

'Als de politie erbij betrokken is, zullen zij de verhoren doen.
Ik kan niet toelaten dat u hier op de campus rondhangt. Gaat u
alstublieft weg ...' Hij keek op het kaartje dat je hem had gegeven. 'Professor Krishnamurthy, aha, ik begrijp het ... van de
universiteit van Florida.' Nu kreeg zijn stem iets respectvols. Iets
verontschuldigends, zelfs.

Bij de deur zei hij nogmaals: 'Ik hoop dat u mijn situatie begrijpt. Ik sta machteloos. Echt!'

Buiten, aan de overkant, was een kiosk. Sigaretten, frisdrank,
koekjes, bananen, tijdschriften, betelblad, pruimtabak, alles
waar een student zoal behoefte aan had om de uren draaglijk te
maken die hij opgesloten in de collegezaal doorbracht.

Je sprak de man van de kiosk. Hij kende een van de jongens.
Een vaste klant, zei hij trots, al heb ik hem al een tijd niet gezien.

'Waar kan ik hem vinden, denkt u?' vroeg je.

De man haalde zijn schouders op. 'Ik weet niet waar hij
woont.'

Je keek weg. Wat nu?

Je had gedacht dat de jongens makkelijker op te sporen zouden zijn dan Asha. Een universiteit voor meisjes met alleen maar nonnen zou heel wat uitleg vergen. En je wist niet eens wat je zocht.

'Kom morgen terug. Ik zal rondvragen bij mijn vaste klanten en dan laat ik het u weten.'

De volgende dag zei de man dat Shivu, zo heette de jongen, terug naar Salem was. 'Daar komt hij vandaan. Hij is daar gaan studeren. Aan het A.V.G. Chettiar College, geloof ik.'

Deze keer wist je wat je te doen stond. Je zou geen tijd verdoen op de universiteit. In plaats daarvan ging je naar de dichtstbijzijnde kiosk.

'U kunt Rose Cottage proberen,' zei de man. 'Sommige jongens gaan daarheen, al is het er nog zo smerig!'

'Rose Cottage?' De moed zonk je in de schoenen. Een bordeel?

'Bij Hawaldar. Hij heeft geen drankvergunning, maar in een achterkamer verkoopt hij alcohol uit de officierskantine. Die studentjes gaan er een borrel halen. Sterk spul, maar wel goedkoop!'

Je wachtte vier dagen buiten voor Shivu kwam opdagen. Je stak de straat over en volgde hem naar binnen. In je haast botste je tegen hem op.

Hij draaide zich verbaasd om naar de kolos die achter hem opdoemde. 'Wat moet je, verdomme?' snauwde hij.

Je mompelde: 'Ik ben Smriti's vader.'

De starende ogen van de jongen waren die van het konijn in de koplampen. Versteend.

De eigenaar, tevens barkeeper, gastheer en kok, kwakt een bord roerei op tafel. De olie glinstert op de eieren, fijngehakte ui en pepertjes. 'De hardgekookte eieren zijn op, dus heb ik dit gemaakt. Anders nog iets?' vraagt de man.

De jongen haalt zijn schouders op. Jak bekijkt de stevige man met zijn gemillimeterde haar. Hij hoorde andere mannen hem aanspreken met Hawaldar. Een ex-militair, of een zogenaamde ex-militair. Hij blijft staan waar hij staat.

'Wat?' vraagt Jak.

'Je moet iets bestellen. Dit is geen club waar je gaat zitten kletsen,' zegt de man.

'Prima, doe mij maar een wodka-tonic,' zegt Jak. Hij wil geen alcohol. Maar als het moet, dan het liefst wodka.

'Ik heb geen wodka, gin of dat soort chique drankjes. Alleen rum, brandy en whisky. Allemaal via het leger.' De agressieve toon van de man slaat op Jak over.

'Doe maar alle drie.'

'Groot of klein?'

'Groot, en drie flessen spuitwater en een bak pinda's. Tevreden zo?'

Nu kijkt de jongen op. 'Het spijt me,' zegt hij zacht.

Jak zwijgt. Hij is ziedend. Dan vraagt hij: 'Hoezo?'

'Ik snap dat dit geen plek is waar u normaal zou komen. En dat lompe gedoe van Hawaldar ... o, alles.' De jongen klinkt berouwvol.

Jak legt zijn hand op de arm van de jongen. 'Is het wel een plek voor jou? Kijk om je heen!'

Ze bekijken de verwaarloosde, vervallen ruimte. De afgeleefde mannen met hun bevende handen en de voelbare drang om een borrel achterover te slaan. De stilte die ze vol laten lopen met de alcohol uit hun stalen beker. De kwelgeest op hun schouder die kwijlend blijft aandringen: nog één, nog één ...

'Dit is een plek voor alcoholisten. Voor mannen die ver heen zijn. Wat kom jij hier doen?' Jaks stem klinkt zacht maar vastberaden. 'Waar ben je voor op de vlucht?'

De ogen van de jongen worden groot, dan slaat hij ze neer. 'Hoe bedoelt u?'

'Waarom ben je niet één keer bij Smriti geweest?' vraagt Jak.

'Het is moeilijk voor mij om naar Bangalore te gaan.'

'Dat is niet waar.'

De jongen staart nog steeds in zijn glas. Hij zegt niets. Dan brengt hij het glas naar zijn mond en neemt een grote slok.

Jak verstart.

'Ik kan het niet,' zegt de jongen. 'Ik kan het niet. Hoort u wat ik zeg? Ik kan het niet. Ik kan het niet. Ik kan het niet. Tevreden zo?' De jongen imiteert Jaks toon.

'Nee,' zegt Jak. 'Ik moet weten waarom. Je was toch met haar bevriend? Jij, die twee andere jongens en Asha.'

De jongen kijkt hem verward aan. 'Asha? Wie is Asha?'

Jak kijkt naar de lijnen in zijn hand die met een bijna middelpuntvliedende kracht rondwervelen.

Asha is dus de zoveelste leugen in de stroom die Smriti Nina en hem op de mouw heeft gespeld. Waarom vond ze het nodig dit meisje te verzinnen? Asha, met haar moeder die dokter was en haar vader, de architect. Hun hond Snoopy en hun prachtige, oude huis in Jayanagar, waar Smriti regelmatig was geweest. Asha, de beste van de klas die nooit iets verkeerd deed. Was zij het meisje dat Smriti graag wilde zijn? Of was ze het dunne laagje fatsoen waar Smriti haar roekeloosheid achter wilde verbergen?

Maar waarom? Hij zou haar nooit hebben tegengehouden als ze met die jongens ergens naartoe had willen gaan. Hij schreef haar nooit de wet voor, speelde nooit de strenge vader. Hij zei nooit: geen vriendjes, niet doen, pas op ... 'Het is jouw leven. Als je er een puinhoop van maakt, heb je dat helemaal aan jezelf te danken. Ik weet hoe het voelt. Die rusteloosheid. Die drang om de grenzen op te zoeken. Maar doe het rustig aan.'

Hij zei alleen wat amma tegen hem had gezegd toen hij, Kitcha, een tijdje onhandelbaar was geweest.

'De wereld ligt aan je voeten,' zei amma tegen hem, terwijl ze zijn hand in de hare nam en zijn krampachtig gebalde vuist streelde. 'Er zijn zoveel manieren om het leven te begrijpen. Alles op zijn tijd. Waarom heeft mijn Kitcha zo'n haast?'

Kitcha wilde er niet te lang bij stilstaan. Tegenwoordig gunde hij zijn hoofd geen moment rust. Deed hij dat wel, dan wist hij dat hij in tranen zou uitbarsten. Het was beter zo. Na appa's vertrek was het alsof er een bal van razernij in zijn borst huisde; op de plek die zijn biologieleraar de *cavitas thoracis* noemde. Daar huisde zijn woede, sissend en stomend, brandend en kolkend. Daardoor schoot hij in lege lokalen met een katapult steentjes naar het schoolbord. Daardoor bezoedelde hij bibliotheekboeken en gooide hij ruiten in. Die baldadige vernielzucht bezorgde hem een vreemd soort voldoening. Net zoals hij triomf voelde als hij op scheenbenen mikte in plaats van op de voetbal. Of wanneer hij met zijn cricketworp de slagman wilde bezeren in plaats van hem tegemoet te komen. Een bal van razernij met koboldenoren die hem zei dat spijbelen iets was wat iedere jongen kon, kom op, ga een stap verder.

Daardoor rookte hij op het schoolplein. Daardoor smokkelde hij pornoblaadjes de klas in. De bal fluisterde in zijn oor: 'Wees een man! Nu! Nu!'

Er kwam een zwavelstroom van scheldwoorden uit zijn mond: dat deed hem goed. Hij lachte om de schok en de afkeer die het losmaakte. Een wilde, manische, spastische lach. *Khoodi*. Amma khoodi. Appa khoodi. De woorden dansten uitgelaten op zijn tong en Kitcha zei ze luid en duidelijk, op het schoolplein en op straat. Al snel stond hij bekend als het rotjoch met de vieze praatjes.

Natuurlijk werd hij gesnapt. 'Spijbelen om naar de bioscoop te gaan is tot daaraan toe, maar uw zoon heeft een slechte invloed,' zei de directeur. Hij had zijn eigen zoon zien roken en de jongen had zonder gewetensbezwaren zijn dikke wijsvinger op Kitcha gericht. 'Hij zei dat ik het moest proberen. "Wees een man," zei Kitcha.'

'Hij wordt één week geschorst. Hij krijgt nog één kans. Daarna wordt hij verwijderd.' De directeur was laaiend.

Amma zweeg. Kitcha wachtte. Ze gingen met de bus naar huis, hun schouders en dijen raakten elkaar, maar amma zei geen woord. Kitcha wierp steelse blikken op haar gezicht. Zou ze kwaad worden of gaan huilen?

Thuis ging ze zich in haar kamer omkleden. Hij wachtte op de gang. De kettingen kraakten terwijl hij schommelde in afwachting van zijn straf.

Amma ging naar de keuken en kwam terug met een bord *tif-fin* en een beker koffie. Alsof het een gewone schooldag was.

Amma keek terwijl hij at. Ze zat naast hem, nog steeds zwijgend als het graf. Wat dacht ze? Wat was ze van plan?

Toen hij klaar was, pakte ze het bord en de beker uit zijn handen. Ze zei: 'Ik denk dat ik weet waarom je dit doet. Wat kan ik zeggen, Kitcha? Het spijt me dat je vader en ik je dit hebben aangedaan. Het spijt me, Kitcha!'

Dat had hij niet verwacht. Dat amma de schuld op zich zou nemen voor zijn wangedrag. En Kitcha begon te huilen. De bal van haat in zijn cavitas thoracis veroorzaakte grote, natte snikken die als gigantische tranengolven werden uitgebraakt.

Samen huilden ze. Daarna droogde amma zijn en haar tranen. Ze pakte zijn hand en kuste zijn voorhoofd. 'Ik weet dat je geen slechte jongen bent. Het is je leeftijd, Kitcha, je leeftijd. Mag ik een suggestie doen? Als je heel erg kwaad wordt, waarom ga je dan niet tekenen? Je raakt je verf haast nooit meer aan.'

De jongen drinkt nu minder gehaast. De inhoud van zijn glas wordt langzaam minder. In Jaks hoofd tuimelen de vragen over elkaar heen, maar hij weet niet waar hij moet beginnen.

Hawaldar verschijnt aan hun tafel. 'Nog een halfuur. Meer niet! Ik ga sluiten. Als jullie nog iets willen bestellen ...'

Jak schudt zijn hoofd.

'Ik heb genoeg gehad,' zegt de jongen.

'Jullie hoeven morgen niet meer te komen als je gaat zitten ouwehoeren. Ik moet geen mensen die te lang blijven hangen. Gesnopen?'

Hawaldar legt een bonnetje op tafel. 'Betalen en wegwezen. Vooruit!'

'Kunnen we morgen afspreken?' vraagt Jak.

De jongen schudt zijn hoofd. 'Waarom?'

'Een uurtje maar. Daarna zal ik je niet meer lastigvallen,' dringt Jak aan. 'Maar niet hier. Kom naar mijn hotel. Daar jaagt niemand ons op.'

De jongen slaat zijn borrel achterover en Jak telt het geld.

De jongen staat op. Hij veegt zijn handen af aan zijn broek. 'Wilt u niet weten hoe ik heet?'

'Shivu. Dat weet ik al,' zegt Jak.

'Hoe laat morgen?'

'Kun je om halftwaalf? Dan gaat de bar open.'

'Nou ja,' protesteert de jongen. 'Ik ben geen alcoholist. Ik snap niet waarom u dat zegt.'

'Zo bedoelde ik het niet,' zegt Jak sussend. Hij denkt alleen dat Shivu makkelijker praat met een borrel op.

Jij was erbij toen het gebeurde. Is dat het, Shivu? Je kunt de waarheid niet onder ogen zien. Dat je het misschien had kunnen tegenhouden.

IV

Er is geen houden aan. Zodra het ontrafelen van het verleden begint, kan hij niet meer terug. Dat weet Jak. Hij zal niet op enig moment zijn handen kunnen opsteken en zeggen: 'Stop. Ik heb genoeg gehoord. Ik weet genoeg!'

Kan hij dit aan?

'We wisten dat het sletten waren.' De jongen veegt zijn mond af en trekt dan, geschrokken van zijn eigen woorden, aan Jaks mouw. 'Ik heb het niet over haar. Smriti was anders. Ze was niet zoals de rest van de meisjes. De bsn'etjes, noemden we ze. Buitenschoolse Neukertjes.' Weer hapt de jongen naar adem. Hij laat zijn hoofd in zijn handen zakken. 'Wat zeg ik toch? Het spijt me. Zo bedoel ik het niet. Ik weet niet wat ik zeg!'

Jak wendt zijn blik af. Ga ik het hem makkelijk maken? Zeg ik: ja, ja, ik weet dat je al die andere meisjes bedoelt. Je hebt het niet over mijn dochter. Dat zou je nooit doen. Een aardige, nette jongen als jij zou zoiets nooit over aardige, nette meisjes suggereren. Vooral niet over mijn dochter.

Maar hij helpt de stuntelende jongen niet op weg. In plaats daarvan tikt hij hem op de schouder en zegt: 'Ga door. Ik luister.'

De jongen doet zijn hoofd omhoog. De wroeging maakt plaats voor de onvermijdelijke behoefte om zijn hart te luchten. Zijn ziel te ontlasten die hem naar obscure kroegen dreef.

Shivu reikt naar een glas. Een borrel herstelt zijn evenwicht. Hij wordt er rustig van. Hij wordt erdoor in een waas van vergiffenis gehuld. Het is niet jouw schuld. Je wist niet wat je deed.

'Er is een soort stamkroeg vlakbij de uni. Ze draaien er goeie muziek en ze hebben een waterpijp. Bijna iedereen gaat er na college naartoe. De meisjes zijn er dan ook. Die van buiten, en soms ook van de campus. Maar de buitenlandse meisjes kwamen er net zo vaak als de jongens. Zij hadden geld. Ik denk dat het er leek op de kroegen waar ze in hun eigen land kwamen. Een plek waar je iemand kon scoren. Dat wist iedereen. Het was een soort traditie.'

Hij bestudeert Jaks gezicht.

Jak kijkt strak terug. Op het jongensgezicht staan zijn gedachten te lezen: wat denkt deze man terwijl ik het leven van zijn dochter blootleg?

Jak dwingt zichzelf geen emotie te tonen. Zal ik vertellen dat wij dat ook deden? Dat studenten overal ter wereld altijd al die behoefte hebben gehad elkaars gezelschap op te zoeken en hun toch al gierende hormonen te stimuleren met koffie, bier, coke, wat dan ook? Dat ik weet hoe plannetjes gesmeed worden, weddenschappen afgesloten en de kameraadschap met je gelijken je het gevoel geeft dat je de hele wereld aankunt?

Jak geeft een zuinig glimlachje ten beste. 'Ik begrijp het. Daar heb je Smriti dus ontmoet?'

De jongen schudt zijn hoofd. 'Daar zag ik haar voor het eerst. Ze was met een groep van haar universiteit. Ze kwam binnen en we konden onze ogen niet van haar afhouden.' De jongen gebaart.

Jak slaat zijn ogen neer. Wat de jongen bedoelt is zo duidelijk als wat. Iedereen zou terugschrikken van Smriti's piercings.

'Is het omdat Nina en ik uit elkaar gaan?' vroeg hij, niet in staat de verminking die hij zag te geloven. Was dit wezen, met knopjes op zo ongeveer elke denkbare plek, zijn kleine meid?

'Waarom moet het met jullie te maken hebben?' Ze zwierde met haar hoofd en haar dreadlocks zwaaiden naar achteren. Zijn gezicht vertrok bij haar aanblik. Ze zag eruit als een van die achterlijke wezens die je in tempelgangen zag rondwaren, bewerend dat ze van de godin bezeten waren. Die met dof haar, glazige, zwartomrande ogen en een vastbesloten trek om de mond geen waarheid duldden behalve die van henzelf.

Was dat een tongpiercing? Hij zag er ook één in haar navel. Waar nog meer? Waar nog meer, *Eashwara*? In tijden van stress werd Jak weer Kitcha, het jongetje uit Mylapore dat zijn beschermgod aanriep voor redding en steun.

'Hou toch op, papa Jak. Doe niet zo suf. Dit is mijn gothic look. Dit vind ik nu even leuk. Doe nu niet zoals de Indiase ouders die we kennen. Kom, papa Jak, ik vraag jou toch ook niet waarom je doet wat je doet?' Ze kroop op zijn knie alsof ze acht was in plaats van zeventien.

Jak wist hoe Nina of ieder ander familielid daarop zou reageren. Nina's mond zou een dunne streep van ongenoegen worden. 'Alsjeblieft, Kitcha, ze is geen kind meer!'

De mannelijke familieleden zouden wegkijken en de vrouwelijke zouden fluisteren: 'Shiva, Shiva, wat is er met je aan de hand? Heb je dan geen verstand? En dat meisje, weet zij niet hoe het hoort, kent ze geen fatsoen?'

Maar Jak had de kleine Kitcha die hij ooit was de rug toegekeerd, en was een product geworden van de nieuwe wereld waarin hij leefde. Zijn volwassen dochter mocht op zijn knie zitten en hij kon de gedachte aan tepelringen en clitorispiercings buitensluiten, haar liefkozend over haar bol aaien en vragen: 'Is het niet vervelend? Al die knopjes en ringen? Zitten ze niet in de weg? Blijven ze niet in je kleren haken, in je haar?'

Ze sprong van zijn schoot. 'Dat went. Weet je wat, papa Jak? Jij moet ook een gaatje laten schieten!'

Jak voelde aan zijn oorlel. 'Ik had een gaatje toen ik een baby was. Het is dichtgegroeid, denk ik. Ik kon het wel weer eens doen,' zei hij lachend.

'Cool!' grijnsde Smriti. Haar papa Jak zou haar nooit teleurstellen. En Jak had het gevoel dat hij weer een triomf had behaald. Hij had het Nina proberen uit te leggen. Hoe zinloos het was om de kinderen tegen de haren in te strijken. Je moet ze tegemoetkomen.

'We hadden nog nooit iemand zoals zij gezien. De piercings in haar wenkbrauwen, het ringetje in haar neus. Het bolletje onder haar lip en die in haar tong en haar navel. Alsof ze waar ze maar kon een piercing had laten zetten.' Shivu klinkt nu ontspannen.

'Maar we hebben elkaar voor het eerst ontmoet bij een bijeenkomst van Stree Shakti.'

Shivu was met zijn theatergezelschap gevraagd een workshop te geven voor de vrouwenbeweging. Rupa, die de bijeenkomst coördineerde, had hun medewerking gevraagd. 'Dat is het minste wat je kunt doen na wat jullie ons hebben laten doorstaan,' zei Rupa grijnzend.

Shivu zag het al aankomen. 'Dat betekent dat we niet worden betaald, neem ik aan?'

'Je aanname is correct.' Rupa drukte een stapel printjes in zijn hand.

'Er is zowaar een heus script!' Shivu sperde theatraal zijn ogen open. 'Niet alleen maar strijdbare praat. Wat wordt het deze keer? Een verbrande vrouw is geen mooie vrouw?'

Rupa mepte hem speels op de arm. 'Geen spotternijen. Vrouwenmishandeling begint vroeg, Shivu. Dit is serieus. Foetusmoord op meisjes. We willen dit toneelstuk opvoeren in dorpen. Stree Shakti haalt mensen uit de verschillende onderafdelingen hierheen en als jullie ze leren hoe ze het moeten opvoeren, dan kunnen zij ermee aan de slag. Het lijkt op wat we destijds hebben gedaan om de mensen bewust te maken van de slechte kanten van de bruidsschat. Er zijn inmiddels minder gevallen van bruidverbranding. En nu moeten we dit serieus onder de aandacht brengen.'

Smriti was als vrijwilliger gestrikt door een paar meisjes bij haar op de universiteit, en Shivu had zich afgevraagd of het een bevlieging was, net als de piercings. Maar ze was een toegewijde werker wier ongebreidelde nieuwsgierigheid werd geëvenaard door haar onvermoeibaarheid. In de dagen die volgden zag Shivu het meisje met het vreemde uiterlijk werken voor tien. Wanneer Rupa haar probeerde te vertellen dat ze te veel deed, wilde Smriti daar niet van weten. 'Dit is het minste wat ik kan doen,' zei ze fel. 'Al die meisjesbaby's! Vermoord nog voor ze een kans kregen! Ik word niet goed als ik eraan denk!'

Shivu merkte dat zijn nieuwsgierigheid bewondering werd. En toen iets anders. Op een dag stelde hij na de repetitie koffie voor.

'Smriti vond het prima en we gingen naar het café waar ik haar die eerste keer zag. Ik was benieuwd naar haar. Wat deed ze hier? In India? In Bangalore,' vertelde Shivu en in zijn stem klonk weer iets van die zoete, lang vervlogen tijd toen ze allemaal nog zoveel vooruitzichten en hoop hadden gehad.

Jak en Nina waren ontzet toen ze universiteiten als Brown en Columbia afwees en verkondigde dat ze had besloten naar India te gaan voor haar bachelor. Nina, die toen aan Berkeley doceerde, had haar boosheid niet kunnen verkroppen. 'Hier krijg je spijt van! Jongeren uit heel India, zelfs uit de dorpen, willen hierheen komen, dromen over een studie hier en jij wilt daarnaartoe! Als je socioloog wilt worden, moet je in de States zijn. India! Je wilt in India gaan studeren! Ik kan mijn oren niet geloven! Kitcha, praat met haar, peuter het aan haar verstand.'

In het begin hadden ze unaniem geprobeerd haar daar te houden. Wat is dat voor onzin over maatschappelijk werk? We dachten dat je vrouwenstudies wilde doen.

Smriti luisterde geduldig. 'Jij bent academica,' zei ze tegen Nina. 'Jij snapt niet waar vrouwenstudies uiteindelijk toe moet leiden. Ik wel. De wetenschap moet worden vertaald naar praktische oplossingen. Weet je wat er gebeurt met vrouwen in India? Jij zit in je mooie huisje met je gelabelde voorraadpotten en een kamer vol boeken en denkt dat dat emancipatie is. Empowerment moet uit jezelf komen.'

Moeder en dochter maakten dagenlang ruzie terwijl Jak toekeek en luisterde. En zoals gewoonlijk zwichtte hij. Hij voelde aan de diamant in zijn oor – zijn moeders neusring – en gaf toe. 'Laat het haar proberen! Als het niet bevalt, kan ze altijd terugkomen. Of naar de VS komen voor haar vervolgstudie. Misschien wordt het tijd dat ze India leert kennen. Dat ze het zelf ontdekt. Ze maakt een fase door. Ze wil de wereld redden. Dat wilden wij toch ook allemaal? Kom op, Nina, zo erg is het niet. Wij hebben er ook gestudeerd, weet je nog?'

Smriti, die signalen opving dat Jak zich gewonnen gaf en Nina het bijltje erbij neergooide, pakte de ijsschep en croonde de tekst waarvan ze wist dat Jak erom zou glimlachen. Zijn eigen Leonard Cohen die het pleit beslechtte: *'Should the rumor of a shabby ending reach you, it was half my fault, it was half the atmosphere.'*

Nina haalde haar schouders op. Zelf weten, impliceerde dat. Jouw verantwoordelijkheid. Onthou dat, Kitcha, jij bent verantwoordelijk, roemloos einde of geen roemloos einde.

Had hij meer moeite moeten doen om haar thuis te houden? Haar moeten overhalen, inpalmen, omkopen, doen wat hij kon om haar bij hen te laten blijven. Dan waren ze tenminste allemaal in hetzelfde land, op hetzelfde continent geweest. Maar hij was gezwicht voor Smriti's ijzeren wil. Ze was nog zo jong, een wild, impulsief, koppig meisje, maar dat had hij niet beseft. Hij had zijn ogen er juist voor gesloten. Wat was hij voor een vader? De gedachte achtervolgde hem. Dat hij onverantwoordelijk was geweest. Maar hij kon haar niet ongelukkig zien. Daar had het altijd om gedraaid. Jak kon niet verdragen dat Smriti's ogen somber werden.

'Zo hebben jullie elkaar dus ontmoet.' Jak praat zacht. 'En de anderen? De twee andere jongens en Asha?'

'U begint steeds over die Asha. Er was geen Asha. Ze heetten Nishi, Priya, Shabnam en Anu.'

'Dan heb ik het vast verkeerd verstaan,' mompelt Jak. 'Vertel eens over de andere twee jongens. Kende je ze?'

De jongen knikt. De zorgeloosheid die hij even had gevoeld, is alweer weg. 'Matt en Rishi. Mathew kwam uit Kochi, maar hij was naar Bangalore gekomen om biotechnologie te studeren, net als ik. Mathew was mijn beste vriend. Rishi zat in zijn laatste jaar. Hij kwam uit Coonoor. Hij was eigenlijk al gestopt toen we elkaar leerden kennen, maar hij was heel actief in de theatergroep waar we allemaal bij zaten. Het sprak min of meer vanzelf dat we vrienden werden. We hadden zoveel gemeen en in sommige opzichten waren we ook buitenstaanders. We trokken dus met elkaar op.'

Was. Werden. Trokken op. Jak merkt de verleden tijd op en Shivu's trillende handen. Hij schuift het glas Shivu's kant op. 'Drink,' beveelt hij. 'Sla maar achterover. Wat gebeurde er? Vertel.'

Maar Shivu's handen blijven trillen.

'Eerst dacht ik dat ze me aantrekkelijk vond. Ik vond haar leuk. Ik vond haar heel leuk,' zegt Shivu. Plotseling kijkt hij op. 'Hoe kan ik u dit allemaal vertellen? U bent haar vader. Hoe kan ik tegen u praten over wat we dachten, zeiden, deden ... Het is ongemakkelijk. Shit man, het is gênant.'

Jak zegt een tijdje niets. 'Beschouw me niet als haar vader. Beschouw me als een vriend,' stelt hij voor.

'U bent geen vriend,' zegt de jongen droog.

'Beschouw me dan als iemand die je net hebt ontmoet. Een onbekende in een bar. Zo is het ook. Jij en ik hebben geen relatie. Geen band. Je kunt me dus alles vertellen.' Jak luistert stomverbaasd naar zijn eigen stem. Waar komt dat overredende toontje vandaan?

De jongen staart somber in zijn glas. 'We wilden allemaal graag een vriendin. Maar Smriti was het meisje van onze dromen. Ze zag er leuk uit, was slim en ze had niet van die complexen die onze meisjes hebben.'

Jak verstrakt. Onze meisjes. Mijn arme schat, besefte je wel hoe verkeerd ze je open houding hebben uitgelegd? Jak kan zich niet inhouden. 'Dat wil zeggen?'

'Dat ze het prima vond om in het openbaar je hand vast te houden. Of je te groeten met een knuffel. Of haar armen om je middel te slaan als ze achterop de motor zat.'

'Maar dat doen hier toch alle meisjes?' vraagt Jak sceptisch.

'Jawel, maar ze zullen nooit in alleen maar een bikini gaan zwemmen en ze blijven ook niet slapen en zo. Ik zeg niet dat iedereen Smriti zomaar kon versieren. Ze was relaxed. Ze was heel relaxed. Maar ze was ongeremd en als we te handtastelijk werden, duwde ze alleen onze handen weg en zei ze in haar Tamil: *"Konnudu vein!"'*

Jaks mondhoek trekt. Hij had zijn dochters vaak plagerig gewaarschuwd: 'Konnudu vein als je aan de lucifers zit. Konnudu vein als je tot laat tv blijft kijken. Ik vermoord jullie, kleine doerakken!'

'Je zei dat je dacht dat ze je leuk vond,' zegt Jak plotseling. Wilde hij deze jongen echt horen opsommen op hoeveel manieren Smriti zich door hen als een slet had laten behandelen?

'Ja! We spraken een paar keer af in het café en algauw dacht ik dat Smriti en ik verkering hadden. Ik wilde met haar pronken. Al waren het voornamelijk Matt en Rishi die ik wilde imponeren. Daarom heb ik Smriti aan hen voorgesteld.'

En toen gebeurde het onvermijdelijke, veronderstelt Jak. Hij heeft met de jongen te doen. 'Een van hen kaapte haar weg,' zegt hij. 'Is dat het?'

De jongen schudt zijn hoofd. 'Ja en nee!' Als hij verder vertelt, klinkt hij berustend.

Twee weken later was het alsof Shivu een stomp in zijn maag kreeg, toen Rupa belde dat ze iets had gezien. Ze wilde weten of het uit was met Smriti. Mathew en Smriti leken het erg gezellig te hebben samen. 'Wat zijn jullie van plan met dat meisje? Is het een estafette?'

Shivu wilde naar Mathews kamer gaan en hem naar buiten sleuren. Zijn gezicht verbouwen en hem in zijn buik trappen. Zo kwaad was hij. Maar hij liet het rusten. Wat haalde hij zich in zijn hoofd, vroeg hij zich af, geschrokken van het monster waarin hij veranderde. Mathew was zijn vriend en Smriti was zijn meisje. Hoe kon hij aan hen twijfelen? Rupa was een jaloerse trut die paniek wilde zaaien. Misschien was er een onschuldige verklaring.

Toen kwamen er meer berichten. Een nonchalante uitlating. Een terloopse opmerking. Shivu kreeg het gevoel dat de hele wereld Mathew en Smriti in de gaten hield.

Shivu wist niet of het aan zijn knagende jaloezie lag of dat zijn trots was gekrenkt, maar bij de gedachte dat mensen hen samen zagen kreeg hij een zure smaak in zijn mond. Ze zullen me een watje vinden als ik het hierbij laat, zei Shivu tegen zichzelf op de dag dat hij hen ermee wilde confronteren. Hij was wel bang. Hij zat in over zijn vage greep op Smriti en hij wist dat hij haar kwijt was als hij over de roddels begon.

Mathew was anders. Mathew kwam hier vandaan. Hij zou beter moeten weten, zei Shivu tegen zichzelf terwijl hij Mathews deur openduwde. Ooit hadden ze een kamer gedeeld. Nu niet meer. Shivu's blik schoot door de kamer en vond een sjaal die hij herkende.

'Is deze niet van Smriti?' wilde hij weten.

Mathew haalde zijn schouders op. Shivu wist niet wat hij moest zeggen. Die schouders daagden hem uit. In liefde en oorlog is alles geoorloofd.

Uit pure wanhoop ging Shivu naar Smriti.

Smriti was woedend. 'Je bent mijn vriendje niet. Je bent een vriend. Waarom ben je precies hetzelfde als alle Indiase jongens die ik tegenkom? Kunnen we niet gewoon vrienden zijn? Jij, Mathew, Rishi en ik. Ik ben ook uit geweest met Rishi. Nou en?'

Shivu porde met een rietje in zijn glas. De ijsklontjes onderin rinkelden. Hij voelde zich belachelijk. Hij had wat er was tussen Smriti en hem waarschijnlijk opgeblazen. Die gedachte werd op de voet gevolgd door bezorgdheid. Mathew zou het niet leuk vinden dat Rishi en Smriti samen uitgingen.

'Je moet Mathew vertellen dat je met Rishi uit bent geweest,' zei Shivu. 'Mathew is erg bezitterig. Hij deelt zijn eigendommen niet graag.'

'Ik ben niet van hem, ik ben van niemand,' zei ze en daarmee wuifde ze hem en zijn bezorgdheid weg.

'Mathew was dus een jaloers type?' vraagt Jak.

'Mathew was een van de meest vrijgevige mensen die ik kende. Hij deed alleen bezitterig over mensen van wie hij hield. In het begin, toen Rishi en ik bevriend raakten, kon hij het niet uitstaan dat ik een andere goede vriend had. Hij zag Rishi als een indringer. Toen hij uiteindelijk merkte dat er tussen ons niets was veranderd, werd hij rustiger. Maar ik wist dat hij razend zou worden als hij van Smriti en Rishi hoorde.'

Jaks hoofd steunt op zijn arm. Was Smriti werkelijk zo naïef geweest als ze leek? Besefte ze niet dat ze met deze jongens speelde? Of genoot ze van de macht die ze erdoor kreeg? Kinderen van gescheiden ouders schijnen aandacht nodig te hebben. Had ze de zekerheid nodig dat deze drie jongens smoorverliefd op haar waren?

Jak staat op en rekt zich uit. Welke kant gaat dit op?

Zolang Smriti's laatste dagen in nevelen gehuld zijn, staat het leven van Jak in de wacht. Niet dat hij dat wil. Zijn hoofd wil simpelweg niet luisteren. Die ochtend had hij 56 berichten in zijn inbox. Hij had ze zonder een greintje interesse zien staan. Sommige gingen over het boek waarvoor hij onderzoek deed. Eentje was afkomstig van het tijdschrift waarvoor hij een artikel zou schrijven. Twee uitnodigingen voor een weerconferentie, twee andere om college te geven in Waikiki en Brisbane. Allemaal behoefden ze zijn aandacht en actie.

Jak hakt uiteindelijk één knoop door. Hij neemt iemand in dienst die dit soort zaken afhandelt tot hij zijn apathie van zich kan afschudden. Hij zal Sheela schrijven. Zij kan een onderzoeksassistent voor hem vinden.

Buiten is het schemerig geworden. Hoe lang moet ik om deze knul heen draaien? Ben ik Scheherazade of de sultan? Verschilden die twee eigenlijk wel van elkaar? Ze schoven allebei het onvermijdelijke voor zich uit.

Zodat geen van beiden de volgende stap hoefde te zetten.

V

De volgende stap in Meera's leven is een e-mail van Sheela. Meera is verrast. De pr-dame en zij kennen elkaar nauwelijks. Randhir had al het contact met haar gehad toen hij haar in dienst nam om de promotie van Meera's boeken te doen. Meera hoefde alleen de interviews en fotosessies van haar huis uit te zitten, terwijl Sheela op de achtergrond ontelbare telefoongesprekken voerde en afspraken inplande op haar Black-Berry. Het enige wat van Meera werd verlangd, was dat ze het beeld van de ideale echtgenote versterkte met een enkele tijgerlelie in een vaas, door haar zijden kussens op te schudden en thee te presenteren op een dienblad. Sheela was tevreden geweest over het goede verloop en zo kwam Meera op haar lijst terecht.

Er zijn de laatste tijd minder uitnodigingen voor pr-evenementen op de mat gevallen. Sheela heeft misschien gehoord dat ze uit de gratie is. Toch nodigt ze haar uit voor de presentatie van een boek over bloemschikken en: *Tussen twee haakjes, ken jij niemand die geschikt is als onderzoeksassistent? Een vriend van me, een universitair docent uit de VS op sabbatical, heeft er een nodig. Hij zit erom te springen, hij betaalt goed en het zijn flexibele uren. Dit is zijn e-mailadres.*

Meera negeert de uitnodiging en stuurt direct een mail met haar telefoonnummer. Ze heeft de baan van redacteur onderti-teling aangeboden gekregen. Ze begint volgende week. Maar stel dat dit iets beters is, zegt ze tegen zichzelf. Stel dat dit iets is wat ze kan doen zonder zich zo onwaardig te voelen?

Aan de telefoon klinkt zijn stem laag en knarsend. Een oude-mannenstem, getekend door de jaren en veel sigaretten, ver-moedt ze.

'Dag, kan ik Meera Giridhar spreken?' vraagt de beleefde, zorgvuldig gemoduleerde stem.

Meera zegt: 'Ja, daar spreekt u mee.'

'Dag Meera, aangenaam. Je spreekt met professor Krishnamurthy. Ik heb vanochtend je bericht ontvangen en ik wilde je graag even spreken.' De stem zwijgt even. 'Om te polsen of je interesse hebt om voor me te werken.

Je hebt een goed cv en het is handig dat je aan deze kant van Bangalore woont. We kunnen de uren zo indelen dat het ons allebei uitkomt, zonder veel last te hebben van de reistijden. We moeten elkaar wel even ontmoeten om te kijken of we bij elkaar passen. Zeer belangrijk voor mensen die nauw zullen samenwerken,' zegt hij erbij.

Dus spreken ze een datum en tijd af.

Later die avond bespreekt Meera het tijdens het eten.

'Moet je dit echt doen?' vraagt Lily, die luidruchtig haar soep oplepelt.

'Mams, alsjeblieft,' onderbreekt Saro haar. 'Meera weet wat ze doet.'

Meera kijkt haar moeder dankbaar aan. Een moeder die ze niet meer herkent; die haar heerszucht heeft vervangen door bescherming. Wanneer de kinderen of Lily lastig zijn, is het Saro die Meera te hulp snelt.

'Maar het is secretaressewerk! Hoe kun je dat nou doen?' vraagt Lily.

'Wat is daar mis mee?' kaatst Saro terug. 'Bovendien gaat ze werken voor een academicus. Professor Krishnamurthy. Meera zegt dat hij een licht Amerikaans accent heeft. Nodig hem eens uit voor een borrel, Meera. Dan kan hij je gezin ontmoeten en met eigen ogen zien dat je van goeden huize komt en door bijzondere omstandigheden ...'

'Mama, hou op.' Nu is het Meera die de woordenstroom onderbreekt. 'Ik heb de baan nog niet. Bovendien klinkt hij als een oude boekenwurm. Niet het type dat belang hecht aan wie of wat ik ben, zolang ik maar goed functioneer.'

'Hoe oud denk je dat hij is?' vraagt Lily opeens.

Meera schudt haar hoofd. 'Ik weet het niet. Misschien uw leeftijd. Misschien mama's leeftijd. Ik zou het niet weten.'

'Misschien is hij van jouw leeftijd,' zegt Nikhil.

Meera trekt haar wenkbrauwen op. 'Dat lijkt me sterk, maar we zullen zien!'

'Wat moet je doen?' Nikhil rolt zijn ei in zijn *chapatti.*

'Weet ik nog niet. Onderzoek doen naar wat hij maar wil. Brieven typen en dergelijke, neem ik aan.' Meera kijkt fronsend toe hoe Nikhil eet. 'Neem je geen salade?'

Nikhil pakt een enkele wortel op alsof het een dode kakkerlak is.

'Wat doe je aan, Meera?' Lily kijkt op.

'Een sari,' zegt Meera. Haar moeder knikt goedkeurend.

'Een mooie katoenen sari en je mag mijn parels om. Een elegant voorkomen is het halve werk!'

Nikhil drinkt zijn melk op en mompelt: 'Waarom doe je geen overall aan als het werk is?' Hij moet lachen om hun geschokte gezichten en zegt: 'Waarom draag je niet wat je altijd draagt?'

De drie vrouwen vallen hem unaniem aan: 'Jij begrijpt die dingen niet!'

Ze ziet hem. Hij komt met grote passen op haar af. De moed zakt Meera in de schoenen. Ze kent hem. Deze man heeft haar en Nikhil die middag thuisgebracht. Nu zou hij haar ook herkennen en vragen naar haar weggelopen man. Meera slikt.

Hij blijft voor haar staan en er flitst iets van herkenning over zijn gezicht. 'Meera?' vraagt hij. 'Meera, toch?'

'Hallo.' Ze glimlacht. Meera kijkt langs hem heen naar de deur. Ze weet zijn naam niet meer, niets meer. Ze heeft het liefste dat hij gewoon weggaat.

'Wat een verrassing. Hoe gaat het, Meera?' Hij blijft staan nadat ze beleefdheden hebben uitgewisseld.

'En ...' zegt hij. 'Verwacht jij ook iemand? Ik heb een sollicitatiegesprek met een dame voor een baan als mijn onderzoeksassistente. Zeg Meera, als je even tijd hebt, kom je er dan bij zitten? Ik wil graag je mening. Ik heb zoiets nog nooit gedaan in India.'

En dan realiseert Meera zich opeens dat hij die oude man is, de professor Krishnamurthy op wie ze wacht.

'Professor Krishnamurthy, ik denk dat u met mij komt praten,' zegt ze zacht.

Hij staat meteen recht overeind. 'O! Meera Giridhar. Wat dom van me dat ik je naam niet herkende. Zal ik dan maar gaan zitten?' zegt hij terwijl hij een stoel pakt.

'Dit is een verrassing, maar ik ben blij dat jij het bent, Meera. Erg blij. Maar hoe moet dat dan met de kookboeken die je schrijft? Dat zal niet gemakkelijk zijn. Ik weet dat het heel hard werken is. En dan dit erbij gaan doen ... Heb je daar wel tijd voor?'

Meera produceert een stroeve glimlach. 'Ik zit tussen twee boeken in.'

'Fantastisch!' mompelt hij achterovergeleund.

Ik moet het hem nageven. De man pakt het behoedzaam aan, denkt Meera. Hij heeft nog niet naar Giri gevraagd. Dat zouden de meeste mensen wel hebben gedaan.

VI

De meeste mensen zouden opkijken van de man die voor haar zit. Lily en Saro zouden hem niet goedkeuren, de kinderen wel. En Giri? Hij zou hem afdoen als een waardeloze aansteller. Maar Giri is er niet. Dus ze kijkt en wacht.

Meera bestudeert hem nauwkeurig terwijl hij telefoneert. Wat ze ziet, kan ze wel waarderen. Hij is geen Giri, met zijn zorgvuldig geborstelde haar, zijn Montblanc-pen in zijn borstzakje en glimmende brogues; de Rolex Oyster en krijtstreep voor werkdagen en weloverwogen vrijetijdskleding voor het weekend. Giri streefde altijd naar een ideaalbeeld van zichzelf en wilde dat zij hetzelfde deed. Wat een opluchting dat hij niets wegheeft van Giri, deze grote man met zijn sterke kaken, zijn stoppelbaardje en twinkelende ogen achter een felblauw, smal brilmontuur. Ze ziet zijn armbanden, het gouden amulet aan een leren veter om zijn nek en het diamanten oorknopje.

Ze kan zich hem niet voorstellen in een pak, omgeven door een tafel vol zakelijke parafernalia. Ze ziet hem ook niet voor de klas staan. Wat doet hij, deze professor Krishnamurthy?

Ze speelt met beelden van hem, dan weer zus, dan weer zo. Ze moet erom glimlachen.

Ze voelt zijn ogen op haar gericht terwijl ze doet alsof ze zomaar wat prikt in de lamskotelet die hij absoluut wilde bestellen, want, zei hij: 'Sheela was er vol lof over en nu we hier toch zijn, wil ik hem proberen.'

Meera glimlacht en zegt: 'Ze heeft gelijk. Hij is heerlijk.'

Ze heeft honger en moet zich inhouden om het vlees niet in één hap te verorberen. En dan trippelt er een kleine gedachte door haar hoofd, op muizenpootjes. Wat ziet hij als hij mij bekijkt?

Wat zie ik als ik mezelf bekijk? Meera tuurt naar het gezicht in de glazen wand. Ze heeft zichzelf altijd met andermans ogen bekeken. Lily's serieuze kleinkind. Saro's pietluttige dochter. Giri's elegante echtgenote. Nikhil en Nayantara's betrouwbare moeder.

Wat ziet hij? Een malle kookboekenschrijfster. Een trieste, verlaten echtgenote. Een wanhopige werknemer zonder vaardigheden.

Ze kijkt Koshy's rond. Ze ziet een vrouw die ze kent en glimlacht naar haar. De vrouw zwaait lui terug. Ze vraagt zich vast af wie professor Krishnamurthy is, denkt Meera en ze evenaart haar luiheid met een achteloos polsgebaartje dat aangeeft dat ze haar heeft zien wuiven. Hoi. Hoi. En nu oprotten! grimast Meera.

Hij klikt de telefoon dicht en zegt zacht: 'Het geeft niet als je dit soort werk nooit eerder hebt gedaan. Al doende leer je. Het enige wat ik vraag is een open houding en oprechte inzet. De rest komt vanzelf. Ik zou het echt erg fijn vinden als je het wilt doen.'

Meera spert haar ogen open. Geen koetjes en kalfjes. Geen vragen over diploma's en referenties. Is hij altijd zo impulsief? Haar ogen worden nog groter als hij de arbeidsvoorwaarden noemt.

Ze kan weer ademhalen. Minstens drie maanden. Dat is de proeftijd, zegt hij.

Meera is verbaasd over de staat van de auto. Hoe kan iemand zoveel troep in zijn auto hebben? Hij rijdt goed en deskundig. Giri is ook een goede chauffeur, maar hij zit liever achterin en laat de chauffeur worstelen met de drukte, het slechte wegdek, de zwerfkinderen en de castraten bij het kruispunt, zodat hij *The Economic Times* kan lezen. Hij wil zich er niet druk om maken. Ze merkt dat ook professor Krishnamurthy zich er niet druk om kan maken. Maar op een andere manier. Misschien moet ik eerst zijn auto opruimen, zegt ze tegen zichzelf, maar dat zet ze snel uit haar hoofd. Wat denk ik wel niet? Ik ben zijn onderzoeksassistente, niet zijn echtgenote.

'Ik wilde je even mijn huis wijzen voordat ik je thuisbreng. Het is vlak bij jou. Een paar straten verderop,' zegt hij en hij rijdt bij Thom's Café Wheeler Road in.

De wind blaast Meera's haren in haar gezicht. 'Heb je altijd in Bangalore gewoond?' vraagt ze, om weer een stilte tussen hen op te vullen.

'Ik ben in Madras opgegroeid. Toen de VS. Ik ben nu ongeveer acht maanden in Bangalore. Ik moet mijn draai nog vinden.'

'Waarom heb je voor Bangalore gekozen? Zit je in de IT? Ik weet dat het gek klinkt, professor, maar ik heb niet eens gevraagd waarbij ik moet assisteren.'

Hij lacht. 'Ik weet het. Dit is nieuw voor ons allebei. En nee, ik heb niets van doen met de IT-wereld. Ik ben weerdeskundige; cycloonspecialist, om precies te zijn. Ik ben een boek over cyclonen aan het schrijven. Er moet veel materiaal worden doorgespit en veel informatie worden opgezocht en geverifieerd, en daar heb ik hulp bij nodig. Dat wil ik jou laten doen.

Wat Bangalore betreft, ik heb op aandringen van mijn vrouw een paar jaar geleden dit huis gekocht. En mijn dochter besloot hier te gaan studeren. Dus toen ik naar India moest, leek dit me perfect!'

Zijn vrouw. Er is een vrouw in huis. Meera is nerveus. Een beetje. Hij lijkt haar uitermate fatsoenlijk, maar je weet het nooit. Een echtgenote maakt dat allemaal zoveel makkelijker.

'Mijn ex, moet ik zeggen. We zijn al een tijdje gescheiden.'

De moed zakt Meera in de schoenen. O nee! Wat haalt ze zich op de hals?

'Maar het is druk genoeg in huis! Je zult het wel zien! Ik heb met moeite een eigen werkplek weten te bemachtigen ...' Hij valt stil en Meera vraagt zich af waar die mengeling van verbittering en bezorgdheid in zijn stem vandaan komt.

Het is een onopvallend huis aan Graham Road. Het is rechthoekig en laag en weerspiegelt de ambitie uit de tijd dat mensen die genoeg hadden van dakspanten en -pannen, overschakelden op een betonnen dak. Een plat dak waar je dingen te drogen kon leggen en zonodig een waslijn kon spannen. Er is een rondgaande oprit vanaf het hek die uitkomt op een veranda. Links naast het huis staat net om de hoek de garage. Een lage bungalow van eind jaren zestig, zonder de verhoogde nokspitsen en topgevels die haar huis boven de ramen heeft. Minder sierlijk, maar zoveel makkelijker schoon te houden. Meera denkt huiverend aan haar maandelijkse spinnenwebbenjacht met de ragebol.

'Nina wilde een oude bungalow. Zo'n huis dat typisch voor Bangalore is. Mij leek dat te bewerkelijk. Ik ben blij dat we dit huis hebben gekozen. Het is niet mooi, maar het is functioneel,' zegt hij als hij de auto bij de veranda stilzet.

Meera zwijgt. Kan hij gedachten lezen? Ze kijkt hem zijdelings aan.

Ze bekijkt de tuin vluchtig. Aan één kant staat een gigantische oude avocadoboom die de zijkant van het huis in een donkere groene schaduw hult, waar vlekjes licht doorheen spelen. Er groeit bougainville op het dak van de veranda en de knoestige, oude stam kronkelt langs de pilaren. Helemaal achterin is een kleine wildernis. De bloemen van de heliconia hangen boven een poel van varens. Een onvolgroeide frangipani staat in het midden van wat ooit een gazon was. De sierbestrating is hier en daar gebarsten, maar op plekken waar de zon zich naar binnen vecht, bloeien geraniums. Roze, rode en witte bloesem, hoog en gezond.

Iemand doet zijn best, of probeert het. Een rij terracotta potten staat onder de avocadoboom, samen met een groepje planten in plastic zakjes.

'Ik tuinier graag als ik de tijd heb.' Hij haalt zijn schouders op.

Nu doet hij het weer, denkt Meera. Heeft hij een zesde zintuig of zo?

Meera slaat haar *sari pallu* om zich heen.

Het is stil in huis. Meera aarzelt bij de deur. Ze kijkt toe terwijl hij zijn sleutel in het slot steekt. Zei hij niet dat er nog meer mensen in huis waren? Wat bezielt haar? Het huis van een vreemde man binnen gaan.

Hij doet de deur open en gaat naar binnen. 'Kala Chithi,' roept hij zachtjes.

Meera laat haar adem langzaam ontsnappen. Er zijn andere mensen. Waarom belde hij dan niet aan?

Een oude dame in een grijze sari komt uit een kamer tevoorschijn. Meera probeert niet naar haar hoofd te staren, naar de grijze stoppels die dezelfde kleur hebben als haar sari.

'Dit is mijn tante,' zegt hij op gedempte toon. 'Dit is Meera,' zegt hij tegen de oude vrouw. 'Ze gaat voor me werken.' Hij spreekt Tamil.

De oude vrouw vouwt haar handen tot een *namaste*. Meera doet hetzelfde. Dan zegt ze in haar beste Tamil: 'Ik woon twee straten verderop. Op Bailey Road, naast D'Costa Square.'

Hij trekt een wenkbrauw op. 'Je spreekt Tamil! Hier blijft niets geheim, begrijp ik!'

Meera glimlacht. 'Ik ben opgegroeid in Ooty,' zegt ze bij wijze van uitleg.

'Ga zitten, dan breng ik koffie,' zegt de oude vrouw.

'Woont u hier met z'n tweeën?' vraagt Meera. De kamer is netjes maar spartaans, met de krant keurig gevouwen op de glazen koffietafel en de kussens op de rotanbanken geschikt. De tv staat in de hoek. Op de bijzettafels liggen onderzetters.

Hij kijkt weg. 'Nee, mijn dochter is hier ook. Daarom wilde ik in Bangalore wonen. Vanwege mijn dochter.' Hij zwijgt even en gaat dan verder. 'Ik heb je zoon ontmoet. Is dat je enige kind?'

Meera glimlacht. 'Nee, ik heb een dochter van negentien. Nayantara. Ze zit op het IIT in Chennai.'

'Dat moet een briljante meid zijn! Je zult wel trots op haar zijn.'

Meera voelt een vreemde droefheid opkomen. Ik moet trots zijn op mijn dochter, zeg je. Dat ben ik ook. Nayantara. Mijn oogappel.

Maar ze heeft me ook gekrenkt. Zo gaat dat namelijk met dochters. Hun moeders krijgen altijd de volle laag.

Vertel eens, hoe oud is jouw dochter? Koos ze, zoals de mijne, partij voor jou en niet voor haar moeder toen ze zich bij een van beiden moest voegen? Waar is dat meisje van je dat zichzelf heeft uitgeroepen tot je vertrouwelinge, bondgenote en papa's beste vriendin?

'Smriti. Ze is ook negentien.' Plotseling staat hij op. 'Kom, we kunnen het maar beter gehad hebben,' zegt hij en hij onderbreekt daarmee haar gedachten.
En dan ziet Meera Smriti.

Meera staat in de deuropening en probeert alles wat ze in de kamer voor zich ziet te bevatten. Het raam laat gefilterd groen zonlicht, gevangen tussen bladeren, naar binnen. In de donkere hoeken is het een onderwatergroen, afkomstig van een onophoudelijk bewegend beeld van de zee. Op de muur tegenover het bed wordt een constante golfslag geprojecteerd. Uit de luidsprekers klinkt hun opkomst en neerslag; steeds opnieuw het geluid van water.
Een paar planken met boeken. De rest van de kamer is volgepropt met poppen van elk soort materiaal, organisch en handgemaakt; kostbaar en eenvoudig.
Maar het is het meisje op het bed waardoor Meera haar tas nog steviger vastpakt. Haar ogen worden spleetjes. Is het een meisje? Een wezen zoals dit heeft ze nog nooit gezien. Ook niet in haar rampendocumentaires. Ze wordt door afkeer bevangen.

Het is in bewusteloosheid gedompeld. Benen uit elkaar en handen wijd gespreid. Gehuld in een bloes en pyjamabroek van fijn katoen, haren kort geschoren. Mager als een blad papier en bijna net zo bleek, vel over been, met ingevallen wangen. Wijd opengesperde, glazige ogen. Een scheve mond. Een permanente grijns op het gezicht. Iets in de harde, starende blik en de lugubere mond geven het een kwaadaardige geslepenheid.
Ik hou je in de gaten.
Meera is bang. Wat is dit voor monsterlijk wezen?

'Meera, dit is mijn dochter, Smriti. Negentien is ze. Gedoemd om levenslang dit monster te zijn waarvoor je telkens als je naar haar kijkt, terugdeinst,' zegt Jak.

Meera schaamt zich. Ze kijkt op en vangt zijn blik.

'In het begin konden Nina en ik niet vergeten waar we vandaan kwamen. We woonden in Amerika. Althans, onze lichamen deden dat. Maar onze geest verlangde naar het India dat we achter hadden gelaten. Dat bracht ons bij elkaar. Verenigde ons. En toen zij werd geboren, noemden we haar dus Smriti: wat wordt herinnerd. Nu is ze alleen nog dat.'

Langzaam opent hij de vuisten van het wezen. 'Zo meteen krommen haar vingers zich weer. We doen dit elk uur zodat haar vingers beweeglijk blijven.'

Een voor een strekt hij elke vinger, wrijft met zachte hand de stijfheid weg. Hij pakt een tube handcrème en smeert haar ermee in. Als Meera slikt, klinkt het speeksel in haar keel belachelijk hard.

Ze zwijgt. Ze weet niet hoe ze moet reageren. Troostend of nieuwsgierig.

Meera loopt naar huis. 'Het is maar een paar minuten lopen,' zegt ze en ze sluit de deur achter zich. Wanneer ze de hoek om gaat, kan ze die ene vraag niet meer ontlopen. Hoe houdt hij dit vol? Hoe kan hij haar zo zien en niet gek worden?

'Wat is er gebeurd?' had ze gevraagd. 'Hoe is ze ...' Haar woorden vervliegen.

Hij legt de tube weg en veegt zijn vingers af. 'Ik weet het niet. Er zijn zoveel versies. Die van de dokter. Die van de politie. Ik weet alleen dat ze op reis was met een paar vrienden. En toen is er een bizar ongeluk gebeurd, zeggen ze.'

Meera laat haar vingers naar die van het wezen glijden. Terwijl ze de gekromde vingers langzaam strekt, doet haar dat vreemd genoeg denken aan hoe ze haar vingers in het handje van Nayantara legde toen die een baby'tje was. Het was warm, kwetsbaar en zonder eigen wil.

'Nayantara,' zegt Meera dringend in de telefoon.

'Hoi mam,' trilt een blikken stem in haar oor. 'Hoe ging je sollicitatie?'

'Prima. Ik heb de baan,' zegt Meera. 'Hij heet professor Krishnamurthy.'

Meera ratelt. Als Nayantara maar aan de lijn blijft. Alles voor een poosje respijt. Te weten dat haar kind veilig is zolang ze tegen haar praat.

'Mam, ik moet ophangen,' onderbreekt Nayantara haar.

'Ja, ja. Nayantara, lieverd, je doet wel voorzichtig, hè?'

'Hoezo voorzichtig?' Ze lacht.

'O, gewoon voorzichtig!' Meera probeert haar stem luchtig te laten klinken.

'Ja, hoor.'

Meera houdt de telefoon bij haar mond en smeekt de stilte: wees voorzichtig, mijn kind. Wees alsjeblieft voorzichtig.

VII

Wees voorzichtig. Deze moet je anders aanpakken, denkt Jak.

Hij wilde dat Meera erbij was. Zij wist hoe je natuurlijk moest overkomen. Voorzichtig, waarschuwt hij zichzelf als hij de ruimte bekijkt. Hier moet je heel voorzichtig zijn. Deze zal niet zo behulpzaam zijn als Shivu.

Jak laat zijn blik rusten bij het altaar tegen de oostelijke muur. Bij het houten kruis en de kaarsen. Kan hij het geloof van de jongen bespelen om hem de waarheid te laten spreken? Er komt gal omhoog. Wie is dit wezen waarin hij verandert? Gaat niets hem te ver in zijn poging de laatste uren te reconstrueren die Smriti bewust heeft meegemaakt?

Soms weet Jak niet wie hij is. De verloren jongen die hij ziet in de ogen van Kala Chithi. De koppige academicus weerspiegeld in Meera's verwarde blik. De roerloosheid van de hulpeloze vader in de pupillen van Smriti. We zijn zoals we worden gezien. Of niet?

Toen je Koshy's binnen liep, zag je Meera meteen, in een crèmekleurige sari met een ingewikkelde zwarte print en een eenvoudig parelsnoer om haar nek. Een eiland van perfecte rust in een zee van mensen en tafels. Je ervoer een gevoel van onvermijdelijkheid. Je stond naar haar te kijken. Ze legde een Hopperesk moment vast. Dat van *Chop Suey*. Hoppers schilderij van de vrouw in het restaurant.

Wat doet zij hier, dacht je nieuwsgierig terwijl je je in de drukte begaf van de rest van de mensen die hier aanwezig waren.

Ze hadden nauwelijks een woord gewisseld tijdens die eerste autorit, maar je betrapte jezelf erop dat je die eerste week af en toe aan haar dacht. Wat was er gebeurd, vroeg je je af. Was de echtgenoot weer thuis? Hadden ze het bijgelegd? Je begreep het zelf niet, die bezorgdheid, behalve misschien dat je in haar ingehouden verdriet en weerloosheid iets herkende van je eigen smart. Iets in haar manier van doen, hoe ze die eerste keer met zo'n intens smekende uitdrukking in de auto had gezeten, vastbesloten de straten niet af te speuren, vervulde je met bewondering. Je waardeerde het als vrouwen niet toegaven aan hun teleurstellingen. Vrouwen die zich staande hielden.

Maar in het kabaal van Koshy's zag ze er verloren uit. Je wist niet waarom je haar hulp inriep bij het sollicitatiegesprek, maar je wilde het moment vasthouden. Toen ze zei dat zij het was, maakte iets in je binnenste een sprongetje. Een sprongetje van hoop. De echtgenoot was nog steeds afwezig, concludeerde je. Niet dat je ooit rekening hield met echtgenoten als je eenmaal je zinnen op een vrouw had gezet.

Later, in je huis, bekeek je haar gezicht toen je haar bij Smriti had gebracht. Je verwachtte afkeer, maar je zag verdriet.

Ze had toegekeken terwijl je Smriti's vingers strekte.

'Er is een dagverpleegster en een nachtverpleegster. En er zijn invallers als een van hen niet kan. Kala Chithi praat tegen haar, zingt voor haar, zit bij haar, en ik ben er ... We doen wat we kunnen, Meera. Dat moet. Hoe kan ik haar opgeven, zodat Nina haar daarginds in een verpleeghuis kan laten opnemen? Dat is hetzelfde als haar levend begraven, begrijp je?' Maar dat zei je allemaal niet hardop. Je wilde haar niet in verlegenheid brengen of bang maken door je emoties zo openlijk tentoon te spreiden.

Toen pakte ze Smriti's hand. Dat stelde je gerust. Ze had een dochter. Ze begreep jouw gevoelens.

In twee weken tijd was Meera een deel van je dagelijks leven geworden. Als zij je dag niet indeelde, was je stuurloos. Je vroeg je af of je haar mee moest vragen naar Cochin, maar je wist niet zeker of ze mee zou gaan. Een andere keer misschien, als jullie elkaar beter kenden, wanneer ze je vertrouwde ...

Er komt een man van middelbare leeftijd de kamer in. Grijze plukken haar en een buikje dat zijn T-shirt doet uitrekken. Zijn smetteloze, crèmekleurige *mundu* gaat bij elke stap op en neer. De moed zakt Jak in de schoenen. Deze man zal niet ouder zijn dan ik, maar vanwege het aanzien dat hij uitstraalt, kan ik het onderwerp niet eens aansnijden. Eerst zal hij woedend worden en daarna zal hij het glashard ontkennen. 'U moet zich vergissen. Mijn zoon, Mathew! Hij is een hardwerkende jongen. En lid van het kerkkoor. U hebt de verkeerde in gedachten.'

Voorzichtig, voorzichtig, denkt Jak en hij bereidt zich voor om te liegen.

De vader van Mathew glimlacht naar hem. Hij loopt naar een sierlijk bewerkt cilinderbureau en haalt er een doosje visitekaartjes uit. Hij biedt Jak een kaartje aan.

'Joseph John. Aangenaam.'

Jak rommelt in zijn zakken, op zoek naar zijn kaartjeshouder. Hij vindt een kaartje, geeft het aan de man en zegt zakelijk: 'Mijn naam is professor Krishnamurthy. Ik ben hoofd van de sectie Biotechnologie aan de universiteit van Florida.' Jak zegt het met zijn meest geprononceerde Amerikaanse accent, vastbesloten indruk te maken en een verstandhouding tussen hem en deze man te creëren. Als Mathew geneeskunde had gestudeerd, had hij zich voorgesteld als de decaan van de afdeling Pediatrie van Florida Medical School. Mathew was immers zelf begonnen met 'in liefde en oorlog is alles geoorloofd'.

'Uw zoon is een intelligente jongen. Ik correspondeer met hem via de e-mail. Aangezien ik toch hier was, wilde ik hem verrassen.'

De man straalt. 'Heel goed. Mathew is naar de kerk. Hij komt zo terug. Gaat u zitten. Wilt u koffie of thee?'

Jak installeert zich in de stoel en wacht. Voor een man die tot in het diepst van zijn ziel ongedurig is, is hij verbijsterd over de reikwijdte van zijn hervonden geduld. Zo'n enorm reservoir van rust, waar was dat al die tijd verborgen?

Met zijn hervonden geduld bladert Jak dus afwezig in een

tijdschrift, drinkt een kop koffie, eet een bordje bananenchips leeg en wacht.

Shivu heeft verteld wat hij kon. De beurt is aan Mathew om verder te vertellen. Maar doet hij dat?

'Is hij altijd heel gelovig geweest?' vraagt Jak.

Mathews vader fronst zijn voorhoofd. De beroemde Joseph John-frons die het gezin zo goed kent. Doe niet zo dom, betekent die. 'We zijn een zeer devoot gezin. Een christelijk gezin. We gaan allemaal naar de kerk. Mijn oom is zelfs bisschop!'

Jak is overdonderd en stil. Hij glimlacht even en dan slijmt hij verder: 'Wat fijn om te horen dat Mathew zo'n spirituele jongen is. De nieuwe generatie heeft veel aan jongens zoals hij. U bent een gezegend man.'

Joseph John kijkt zelfvoldaan. Welke vader niet, denkt Jak droevig. We willen het beste voor onze kinderen. Gezondheid en geluk, de hoogste cijfers en de goedgeefsheid van ten minste een van de muzen. We hebben liever dat onze kinderen worden bewonderd dan bemind. We willen kunnen zien dat onze kinderen onze dromen verwezenlijken, onze levens vergroten.

VIII

'Ons leven behoort ons niet toe. God beslist over ons leven. "En vele valse profeten zullen opstaan, en zullen er velen verleiden." Dat zegt de Bijbel. Ik was een tijd lang verleid. Dat was het begin van mijn zorgen. Want zonde zal overvloedig zijn. Ook dat staat in de Bijbel, Shivu. Maar ik heb het teken van de Mensenzoon in de hemel gezien, ik heb het trompetgeschal van zijn engelen gehoord.'

Jak leest nogmaals de brief die Mathew aan Shivu had gestuurd. Hij vouwt hem op en stopt hem terug in zijn zak, naast het printje dat hij overal mee naartoe neemt. Drie jongens en een meisje. De zijden van een vierkant waarin het verleden gevangen ligt.

Hij bekijkt Mathews gezicht. Broeder Benny Hill, u hebt het teken gezien en de engelen gehoord, maar zult u nu de waarheid spreken?

Mathew schrikt als hij bij thuiskomst Jak ziet die in een comfortabele leunstoel bananenchips knabbelt en de voordelen van het Amerikaanse onderwijssysteem verkondigt.

'Wie we daar hebben.' Joseph John straalt. 'Je had vast niet verwacht dat professor Jak hier langs zou komen! Kom erbij zitten.' Joseph John denkt aan zijn familie in Forth Worth en Long Island. En aan een mogelijke verhuizing als Mathew voor Amerika zou kiezen.

'Het is hetzelfde als hier; je hebt er alles wat je nodig hebt, alleen is het er veel schoner en efficiënter,' had een bezoekende neef gezegd, pronkend met foto's van zijn huis, rozen, hond en auto. 'Hier, kijk! Je moet beslist overwegen om Mathew daar zijn master te laten doen.' En zo was de kiem van een naderende verhuizing gezaaid.

Mathew kijkt wild om zich heen. Jak ziet zijn grote ogen en opengesperde neusgaten voordat het gezicht van de jongen langzaam een glimlachende grimas begint te vertonen. Angst bindt de strijd aan met de acceptatie van het onvermijdelijke. De grimas wordt berusting. De *Que sera, sera*-blik. Een liedje dat Mathew wel van zijn vader zal kennen, denkt Jak wrang. Joseph John lijkt hem iemand met een indrukwekkende collectie Jim Reeves, Kenny Rogers en fiftiesmuziek.

'Hoe was de mis?' vraagt Jak. Hij vindt zichzelf dwaas klinken. Maar als hij de vlaag van paniek in Mathews ogen ziet, begrijpt hij dat die vraag een sinistere, verraderlijke keerzijde heeft: jongeman, het ontgaat mij niet waarom jij naar de kerk gaat!

Mathew is stil.

'Ging de repetitie met het koor beter vandaag?' Joseph John probeert zijn kind te helpen dat plotseling zijn tong heeft verloren. Wat mankeert hem? Deze man, die helemaal uit Amerika komt, zoekt zijn zoon op om hem wellicht toegang te verschaffen tot zijn geheiligde instituut en het joch gedraagt zich als de dorpsgek. Eerst dom grijnzen, dan gezichten trekken en nu komt er geen woord uit.

'Nou, ik laat jullie alleen! Jullie hebben vast heel wat te bespreken.' Joseph John staat op en bij het weglopen wenkt hij Mathew.

'Ik ben zo terug.' Eindelijk is daar Mathews stem, laag en onvast.

Op de gang kijkt Joseph John Mathew fronsend aan. 'Wat mankeert je? In plaats van indruk te maken, gedraag je je als een bange bruidegom! Vooruit, praat met hem. Als hij teruggaat, wil ik dat hij jou als een serieuze kandidaat voor zijn opleiding beschouwt.'

'*Chachan*, u weet niet wie hij is,' begint Mathew.

Zijn vader houdt zijn hand omhoog. 'Dat weet ik wel. Ik weet dat jouw toekomst in zijn handen ligt. Hup, gedraag je zoals hij van je verwacht!'

Mathew kruipt in een stoel. Jak wacht tot hij iets zegt.

'Laten we gaan wandelen,' zegt Jak tegen de ineengedoken

jongen met wie hij ineens medelijden heeft. 'Dat doe je denk ik liever. Wat jij?'

Ze zitten in stilte aan de zeedijk. Meeuwen cirkelen in de verte rond de rotsen. De lucht verandert langzaam van kleur en Jak voelt zich kalm worden. Dat effect heeft de zee altijd op hem. Het klopt, denkt hij, dat versleten cliché over de tijd die alle wonden heelt. Mijn dochter ligt in haar stille tombe. En ik kan hier naar de horizon staren met iets wat op tevredenheid lijkt. Moet ik me schuldig voelen? Of moet ik deze acceptatie van de omstandigheden zien als wijsheid? Jak knipt het puntje van zijn sigaar en stopt hem in zijn mond. Hij steekt hem aan, terwijl hij hem voorzichtig ronddraait. Op zijn meest redelijke toon vraagt hij: 'Waarom ben je niet één keer naar Smriti geweest?'

De jongen staart in de verte. Hij geeft geen antwoord.

Zijn hervonden kalmte vervliegt. 'Geef antwoord.' Jak pakt de jongen bij zijn arm.

'Hoe kon ik?' De jongen schudt Jaks arm boos weg. 'Hoe kon ik dat doen? Had u het gekund? Ik kan haar niet eens om vergiffenis vragen. Weet u wat ik doormaak? Weet u hoe het voelt om constant te worden verteerd door schuldgevoel? Ik weet dat ik verantwoordelijk ben ...'

Jak is verbaasd. Hij had niet gedacht dat Mathew enige verantwoordelijkheid op zich zou nemen. Niet zo gemakkelijk en snel.

'Shivu heeft het u verteld,' zegt Mathew.

Jak knikt. 'Een deel,' zegt hij en hij steekt zijn sigaar nog eens aan. De zeelucht neemt de zoete sigarenrook met een nonchalant gemak in zich op. 'Shivu vertelde me dat jij en Smriti een ... Dat je verliefd op haar was.'

'Ik was een dwaas,' zegt de jongen verbitterd. 'Ik was een dorpsjongen die overweldigd was door haar. Door haar Amerikaanse manier van doen.'

Mathew kon zich de tijd niet heugen dat hij zich niet zo had gevoeld. Door elkaar geschud door liefde, woede, tederheid, verontwaardiging, jaloezie, clowns die radslagen maakten en rondbuitelden in het zaagsel dat zijn hart was. Hij schreef haar

naam op vellen papier, *Smriti. Smriti. Smriti. Smriti. Smriti.* Blad
na blad, alsof ze voor altijd van hem zou zijn als hij dat opschreef.
Ze woonde aan de binnenkant van zijn ooglid; telkens wanneer
hij zijn ogen sloot, was ze daar, lachend met het hoofd in de nek,
haar halslijn, helemaal van hem, van hem. Ze was aanwezig in elk
briesje, haar parfum drong zijn neusgaten binnen zodat hij het
geurtje keer op keer rook. Zijn gehoor verscherpte: alleen háár
voetstappen klonken zo. Zijn huid werd warm bij de gedachte
aan haar huid tegen de zijne ... Smriti. Smriti. Smriti. Smriti.
Mathew leunde op zijn motor en keek weer op zijn horloge. Ze
was te laat. Ze had geen besef van tijd en als hij zei dat ze te laat
was, trok ze haar neus op en zei: 'Maakt dat iets uit?'

Hij wachtte nog vijf minuten en dan ging hij. Ze kon hem bellen als ze er was en als hij tijd had, kwam hij langs. Hij deed een
spelletje op zijn mobiel. Zijn handen jeukten om te sms'en:
'Waar ben je?' Maar hij was al veel te erg aan haar verslingerd.

Toen Shivu haar aan hem voorstelde, voelde hij een bliksemschicht door zich heen gaan. Dit was dus echt liefde op het
eerste gezicht. Hij kon alleen maar denken: Shivu is mijn beste
vriend, maar daardoor kan ik me niet laten weerhouden. Ik hou
van haar. Ik hou meer van haar dan Shivu ooit zou kunnen. Ik
ben degene die haar verdient. Niet Shivu, ook al is hij mijn
beste vriend.

Hij moest zeer gewiekst te werk gaan om erachter te komen
waar hij alleen met haar kon afspreken. Ergens waar hij zich
ertussen kon wringen om haar in de val te lokken. Om haar te
stelen van Shivu, bracht zijn geweten hem in herinnering, maar
Mathew luisterde niet. In liefde en oorlog is alles geoorloofd, zei
hij tegen zichzelf.

Hij keek op zijn horloge. Nog twee minuten. Hij wilde dat Shivu
er was. Hij miste Shivu. Maar ze hadden de week ervoor ruzie
gekregen in het hostel. Shivu had ontdekt dat Mathew met
Smriti naar Wayanad was gegaan. 'Dat kun je niet maken,' had
Shivu woedend gezegd. 'Ik weet dat Smriti de wilde olifanten
wilde zien en ik weet dat je vader dat kon regelen vanwege zijn

connecties, maar ze is mijn vriendin, Mathew. Je kunt haar niet zomaar ergens mee naartoe nemen. Als jij het niet was, had ik gedacht dat je haar wilde versieren.'

Mathew verweerde zich niet en Shivu staarde hem geschokt aan. 'Dat ben je aan het doen, hè? Je probeert haar van me af te pakken. Maar Mathew, je bent mijn vriend.'

Mathew keek weg en zei: 'In liefde en oorlog is alles geoorloofd. Smriti is niet verliefd op je. Waarom gaat ze anders met mij uit?'

Shivu maakte rechtsomkeert en liep naar buiten. Hij had hem sindsdien niet meer gezien.

Mathew startte zijn motor. Hij zou naar het koffiehuis gaan. Daar, in het fleurige interieur, bij de muziek die er draaide, zou hij zich niet zo verscheurd en verward voelen.

Zodra hij het koffiehuis binnen liep, zag hij Smriti. Ze had gezelschap. Shivu, dacht hij. Die klootzak, hij probeert haar terug te kapen. De *pilayadi mon*!

Mathew stapte boos op hen af, zijn handen al tot vuisten gebald, toen hij plotseling bleef staan. Hij zag dat Smriti schouder aan schouder, dijbeen aan dijbeen zat met Rishi. En die eikel gebruikte de oudste truc ter wereld om de hand van een meisje vast te houden. Hij deed alsof hij haar hand las.

En Smriti zat met haar kin in haar andere hand, haar ogen halfdicht, mateloos geïnteresseerd ... of was het wat anders? Hoe kon ze dit doen? Interesseerde het haar niet als iemand haar zo zag met Rishi? Mathew zag haar al haar wenkbrauwen fronsen en op ijzige toon vragen: 'Hoe bedoel je, zo met Rishi? Hij hield alleen mijn hand vast, ik was hem niet aan het pijpen! Wat is jouw probleem, Mathew?'

Mathew hoorde nog een stem in zijn hoofd. Die van Joseph John, toen hij Mathews toelating tot het Deccan College voor Biotechnologie had geregeld. 'Alleen de toelating kost me al een hoop geld. Hopelijk begrijp je dat! En de studie is evenmin goedkoop! Je moet hard werken en hoge cijfers halen. Begrepen?'

Mathew, klaar om zijn vaders afkeuring en zijn plannen voor hem te ontvluchten, had geknikt.

'Nog één ding,' zei Joseph John terwijl hij zich vooroverboog. Mathew keek op van zijn bord. Hij merkte dat zijn moeder naar haar bord staarde, bang voor zijn blik. 'Je gaat het huis uit en je moeder en ik kunnen daarginds niet op je letten. De duivel heeft vele gedaanten. Je moet goed op jezelf passen. De duivel zal je bezweren en verlokken. De duivel palmt je in met een engelengezicht. Begrijp je wat ik zeg?'

Weer knikte Mathew. Dat wilde zeggen: 'Blijf bij meisjes uit de buurt!'

Misschien had chachan toch gelijk. Mathew proefde gal. De duivel glimlachte en had een engelengezicht. De duivel speelde met je, verscheurde je ziel, je verstand. De duivel heette Smriti.

Mathew brulde.

'Wie me heeft weggetrokken? Ik weet het niet meer. Het moet Shivu geweest zijn. Toen de rode nevel in mijn hoofd optrok, was hij er.'

Jak kan niets zeggen. Hij wordt vervuld van iets wat op weerzin lijkt. Wie is dit meisje dat deze jongens kenden? Niet Smriti. Niet zijn Smriti, die bedriegt noch misleidt.

'Had je Smriti gesproken?' vraagt Jak.

'Ze vond het stom van me dat ik dacht dat ze iets met Rishi had. Ze had trouwens met niemand iets ... niet met Shivu, niet met Rishi, niet met mij.'

'En toen?'

'Ik geloofde haar niet. Dat wilde ik niet. Hoe kon ze niet van me houden? Zoveel hield ik van haar, snapt u? Shivu hield vol dat ze gewoon bevriend was met ons allemaal. Dat hij zich ook had vergist, dat hij in hun relatie te veel had gezien. "Zo zijn die meiden, neem het niet te serieus!"

Maar ik kon het niet loslaten. Ik deed alsof ik het liet bezinken. We waren allemaal weer vrienden. Shivu, Smriti en ik. Maar volgens mij vertrouwden we elkaar niet meer. Alleen Smriti, arme Smriti, vertrouwde ons. Ze was zo blij dat we allemaal weer bij elkaar waren.

"Mijn familie," zei ze. "Jullie zijn mijn familie. Snappen jullie dat?"'

Jak sluit zijn ogen. Hij krijgt een pijnlijke steek van schuldgevoel en verdriet.

'Je appa was niet gelukkig,' zei amma op een avond. Appa was een paar maanden ervoor vertrokken.

Kitcha staarde zijn moeder aan. Waarom had ze het ineens over appa? Toen zag hij dat haar blik op de kalender bleef rusten en besefte hij dat zijn vader jarig was.

Zijn moeder was de hele dag al in een vreemde stemming. 's Ochtends neuriede ze zachtjes terwijl ze druk in de weer was met het huishouden. 's Avonds, na school, ontdekte hij dat ze een feestmaal van *tindi* had bereid. Wie verwachtte ze voor het eten vanavond, vroeg hij zich af toen hij de *chakkara pongal* en *bonda, aval uppuma* en *kuzhipaniyaram* zag.

Bij elke autoriksja die hun straatje in reed, richtte ze haar blik op de deur, in afwachting of er werd aangeklopt. Kitcha werd overmand door medelijden.

Hoe wanhopig moest ze geweest zijn toen ze voor vandaag dit wonder had voorspeld? Dit was de dag van zijn terugkeer. Haar echtgenoot zou binnenkomen en beseffen dat hij hier woonde, ook al was dat niet langer zo. Ze neuriede dus zijn favoriete *kirtanams*, droeg zijn lievelingskleur, marineblauw, bereidde zijn favoriete tiffin en maakte zichzelf wijs dat ze zijn terugkomst kon verwachten.

Kitcha keek weg. Hij had het altijd al geweten. Appa's onvrede met alles om hem heen, zijn huis, zijn vrouw, zijn zoon. En de bijbehorende zure stank van spijt. Van de verkeerde keuzes. Van de omwegen van de levenskracht. Kitcha had het niet willen zien. Als hij het negeerde, ging het weg, dacht hij. Net als die afschuwelijke nachtmerries die hij een tijd lang elke nacht had gehad. Amma had hem een mantra geleerd om 's nachts te zingen. 'Twee keer herhalen voor het slapengaan, dan heb je geen enge dromen meer. Wens ze weg uit de grond van je hart!'

Appa's smart verdween er echter niet mee. Hijzelf wel.

'Ik bleef aan hem hangen. Dat had ik niet moeten doen. Als mensen niet meer van elkaar houden, moeten ze niet bij elkaar blijven. Dat heeft geen zin,' vervolgde amma. 'Ik had moeten inzien dat hij ongelukkig was. Ik had hem zodra hij het wilde al moeten laten gaan.'

'Wanneer was dat?' fluisterde Kitcha.

'Een jaar na je geboorte. Maar hoe kon ik dat doen? Het kind heeft een vader nodig, pleitte ik. Ik heb mijn man nodig, had ik willen zeggen. Dat had je vader niet tegengehouden. Maar jij ... Ik won tijd met jou. Ik deed al het mogelijke om hem tevreden te houden, maar daardoor leek hij me juist meer te verachten.'

Kitcha stond op. Hij wilde niets meer horen. Het verachtelijke mislukken van een huwelijk, de brokstukken van levens. Hij was vijftien, maar voelde zich een oude man. 'Had hem laten gaan. Dan had ik hem nooit gekend.'

Stilte. Veel later, toen ze naar bed gingen, vroeg amma: 'Heb je zin om naar Kala te gaan in Minjikapuram? Ik moet een paar dagen weg. Ik ga met een gerust hart als ik weet dat jij bij Kala bent.'

Kitcha knikte. Zijn moeder bezocht nu de ene tempel na de andere. Hij wist dat ze niet op zoek was naar rust. Ze speurde de tempelgangen en *ghats* af. Misschien zou ze op een dag haar man vinden, zittend onder een boom, vermoeid en afgetobd en o zo ontvankelijk voor haar zachte, vriendelijke vraag of hij met haar mee naar huis ging. Dat gebed droeg ze op haar wanhopige pelgrimstocht mee in haar hart en op haar lippen.

En dit was wat Kitcha, die nu Jak was, zich herinnerde toen hij op een avond opkeek van zijn borrel en aan Nina, die in opstandige stilte in de weer was met een stapel werkstukken, vroeg: 'Wil je scheiden, Nina?'

Het was steeds vaker alsof Nina en hij elkaar niets te zeggen hadden. Hij herkende deze Nina niet. Een Nina die op faculteitsfeestjes en uitgeversborrels uitwijdde over Indiase kruiden en miniaturen en *kathakali* en de bronzen beelden uit de Choladynastie, allemaal zaken waarvan ze nauwelijks iets wist. Als ze werd geprezen om haar uitgebreide kennis, zei ze met een pas gecultiveerd, ademloos lachje: 'O, maar ik ben een Indiafiel!'

De eerste keer stikte Jak bijna van het lachen. 'Nina, wat heb jij ineens? Indiafiel, me dunkt. Je bent Indiaas!'

Zijn plezier ging snel over in spot waarmee hij haar confronteerde. 'Ik wil je dit toneelstukje graag zien opvoeren in India. Daarom ga je niet terug. Je weet dat ze zich een breuk zouden lachen om je "Verstikkende sari" en "Vergruisde verlangens"!'

In haar weerwoord kwam ze met haar eigen observaties. 'Nou, Kitcha, als je zo dol bent op India, waarom ga je dan niet terug? Kijk naar jezelf en hoe belachelijk ver je gaat. De druppende kraan in de tuin die je wilt horen omdat hij je herinnert aan de keukenkraan in het huis waar je opgroeide. De vogelstront op de patio die jij niet wilt wegspuiten terwijl ik het niet mág doen, omdat het je herinnert aan de achtertuin van dat huis.'

Deze Nina werd snel kwaad. Elke dag werd de kloof breder, tot ze waren vervreemd van elkaars dromen en lichamen.

Hij wilde zich niet vastklampen zoals zijn moeder. Hij wilde niet wachten tot ze vertrok zoals appa. Hij wilde niet dat zijn dochters zich ooit afvroegen: 'Komt het door ons?' Hij wilde alleen dat zij kregen wat hij nooit zou hebben. Stabiliteit. In welke vorm dan ook.

Maar terwijl hij troost zocht, zocht Smriti die ook. Met een nepfamilie, om het gezin dat Nina en hij niet konden bieden te compenseren.

Houdt het nooit op? Laat het verleden ons nooit met rust?

Is hij, net als zijn vader, schuldig aan ouderlijke onverantwoordelijkheid? Hoe was dat mogelijk, als hij zijn hele leven al probeerde vooral niet dezelfde fout te maken als appa?

'Je zei dat je je verantwoordelijk voelt. Maar waarom?' vraagt Jak, die de draad van zijn ondervraging weer oppikt.

'Smriti loog tegen me toen ze zei dat Rishi gewoon een vriend was. Toen ik ontdekte dat zij en Rishi iets hadden, draaide ik door. Ik was kwaad, jaloers en gekwetst. Ik kon alleen denken aan hoe ik haar terug zou winnen. Rishi is een knappe vent en heeft op van die kakscholen gezeten. Hij is ontwikkeld en stijlvol en ik voelde me een jongen, een dorpsjongen, vergeleken bij hem. Toch wist ik dat Smriti en ik veel meer gemeen hadden. Rishi en zij hadden niets gemeen. Ze was gewoon verliefd op

zijn looks en charme. Hij had geen diepgang. Ik wist dat ze bij
me terug zou komen als ik haar een paar dagen voor mezelf had.
Toen vertelde Shivu me over de serie workshops die Stree
Shakti in Tamil Nadu wilde geven. Rupa, de coördinatrice,
vroeg of we wilden helpen. We zouden beginnen in Dharma-
puri, dan naar Salem, daarna naar Madurai, en uiteindelijk
zouden we heel Tamil Nadu aandoen. We gingen er ook mee
naar andere districten, zei hij.'

Mathews hart ging sneller slaan toen hij Shivu de plannen
hoorde beschrijven. Ze moesten de vrijwilligers van de lokale
afdelingen laten zien hoe je de satirische sketch opvoerde en
ermee aan de slag gaan in een paar dorpen. 'Ik heb ja gezegd,'
zei Shivu. 'Ik heb voor ons allebei ja gezegd. Ik weet dat Ram,
Chetana, Kripa en Maria ook meegaan. Het wordt vast interes-
sant, Mathew. Maar ik wil nog wel samen met jou aan het script
van *Stervende dochters* schaven.'
Mathew knikte terwijl hij op een betelblad kauwde. Hij wist
wat hem te doen stond.

'Smriti,' zei hij in de telefoon. Hij had een moment gekozen dat
ze alleen was en makkelijker over te halen. 'Denk er eens over
na. Zo kun je India echt zien. Het India waar je bezorgd over
bent. Dit is je kans om iets te doen. Met vrouwen praten die
zonder gewetensbezwaren hun ongeboren dochters vermoor-
den. Hier is geen bewustzijn nodig. Er moet schuldgevoel, spijt,
berouw en nog veel meer aangewakkerd worden. Shivu zei dat
je bij die bijeenkomst die Stree Shakti had georganiseerd niet
van ophouden wist. Zelfs Rupa, je weet hoe cynisch en chagrijnig zij altijd is, zei dat je een van de meest toegewijde mensen
was die ze kende; waren er maar meer vrijwilligers zoals jij. Nu
hebben ze je nodig. De stervende dochters van India hebben je
nodig.'
Mathew zweeg even. Hij zag zichzelf in de spiegel. Wat hij zag
deed hem denken aan zijn oom de makelaar, in wiens ogen
hetzelfde licht fonkelde wanneer hij probeerde zijn in het buitenland wonende Indiase klanten lelijke, kleine blokkendozen

te verkopen alsof het om traditionele huizen met moderne voorzieningen ging: terug naar de natuur midden in het hectische Ernakulam, wakker worden van fluitende vogels, de romantiek van lang vervlogen tijden. Mathew verkocht Smriti een droom door alles op te noemen wat haar enthousiast zou maken. Hij vond zichzelf oneerlijk, maar dat gaf niet. Het doel was echt en wat zij aan het project kon bijdragen was van onschatbare waarde. Relaties ontstonden als mensen een visie deelden. Buiten Bangalore zou Smriti vanzelf inzien wat Mathew en zij deelden. En hoe flinterdun haar relatie met Rishi was.

Eerst wilde ze niet. Ze wilde Rishi liever geen dag alleen laten, zei ze. Ze was veranderd. Ze was stiller. Ze had een paar piercings minder en iets aan haar haren gedaan. Smriti wilde Rishi zo graag plezieren. Dat zagen we allemaal. Ik zei dus dat ze nep was, een praatjesmaakster zonder hart voor de zaak. Iemand die welzijnswerkertje speelde. En dat ze geen interesse had in enig levend wezen behalve Rishi.

Ze zei een hele week niets tegen me. Ik vroeg Shivu haar ook te bellen en op haar in te praten. Kennelijk wist Shivu precies wat hij moest zeggen, want ze belde dat ze meeging. Ze zou Shivu en mij in Madurai treffen. Eerder kon ze niet, zei ze.

We wachtten op haar in Madurai. Ze had gezegd dat ze er 1 maart zou zijn. Toen ze niet kwam opdagen, was ik beledigd omdat ze me liet zitten. Shivu trok het zich niet zo aan. Dat doet hij bijna nooit. Hij zei dat ze wel een keertje zou komen. Een dag later was ze er nog niet en gingen we verder met de groep.

Een week later kwamen we Rishi's neef tegen. Hij zei dat er een ongeluk was gebeurd. Rishi was zwaargewond. Hij wist niet waar Smriti was. 'Ze zal hem wel hebben gedumpt, net als jullie,' zei hij. 'De trut!'

We voelden ons geen van beiden geroepen haar te verdedigen. Wij waren ook pissig op haar.

De volgende dag vertelde Rupa in het café dat er iets over Smriti in de krant had gestaan. Ze was naar een klein stadje gegaan, ongeveer honderd kilometer ten oosten van Madurai.

Daar had ze een bizar ongeluk gehad. Een golf had een boomstam meegevoerd en die was op haar terechtgekomen. Ongelooflijk toch? Ze was verlamd, zei Rupa.

Toen wilde iemand weten: 'Wat had ze in vredesnaam te zoeken op het platteland van Tamil Nadu? Die geëmigreerde grietjes komen hierheen en denken al onze problemen op te lossen met papa's dollars, overtuigd van hun eigen goedheid.'

'Smriti was er vast voor een van haar goede doelen. Ze had er zoveel,' zei iemand.

'Zoveel gelul, ja!' lachte iemand anders.

We zeiden niets, maar we konden elkaar niet aankijken. We spraken er nooit over, maar ik wist dat Shivu net zo aangeslagen was als ik. Als we haar niet meegevraagd hadden naar Madurai, was dit nooit gebeurd. Ze wilde immers niet per se mee.

Shivu, die in Bangalore zijn master had willen doen, bleef in Salem. En ik ben weer in Kochi komen wonen.

'Stelt u zich eens voor hoe we ons voelden. Hoe we ons nu nog elke dag voelen,' zegt Mathew.

Jak wil niet weten hoe ze zich voelen. Dat laat hem koud. Zijn voorraad medeleven is allang op. Hij wendt met geweld zijn blik af. De jongen kijkt hem aan met zijn verwrongen gezicht als bewijs van zijn berouw.

Jak slikt krampachtig. In hoeverre is dit opgepotte verdriet bedoeld voor Smriti, het meisje dat hij in de steek liet? En in hoeverre is het zelfmedelijden? De smet op zijn leven die boetedoening noch goede daden ooit zouden kunnen uitwissen.

Mathew trekt aan zijn mouw. 'Oom,' zegt hij. 'Hoe gaat het nu met haar?'

'Hetzelfde ...'

'Ze wordt weer beter, toch?'

Jak staart naar de jongen. Moet hij hem vertellen over Smriti? Dat is een straf. Maar wat hadden deze jongens misdaan? Eigenlijk niets.

'Ze is ...' begint hij.

Dan zegt Mathew: 'Hebt u Rishi al gesproken? Ik weet dat

Smriti en hij samen naar dat kuststadje zijn gegaan. Ze zijn er een paar dagen gebleven.'

In Jaks hoofd piepen de remmen. Rishi moet dus degene zijn geweest die bij haar was.

Plotseling voelt Jak zich ontzettend moe. Hij wil het allemaal achter zich laten. Naar huis. Naar huis, naar de catatone Smriti die geen verrassingen meer voor hem heeft. Naar huis, naar Kala Chithi die voor hem klaarstaat, een bastion van kracht. Naar huis, naar Meera die zijn leven binnen is geglipt en er zo gemakkelijk haar draai vond.

Ga naar huis, Kitcha. Ga naar huis, zegt Jak tegen zichzelf. Waar je op den duur rust, respijt en misschien zelfs normaliteit zult vinden.

IX

Op den duur overwint tijd alles. Tijd brengt enig respijt, een vleugje rust en zelfs een druppel normaliteit.

Er zijn twee maanden verstreken sinds op die perfecte septemberdag haar wereld voorgoed uit balans raakte. Meera weet niet meer wie ze is. Hoe kan ze Hera zijn nu ze geen Zeus meer heeft? Soms plaatst ze zichzelf in een ander deel van dat mythische rijk dat ze zich eigen heeft gemaakt. Ze is een van de bewegende vrouwen van goud die Hera's zoon Hephaistos maakte om hem in zijn smidse te helpen. Deze vrouwen konden lopen en praten; de moeilijkste taken konden hen worden toevertrouwd. Ze deden alles wat van hen werd gevraagd, omdat ze geen hart of ziel hadden die hun de lust ertoe ontnam. Wat zullen de goden en godinnen lachen nu ze weten dat ik, ooit Hera, koningin van alles wat ze verschafte, nu dit ben: een bewegende vrouw van goud die een chagrijnig, nors, lelijk wezen dat behoeftigheid heet, op zijn wenken bedient. Maar achter die borrelende woede schuilt nog iets anders. Een zekere trots vanwege het besef dat ze niet is vergaan of verschrompeld; ze heeft het overleefd.

Meera denkt aan een avond uit haar andere leven. Een paar weken voor Giri's vertrek.

Op een dag kwam hij thuis met een vreemde blik in zijn ogen. De hele avond bleef die aanwezig, ondanks de onenigheid die er die bewuste avond ontstond.

'Er heeft iemand aan mijn fles gezeten. Daar hou ik niet van. Helemaal niet,' mopperde Lily klaaglijk, terwijl ze de fles liet zien. 'Als iemand een borrel wil, moet hij zelf drank kopen.'

Giri, die het gesnater van Lily en Saro – beschuldigingen, geroddel, hatelijkheden – altijd langs zich heen liet gaan, keek op van zijn tijdschrift. Hij staarde haar aan en zei toen, op zo'n milde toon dat niemand er iets van kon zeggen, maar waar de minachting vanaf droop: 'Ik drink doordeweeks niet. Ik ben geen oude zuipschuit zoals jij!'

Saro, die het niet kon uitstaan wanneer iemand zo tegen haar moeder sprak, snoof en zei zo kil als ze maar kon: 'Waag het niet mijn moeder een oude zuipschuit te noemen!'

Giri zei zoetsappig: 'Waar heb je dan bezwaar tegen? Tegen "oude" of tegen "zuipschuit"? Aangezien iedereen in huis weet dat ze dat allebei is!'

Meera's hand was van schrik naar haar mond gegaan. Wat gebeurde er? Al die jaren was het, ongeacht de aanleiding, nooit tot een openlijke confrontatie gekomen. Meera nam de ongenoegens altijd weg door beide partijen op stekeligheden te attenderen, waardoor de schijn van vrede gehandhaafd bleef. Eenmaal verbroken was die nooit meer te herstellen, vreesde ze. Maar vanavond leken ze haar volkomen links te laten liggen.

En vervolgens besloot Nayantara, die haar korte vakantie thuis doorbracht, tijdens het avondeten vegetariër te worden, net toen Meera haar veelgeprezen *kauswey* opdiende. 'Dit kan ik niet eten,' zei ze en ze ging van tafel.

Waarop Giri, die het nooit kon verdragen als iemand eten weggooide of zelfs maar commentaar had op een gerecht, pinda's, fijngehakt ei en plakjes groene peper over zijn noedels met kip in saus strooide en zei: 'Pak dan wat rijst en *dal* uit de koelkast.'

Meera keek van vader naar dochter. Giri leek zich vanavond door niemand van zijn stuk te laten brengen.

Zodra ze in bed lagen, draaide Meera naar hem toe en trok aan de mouw van zijn T-shirt. 'Wat is er, Giri? Wat is er gebeurd?'

'Wat is er gebeurd?'

'Nou, eerst dat akkefietje met Lily.'

'O, dat. Zij kan me niet beschuldigen van gindiefstal.'

'En Nayantara mocht haar neus ophalen voor de kauswey.'

'Laat die meid, Meera. Ze is oud genoeg om te weten wat ze wil eten.'

Meera wist zeker dat Giri op zijn werk promotie had gekregen en misschien een geweldige salarisverhoging. Er was geen andere verklaring voor deze vreemde mix van eigengereidheid en gulheid, hartelijkheid en de onwil om het gemuggenzift van de oudjes te tolereren.

Ze liet zich in de kussens zakken. Er speelde een glimlach om haar lippen. Nikhil was net zo. Eén kleine overwinning op school en hij was Hercules. Bereid om de wereld op zijn schouders te nemen als hij de kans kreeg.

'Meera.' Giri sprak. 'Een collega heeft me vanochtend een website laten zien. Geweldig. Je kunt jezelf daar herscheppen. Ik heb een nieuwe naam, een nieuw karakter. Het is ongelooflijk. Ik voel me herboren.'

Meera leunde op één elleboog. 'Is dat het?'

'Hoezo, is dat het?' zei Giri geïrriteerd.

'Het is niet echt, Giri. Je lijkt Nikhil wel die een van zijn domme computerspelletjes speelt en heel serieus komt vertellen: "Ma, ik ben vanochtend vier keer aangehouden door de politie." Word wakker, Giri!' Meera knipte het licht aan haar kant van het bed uit.

Nu ze eraan terugdenkt, krimpt ze ineen. Waarom had ze hem zo afgekamd? Zo achteloos, zo ongevoelig? Af en toe stijgt het schaamrood Meera naar de kaken, zo'n afkeer heeft ze van wie ze was: een zelfingenomen, pretentieuze vrouw die koningin van het universum speelde, zonder zich ooit te bekommeren om dingen die haar onberoerd lieten.

In haar hoofd ziet ze nu die blik in Giri's ogen. Deels triomfantelijk. Deels enthousiast. Springlevend.

Second Life, noemde Giri het spel.

Is dit dan háár tweede leven?

In Jaks huis zit Meera aan zijn bureau. Nu Meera's bureau.

'Doe alsof je thuis bent,' had Jak geopperd.

In de kamer stond weinig waardoor ze zich thuis voelde. Maar terwijl ze door het huis en de tuin struinde en achtereenvolgens een kussen voor haar stoel, een stuk kwarts als presse-papier en een bos oleanders voor in een vaas op tafel verzamelde, en het prachtige maar ongesigneerde zeegezicht ophing dat ze achter een kast had gevonden, wist Meera dat ze weer zichzelf was.

Ze leunt achterover in haar stoel en rekt zich uit. Ze bekijkt het zeegezicht aan de muur en is plotseling heel tevreden over hoe goed de kamer voelt. Links van haar is een raam dat over een hoek van de tuin uitkijkt. Een weelde aan gras en onkruid, dicht struikgewas en een enorme oleander vol hangende, dieproze bloesem. Midden in deze wildernis staat een gietijzeren bankje met een kapotte leuning. 'Dat stond er al toen we erin trokken,' legde Jak uit. 'Dat moet ik ook nog laten repareren!'

In de stilte die volgde was Meera zich weer bewust van hoe hulpeloos Jak was. Een betere vrouw was opgesprongen en had gezegd: 'Maar dat kan. Ik vind wel iemand.'

Een betere vrouw had aangeboden een tuinman te zoeken en de puinhoop die hij eufemistisch zijn tuin noemde, aan te pakken. Een betere vrouw had hem, zijn tuin en zijn auto onder haar hoede genomen en korte metten gemaakt met de hulpeloosheid. Maar Meera had er genoeg van die betere vrouw te zijn. Ik doe het niet. Tenzij hij erom vraagt. Ik bied hem niet meer dan hij me wil laten zijn. En dus onderdrukte ze haar behoefte om voor hem achter een reparateur van gietijzeren bankjes aan te gaan.

Het begint als gejengel. Een schelle kreet die een langgerekte angstschreeuw wordt. Meera snelt naar het raam. Ze vermoedt dat het van de straat kwam.

Als ze het weer hoort, rent ze met bonzend hart naar de woonkamer.

De weeklacht verandert in gebrul. Meera sluipt behoedzaam naar Smriti's kamer. Ze wil blijven waar ze is, maar ze moet het weten.

Kala Chithi zit op het bed. De verpleegster maakt een injectiespuit klaar en tussen hen in, gevangen in haar inerte ellende, ligt

Smriti. Ze staart naar het plafond en haar gekromde vingers vormen hun gebruikelijke halve vuist. Weer ontsnapt er gebrul uit haar mond en Meera's bloed stolt.

Ze komt bij Kala Chithi staan. 'Moet ik het ziekenhuis bellen?' Kala Chithi schudt haar hoofd. 'Nee, ze wordt zo weer rustig. Zachtjes streelt ze Smriti's voorhoofd. 'Ik weet niet hoe ze het weet, maar als Kitcha weg is, is ze onrustig. Dan doet ze zo.'

'Ze klinkt bang. Kan dat?' Meera begint Smriti's vuist open te maken, zoals ze het Jak heeft zien doen.

Gejammer. Haar maag trekt samen. Arm kind. Arm, zielig kind.

'Bent u ervan geschrokken?' vraagt Kala Chithi.

'Ja,' bekent Meera.

'Deze schreeuw is het enige houvast dat we hebben. Als ze weet dat Kitcha weg is, dan heeft ze ergens vanbinnen misschien een sprankje bewustzijn, denkt u niet? Onze Smriti zit ergens in dit wezen. Ze kan ooit zomaar ontwaken. Het gebeurt. Ik heb erover gehoord. Kitcha zal het niet toegeven, maar ook hij hoopt erop. U zult ons wel dom vinden, Meera.'

Meera zwijgt. Hoop. Daar teren we allemaal op, Kala Chithi, wil ze zeggen. Wie weet door welke speling van het lot onze wereld weer in orde komt?

'Ik heb ook een dochter,' zegt ze. 'Steeds als ik naar Smriti kijk, denk ik aan alles wat ze kwijt is.'

'Kwijt is! Wat haar is afgenomen, zou ik zeggen.' Kala Chithi's mond is een streep.

'Afgenomen?'

'Kitcha denkt niet dat het een bizar ongeluk was. Hij denkt dat er iets anders is gebeurd met haar.'

Meera zegt niets. Ze weet alles van strohalmen om je aan vast te klampen. Jezelf vastklampen aan woede is makkelijker dan wegkwijnen van verdriet.

De telefoon gaat. 'Roept u maar als u iets nodig hebt,' mompelt ze en dan maakt ze zich uit de voeten. Hoe doen ze dit, Kala Chithi en Jak? Hoe verdragen ze dit, dag in, dag uit?

Bij de zesde rinkel houdt Meera de telefoon bevend aan haar oor. Het is nog altijd niet verminderd. Eerst die heimelijke hoop. Giri. Dan angst. Lily of Saro is gevallen. Nayantara heeft een ongeluk gehad. Nikhil is gewond. Een zee van zorgen die Meera elke dag te boven moet komen, telkens wanneer de telefoon gaat.

Maar nu is het Jak.

'Ik ben op het vliegveld,' zegt hij. 'De vlucht is vertraagd. Als we op tijd vertrekken, ben ik om zes uur thuis.'

En zonder te weten wat hij in Kochi is gaan doen, vraagt Meera: 'Is het goed gegaan? Het onderzoek, de vergaderingen?'

Stilte.

'Hallo, hallo,' zegt Meera tegen het apparaat.

'Ja,' zegt hij. 'Ja, het ging beter dan ik had gehoopt. Tot straks, Meera.'

Meera hangt op. Ze denkt weer aan haar leven dat in amper twee maanden zo is veranderd. De onzekerheden die haar dagen bezoedelden, zijn langzaam aan het vervagen. Ze denkt aan hoe het was voordat Jak haar een plek gaf waar ze zichzelf kon vinden. Hoe het was voor ze dit had: haar tweede leven. En tijd.

Er flitst een merkwaardige blijdschap door haar heen. Blijdschap, nee, dat kan niet. Het is opluchting. Pure opluchting, omdat hij bijna thuis is.

DERDE STADIUM

DE BEDRIEGLIJKE SPIRAALSTROKEN

Het allerlaatste schilderij dat Salvador Dalí heeft gemaakt heet *De zwaluwstaart*. Het was het laatste werk in een reeks gebaseerd op de catastrofentheorie van René Thom. Er zijn zeven elementaire catastrofen: de plooi, de doorn, de zwaluwstaart, de vlinder, het hyperbolisch naveloppervlak, het elliptisch naveloppervlak en het parabolisch naveloppervlak. Het is een gek woord, catastrofe. Behalve ramp kan het ook veel andere dingen betekenen.

Voor de oude Grieken was het de climax en ontknoping in de plots van hun verhalen. Brokers noemen het risicoafdekkende aandeel waarvan de risico's worden gedeeld door de obligatiehouders een catastrofenobligatie. Verzekeraars gebruiken een ingebouwd catastrofemodel om de kosten te ramen van door overmacht veroorzaakte schade.

Het is ironisch dat een natuurramp overmacht wordt genoemd. Alsof niets of niemand kan veranderen wat de natuur van plan is. Hier laten de theoretici van zich horen met hun catastrofentheorie, die beschrijft hoe drastisch een kleine variatie, een minieme afwijking die we anders wellicht over het hoofd zouden zien, dynamische systemen kan beïnvloeden en veranderen. En dat is een inherent kenmerk van een catastrofe: het vermogen om te bedriegen en misleiden. Je verwacht het gevaar elders, terwijl het in werkelijkheid vlakbij op de loer ligt.

Verscholen in het cirrusscherm is er een duidelijk patroon: stroken stapelwolken die in spiralen in de oogwand opgaan. Uit deze stroken komen hevige neerslag en windvlagen, maar daar schuilt niet het werkelijke gevaar. De uitwaaierende stroken zijn namelijk meesterlijke bedriegers. Ze laten ons geloven dat dit de hele storm is.

Wat zijn we ontzettend goedgelovig waar het hemels geweld en overmacht betreft! Het omslagpunt moet nog komen.

Prof. J.A. Krishnamurthy
De metafysica van cyclonen

Thuis zijn er wel duizend dingen die nog gedaan moeten worden. Op dit moment is Meera echter gewoon een vrouw die wacht tot een vriendin haar komt ophalen. Ze slaat het uiteinde van haar lichte wollen sjaal over haar schouder.

December. Boven haar blauwe lucht met nauwelijks een wolkje. De zon schijnt helder en fel. Zodra je echter uit de zon en in de schaduw van een boom, een luifel of een portiek stapt, lopen de rillingen over je rug. In Bangalore, denkt Meera, is december juist wispelturig, niet januari. En toch staat ze op deze misleidende decembermorgen buiten haar hek te wachten op Vinnie terwijl iets wat grenst aan plezier door haar heen trekt.

Ze denkt een waardige opvolger te hebben voor *De ideale echtgenote ontvangt*. Deze keer zal ze hem echter niet op een presenteerblaadje aan Randhir Soni aanbieden. Als Watermill Press interesse heeft in *De ideale echtgenote in het buitenland*, gaan ze er wél voor betalen.

Niemand profiteert van haar ervaring voordat zij er zelf van profiteert, spreekt Meera zichzelf vastberaden toe. Wat neem je mee; wat neem je niet mee. Wat doe je met de uren die je echtgenoot opgesloten in vergaderzalen doorbrengt. Hoe kleed je je voor een chic diner. Wat bestel je in een restaurant. Wat neem je mee naar huis. Wat koop je niet voor je huishoudelijk personeel na een buitenlandse reis. Jarenlang werd Meera gebeld door echtgenotes van Giri's collega's voor tips en ideeën. Giri vond het fijn dat ze zich tot Meera wendden. Dat was goed voor zijn status van goeroe-zakenman.

Als ze nog meer adviezen willen, moeten ze ervoor betalen. Meera glimlacht.

'Koffie?' vraagt Vinnie, terwijl ze door rood rijdt met het gemak van een ervaren veelpleger.

Meera kijkt Vinnie weer vol bewondering aan. Hoe word je zo? Vinnie runt een boetiek, rijdt zelf, leidt een dubbelleven als vrouw en maîtresse en nooit zit er één gelakte haar uit model. Zelfs haar eetstokje blijft op zijn plek.

'Hoe is het om met hem te werken?' Vinnie ziet een gaatje op Commercial Street en parkeert er behendig haar auto.

'Het is nog te vroeg om daar iets over te zeggen,' mompelt Meera. 'Tot dusver gaat het prima.'

'Jezus, doe eens niet zo terughoudend. Vertel hoe je er echt over denkt!' Vinnie gooit haar portier dicht.

Meera blijft ineens staan. Giri beschuldigde haar van bekrompenheid, Nayantara noemde haar stijf. En nu zegt Vinnie het ook. Terughoudend. Waarom wordt voorzichtigheid altijd opgevat als suf?

Wat zal ik haar vertellen? Meera bijt op haar lip. Dat de cycloonspecialist niets voor me had over cyclonen, maar me wel drie dossiers liet aanleggen: Shivu, Mathew, Rishi. Flarden informatie over twee jongens van negentien en slechts een leeg dossier over Rishi. Dat hij me de treindienstregeling en getijden laat checken. Dat ik bizarre ongelukken en een vrouwengroep die Stree Shakti heet moest googelen. Dat hij een vreemd doel voor ogen lijkt te hebben. Ik begrijp er niets van.

'JAK?' Vinnies wenkbrauwen reiken tot haar haargrens als Meera zijn naam noemt. 'Is het er zo een! Wat is zijn echte naam? Laat me raden. Jagannath? Jagdish? Jagdeep? Jagjivan?'

Meera glimlacht. 'Hou je vast. Jayamkondan Anantharaman Krishnamurthy, afgekort tot J.A.K. Vandaar professor Jak!'

'En hoe noem jij hem?' Vinnie lacht. 'Ik vind Jayamkondan wel leuk. Dan kun je hem Jay noemen!'

'Zijn tante noemt hem Kitcha; zijn collega's spreken hem blijkbaar aan met professor Jak. Ik begon met professor Krishnamurthy, maar hij vroeg of ik professor achterwege wilde laten. Nu noem ik hem dus ook Jak!' zegt Meera omzichtig, in een poging te laten doorschemeren dat het achteloze gebruik van zijn voornaam niets méér betekent.

'Hmm,' zegt Vinnie kalm en bedachtzaam, wat het vermoeden wekt dat ze niet gelooft dat het zo achteloos is als Meera wil doen voorkomen.

'Hij is heel relaxed. Je zou hem graag mogen, Vinnie. Geen aanstellerij, niets. En hij schiet niet in de stress als er iets niet lukt. Als de stroom uitvalt, de noodstroomvoorziening door- brandt ... Hij is makkelijk in de omgang.' Plotseling zwijgt Meera. In tegenstelling tot Giri, denkt ze. In tegenstelling tot mijn echtgenoot, moet Vinnie denken dat ik bedoel.

Ze praat niet meer over Giri. Ze denkt echter vaak aan hem en al is het met stekende wrok, ze mist hem wel duizend keer per dag. Het slaat vrij abrupt toe, dat moment van reddeloosheid, de leegte, een wrede hand die haar hart in zijn koude greep samen- knijpt en een gejammer in haar losmaakt: o, Giri.

Het is er zodra ze wakker wordt, als ze de slaap uit haar ogen wrijft en ze dieper onder de deken kruipt, een heel klein stukje opschuivend naar waar ooit de kromming van zijn heup op haar wachtte. De lichte tegendruk terwijl hij stilletjes tegen het nestje tussen haar dijen aan ligt. De warmte. De aanwezigheid. De stille tevredenheid. En dan het gejammer: o, Giri.

Om het bord te veel dat ze per ongeluk op tafel zet. De fles met vis-atjar die alleen hij lustte. Het overhemd dat terugkwam van de stomerij. De afgedankte slippers. De cd's die onbeluisterd blijven. Zijn mappen op het bureaublad. Een vleug aftershave op een andere man. Een bepaalde kleur blauw. De scherpe, kruidige geur van sinaasappelschil. De welving van een leegge- haalde pindadop. Op zoveel manieren, o Giri.

En 's nachts als ze haar gezicht insmeert en haar haren vlecht en in bed kruipt met een boek, die zee van duisternis aan zijn kant van het bed. Wetend dat het bedlampje aan de andere kant voorgoed uit zal blijven, met een peertje dat stof en tijd verza- melt, tenzij ze besluit daar iets aan te doen. Miss Havisham in een nooit gedragen trouwjurk. O Giri, o Giri, o Giri.

Tegenover haar aan tafel kijkt Vinnie haar bedachtzaam aan. Meera begrijpt die blik en voelt zich er ongemakkelijk onder.

'Wat?'

'Niks,' zegt Vinnie en ze bestudeert de menukaart. Dan kijkt ze vragend op: 'Hoe doet hij tegen jou?'

'Hoe bedoel je?'

'Dat snap je toch wel? Hij is gescheiden; jij bent alleen. Maakt hij avances?'

'Nee hoor.' Meera glimlacht. 'Hij respecteert me. Bijna vaderlijk. Soms zou ik willen dat hij niet zo ...' zegt ze erachteraan.

'Zeg je nu dat je wíl dat hij je versiert?' Vinnies wenkbrauwen schieten weer omhoog.

Sinds die eerste keer zien Vinnie en Meera elkaar minstens eens per maand. Het is een vriendschap die voor geen van beiden uitleg behoeft. Als ze elkaar in andere omstandigheden hadden ontmoet, zouden ze elkaar niet hebben gemogen. Meera zou Vinnie hebben bestempeld als een kille mannenverslindster. Vinnie zou Meera hoofdschuddend van ongeloof hebben bekeken: bestaan er werkelijk zulke vrouwen bij wie de tijd stil is blijven staan, die tevreden zijn als aanhangsel van hun echtgenoot en huis?

Nu kijken ze elkaar stralend aan: het is fijn om hier met jou te zijn.

Waarom gaan we mannen uit de weg als we ouder worden, vraagt Meera zich af. Komt het omdat onze dierlijke lust afneemt en we geen partner meer zoeken, maar een deelgenoot? Vinden we troost bij andere vrouwen, hun vastberadenheid, hun kracht, hun kalme kunnen, hun pure plezier? Misschien heb ik mijn Vinnie daarom nodig. Deze vriendin die me die eerste keer van de vloer raapte.

Nu kijkt Meera Vinnie aan. Wat doen we hier, vraagt ze zich af. Twee middelbare vrouwen in een zee van winkelende mensen. Meera zuigt op een ijsklontje uit haar grote glas ijskoffie met chocoladetopping en een slagroomkrul.

'Ik moet het eigenlijk niet doen, maar ik denk al de hele dag nergens anders aan.' Meera lacht. Vinnie voelt een steek in haar hart bij die erkenning van behoeftigheid, kwetsbaarheid. 'Neem er nog een,' zegt ze. 'Heb je trek in een *bhatura* of *paav bhaji*?'

Meera schudt haar hoofd. 'Nee nee, dit is prima. Je kunt niet overal aan toegeven. Dat is niet goed voor de ziel!'

Vinnie klopt op haar hand. 'Het geeft niet. Jij hebt ook je behoeftes. Die hebben we allemaal. Of het nu om chocolade gaat of om mannen. En als Jak degene is die jou laat voelen dat je een vrouw bent, dan wordt het Jak.'

'Je begrijpt het helemaal verkeerd. Ik heb het over mannelijke aandacht.'

'Alle mannelijke aandacht? Alle mannelijke aandacht is welkom om je meer vrouw en minder eunuch te voelen, is dat het?'

Waarom houdt Vinnie er niet over op? Ze lijkt wel een hond die zich in een lap heeft vastgebeten. Meera wil nu geen andere man in haar leven. Nog lang niet. Ze heeft niet eens behoefte aan geflirt of een scharrel.

Meera schudt haar hoofd. 'Nee nee, je begrijpt het niet. Ik wil alleen maar zeggen dat ik me uitgehold voel. Het gaat niet om Jak. Echt niet, Vinnie!

Maar het zou prettig zijn om als vrouw gezien te worden. Ik voel me ook eenzaam, Vinnie. Alleen heeft niemand graag dat ik dat toegeef. Mijn kinderen niet, mijn moeder en grootmoeder niet. Het is alsof de vrouw in mij moest sterven toen Giri vertrok.'

Meera nipt aan haar drankje en houdt haar woorden tegen. Wat heeft ze? Al deze gedachten, deze woorden, waar komen ze vandaan? In haar hoofd telt ze de dagen. Moet ze ongesteld worden?

Meera speelt met het bestek. Ze maakt een V met haar mes en vork. Dan een N. Een A en een L. Met behulp van het zoutvaatje kan ze een J maken. Maar ze is niet van plan een G te leggen. Of een S. Eén die besloot te vertrekken. Een ander die probeerde haar leven binnen te sluipen.

'Wat hou je voor me verborgen, Meera?' wil Vinnie weten. 'Je hebt een geheim. Ik zie het aan je lach.'

Toen de telefoon een paar dagen geleden ging, had Meera bevend opgenomen. Welke crisis wachtte er nu weer aan de andere kant? Toch voelde ze ergens ook dat sprankje hoop: was het Giri? Zo ja, wat zou hij zeggen?

'Ha, Meera,' zei de stem aan de andere kant.

Meera wachtte. Het was niet Giri, maar het was ook geen onbekende stem.

'Hallo,' zei ze.

'Weet je nog wie ik ben?'

Die vage vertrouwdheid. Het gevoel dat ze de stem ergens van kende.

'Nee hè, zie je wel!' Een lachje. Een donker lachje dat iedere vrouw die ernaar luisterde gegarandeerd deed sidderen van genot.

Toen viel het kwartje. De acteur. De adonis van het zwembad. Waarom belde hij haar?

Meera lachte in de hoorn. 'Hallo, Soman. Waar kom jij ineens vandaan?'

'Van het zwembad waar je me hebt laten zitten.' Weer dat donkere lachje. 'Maar ik ben stomverbaasd dat je je me nog herinnert. Het is even geleden. Ik wilde je bellen, maar ik durfde niet goed.'

Meera hield haar adem in.

'En toen moest ik naar Mumbai, Meera. Ik zat in een televisieserie. Ik ben een paar dagen geleden pas teruggekomen en ik wilde even bellen om hallo te zeggen.'

Meera liet haar adem langzaam ontsnappen. Hij wist niets van haar.

'Ik heb ontzettend genoten van ons gesprek die dag, Meera. Zullen we binnenkort een keertje koffiedrinken?'

Meera bekeek haar nagels. 'Prima,' zei ze.

'Morgen?' vroeg hij.

Meera weet dat Vinnie wacht tot ze gaat praten. Uiteindelijk doet Meera wat ze altijd doet als Lily of de kinderen lastige vragen stellen: *hoeveel alimentatie krijg je van Giri? Denk je dat papa een vriendin heeft? Is Lily een dronkenlap? Mama, is Lily een alcoholist? Heb je gezien hoeveel ze drinkt?*

Ze verandert van onderwerp met een luchtig vertoon van nonchalance.

Schouders ophalen en overspringen op een totaal irrelevante vraag: 'Is je zending sjaals uit Bhagalpur al aangekomen? Jak wil dat ik er een paar uitzoek om naar iemand te sturen. Een vrouw, Lisa heet ze. Wat lijkt je goed bij een Lisa passen? Honinggeel of mosgroen?'

Ben ik dat echt, vraagt Meera zich af. Heb ik dat net gezegd: 'Wat lijkt je goed bij een Lisa passen?'

Een halfuur later kan Meera haar geheim niet meer voor zich houden. Ze moet met Vinnie overleggen. Wat moet ze met Soman? Het knaagt constant aan haar, de angst dat ze hem aanmoedigt.

'Hij heeft vast gehoord dat Giri en ik niet meer bij elkaar zijn. Dat het een goed moment was om me te bellen: de eenzame vrouw die wel een lul in haar leven kan gebruiken.' Meera's hand gaat naar haar mond. Wie is deze vrouw die woorden gebruikt als 'lul' en 'neuken', en niet alleen in haar hoofd?

'Vinnie, ik moet ervoor zorgen dat hij begrijpt dat ik niet zo'n vrouw ben.'

'Wie is dan wel zo'n soort vrouw?' snauwt Vinnie als Meera de verwarring probeert toe te lichten die in haar woedt. 'Welke vrouw, tenzij ze een nymfomane of een hoer is, presenteert zichzelf als beschikbaar? Wij niet, Meera. Zelfs ik niet. Ik weet dat je denkt dat ik van minnaar wissel zoals ik de eetstokjes in mijn knot verander. Maar ik ben niet beschikbaar. Weet je wat wij zijn? Kwetsbaar!

Dat zijn we. Kwetsbare stommelingen die geloven dat we deze keer, ongeacht hoe vaak het tegendeel al is bewezen, de ware hebben gevonden. Die ene man die ons leven zal omtoveren tot een langdurig sprookje. De man tegen wie je denkt te kunnen aanleunen en die er dan voor je is.'

Meera huivert bij dat woordje, 'aanleunen'. Een treffender omschrijving was er niet. Je volledig overgeven. Een zucht van verlichting. Die o zo zachte zachtheid en het besef dat alles bijeen werd gehouden door een krachtige basis. Dat miste ze zo.

Zich te laten gaan in de wetenschap dat ze op iemand kon steunen.

Ze denkt aan de avond daarvoor. Soman had haar meegevraagd naar een expositie.

Ze hadden er in een verduisterde ruimte naar een video zitten kijken die deel uitmaakte van een installatie. Wat kon Meera zich herinneren van de flikkerende beelden op het scherm? Weinig, denkt ze. Ze was zich alleen bewust van de druk van zijn arm op de hare. Huid die langs huid streek; de wederzijdse aantrekkingskracht en de bestendigheid van het moment. Meera spiedde om zich heen. Zat iedereen zoals zij? Meera werd helemaal warm toen ze zag hoe elke stoel een minuscule oase was. Zij, alleen zij, leken tegen elkaar aan te leunen.

'Maar Vinnie, zal hij niet denken dat ik hem aanmoedigde? Ik had moeten gaan verzitten!' onderbreekt Meera haar.

'Hoor jezelf nu eens. Je bent zo naïef, Meera. Jullie zaten naast elkaar en je bent er helemaal overstuur van. Je praat als een kind van veertien, niet als een vrouw van in de veertig. Een vrouw die weet wat seksualiteit is ... Je dochter weet vast meer van mannen dan jij, Meera!'

Dan lacht Meera. Een meesmuilend lachje vol gêne. Hoe kon ze zoiets kleins zo opblazen? Ze zal volwassen worden. Ze wordt de vrouw die Soman denkt dat ze is, de vrouw die Vinnie wil dat ze is.

I

Wie is deze vrouw, vraagt Meera zich af als ze zichzelf in de gangspiegel ziet. Lang en rechtop, met een gezicht dat geen greintje verraadt van de ziekmakende angst die ze voelt. Het moment waar ze zo voor vreesde is aangebroken.

Nayantara is net aangekomen uit Chennai. Ze zegt dat Giri de vlucht heeft betaald. Lily en Saro kijken eerst elkaar aan, dan Meera. Meera knikt echter alsof het normaal is voor Giri om een vliegticket te betalen. Giri, Giri de vrek, Giri, krenterige Giri, die zijn cheques laat vergezellen van de klacht dat het erg moeilijk is om niet te vragen naar het waarom.

Ze herschikt de siergember in een grote vaas. 'Wat fijn voor je,' zegt ze. Ze knipt een vergeeld blad af en plet een nieuwsgierige mier tussen duim en wijsvinger.

Nayantara heeft een brief van Giri bij zich. Ze wacht af terwijl Meera de envelop openmaakt met vingers die niet mogen trillen en haar verraden.

Giri schrijft dat het bijna drie maanden geleden is dat ze op proef uit elkaar zijn gegaan. En dat het ondertussen, nu ze tot het besef zijn gekomen dat hun levens niet zo verstrengeld zijn als ze dachten en nu ze hebben bewezen dat ze ook zonder elkaar een gelukkig en bevredigend leven kunnen leiden, misschien tijd wordt om officieel te scheiden. Zodat ze vrij zijn in hun keuzes en verder kunnen.

Meera's lippen worden een streep terwijl ze de brief opvouwt en terug in de envelop doet. Ze ziet de nieuwsgierige blik in haar dochters ogen.

'Weet je wat er in staat?' vraagt Meera en ze laat de brief vallen.

Nayantara aarzelt, niet zeker of ze de waarheid moet zeggen of moet doen alsof ze van niets weet. Papa's kindje haalt haar schouders op.

Meera staart haar ontzet aan. 'Hoe kon je? Besef je dat je vader van me wil scheiden? Wist je dat je me dat kwam brengen?'

Nayantara kijkt weg. 'Had je de mededeling liever per aangetekende post gehad? Zo gaat dat toch? Hij dacht aan jou, hij probeerde de klap minder hard te laten aankomen. Niet mij de schuld geven, mam. Ik speel alleen maar postbode.

Je wist dat dit ging komen; je wist het. Hou jezelf niet voor de gek. Je wist dat papa niet terugkwam. Jullie scheiding was onvermijdelijk!'

Meera is sprakeloos.

'Ik had het nog zo gezegd tegen papa. Dat je mij de schuld zou geven. Dat je boos op me zou zijn. Maar hij zei dat jij ook wist dat jullie niet meer gelukkig konden zijn samen. Hij zei dat het je minder van streek zou maken als ik je de brief gaf. Verder heb ik niets gedaan, mam. Kijk me niet zo aan.' Nayantara krijgt tranen in haar ogen.

Meera omhelst haar radeloze dochter. 'Nee, ik geef je niet de schuld. Hoe zou ik kunnen? Je vader en ik ...'

'Mam, waarom geef je hem zijn zin niet? Misschien komt hij dan terug.' Nayantara klemt zich aan haar moeder vast; een volwassen kind dat vreselijk graag haar thuis terug wil, met mama en papa samen onder één dak met 'nog lang en gelukkig' op een geschilderde regenboog die van het huis tot aan de horizon reikt.

Waarom ben ik zo kwaad? Waarom ben ik trouwens zo verbaasd, vraagt Meera zich af bij het aankleden. Nayantara zei het al, dit was onvermijdelijk. Ze heeft van Nayantara genoeg gehoord om te weten dat Giri een nieuw leven is begonnen. Een tweede leven, maar dan in het echt.

In een appartement hoog in de lucht met aan de ene kant uitzicht op zee en aan de andere kant de lichten van de stad. Hartvormige zijden kussens en lange kaarsen. Vazen met bloemen en rinkelende glazen kralen tussen de stelen. Een strakke élégance die kinderen noch oude vrouwen zullen aantasten. Niemand die kringen achterlaat op tafel of chips kruimelt op de bank. Geen vochtplekken op de muur of de schimmelgeur die moeilijk weg te krijgen is uit een badkamer met oud sanitair. Dit was het thuis waar Giri zijn nieuwe pronkstuk heen zou brengen om in hun nieuw verworven, afgetrainde nirvana opnieuw van start te gaan.

Wat heb ik hem te bieden, Nayantara? Het enige waarvoor hij misschien terug zou komen, kan ik niet weggeven.

Meera denkt aan de avond een paar weken voor Giri vertrok. Hij had gekeken hoe ze haar gezicht insmeerde.

'Is er iets?' vroeg ze.

'Die aders op je dijen ...' zei hij ineens. 'Daar moet je eens naar laten kijken.'

'Ik ben vierenveertig jaar. Ik ben niet jong meer, Giri. Dan krijg je aders,' snauwde ze terug.

Hij haalde zijn schouders op en pakte de afstandsbediening. 'Ze zien er vreselijk uit,' zei hij.

De dagen na zijn vertrek speelde ze die scène steeds opnieuw af. Was dat de reden? Dat ze ouder werd? Die kronkelende lijntjes boven aan haar dijen en de grijze strookjes bij haar slapen; walgde hij daarvan? Of was het iets anders?

In de kapsalon legt Maria de plastic hoes over haar schouders. 'Weer gewoon bijknippen?' vraagt ze via de spiegel aan Meera.

Meera houdt haar blik even vast. 'Nee. Doe maar een nieuw kapsel. Kort. Ik laat het aan jou over.'

'Zeker weten?' Maria zet grote ogen op.

'Ja. Ik heb dit kapsel al tweeëntwintig jaar.' Sinds Giri in mijn leven kwam. En ik wilde niets veranderen. Mijn haar, mijn huis, mijn dromen, mezelf. Ik wilde zo graag dat alles was zoals hij het wilde.

'Dan ben je inderdaad toe aan een nieuwe coupe,' zegt Maria en ze zet met een gele klem een pluk haar vast op Meera's hoofd. 'Je zult je een nieuwe vrouw voelen.'

Uit de mond van een kapster, denkt Meera. Het wordt tijd dat ik een nieuwe vrouw word. Iemand die ik graag wil zijn.

Terwijl Meera naar Jaks huis loopt, voelt ze de wind in haar nek. Het is een vreemd gevoel, zo'n blote, kwetsbare nek.

Meera ziet zichzelf in een etalageruit en stopt verrast. Ze herkent zichzelf niet.

Maria had de spiegel gedraaid, zodat ze zichzelf langs alle kanten kon bewonderen. 'Wat vind je ervan?' vroeg ze. Ze was zichtbaar tevreden over haar handwerk.

'Het is mooi,' zei Meera, ondanks de aanstormende onzekerheid. Wat had ze gedaan? Wat zouden de kinderen zeggen? Wat zouden Lily en Saro zeggen?

Meera loopt Smriti's kamer binnen om te vragen waar Jak is. Ze denkt aan zijn gezicht toen hij haar een paar avonden geleden zag bij de galerie. Ze had zijn uitdrukking niet kunnen plaatsen. Vond hij het niet leuk? Had ze hem moeten zeggen dat ze ging?

Kala Chithi vraagt: 'Wat is er gebeurd? Waarom heb je je haren afgeknipt?'

Meera schrikt van de directheid van de vraag. Kala Chithi maakt zelden persoonlijke opmerkingen.

Meera haalt haar schouders op. 'Ik vond ineens dat ik aan een nieuwe look toe was.'

Kala Chithi wacht tot ze verdergaat.

Meera staart in haar beker koffie en zegt: 'Giri wil scheiden.'

Kala Chithi blijft haar aankijken.

'Ik vraag me steeds af of ik iets heb gedaan of juist niet heb gedaan. Waarom is Giri weggegaan?'

'Denk je dat hij terugkomt?' vraagt Kala Chithi. Er is nooit gesproken over Meera's situatie, maar Meera weet dat Jak haar heeft bijgepraat.

Meera schudt haar hoofd. 'Ik weet het niet.'

'Belangrijker nog: wil jij hem terug?'

Meera kijkt abrupt op. Daar heeft ze nooit over nagedacht. Kon ze weer met Giri leven? Verdergaan alsof er niets was gebeurd?

'Weet je, Meera, we worden opgevoed in het geloof dat onze echtgenoot onze god is. Wij willen wat hij wil en zonder hem zijn we niets. Er is een gezegde: *Kal analum kanavan, pull ana-*

lum purushan. Al is hij zo hard als steen of zo waardeloos als onkruid, een echtgenoot is een echtgenoot. Kun je leven zonder je echtgenoot?'

Meera zet haar beker op tafel. 'Dat weet ik niet,' zegt ze. 'Ik vraag me de hele tijd af of hij terugkomt. Ik heb me nooit afgevraagd: stel dát hij terugkomt ...' Meera's stem wordt zachter. 'Wat zou u doen?'

'Dat weet ik niet, Meera. Daar heb ik nooit over na hoeven denken.' Kala Chithi's blik is onverstoorbaar, haar stem klinkt vlak.

'Maar u bent bij uw man weggegaan!'

'Wat wil je van me weten, Meera? Ik heb geen wijze raad voor je. Mijn keuzes in het leven zijn niet de jouwe. Ik had mijn redenen om mijn man te verlaten.'

'Was het omdat u vermoedde dat uw man een ander had?'

'Een ander?' Kala Chithi's stem gaat omhoog van verbazing. Haar hand gaat naar haar kortgeknipte haar.

'Waarom bent u dan bij hem weggegaan?' vraagt Meera, in de hoop de onverstoorbaarheid op het gezicht van de vrouw te doorbreken.

'Waarom bent u bij uw man weggegaan?' vraagt ze weer.

Kala Chithi leunt tegen de rug van haar stoel. 'Er was geen aanwijsbare reden. Niet echt. Geloof je me als ik zeg dat ik mijn leven niet langer met hem kon delen? Het ging gewoon niet meer. Ik moest weg.

Daarom moet je dus zelf beslissen, Meera. Dat kan ik niet voor je doen. Wil je nog steeds Giri's vrouw zijn?' vraagt Kala Chithi, terwijl ze opstaat.

Meera staart langs haar heen en denkt: wil ik dat?

II

'Wat heb ik?' vraagt Meera over haar schouder.

'Heb je nagedacht over wat ik vroeg?'

Meera draait zich om en kijkt haar dochter onderzoekend aan. 'Waarover, Nayantara?'

'Je weet wel, dat portfolio ... waarover ik vertelde. De vrouw van een vriend van papa zei dat ik er een moest samenstellen. Ze dacht dat ze het wel naar de mensen van Elite kon sturen.'

Meera fronst. 'Ik dacht dat je dat voor de lol deed. Ik wist niet dat je een modellencarrière wilde. Hoe moet het dan met je studie? Je zit op het IIT. Weet je hoe weinig studenten daar worden toegelaten? En dat wil je opgeven ...'

Nayantara trekt een gezicht. 'En Aishwarya Rai dan? Zij deed geneeskunde.'

'Ik weet niet wat je vader ervan vindt.' Meera probeert er omheen te draaien.

'Papa vindt het goed, maar hij zei dat jij het goed moest vinden.'

Bedankt, Giri. Laat mij de heks maar zijn die nee zegt tegen de malle dromen van je dochter.

Was dat niet altijd al zo? De ouderlijke verantwoordelijkheid werd haar altijd toegespeeld en toevertrouwd. In het begin protesteerde Meera. 'De kinderen zijn niet bepaald onbevlekt ontvangen. Jij hebt ook je verantwoordelijkheden.'

Waarop Giri, die vond dat hij het recht had verongelijkt te zijn, zonder blikken of blozen zei: 'Jij wilde baby's; ik niet. Jij zei dat je geen complete vrouw kon zijn zonder een kind.'

Meera, de mond gesnoerd door haar kinderwens, leerde Giri steeds minder te belasten met de eisen die het vaderschap aan hem stelde. Zij mocht zich zorgen maken om de kinderen en Giri was degene met wie ze konden lachen en ravotten. Hij kon ook de tirannieke vader zijn, maar meestal ging hij mee in hun dromen en wensen. Voor Giri was het vaderschap wat hij ervan maakte, niet wat het eigenlijk moest zijn, denkt Meera, terwijl ze probeert haar verbittering in toom te houden.

Meera haalt haar sari van de hanger. 'Ik vind het niks. Die verhalen over castingbureaus zijn geen fabeltjes. Je bent nog te jong voor die wereld.'

'Bedoel je dat ze me best mogen neuken, als ik maar oud genoeg ben?'

Meera wordt bleek. 'Hou je mond!' sist ze. 'Wat een onzin. Als je je per se wilt gedragen als een dwars kind van drie, zal ik je ook zo moeten behandelen. Je laat me eigenlijk geen keuze. Ik stel voor dat je die modellenonzin vergeet.'

Nayantara kijkt beschaamd. 'Sorry, zo bedoelde ik het niet. Die vriend van papa zei alleen ...' begint ze, maar ze houdt op zodra ze Meera's gezicht ziet.

Nayantara kijkt toe hoe Meera haar sari omwikkelt. 'Ik dacht dat je niet zeker wist of je ging,' zegt ze terwijl ze de lippenstift steeds open- en dichtdoet.

'Niet doen. Zo breekt de stift,' zegt Meera als ze de plooien recht strijkt.

'Hoe kun je nu naar een feest gaan? Het is pas een paar maanden geleden sinds papa en jij ...' Nayantara staart haar aan.

'Je vader is weggegaan. Hij is niet dood,' snauwt Meera. 'Trouwens, hij heeft me net gevraagd of ik wil scheiden, weet je nog?'

Als ze Nayantara ziet blozen, voelt Meera zich schuldig. 'Het is niet zomaar een feestje. Het is bij Vinnie. Ik kon er niet onderuit,' zegt Meera zacht.

Ze bekijkt zichzelf in de garderobespiegel. 'Kun je de sari van achteren een beetje omlaag trekken? Hij is wat opgekropen.'

Nayantara zakt gehoorzaam op haar knieën om aan de sari te trekken. 'Maar wat zullen de mensen denken?'

'Nayantara, daar hoef je bij mij niet mee aan te komen. Het interesseert me niet wat de mensen denken. Nooit meer.'

'Ik weet dat het je niet interesseert wat de mensen denken.

Waarom date je anders met iemand die half zo oud is als jij?'

'Wat?' gilt Meera en ze draait zich verbaasd om. 'Wie heeft je dat verteld?'

'Dus het is waar! Waarom, mama?'

'Nayantara, je weet er niets van.'

'Vertel eens ...' Nayantara slaat haar armen om haar knieën. 'Jij hebt het de hele tijd over die castingbureaus en die o zo slechte wereld die me te wachten staat. Maar kijk jezelf eens! Enig idee hoe het voelt als mijn vrienden willen weten of Soman mijn vriendje is? Moet ik zeggen dat hij bij jou hoort?'

'Hij is mijn vriendje niet! Hij is gewoon een vriend.'

Nayantara trekt een gezicht alsof ze haar moeder niet gelooft.

'Maar stel dat hij dat wel was, zou dat zo erg zijn?' zegt Meera met geveinsde nonchalance.

'Hoe zou je het vinden als ik aanpapte met een man van papa's leeftijd?' Nayantara staat op. 'Het is gênant, mama. Het is ranzig!'

En papa dan, zou Meera willen weten. Is het niet ranzig dat zijn vriendin maar een paar jaar ouder is dan jij? Of past dat wel in jouw wereldbeeld? Maar dan ziet ze Nayantara's gezicht.

'Soman is mijn vriendje niet, begrijp dat nou, liever. Hij is gewoon iemand die ik ken. Dat is alles. Erewoord!' Meera probeert haar dochter zover te krijgen dat ze haar uitleg accepteert.

'Oké, als jij het zegt,' zegt Nayantara.

Ze voelt zich beroerd als ze ziet hoe ongelukkig Nayantara uit haar ogen kijkt.

'Als je niet wilt dat ik naar dat feestje ga, blijf ik thuis,' biedt Meera aan.

'Nee, ga maar,' zegt Nayantara. 'Wil je mijn naaldhakken lenen?'

Meera glimlacht. Het is weer vrede. 'Als je dat goedvindt,' zegt ze weifelend. Als haar aandeel in de verzoening voegt ze eraan toe: 'Als je een portfolio wilt, kan ik Akram wel vragen. Hij kan het aan de juiste mensen doorspelen. En ik vind het prettiger om te weten dat hij het doet. Maar je mag niet stoppen met je studie. Je moet tot een compromis zien te komen. Het is altijd beter om je kansen te spreiden.'

En niet zoals ik te eindigen zonder plan B, denkt Meera.

'Blijf je lang weg?' vraagt Nayantara bij de deur. Nikhil en Lily liggen lui op de bank film te kijken. Saro leest.

Meera knuffelt haar dochter. 'Zal ik de auto wegsturen?' vraagt ze opnieuw.

'Nee, nee, ga nou maar. Veel plezier.' Nayantara zwaait haar uit.

Meera slikt. Ze voelt zich niet op haar gemak in deze omgekeerde wereld. 'Ik maak het niet te laat,' roept ze als ze het autoraampje opendraait.

Vinnie heeft de tuindeuren opengezet, zodat de kamer en het terras een geheel zijn. Hier komen ze samen: Vinnies vrienden en zakenrelaties. Vinnies minnaar. Vinnies echtgenoot. En Meera. Een lichtelijk verloren Meera die ontdekt hoe het is om single te zijn in een kamer vol stellen.

Ze bijt peinzend op haar lip. Had ze de uitnodiging moeten weigeren?

Maar Vinnie liet haar geen keus. 'Je moet komen.' Ze stond erop en wuifde elk smoesje weg dat Meera kon bedenken. 'Ik laat je wel ophalen. Dan is het vervoer geregeld. Waarom nodig je je professor niet uit? Of kom je liever met iemand anders? Soman? Wat is er gebeurd tussen jullie? Je praat eigenlijk nooit meer over hem.'

Vinnie keek haar zijdelings aan. Meera draaide haar hoofd weg. Ze had heel even aan Soman gedacht.

Meera vroeg zich af hoe goed hij was als acteur. Was zijn interesse in haar gespeeld? Of meende hij het echt? Het is vast het huis. Net als bij Giri is het huis voor hem de hoofdprijs. Waarom wil hij anders omgaan met een vrouw die vijftien jaar ouder is?

Nee, ze ging wel alleen naar Vinnies feestje.

'Nee, ik wil niemand meebrengen.' Meera schudde vastbesloten haar hoofd.

'Oké, prima.' Vinnie glimlachte. 'Je hebt geen begeleider nodig. Niemand kijkt daar tegenwoordig nog gek van op. Een vrouw alleen op een feestje is hetzelfde als een man alleen.'

Niet bepaald, denkt Meera terwijl ze wacht tot iemand haar een drankje aanbiedt. Tot iemand haar naar een groep loodst en in een gesprek betrekt. Tot iemand haar begroet.

Ooit deed Giri dat allemaal: haar glas bijvullen. Haar voorstellen aan nieuwe mensen. Helpen bij het afscheid nemen. Meera voelt zich klein worden. Zal het altijd zo blijven? Dat ze zomaar kan worden overmand door een afmattende hulpeloosheid? Dat ze in een donker hoekje wil kruipen, vastbesloten daar te blijven?

Ze is nog niet gewend om zich in haar eentje in het openbaar te vertonen. In de maanden na Giri's vertrek was het aantal uitnodigingen drastisch afgenomen.

Ze weet waaraan ze zichzelf doet denken. Het theepotdekseltje op haar rommelplank. Je weet niet wat je ermee moet. Uit een soort sentimentaliteit heb je het niet weggedaan, maar elke keer als je het ziet, vraag je je af wat je ermee moet ...

Een vrouw alleen is maar gênant, zo lijkt het althans. Een nachtkastje zonder wederhelft. Een enkele ovenwant. Je doet het ermee, maar eigenlijk hoort het niet zo. Waar moet ze zitten bij een diner? Als ze iemand heeft meegebracht is alles in orde. Maar als ze alleen is moet je beurtelings op haar passen en voor haar oppassen, zodat ze haar tanden niet in je echtgenoot zet. Medelijden is één ding. En ja, zusterschap is het sleutelwoord. Vrouwen moeten andere vrouwen helpen. Je nodigt haar dus uit voor het koffieuurtje 's ochtends of voor de borrel ... maar laat haar liever links liggen als het om een hele avond gaat.

Meera weet hoe een gastvrouw denkt. Ze is er zelf één geweest. Eentje die besloot de weduwe van Giri's werk te vergeten toen ze zijn promotie met een etentje vierden. Die de verhulde smeekbede in de stem van de pas gescheiden Dina negeerde toen ze elkaar bij de schoonheidssalon zagen en Dina zei: 'Ik heb zoveel gehoord over je etentjes. Volgende keer moet je me echt uitnodigen ...'

Uiteindelijk wordt ze gered door Vinnies echtgenoot Kishore. Meera heeft ineens een drankje in de hand, een stoel om op te zitten, een groep om mee van gedachten te wisselen en een man aan haar zijde. Ze vraagt zich af wat ze had gedaan als Kishore geen medelijden met haar had gehad.

Stiekem bekijkt ze hem. De zeer statige, verpletterend aantrekkelijke, uiterst charmante en volledig afwezige Kishore. Vinnie en hij delen een huis en een bedrijf. Verder leiden ze hun eigen leven.

Meera kon een verwijtende blik niet verbergen toen Vinnie de regeling uitlegde.

'Keur je het niet goed?' vroeg Vinnie.

'Nee. Jij maakt een schijnvertoning van het huwelijk.' Meera had de verbittering niet uit haar stem kunnen weren. 'Het huwelijk is heilig. Het is meer dan samen een huis en een bedrijf hebben.'

'Dus jij zou Giri zonder meer zijn zin hebben gegeven als hij om een scheiding had gevraagd?' Vinnies stem klonk ijskoud.

'Mijn situatie is anders ...' probeerde Meera zich eruit te wurmen. Zou ze dat gedaan hebben? Stel dat Giri tegen haar had gezegd dat hij ermee wilde stoppen? Had ze hem dan laten gaan?

'Ach Meera, hou jezelf niet voor de gek. Doe ik ook niet. We waarderen wat het huwelijk betekent. Al wist je dat Giri het vreselijk vond, zich opgesloten voelde, dan nog had je je huwelijk gewild ... Ik wel. Kishore ook, denk ik. We zijn betoverd door die veilige cirkel. Niet door het huis of het geld, de seks of de kinderen. Niet eens door de kameraadschap.'

Meera was stil. Ze wist hoe het voelde om uit die betoverde cirkel te worden gestoten. Ze wist hoe het was om alleen te zijn.

Ze kijkt nog eens naar Kishore en denkt: waarom zijn Vinnie en ik, al zijn we nog zulke mondaine vrouwen, in ons hart uit hetzelfde hout gesneden als Kala Chithi? Wat zei ze ook weer: kal analum kanavan, pull analum purushan.

In de weken na Giri's vertrek had Meera zich afgevraagd wat ze zou doen als ze werd uitgenodigd voor een feestje. Accepteren of weigeren. Vervolgens zat het haar dwars dat er geen uitnodigingen kwamen, waardoor ze niet de kans kreeg om een besluit te nemen.

Maar ze is hier en ze houdt zich staande. Saro heeft gelijk, denkt ze. Houding is het belangrijkst. Misschien krimpt je binnenste ineen omdat je niet weet welke mate van wellevendheid je moet veinzen. Misschien heb je geen idee van de regels die bij je nieuwe levensstatus horen. Maar met een rechte rug en strijdvaardige schouders kun je veel maken. Inclusief een graslelie cadeau doen aan de gastvrouw.

Hier, bij Vinnie thuis, voelt Meera de gêne niet die zich van haar meester maakte op de paar feestjes waar ze zonder Giri is geweest. Er vallen geen stiltes in de gesprekken. Niemand probeert het onderwerp Giri uit de weg te gaan om vervolgens niet te weten waar ze over moeten praten. In dat kringetje ging zowat elk gesprek over Giri en over haar als Giri's vrouw. Op Vinnies feest is Giri begraven in een verleden waar niemand iets van weet of iets om geeft.

Er komt iemand naast Meera zitten. Een oudere man. 'Waar ken je Vinnie van?' vraagt hij met een glimlach. 'Een zakenrelatie?'

'Nee, een vriendin,' zegt Meera. 'Ik ben Meera,' voegt ze eraan toe en ze steekt haar hand uit.

'Raj.' Hij neemt haar hand in de zijne. Hij houdt haar lang vast. Onnodig lang, denkt Meera en voorzichtig trekt ze haar vingers terug.

Vinnie had haar voor hem gewaarschuwd. 'De meeste mannen zijn fatsoenlijke kerels. Raj is een beetje glad. Als hij je probeert te versieren, loop dan weg. Je beledigt hem daar niet mee. Hij moet er ondertussen aan gewend zijn. Hij kan het blijkbaar niet helpen. Ik heb vooral met zijn vrouw te doen.' Zo glad dat hij glimt, denkt Meera, terwijl hij met haar flirt.

'En, ben je getrouwd, Meera? Is er ergens een echtgenoot?' probeert hij.

'Single,' zegt Meera. Dan verduidelijkt ze kil: 'Single. En niet beschikbaar.'

Meera ziet een onopvallende vrouw telkens angstig hun kant op kijken. Met bijna dichtgeknepen ogen zegt ze: 'Is dat uw vrouw? Ik denk dat ze u zoekt.'

Nu ze met de wolf korte metten heeft gemaakt, durft Meera wel met de lammetjes te dartelen.

Toch is het een uitgeputte vrouw die haar naaldhakken uittrapt. Het huis is in diepe rust. Meera maakt haar kast zo zachtjes mogelijk open. Als ze de deurknop los in haar hand houdt, neemt haar uitputting nog eens extra toe. Ook dat nog, denkt ze vermoeid. Waar begin je met je tweede leven?

Dan komt haar vanuit de open kast een vleugje sandelhout tegemoet. Er gaat een rilling van genot door haar heen als ze het builtje pakt en haar neus tegen het satijn drukt.

De lichtheid van het bestaan. Wat kan die je toch stiekem besluipen. Het ene moment denk je dat je bezwijkt onder alles wat er op je af komt. En meteen daarna kan een satijnen builtje met sandelpoeder die ondraaglijke last op wonderbaarlijke wijze lichter maken.

Het maakt niet uit dat het slechts een vluchtig gevoel van welbehagen is. Nu Meera het weer heeft ervaren, voelt ze zich sterk.

Met haar ogen dicht snuift ze de geur diep op. Steeds opnieuw.

Dan wenst Meera iets anders. Dat Jak dit ook kon ervaren. Zijn hangende schouders verraden dezelfde verslagenheid die aan haar knaagt. Kon Jak deze lichtheid ook maar voelen. Dan zou de pijn uit zijn ogen verdwijnen. Voor even.

Dat is het enige waar mensen als Jak en ik nog op kunnen hopen. Tijdelijke verzachting. Een vluchtige vreugde in een periode van windstilte.

III

Aan vreugde moet gewerkt worden. Vreugde moet worden gezocht. Vreugde wordt ons zelden in de schoot geworpen; we
moeten ernaar op zoek. Daar piekert Kala over, woelend in haar
bed.

Ze kan niet slapen. Ze draait van haar ene zij op de andere. Op
haar rug en op haar buik. Maar welke houding ze ook probeert,
haar lichaam ontspant niet en wordt niet loom. Haar gedachten
blijven elkaar verdringen.

Het is nieuwe maan. Buiten is de nacht zwart en ondoordring-
baar als pek. De kamer ligt van de straat af en zelfs de verkeers-
geluiden dragen niet zo ver. Kala heeft de gordijnen dichtge-
trokken en in de donkere moederschoot van de kamer heeft ze
zich opgerold tot een bal, met haar knieën tegen haar kin en
haar handen tussen haar dijen. En nog kan ze de slaap niet vatten. Meera heeft haar meer van streek gemaakt dan ze wil toegeven.

Ze heeft met haar verleden leren leven. Het dringt zelden haar
gladgestreken leven binnen. Daarom begrijpt Kala deze opdrin-
gerige herinneringen niet die als de golven opkomen en wegeb-
ben.

Ze staat op en doet het licht aan. Ze moet praten. En Smriti
biedt haar een feilloos luisterend oor. Iemand die haar geduldig
laat uitpraten zonder haar dwars te zitten met onuitgesproken
beschuldigingen.

Kala betreedt stilletjes Smriti's kamer. In het vaalgroene licht
ziet ze Smriti's open ogen. Kun je met open ogen slapen, vraagt
ze zich af. Zelfs met ogen die niets mankeren kun je blind zijn;
ze kent iemand die werd gediagnosticeerd met stressblindheid.
Het zou dus kunnen. Wie kan het zeggen bij Smriti? Toch weet
ze één ding zeker. Smriti kan horen.

'Ben je wakker, lieverd?' vraagt Kala zacht.
Het grimassende monster staart naar de muur.
Kala zucht.

Ik weet dat je luistert. Dat weet ik, Smriti. Ik weet dat de geluiden die ik maak ergens in je hersenen worden ontcijferd en gedecodeerd. Dat weet ik, kindje.
Je vraagt je af hoe ik erachter ben gekomen, hè?
Ik weet het sinds de dag dat ik tegen je praatte over het maken van *parpu usili* met bonen.

Die ochtend was Kitcha tijdens het ontbijt ongewoon spraakzaam geweest. Hij wilde het over vroeger hebben. Kala was verrast over Kitcha's bijna onophoudelijke gebabbel.
'In Amerika droomde ik vaak over jouw parpu usili met bonen,' zei hij plotseling.
Kala glimlachte. 'Ja, ik was vergeten hoe lekker je dat vond. Ik zal het eens voor je maken,' zei ze en ze nam zich voor naar de markt in Cox Town te gaan om malse, jonge sperziebonen te halen die perfect knakten als je ze brak met een zetje van je duim.
Terwijl Kala de boontjes van hun steeltjes ontdeed en de draadjes wegsneed, vertelde ze Smriti hoe ze het gerecht ging klaarmaken. Er was die dag verder niemand thuis. Smriti's verpleegster had gebeld om te zeggen dat ze een uur later zou zijn. Ik ben er op tijd voor haar bad en eten, had Sarah gezegd.
Kala was er niet blij mee geweest. Kitcha zou dat ook niet zijn, wist ze. Maar ze luisterde naar Sarahs vurige smeekbede. Alstublieft mevrouw, het is dringend. Anders vroeg ik het niet. Als u elk kwartier even bij haar gaat zitten, is er niets aan de hand. Ze wordt alleen bang als er lange tijd niemand bij haar is.
Kala hapte naar adem. Dat wisten ze niet. 'Dat heb je ons nooit gezegd.' Ze hoorde hoe verwijtend ze klonk.
'Dat kon ik toch niet? Het is op geen enkele manier aan te tonen! En met een patiënte in haar toestand wilde ik niet de geringste valse hoop geven.'

Kala had een snijplankje. Ze legde het op tafel en begon de boontjes langzaam fijn te hakken. 'Je vader, mijn Kitcha, is dol op parpu usili met bonen. Het is lang geleden dat ik het voor hem heb gemaakt. Zou hij het nog lusten? Het geheugen is zoiets vreemds, Smriti. Het geeft alledaagse dingen mythische proporties. Als Kitcha zegt: "Mijn tong herinnert zich nog steeds jouw parpu usili met bonen," word ik bang. Hoe kan ik het winnen van een herinnering?

Kijk, Smriti. Alle boontjes zijn fijngehakt. De gewelde *thoran parpu* is gaar. Nu moet ik alleen nog de gestoomde bonen bij de parpu voegen en alles sauteren. Je weet toch wat parpu is? Dal ... linzen.'

Op dat moment meende Kala in Smriti's keel iets te zien bewegen. Was er speeksel opgekomen? Er ging een golf van opwinding door haar heen.

Toen Sarah in de keuken het papje voor Smriti kwam klaarmaken, gaf Kala haar een kommetje gepureerde parpu usili waar ze rijst en *ghee* doorheen had gedaan. Sarah keek afkeurend. 'Wat is dit? De patiënte krijgt zo weinig binnen dat het wel voedzaam moet zijn.'

'Geef haar dit, alleen deze keer,' drong Kala aan. 'Ik denk dat ze het lekker zal vinden.'

Kala ging met Sarah mee. Normaal gesproken kon ze niet aanzien hoe Smriti werd gevoed. Het geduld waarmee Sarah de lepel in Smriti's verkrampte mond stak en door ermee tegen haar tanden te tikken naar binnen duwde en het eten eraf liet glibberen. Er sijpelde altijd wat brij uit Smriti's mondhoeken. Dat nam Sarah weg met een vochtig doekje. En ze ging er net zo lang mee door tot het kommetje helemaal leeg was en er een berg was ontstaan van doekjes met Smriti's aangekoekte spuug en voedsel.

Maar Smriti at meer dan ooit en toen Sarah zich verrast omdraaide, wist Kala de triomf uit haar ogen te weren. 'Ze vindt het echt lekker!'

'Misschien kan ik je af en toe een kommetje eten geven voor haar,' zei Kala aarzelend.

'Ja, elke twee à drie dagen. Dat speciale dieet is nodig zodat ze al haar vitamines en eiwitten binnenkrijgt.'

Kala knikte.

Maar ze zou het voorval niet delen met Kitcha. Hem niet vertellen dat ergens in het lichaam dat Smriti gevangen hield, leven schuilde. Levenskracht, in het trekken van een spier en het samenknijpen van haar keel. Kitcha zou het wegwuiven. Nina ook. Maar Kala had hoop voor Smriti.

Smriti, kindje, luister je? Ik kon niet slapen, dus kom ik even naast je zitten om tegen je te praten. Dat vind je prettig, hè?

Kitcha wilde weten waar ik tegen jou over praat. Ik vertelde dat ik het avondeten met je doorneem. Ik bespreek wat ik ga koken.

Kitcha had geglimlacht.

Waar kan ik anders over praten? vroeg ik, geïrriteerd door zijn plagerige lachje.

We moeten tegen haar praten. Niet alleen hardop lezen, voegde ik eraan toe.

Hij fronste zijn voorhoofd. Kala wist dat hij het als een verwijt opvatte. Net als Nina, toen ze ontdekte dat Kitcha haar de e-mails van Shruti voorlas.

'Ben je niet goed wijs, Kitcha? Denk je dat ze ook maar iets begrijpt? Die stukjes uit de krant en de passages uit de boeken die je leest. Je kunt net zo goed een bandje afspelen,' had Nina gezegd toen ze naar Jak had zitten kijken.

'Je hoeft me niet zo aan te kijken, hoor. Je ziet me graag als een harteloze trut. Dat ben ik niet. Ik wil alleen mijn dochter mee naar huis nemen, zodat ze goede medische zorg krijgt. Meer wil ik niet.'

Jak had gesnauwd: 'Ze zal er de beste medische zorg krijgen, maar zul jij dan tijd voor haar hebben?'

Ik wel. Ik heb alle tijd van de wereld voor mijn dochters. Mijn jongste van vijftien, Shruti, wordt volwassen. Maar ben ik daar deelgenoot van? Ze kent me nauwelijks, en ik haar evenmin. Ik weet niets van haar dromen en wensen, waar ze wel en niet van houdt. Je hebt ervoor gezorgd dat Shruti weinig met me te maken heeft. Je begrijpt dus dat ik niet zomaar afstand doe van mijn andere dochter, zodat jij haar kunt wegstoppen, dacht Jak woedend, terwijl hij probeerde te verhullen hoe ontsteld hij was.

Kala kon de radertjes in Jaks hoofd haast horen ronddraaien. Ze nam hem voorzichtig bij zijn arm en zei: 'Hardop voorlezen is onpersoonlijk. Als je praat, betrek je haar erbij.'

Hoe kon Kala vertellen wat ze wist? Hoe kon ze hem hoop geven zolang Smriti haar geen duidelijk teken gaf dat zijn kritische geest bevredigend zou vinden?

Kitcha wendde zich af. 'Denk je dat ze het verschil merkt? Het is maar een stem!'

IV

Een lage, prevelende stem. Jak wordt met een ruk wakker uit een diepe slaap en hoort de cadans van zacht uitgesproken woorden. Even gaat hij terug in de tijd en is hij weer Kitcha, het jongetje dat graag wakker werd van geroezemoes. Hij lag met halfdichte ogen in bed en werd op de een of andere manier gerustgesteld door de stemmen. Zijn vader en moeder met hun ochtendrituelen, waarbij zijn moeder een constante stroom opmerkingen maakte en zijn vader tussendoor korte antwoorden bromde. Kitcha nestelde zijn gezicht dieper in zijn kussen en diep van binnenuit werd hij overspoeld door warmte. Tevredenheid. Zelfs als hij sliep, ging zijn wereld door. Daar waren de stemmen het bewijs van.

Dan dringt de realiteit tot hem door en schiet Jak geschrokken overeind. Smriti. Wat is er aan de hand? Hij trekt een T-shirt aan boven zijn boxershort en opent de deur.

Smriti's kamer baadt in vaalgroen licht. Kala Chithi zit aan haar bed. Haar kin steunt in haar hand en haar gezicht staat somber terwijl ze praat.

'Ik moest vannacht denken aan die keer dat jullie allemaal – Kitcha, je moeder, Shruti en jij – op bezoek kwamen in Madras,' zegt Kala Chithi.

Jak blijft staan; er komt een herinnering boven.

Smriti is tien. Shruti is zes. Nina geniet nog van haar triomf: het schrijven van een non-fictie bestseller waar vrouwen overal ter wereld voor in de rij stonden. Niemand had verwacht dat *De verstikkende sari* – Nina's proefschrift over de rol van de sari met betrekking tot de positie van Indiase vrouwen – zo'n succes zou worden. Noch Nina, noch de kleine universiteitsuitgeverij. Je bekeek het van een afstandje, verrast en geamuseerd toen Nina een gedaanteverandering onderging van stille academica in gevierd schrijfster. Nina wilde naar Madras. Veldwerk doen voor haar volgende boek, zei ze. Ze logeerden in het Connemara en verplaatsten zich in auto's met airconditioning die hen beschermden tegen de hitte en het stof van Madras.

Toen je voor Kala Chithi's deur stond en de geur van jasmijn, *shikakai,* versgemalen koffie en koriander opsnoof, werd je overmand door een immense nostalgie.

'Ik mis dit zo!' zei je.

'Uiteraard!' lachte Nina. 'O Kitcha, wat moet ik toch met jou?' Met opgetrokken neus wreef ze haar gezicht over je mouw als een knuffelige kitten.

Kala Chithi deed open en liet hen binnen. Tijdens de lunch werd er veel gekletst en bijgepraat. Kala Chithi had een lievelingsgerecht van Kitcha klaargemaakt: *urunda kozhambu.*

Shruti pakte een balletje en vroeg: 'Wat is dit?'

Smriti nam een hap en zei: 'Mmm, heerlijk!'

Je vroeg: 'Beter dan de Zweedse gehaktballetjes bij IKEA?'

'Ja, veel lekkerder. Dit is heerlijk!'

Zag je toen een zweem van irritatie op Nina's gezicht? Ze leek het niet te kunnen waarderen dat haar dochter de voorkeur gaf aan iets wat zij naar een afgeschermd deel van haar leven had gebannen. Weggestopt op de afdeling 'vroeger' waar Nina niet graag kwam.

Nina zei: 'Dumplings. Dat zijn het. Gewoon vegetarische dumplings!'

Kala Chithi zei: 'Ik bereid geen vlees. De gedachte alleen al dat ik het moet klaarmaken staat me tegen, laat staan het opeten!'

'U weet niet wat u mist,' zei Nina. 'Eigenlijk hebt u geen idee wat u allemaal hebt laten schieten in het leven door ervoor te kiezen hier te blijven, Kala Chithi. U had Kitcha's uitnodiging om naar ons in de States te komen moeten accepteren.'

De stem van Kala Chithi weer. 'Kind, je moeder zei die dag iets heel doms. Ze zei dat ik niet wist wat ik miste. Ik wilde tegen haar uitvallen. Ik miste van alles. Er was genoeg verlies en gemis om te betreuren. Wat weet zij nu over mijn leven? dacht ik. En toch suggereerde ze dat mijn leven anders zou zijn gelopen als ik vlees was gaan eten of naar Amerika was gegaan.'

Jak staat er nog. Hij wil niet meeluisteren, maar toch wil hij graag blijven om alles te horen. Kala Chithi is een gesloten boek. Ze vertelde je alleen wat ze vond dat je moest weten.

Eerst dacht ik dat ik de gelukkigste vrouw op aarde moest zijn. Dat kon niet anders. Ik had zoveel waar hij dol op was. Zelfs mijn haar, dat ik haatte.

Dat wist je vast niet. Ooit had ik haar dat bijna tot mijn knieën reikte. Haar dat als een waterval omlaag kwam als ik het losmaakte. Haar dat steil was als neerstromende regen, zonder één enkele krul of zelfs maar een slag. Ik kon mijn haar in één snelle beweging doorkammen van mijn kruin tot de punten. En elke ochtend kamde ik het door, en daarna vlocht ik het en stak ik het op. Door het gewicht ging mijn hoofd pijn doen en mijn nek hangen. Het haar maakte me eerst een ingetogen meisje en vervolgens een ingetogen vrouw. Ik was de dochter die mijn vader behaagde en later de vrouw die mijn echtgenoot behaagde.

Zolang ik naar school ging, en ook op de universiteit, liet ik mijn haar groeien. Toen begon ik te zien dat andere meisjes minder belast waren. Alleen ik leek dat gewicht te torsen. Ik wilde het afknippen. Mijn vader was ontzet. 'Heb je je verstand verloren?' vroeg hij. 'Kijk eens naar je haar. Weet je wat een kapitaal dat is? Niet iedereen heeft zulk haar.'

Ik begreep het niet. Iedereen haalde zijn dochters na het eindexamen van school, maar mijn vader stond erop dat mijn zus en ik allebei gingen studeren. Hij wilde dat we een universitaire studie afrondden. Hoe kon een vooruitstrevend man als hij zo bekrompen zijn waar het om haar ging? Het was toch mijn haar?

Mijn vader had bijna een week nodig om bij te komen van iets wat ik alleen maar had voorgesteld. De dokter schreef pillen voor om zijn bloeddruk te reguleren, zijn angst te temperen en zijn zenuwen te bedwingen. En als vriend van mijn vader adviseerde hij me om hem niet te provoceren met domme, kinderachtige streken. 'Je mag je haar afknippen en doen wat je wilt als je getrouwd bent,' zei de dokter, als een echo van mijn vader. 'Maar waarom zou je? Het is toch zulk prachtig haar, Kala!'

Die nacht deed mijn nek pijn. De pijn kroop omlaag naar mijn schouders en bleef daar zitten. Mijn moeder, die tot dan toe weinig had gezegd, vond me, jammerend van de pijn. 'Wat is er, Kala?' fluisterde ze. 'Ben je ongesteld? Zal ik je een warmwaterkompres geven? Gaan de krampen dan weg?'

'Het komt hierdoor.' Ik wees huilend naar mijn haar. 'Het is zo zwaar! Mijn nek en schouders doen pijn. Het is erger dan menstruatiepijn, amma.'

Ze zei niets. Ik trok aan haar arm en hoopte dat ik haar voor me kon winnen. 'Als ik krampen heb, weet ik dat ze de dag erna weg zijn, maar dit ... en van appa mag ik het niet afknippen!'

'Nee, dat kan niet. Natuurlijk niet. Hij heeft gelijk.' Ze kon net zo koppig zijn als hij, besefte ik. Of was het zo dat ze, als het om zijn wensen ging, koppig was namens hem?

'Wat moet ik dan? Leven met deze pijn tot mijn dood?' zei ik bits, boos omdat ze niet in staat was het vanuit mijn gezichtspunt te bekijken.

'Je hoeft het niet elke nacht vast te zetten,' zei ze terwijl ze mijn vlecht losmaakte en uit elkaar haalde als een streng touw. Ze pakte een kam en begon het door te kammen. 'Je moet een losse vlecht maken, zodat je het haar niet beschadigt ... kijk,' zei ze en ze begon behendig te vlechten. Daarna masseerde ze mijn nek. 'De pijn gaat weg, Kala. Dat beloof ik. Ons vrouwen staat hoe dan ook veel ergere pijn te wachten in het leven. Hoe kun je de moed laten zakken om iets wat zo onaanzienlijk is?'

De losse vlecht krulde om mijn nek en viel langs mijn borsten en buik op mijn dijen. Toen huilde ik. Mijn haar voelde als een gevangenis. En zij was de cipier. Mijn vader moest zijn angst aan haar hebben toevertrouwd. 'Ze is onbezonnen. Hou een oogje in het zeil, zodat ze geen stommiteit begaat en het in een vlaag van woede afknipt.'

Toen mijn echtgenoot en zijn familie me de eerste keer kwamen opzoeken, legde mijn vader alle nadruk op mijn meest waardevolle bezit. Het was ongepast om mijn haar los te laten hangen, zoals jullie doen, dus kamden mijn moeder en mijn tantes het tot het glansde als zijde. Ze vlochten mijn haar en deden er jasmijn in. Toen maakte het niet meer uit dat ik een grauwe teint had, dat mijn zangkunst op zijn zachtst gezegd middelmatig was of ons huis armoedig. Ze waren overweldigd door mijn haar. Zelfs de bruidsschat die ze vroegen was bescheiden. Appa moest er een lening voor afsluiten, maar die zou hem niet ruïneren, zei hij.

'Zie je wel,' zei hij triomfantelijk. 'Ik had gelijk. Als ik had toegestaan dat je je haar had afgeknipt, dan wachtte je nu nog op een geschikte jongen. Maar dit is geweldig, Bhanu,' wendde hij zich tot mijn moeder. 'Zag je het? Ik hield ze in de gaten. De jongen kon zijn ogen niet van Kala's haar afhouden! Snap je nu waarom ik erop stond dat ze haar haren zo moest laten?'

'Wilt u me zo graag weg hebben?' vroeg ik half voor de grap. Ik had mijn vader nog nooit zo vrolijk gezien.

'Liever nu dan straks,' zei mijn vader ernstig. 'Dochters mag je niet houden. Ze worden een tijdje aan je uitgeleend. Na wat er met Sarada is gebeurd, is het sowieso beter om je uit te huwelijken voordat de gegadigden en hun familie ongemakkelijke vragen gaan stellen.'

'Dat kunt u *akka* toch niet verwijten? Athimbel ging bij haar weg, dat weten we allemaal!' protesteerde ik. 'Ja toch, amma?'

Amma zei niets. Ze zat met trillende onderlip op de schommelbank naast mijn vader, maar ze zei niets. Ik was doodsbang. Wat kon ik anders denken dan dat de hele wereld zich op mij wierp?

Op dat moment besefte ik dat ze akka verantwoordelijk achtten voor het vertrek van haar echtgenoot. Ze was gewoon een ongeschikte echtgenote die haar man niet bij zich kon houden. Ze had gefaald als vrouw. Mijn zus, die haar rol van echtgenote op zich had genomen alsof het haar levensdoel was. 'Hij verliet haar om *sanyasi* te worden; hij is er toch niet met een andere vrouw vandoor? Hoe kunt u haar daar de schuld van geven?'

stamelde ik doodsbenauwd. Ik was nog nooit zo bang geweest. Een steunbetuiging aan het adres van mijn zus zou me een beetje hebben bemoedigd. Eén boos woord ten gunste van mijn zus en ik had geweten dat ze me zouden omringen met hun liefde en kracht, mocht er iets misgaan in mijn leven.

Maar ze zwegen. Net als akka stond ik er alleen voor als ik mijn echtgenoot niet gelukkig wist te maken. Mijn lot was verbonden met het zijne. Ik had geen eigen leven. Ik was niets in mijn eentje. Zodra ik dus zag hoeveel mijn man van me hield, was ik gerustgesteld.

Op onze huwelijksnacht moest ik van mijn echtgenoot met mijn rug naar hem gaan staan. Hij bekeek mijn losse vlecht en woog hem. 'Doet je hoofd geen pijn van zo'n gewicht, Vaidehi?' vroeg hij langzaam. Tijdens de huwelijksvoltrekking had ik een nieuwe naam gekregen, zoals gebruikelijk was. Ik was nu Vaidehi. Er werd dus van mij verwacht net zo inschikkelijk te zijn als zij. De ideale echtgenote voor de ideale echtgenoot: Rama.

Ik knikte. Zou hij me vragen het te knippen tot een handelbare lengte?

'Maak het los, Vaidehi. Dan voelt het minder zwaar,' zei hij. Toen legde hij zijn arm op mijn schouder en zei: 'Nee, laat mij het doen.'

Ik voelde hem de vlecht losmaken en de bloemen eruit halen. Hij was voorzichtig en zorgde ervoor niet te rukken of te trekken. Ik was zo opgelucht. Ik wist dat hij me van mijn last zou bevrijden. Als hij zag hoe lang het was, deed hij het misschien zelf. Hij zou een krant op de grond leggen en het afknippen tot de lengte die hem aanstond. Al gaat er maar een paar centimeter af, zei ik tegen mezelf.

Ik voelde het haar op mijn rug. Ik voelde zijn ogen erop rusten. Ik hoorde hem zeggen: 'Wat een prachtig haar. Vaidehi, beloof me dat je nooit een haar op je hoofd zult aanraken zonder mijn toestemming.'

De volgende ochtend vlocht ik mijn allerlaatste rebelse gedachten allemaal in mijn haar en zette de hele vracht vast ter hoogte van mijn nek. Door die zware last boog mijn nek nog verder door. Het deed aanhoudend pijn, maar mijn echtgenoot was gelukkig en mijn vader ook.

In het huis van mijn man in het kuststadje Minjikapuram leidde ik het oppassende, welverzorgde leven van de tevreden echtgenote.

Mijn echtgenoot en zijn familie waren goede mensen. Ik mocht van hen zelfs de hele vrijdagochtend besteden aan haarverzorging. Mijn schoonzussen hielpen me mijn haar te oliën. Mijn echtgenoot vulde de ketel, zodat ik voldoende warm water had. Elke vrijdagochtend, tot ik dat huis verliet, vroeg mijn schoonmoeder of ze kon helpen met de shikakai. Of ze het zeeppoeder zou laten schuimen. En als ik eenmaal op de schommelbank lag, droogden zij en mijn man om beurten mijn vochtige haren met *sambrani*-rook. Ze bewogen mijn haar boven een mand met smeulende kamfer terwijl ze opmerkingen maakten over de lengte, glans en conditie ervan. Mijn ogen werden zwaar en soms dommelde ik weg, vermoeid van de vrijdagse wasbeurt.

Op vrijdagavond vrijde mijn echtgenoot met veel plezier met me. Die avond viel mijn pasgewassen haar als een sluier over mijn rug en speelde hij ermee. Naderhand was mijn echtgenoot een gelukkig man. En dus was mijn vader dat ook.

Je vader kwam me er opzoeken. Hij was een geliefd kind, je vader, mijn Kitcha. Hij was de zoon die ik niet had. Alleen Kitcha zag hoe zwaarbelast ik was. Alleen Kitcha leek te begrijpen dat ik me gevangen voelde door mijn haar.

Hij keek toen altijd al naar de lucht. Een aparte interesse voor iemand die nog zo jong was. Hij had zelfs een stil stukje strand gevonden om heen te gaan, niet ver van waar wij woonden. Het was bijna voor de deur. Op een dag, toen Ambi op zakenreis was, ging ik met Kitcha mee. 'Kom nou,' drong hij aan. 'Wat je op dat tijdstip ziet, gewaarwordt en voelt, zal je voor de rest van je leven veranderen.'

Ik moest lachen om zijn intensiteit. Zijn woordkeus.

Ik vertelde niemand wat ik van plan was. Ik glipte uit mijn

bed de vroege morgen in, met Kitcha aan mijn zij.

Kitcha had gelijk. Op dat tijdstip hulde het licht in de lucht en van de zee me in een gloed van ... Hoe zal ik het noemen? Hoop? Vrijheid? Rust? Ik weet het niet, kind. Ik weet nog steeds niet hoe ik die sprong die mijn ziel maakte, moet noemen. Ik wist alleen dat ik het altijd wilde ervaren. Dat gevoel dat ik aan het begin van iets belangrijks stond.

Kitcha zweeg. Hij keek me alleen maar aan en ik wist dat hij wist hoe aangedaan ik was. 'Je moet nog iets doen,' zei hij.

'Wat dan?'

'Met me mee het water in.'

'Kitcha, ik kan niet zwemmen.'

'Dat hoeft niet. We gaan er maar een klein stukje in.'

Hij gaf me een hand. Eerst likten de golven aan onze voeten, daarna klotsten ze tegen onze knieën en kolkten ze om mijn dijen.

'Nu gaan zitten,' drong hij aan. 'Ga in de zee zitten.'

Ik was toch al nat. Ik werd door een soort roekeloosheid ertoe gebracht te doen wat hij vroeg. Ach, Smriti, wat kan ik zeggen? Je weet waarschijnlijk hoe het voelt, de deining van het water. Hoe het alle gewicht wegzuigt dat je dromen gevangenhoudt. Voor het eerst voelde ik me gewichtloos. Impulsief deed ik mijn haar los zodat de zee erdoorheen kon stromen. Mijn haar ging drijven en mijn nek deed niet langer pijn. Ik begon te lachen. Eerst zachtjes, daarna hard, terwijl ik watertrappelde en rondspetterde.

Kitcha glimlachte en deed mee door water in mijn gezicht te spetteren. En al die tijd kronkelde en dreef mijn haar in de zee, alsof het een bevrijd wezen was.

Toen er strepen zonlicht aan de lucht verschenen, wist ik dat ik moest gaan. Ik bekeek mijn natte kleren en haar en kwam weer terug in de realiteit. Wat moest ik nu?

Ik keek omlaag naar mijn natte bloes en sari en werd bevangen door angst. Ik vroeg me af waarom ik bang was. Ik had alleen maar in zee gespetterd. Was dat een misdrijf? Bovendien had Ambi's familie me nooit reden gegeven om ze te vrezen. Ik had trouwens niets verkeerds gedaan. Toch merkte ik toen ik mezelf en mijn druipende kleding en haren bekeek, dat de angst mijn mond in stroomde. Heb jij ooit iets dergelijks gekend, kindje? De bindende grenzen van die ongeschreven regels die in je wezen zijn gegrift. Als een groenblauwe, onuitwisbare tatoeage waarop staat wat hoort en wat niet. Wat ik had gedaan, hoorde niet. Ik was schuldig. De tatoeage bonsde.

De wind droogde mijn kleren. En mijn haar deed ik vlug in een losse vlecht die ik in een lage knot in mijn nek draaide. Ik nam direct na thuiskomst snel een bad en kleedde me om. Toen iedereen wakker werd, waren de ochtendkarweitjes gedaan en stond de koffie te pruttelen. Niemand vermoedde mijn wangedrag. Alleen mijn haar wist ervan.

Het natte gewicht ervan trok aan de huid op mijn gezicht. Mijn schoonmoeder keek op van haar ontbijt en zei: 'Je ziet er vermoeid uit, Vaidehi. Wat is er?'

'Niets.' Glimlachend schudde ik mijn hoofd. Door die beweging ging mijn nek nog meer pijn doen.

'Ze zal Ambi missen,' zei een van Ambi's tantes.

Ik rende de kamer uit zoals een jonge echtgenote betaamt en ging naar mijn slaapkamer. Ik kon zitten noch liggen. Mijn haar sleepte me mee naar een persoonlijke hel. Van eigen makelij, sprak mijn geweten berispend.

Ik wendde hoofdpijn voor en bleef de hele middag op mijn kamer. In die verduisterde eenzaamheid deed ik mijn haar los en liet het ademen. Bij het uitkammen van de inmiddels muffe, natte massa vond ik aangespoeld wrakgoed. Een twijgje, een sliert zeewier, een paar schelpen en een witvis die in mijn haar verstrikt was geraakt en levend was begraven in de strengen. Ik gilde toen zijn zilverachtige zijkant tevoorschijn kwam. Toen moest ik lachen. Ik was een vissersvrouw en mijn haar was mijn net. Wat zou Ambi zeggen als ik het hem vertelde, gnuifde ik. Ik stopte abrupt. Hoe kon ik Ambi of wie dan ook zeggen wat ik had gedaan?

Ze zouden het niet goedkeuren. De tatoeage bonsde weer.

Toen mijn haar droog was, had het gezonde verstand gezege-

vierd. Zoiets stoms doe ik nooit meer, zei ik tegen mezelf.
Toen Kitcha 's avonds vroeg of ik de volgende ochtend meeging, zei ik nee.
Maar toen hij bij het krieken van de dag de deur uit ging, was
ik erbij.

Kitcha glimlachte. Ik ben dol op de glimlach van je vader. Die
heeft me altijd in mijn hart geraakt. De alwetende glimlach van
een medeplichtige. Ik zal je nooit verraden ook al weet ik alles
van je, betekent die. Hij glimlachte weer en schudde zogenaamd
meesmuilend zijn hoofd.
Ik tikte hem met één hand achteloos op zijn schouder en trok
intussen al met de andere aan mijn opgestoken haar. Ik snapte
niets van het wezen waarin ik veranderde. Dat wilde ik ook niet.
'Niets zeggen. Laten we gaan.'

De twee dagen erna gingen Kitcha en ik naar het strand. Elke
dag dat mijn haar het water beviste, ontsnapte ik aan het gewicht ervan. Op de richel onder de badkamerventilator groeide
mijn collectie haarvangsten. Het was een geheim. Mijn geheim
dat mijn ziel verlichtte. Het hemelse licht was je vaders geheim.
De zee was het mijne. Op onze laatste dag keek Kitcha toe terwijl ik mijn haar bijeen pakte en vroeg zachtjes: 'Vindt u niet dat
het te veel is?'
Ik knikte.
'Waarom knipt u er niet een stukje vanaf? Een paar centimeter maar ...'
'O, nee.' Ik sperde mijn ogen wijd open van schrik. 'Dat kan
niet. Ze zouden het heel erg vinden!'
'Daar komen ze toch niet achter? Niemand ziet het verschil.
Ze zullen het niet eens merken, maar u hoeft er veel minder van
mee te dragen.'
Aleen Kitcha voelde aan wat een ondraaglijke last mijn haar
voor me was. Dat heeft hij in zich. Een aangeboren gevoeligheid
waarmee hij dwars door al die laagjes uiterlijk vertoon heen
kijkt, dwars door het bedrieglijke wolkendek waarachter we ons
verschuilen. Hij kijkt regelrecht je hart in. Hij begrijpt de mees-

te dingen, al weet hij niet altijd wat hij met dat begrip moet aanvangen.

Het was de bedoeling dat Ambi de dag na Kitcha's vertrek thuiskwam. Ik vraag me af of mijn leven hetzelfde was gebleven als hij dat ook had gedaan ... Wie zal het zeggen? Er is slechts één vluchtige seconde voor nodig om een heel leven overhoop te halen.

Ken je het verhaal van Abhimanyu uit de Mahabharata? Hij zat nog in de baarmoeder van zijn moeder Subhadra toen zijn vader Arunja door Krishna werd onderwezen over de *chakravuya*. Arme Subhadra. Ze was een krijgersprinses, maar was niet geïnteresseerd in oorlogstactieken. Abhimanyu luisterde, net als zijn vader, naar Krishna die uitleg gaf over hoe je door de zeven cirkels van de wielformatie moest breken. Maar voor hij Arunja kon uitleggen hoe je de uitgang vond, viel Subhadra in slaap. Zo kwam het dat Abhimanyu op de dertiende dag van de oorlog in Kurukshetra wel wist hoe hij tot het Kaurava-leger moest doordringen, maar niet in staat was zich terug te trekken nadat hij het hart van de cirkel had bereikt.

Waar dacht hij aan toen hij de cirkel betrad? Die overmoed. Dat zelfbedrog. Weet je, Smriti, zo zijn we allemaal. Soms denk ik dat de chakravuya een metafoor is voor bedrog. Onze eigen verlangens zorgen ervoor dat we onszelf bedriegen. We weten echter niet hoe we ons daaruit moeten bevrijden zonder het leven waarvoor we hebben gekozen, te verliezen.

Die vrijdag werd ik verward wakker. Ik miste het ochtendgloren aan zee. Waar ik me van het gewicht aan mijn nek kon ontdoen. Misschien kon ik Ambi na zijn terugkomst overhalen om net als Kitcha met mij naar de zee te gaan.

Vrijdag was de dag van het oliebad. Mijn schoonmoeder en schoonzusters hielpen de warme olie in mijn haar te masseren. 'Waarom is je haar zo stug?' vroeg Rema, een van hen.

Het zeewater had mijn haar stug gemaakt, maar ik kon niets zeggen. Ik glimlachte dus en zweeg. Dat vonden ze zo fijn aan me. Dat ik zelden antwoorden had.

'Het zal Ambi *anna* missen,' plaagde Ruku. 'Soms denk ik dat Ambi anna meer van je haar houdt dan van jou, akka.' Ik zei nog altijd niets. Soms dacht ik precies hetzelfde.

De hitte was die middag ondraaglijk. Het was bewolkt. En ook ik was gezwachteld in grijs. Een eentonig, grijs, wanhopig omhulsel. Die middag voelde mijn haar nog voller en zwaarder. En het wilde niet drogen. Ik bekeek de uiteinden. Rema had gelijk. Het voelde als vlas. Het waren niet langer strengen van zijde. Ik walgde ervan.

Wat bezielde me? Ik weet het niet, maar alsof ik in trance was, pakte ik de schaar van de naaitafel en knipte er een halve meter vanaf.

De lucht zwol aan. Een donderslag.

Ik zag de uiteinden van mijn haar op de vloer vallen. Wat heb ik gedaan, vroeg ik me angstig af. Wat heb ik gedaan? Wat als mijn haar nooit meer aangroeit? Wat zal Ambi zeggen? Wat zal mijn vader zeggen?

Ik voelde mijn haarpunten langs mijn heupen strijken. Ze zwierden met een hervonden lichtheid. Het zware ding dat eerst tot mijn knieën kwam, werd nu een zachtaardig wezen. Ik voelde me vrijer. Ik bewoog mijn hoofd heen en weer. Het haar zwaaide mee. Alsof ik zweefde. Ik dreef weer in het water van de oceaan.

Het begon te regenen. Hevige, striemende regenbuien omsloten de kamer waardoor de stilte binnen uitdijde. Ik bekeek mijn haar op de grond. Ik raapte het snel bijeen, propte het in een zak en verstopte die tussen mijn sari's. Toen mijn haar droog was, vlocht ik het in en maakte ik de gebruikelijke lage knot. Het zou niemand opvallen. Niemand zou zien wat ik had gedaan. Ik lachte naar mezelf. Mijn geheim was veilig.

Ik besefte dat ik niet langer Vaidehi met de terneergeslagen blik was. Mijn nek deed geen pijn meer.

Ambi kwam twee dagen later thuis. Hij merkte een verschil. 'Wat is er, Vaidehi?' zei hij terwijl hij me vorsend opnam. 'Er is iets ... Is er iets?' Zijn vragende ogen maakten me nerveus. Ambi en ik hoopten nog steeds dat ik binnenkort zwanger zou worden. We waren twee jaar getrouwd. Het was nog door niemand hardop gezegd, maar ik hoorde een stemmetje in mijn hoofd: onvruchtbaar ... onvruchtbaar. Misschien zou dat nu veranderen. Ik keek naar hem op.

'Je lijkt minder verlegen tegenover me. Zo zie ik eens wat meer van je gezicht, niet alleen je voorhoofd.' Ik hoorde Ambi's plagerige toon en voelde me opgelucht. Ambi was mijn echtgenoot, niet mijn bewaker.

In bed lag ik dicht tegen hem aan en ik voelde hoe hij me afwezig met zijn vingers streelde. Hij werd omhuld door mijn haren zoals hij dat graag had. Maar plotseling stopten zijn vingers. 'Wat is dit?'

'Wat?' vroeg ik half in slaap.

'Je haar ...'

'Wat is er met mijn haar? Ik wil slapen.'

'Het lijkt wel of er niet genoeg is,' zei hij.

'Ik heb de puntjes bijgeknipt,' hoorde ik mezelf zeggen. 'Alleen de puntjes. Ruku zei dat ik gespleten haarpunten had; het was stug geworden. Ze noemde het vlas.' Ik ratelde maar door, maar iets aan Ambi maakte me bang.

'Doe het licht aan,' zei hij. 'Draai je om,' beval hij toen de kamer verlicht was.

Hij woog een handvol haar. 'Wat heb je gedaan? Je hebt niet alleen de puntjes gedaan. Je hebt het geknipt. Hoe kon je dat doen?'

'Het groeit wel weer aan,' probeerde ik voorzichtig.

'Kwam het niet in je op om mijn toestemming te vragen?'

Ik wist niet wat ik moest zeggen. De woorden vormden zich in mijn hoofd: het is mijn haar. Vraag je het aan mij als je elke derde zondag je haar laat knippen? Hou je van mij of van mijn haar?

Maar ik kon niets zeggen. Deze Ambi had ik nog nooit gezien. Deze kille, afstandelijke onbekende.

'Het groeit weer aan,' zei ik nogmaals. 'Het spijt me. Ik weet niet wat me bezielde.' Ik voelde tranen opwellen.

'Je hebt me bedrogen. Had je het gezegd als ik het niet had gemerkt? Je hebt me voor de gek gehouden. Hoe kan ik je ooit nog vertrouwen?'

Ik staarde hem verbijsterd aan. Allemaal om vijftig centimeter haar! 'Wat zeg je nu toch! Het is maar haar en het groeit weer aan.'

'Misschien wel. Wat als dat niet zo is? Daar gaat het ook niet om. Je hebt mijn gezag ondermijnd. Je hebt mijn vertrouwen geschaad. Je hebt mijn hart gebroken.'

Ik voelde het gewicht in mijn nek toenemen.

'Weet je hoe lang het duurt tot er tweeënhalve centimeter haar is aangegroeid?' vraagt Kala Chithi. 'Een maand? Zes weken?'

Jak hoort tranen in haar stem. Dan schraapt ze haar keel.

'Kitcha leerde me internet te gebruiken. Hij liet me zien hoe je informatie moest zoeken. Nu weet ik dat het een maand duurt voor er één miezerige centimeter aangroeit. Destijds wist ik niet hoe lang het zou duren. Ik was bang.

'Elke dag mat ik mijn haar om te kijken of het langer was. Elke dag wachtte ik, gek van angst. Alle verhalen die ik had gehoord namen nu wraak. Dat haar na een bepaalde leeftijd niet meer groeit. Dat het broos wordt en uitvalt zodra het gaat groeien. Ik probeerde alles. Massages met hete olie. Haartonic. Ik deed beloftes en bracht offers aan alle goden die ik kon bedenken en wachtte. Tijd had geen betekenis. Ik las het verloop van de tijd af aan mijn haar.'

Jak bijt op zijn lip. Hij denkt aan de eerste dagen na Smriti's ongeluk. Aan het wachten dat hij omzette in een niet-aflatende stroom activiteit. Aan hoe het verloop van de tijd werd afgemeten aan nieuws uit het ziekenhuis. Gaan vrouwen anders met tijd om dan mannen? Staan vrouwen de tijd toe hen te overheersen, terwijl de mannen om hen heen door de dagen denderen om hem te verbrijzelen? Wat deed Nina terwijl hij wachtte, vraagt hij zich nu af.

Het duurde achttien maanden voor het zeventien centimeter was gegroeid. De eerste zes maanden besloot Ambi me te straffen. Ik had een lesje nodig, vond hij. Zes maanden sprak hij niet tegen me. Zes maanden nog geen glimlach. We aten samen, sliepen samen, hadden zelfs gemeenschap als Ambi die drift voelde, maar hij was niet de Ambi die ik kende of liefhad. Nooit voelde ik me eenzamer of meer verlaten dan toen. Mijn vader schreef me een brief. Hij zei dat hij niet kon geloven wat ik had gedaan. Hij zei dat hij me niet zou opzoeken tot ik het meisje was dat hij naar dit huis had gestuurd. Hij had zich nog nooit zo diep geschaamd als nu. En dat kwam door mij.

Mijn hart stond stil. Hij had me verstoten. Mijn eigen vader.

Eerst vroeg ik mijn schoonmoeder te bemiddelen. 'Uw zoon is kwaad op me,' zei ik toen ze iets zei over de stilte tussen ons. 'Amma, kunt u hem niet vragen of hij me vergeeft? Of hij me mijn onnozelheid vergeeft.'

Mijn schoonmoeder zag het echter niet als iets ondoordachts dat een onnozel meisje had gedaan. 'Onnozel?' bitste ze. 'Hoe kon je, Vaidehi? Je hebt zijn vertrouwen geschaad, ons vertrouwen in jou. Het gaat niet om het haar. Hopelijk begrijp je dat. Maar je had met ons moeten overleggen voor je dit deed. Je had met hem moeten praten. Daarom is hij zo boos. Hoe kan ik nu tussenbeide komen?'

Ik huilde aan haar voeten, om vergeven te worden voor mijn zonde. Ze werd milder, maar alleen om te zeggen: 'Misschien kan hij het over zijn hart verkrijgen om weer van je te houden als je haar is aangegroeid. Het is een koppig man, mijn Ambi. Als hij eenmaal iets heeft besloten, kan niets hem nog op andere gedachten brengen. Bid tot Eashwara dat je haar snel aangroeit.'

Ik wachtte dus. Het enige wat me kracht gaf, waren de vangsten die mijn haren uit de oceaan hadden gevist. Een handvol schelpen waaruit de echo van mistroostige muziek van lang geleden klonk.

Uiteindelijk had mijn haar weer zijn oorspronkelijke lengte. Mijn hoofd ging hangen. De pijn in mijn schouders kwam terug. En Ambi werd weer de man die hij was geweest. Hij had zijn punt gemaakt en kon nu grootmoedig zijn met zijn vergevingsgezindheid en liefdadigheid.

Alleen ik was niet meer dezelfde. Ik was als een van de schelpen op mijn badkamerplankje. Hol vanbinnen.

Zeven jaar na onze huwelijksdag waren we nog altijd kinderloos. Ambi besloot nogmaals te trouwen. Het zou in alle vriendschap en beschaving plaatsvinden. De nieuwe echtgenote en ik zouden samenleven als zusters, zei hij. Het kind dat hij verwekte zou twee moeders hebben, zei hij. Onze zoon zou dubbel gezegend zijn.

Ik zweeg. Ik wist dat protesteren zinloos was. Ambi zou zijn eigen gang gaan. En dat zou hij zo beschaafd en zachtaardig doen dat niemand hem iets zou kunnen verwijten. Dat was Ambi's grootste wapen: hij was de redelijkheid zelve, ook wanneer hij niets van je leven en eigenwaarde overliet.

Eindelijk had ik een reden om hem te verlaten. Zelfs mijn vader kon me dit niet aanrekenen. Ik was de echtgenote die was tekortgedaan. Dus verliet ik hem. Voor ik ging, knipte ik mijn haar af tot in mijn nek. Ik gaf het aan Ambi. Een lange vlecht waar jasmijn en *kanakambaram* in waren verwerkt. 'Dit is het enige wat je van me wilde. Je mag het houden. En laat mij weggaan,' zei ik terwijl ik naar buiten liep.

Mijn vader huilde toen ik naar huis terugkwam. 'Voor welke zonden moet ik boeten?' Hij sloeg meermalen tegen zijn hoofd. 'Ik heb twee dochters, allebei berooid. Een is verlaten door haar man. De ander verlaat de hare. Wat moet ik nu doen?'

'En wat moet dit voorstellen, Vaidehi?' wilde hij weten, wijzend op mijn kortgeknipte haar.

'Ik ga niet terug. Ik laat mijn haar ook nooit meer groeien,' zei ik. 'Als u me dwingt, ga ik het huis uit. Ik kan een hoer zijn, maar ik zal geen echtgenote zijn. Niet Ambi's echtgenote. En noem me nooit meer Vaidehi. Ik ben Kala, begrepen?'

Jak slikt. De brok in zijn keel verroert zich niet. Wat heeft hij gedaan? Hij had Kala Chithi's leven niet willen verwoesten. Hij had haar alleen weer willen zien lachen. Die lach die hem zo deed denken aan die van zijn moeder, een lach die hij na appa's vertrek nog maar zelden zag.

Hij loopt de kamer in en legt zijn hand op Kala Chithi's schouder. Ze schrikt op.

'Rustig maar, ik wilde je niet laten schrikken,' zegt hij.

'Ik kon niet slapen, dus ben ik bij haar gaan zitten,' zegt Kala nerveus, zonder hem aan te kijken.

Jak is plotseling alle schijn en bedrog beu en neemt haar handen in de zijne. 'Ik wist het niet, Kala Chithi. Ik wist hier niets van ...'

Even zwijgt ze. Dan is Kala Chithi weer de vriendelijke tante op wie hij altijd kan rekenen. 'Hoe kon dat ook, Kitcha? Ik heb het niemand verteld. Niet eens aan je moeder. Maar je moet jezelf niet de schuld geven voor mijn leven. Niemand is ooit verantwoordelijk voor wat er met een ander gebeurt. Accepteer dat. Het is de waarheid. Of het nu gaat om mijn leven of dat van Smriti.'

Jak buigt zijn hoofd. Verlossing op een presenteerblaadje. Die hij echter niet kan accepteren.

V

Accepteer deze dag als een cadeau. Prop hem niet vol met van alles en nog wat, spreekt Meera zichzelf streng toe.

Ze is alleen thuis. Het is woensdag en Meera kan zich niet herinneren wanneer ze ooit een dag voor zichzelf heeft gehad in haar oude lila huis.

Ze kijkt nieuwsgierig naar de envelop. De afzender is Watermill Press. Als ze hem opent, dwarrelen er een cheque en een knipsel uit. Een zakentijdschrift heeft een passage uit *De ideale echtgenote ontvangt* geplaatst. Dit zijn haar royalty's, meldt de brief.

Meera houdt het knipsel omhoog.

DE IDEALE ECHTGENOTE ONTVANGT
EEN FRAGMENT

1. **Uitnodigingen** – Schrijf er een. Hoe lang duurt het schrijven van een uitnodiging? Maar bedenk wat een indruk het zal maken op je gasten. En onthoud dat je ze twee weken van tevoren verstuurt. Let op: ben je de gast, laat dan weten of je komt.
2. **Ontvangst** – Wees gekleed en gereed tegen de tijd dat de gasten arriveren. Je moet klaarstaan om ze bij je voordeur te verwelkomen.
3. **Persoonlijke bezittingen** – Reserveer een plekje waar gasten hun persoonlijke spullen kwijt kunnen. Sjaals, attaché-koffertjes, tassen, wat dan ook. Zorg voor een plek waar ze makkelijk bewaard en gevonden kunnen worden. Zet tijdens het regenseizoen een emmer op de veranda of in de hal voor druipende paraplu's.

4. **Cadeaus** – Misschien staat de zoveelste kaars of bos verlepte bloemen je tegen, maar leer attenties voor de gastvrouw met een glimlach in ontvangst te nemen. Het kan helpen om je tot je echtgenoot te wenden met de uitroep: 'O, kijk eens wat X heeft meegebracht ...' Let op: ben je de gast, geef dan een klein maar apart cadeautje. Vermijd nagerechten en bloemen. Het laatste waar een gastvrouw op zit te wachten, is het nagerecht te moeten verdelen over de gasten of een vaas te vinden voor je bloemen.

5. **Kinderen** – Sommige gasten zullen met hun kinderen willen komen. Dat vind je misschien niet leuk, maar er is weinig aan te doen. Je kunt de kleine monsters het beste wegstoppen voor ze aan je Swarovski-collectie gaan zitten of je antieke meubilair beschadigen.

   Als je kinderen hebt, vraag ze dan (lees: koop ze om) de bezoekende kinderen te vermaken. Je kunt ook pizza bestellen en ze met cola of sap in plastic bekertjes voor de tv zetten in een kamer uit de buurt van de eetkamer. Je wilt niet dat ze tikkertje of verstoppertje gaan spelen rond de eettafel!

6. **IJsbrekers** – Voordat je de gasten voorziet van drankjes en voorafjes, stel je mensen aan elkaar voor en vertel je in één of twee zinnen wat de ander doet, om mogelijk gênante situaties te voorkomen.

7. **Lopend buffet of aan tafel** – Als je catering hebt, is een feestmaal rond de tafel een geweldig idee. Het maakt indruk en dat straalt af op jou en je echtgenoot. Let op: trek de cateraars na bij mensen die eerder gebruik hebben gemaakt van hun diensten, voor je ze inhuurt. Cateraars kunnen echter duur zijn. Mocht je niet over genoeg bestek, serviesgoed of huishoudelijke hulp beschikken om de gangen te serveren en op te halen, organiseer dan een buffet waarbij je de eettafel omtovert tot buffetbar.

8. **Hors-d'oeuvres** – Als je cateraars hebt, bespreek dan de roulatie en hoeveel tijd er tussen de gangen moet zitten. Als je alles zelf doet, zet dan hapjes op strategische plekken.

Let op: chips, pinda's en zoutjes zijn voor studentenfeesten. Kies salades, saté, kazen, vleeswaren en dergelijke, die allemaal van tevoren kunnen worden gekocht of bereid. Let op: Serveer ze in interessante kommetjes en schalen. Je wilt gezien worden als een gastvrouw met oog voor het ongebruikelijke. Gebruik de knabbelrondes om in de keuken een snelle blik op de rest van de maaltijd te werpen.

9. **Diner** – Laat een uur voorbijgaan voor je de gasten uitnodigt aan tafel. Zorg dat de salades knapperig zijn en de warme gerechten gloeiendheet, niet lauw. Let op: het kan handig zijn om rechauds aan te schaffen.

10. **Nagerecht** – Als je het diner goed plant, kun je het moment voor nagerecht en koffie ten volle benutten. Er worden niet alleen deals gesloten op de golfbaan en in de directiekamer. Buit deze laatste, plezierige etappe uit door nagerecht en koffie in de woonkamer te serveren.

11. **Afscheid** – Als je niet treuzelt met het eten, kun je erop rekenen dat je gasten op tijd vertrekken. Als ze zover zijn, loop dan mee naar de deur zonder lang en ingewikkeld afscheid te nemen en/of nieuwe afspraken te maken. Bedank ze nogmaals en voeg je weer bij de overige gasten. Let op: ben je de gast, begin dan bij de deur geen lang gesprek met de gastvrouw.

12. Wat er ook gebeurt, denk erom dat het te zien is wanneer je niet van je feest geniet. Hou jezelf dus voor dat alles goed komt, schenk één glas wijn in (niet meer) en wees de ideale echtgenote die je bent: minzaam, charmant en uiterst efficiënt.

MEERA GIRIDHAR

Meera's mond vormt een verwrongen, wrange glimlach. Wie is deze vrouw die met de scherpzinnigheid van een profetes zulke adviezen verstrekte? Dat leven lijkt zo ver verwijderd van haar huidige bestaan.

Ze zet een pot thee, legt wat koekjes op een schaal en neemt het dienblad mee naar haar favoriete toevluchtsoord. Een kleine veranda, verstopt aan de noordkant van het huis, gecamoufleerd door bomen. De anderen vinden deze kant van het huis geen van allen prettig. Het is een donker, vervallen plekje. Kapotte ladders en bamboe palen waarmee lang geleden steigers zijn gebouwd liggen tegen de muur gestapeld. Er staan zakken hard geworden cement. Zelfs de bomen zijn oud en vol met gebladerte en in een hoekje ligt Meera's composthoop. Als het regent stijgt er een zoete stank van rottende mulch uit op die in de lucht blijft hangen.

Maar op deze decemberdag, halverwege de ochtend, sijpelt er door de bladeren zonlicht dat de duisternis verdrijft en de lucht schoonmaakt. Waar het licht op het gras valt, krijgt het een smaragdgroene kleur. Twee kittens spelen verstoppertje en hun moeder, de kat waarvan Meera een huiskat hoopt te maken, ligt te soezen tegen de ladders, turend door halfopen oogjes. Meera drinkt haar thee en krijgt een voldaan gevoel. We zijn net zussen, zegt ze tegen de kattenmoeder, jij en ik. We hebben onze verantwoordelijkheden, onze lasten, maar nu hebben we dit: een plekje in de zon, een leven in de schaduw.

De kat knippert met haar ogen. Meera glimlacht. Ze slaat een bladzijde om van het schrijfblok waarin ze haar aantekeningen verzamelt voor *De ideale echtgenote in het buitenland*. Hier heeft ze een goed gevoel over, net als bij *De ideale echtgenote ontvangt*. En ze gaat niet enkel een voorstel doen. Ze schrijft meteen het hele boek. Er zijn volop andere uitgeverijen die ze kan aanschrijven: Penguin, HarperCollins, Hatchett, Random House, Rupa, noem maar op. Er is er vast één die het wil kopen. Eerst moet ze het boek opdelen in hoofdstukken. Meera drinkt haar thee en droedelt op de pagina.

Dan hoort ze binnen de telefoon gaan. Meera kijkt de kat aan. 'Zal ik?' vraagt ze haar zus.

De kat stopt even met haar trage wasbeurt. Doe wat je moet doen, dat doe ik ook, lijkt ze te zeggen. Ze staat langzaam op, rekt zich uit en loopt weg.

De telefoon blijft rinkelen. En Meera, gelouterd door de afkeurende zwaai van de kattenstaart, snelt naar binnen.

'Hoi Meera, hoe gaat het met je?'

Meera voelt haar glimlach bevriezen. Ze heeft Soman aan de lijn.

'Prima. En met jou?'

'Wat denk je, Meera?' vraagt hij zachtjes. 'Ik wachtte op je telefoontje.'

Het begint te kriebelen. Ze was zijn telefoontjes gaan ontlopen nadat Nayantara haar ongenoegen over zijn aanwezigheid in haar moeders leven had geuit. Maar eerlijk gezegd mist ze zijn stem en hun samenzijn.

'Sorry,' zegt Meera. 'Ik heb het ontzettend druk gehad.'

Het is stil. Dan vraagt hij: 'Wat heb je dan gedaan?'

'Werken, werken, werken, wat anders?' zegt ze en ze zorgt ervoor dat ze luchtig klinkt.

'Ik heb je gemist, Meera.'

Meera zwijgt. Ze weet niet wat ze moet zeggen.

'Kunnen we afspreken?' vraagt hij plotseling.

'Ik ...' begint Meera, onzeker hoe ze hem moet afpoeieren.

'Wat dacht je van lunch, vanmiddag?' onderbreekt Soman haar. 'Jij moet eten, ik moet eten. Waarom eten we niet samen?'

Meera lacht. Een zorgeloos en vrolijk geluid.

Vandaag zet ze al haar bezwaren opzij – Nayantara's afkeuring, haar eigen weerzin tegen het idee van een jong vriendje – en gaat ze met hem uit. Vinnie heeft gelijk. Het wordt tijd voor wat flair in haar leven.

VI

Is flair enkel voorbehouden aan jonge vrouwen? Moet ze genoegen nemen met tamme verfijning?

Meera bestudeert haar gezicht in de spiegel. Ze draagt zelden make-up.

'Alleen water en Nivea voor mij,' zei ze luchtig nadat Vinnie haar adviseerde om meer tijd aan haar uiterlijk te besteden.

'Je moeder doet het beter op haar leeftijd, je grootmoeder trouwens ook,' mompelde Vinnie terwijl ze een paar lippenstiften voor haar neerlegde.

Meera's ogen werden spleetjes. 'Meen je dat? Lily ziet eruit zoals ze is: een actrice op leeftijd, met haar getekende wenkbrauwen en rode lippen. En mama kleedt zich veel te jeugdig!'

'Niet onaardig doen, Meera. Zij doen tenminste moeite, terwijl jij eigengereid doet en jezelf in de weg staat.'

Naderhand lag Meera in bed en vroeg zich af of Giri daarom is vertrokken. Omdat haar leeftijd zichtbaar werd en hij juist de behoefte voelde zijn jeugd te behouden. Meera beet op haar lip om het trillen te stoppen. Hield het dan nooit op? Die zeurende twijfel in haar hoofd ...

Meera zit aan de kaptafel met een verzameling hulpmiddelen die ze uit de kamers van de andere dames van het lila huis heeft gebietst: grootmoeder, moeder en dochter. Waar te beginnen?

Likjes foundation op wangen en voorhoofd, op de kin en kaaklijn. Zorgvuldig uitsmeren, zegt de fles. Vervolgens een concealer, om te verhullen dat ze sinds Giri's vertrek zelden een hele nacht heeft doorgeslapen en dat er nieuwe lijntjes bij haar mondhoeken zijn gekomen. Bestuiven met een serene, beige wolk fijn poeder om te voorkomen dat de door onzekerheid aangerichte schade zichtbaar is. Eyeliner verandert haar ogen in uitnodigende, zwoele poelen. Een potloodlijntje kleurt haar lippen met zorgeloosheid. Nu het voortdurend op de lippen knabbelen, bijten en kauwen maskeren, wat ze telkens doet als zich een 'wat nu' aandient. Meera opent een tube en brengt de diep-roze kleur aan. Hapt in een tissue. Nog een laag. Eén, twee, drie keer. En de laatste laag. Eroverheen een lipgloss waarmee Nayantara, die hem rechtstreeks aanbrengt op naturelle lippen, hetzelfde effect bereikt waarvoor haar moeder zich met zoveel zorg en smeersels heeft ingespannen. De jeugd, de jeugd, denkt Meera. Wat was ze onbelangrijk toen ze mijn huid sierde. Hoe kon ik weten dat ze zo snel zou vervagen?

Nu ze zich heeft veranderd in een aantrekkelijke vrouw van onbestemde leeftijd, kiest Meera haar kleding. Ze bestudeert haar kledingkast alsof ze de inhoud voor het eerst ziet. De pastelkleuren en het gedessineerde wit. Het grijs, beige, taupe en koffie verkeerd.

Sinds wanneer is ze verzand in het idee dat elegantie gelijk is aan saaie, nietszeggende tinten? Waar is het bruisende limoengroen, het luchtige hemelsblauw of het vurige brievenbusrood? Meera leunt tegen de deur, verslagen bij de gedachte dat ze opnieuw moet beginnen. Waarom zou ik, vraagt ze zich af. Moet ik een lekker ding worden? De sirene die met een knip van haar vingers al het manvolk aan haar voeten heeft? Wil ik dat?

Toch grijpt Meera naar iets wat haar aantrekkelijk kan maken. Een mosterdgele top met een diep decolleté en een strakke, zwarte rok van nauwsluitend jersey. Zie ik eruit als een taxi? denkt ze plotseling onzeker. Of een horzelkoningin?

Nikhil, die dol is op feitjes en aan tafel vaak een schat aan nutteloze informatie rondstrooit, zou het paringsgedrag noemen, denkt ze. Alle dieren doffen zich op voor de balts.

Ze bekijkt haar afgekloven vingernagels en kortgevijlde teennagels. Zelfs de sierschildpad heeft lange nagels. Ze ruikt de Giorgio Beverly Hills waarin ze zichzelf heeft gehuld. De rijke-wijvengeur. Dat hebben de Mongoolse woestijnrat en zij in elk geval gemeen. Of is ze een paraderende flamingo met opgeschudde veren? Of de sissende kakkerlak met zijn: 'Psst ... psst ... hier ben ik.' Dan herinnert Meera zich wat Nikhil er nog aan toegevoegd had: 'Mama, vind je het niet gek dat het meestal alleen het mannetje is dat zoveel moeite doet? Het enige wat een vrouwtje doet, is kiezen. Waarom moet het mannetje zich er zo voor inspannen? Ik ga nooit trouwen, hoor!'

Meera gaat ineens op bed zitten. Ze heeft zich haar hele leven nog niet zo dwaas gevoeld. Dit opdoffen, al die poedertjes, smeersels, geuren en kleuren. Al dat uitzinnige gerammel van kleerhangers voor de perfecte lunchoutfit. En waartoe? Meera begraaft haar hoofd kreunend in haar kussen. Hoe is het zo ver gekomen? Deze wanhopige honger, dat verwerpelijke verlangen ... Ze doet wat ze zwoer nooit te doen. Zich op een man storten. En dan denkt Meera: wat zou Jak zeggen als hij haar nu zag? Wat zou hij ervan vinden dat ze pronkte met een man die half zo oud was als zij?

Hij zou waarschijnlijk langzaam zijn hoofd schudden terwijl zijn mond een streep werd en die hese stem duidelijk zei: 'Wat een triest schepsel, zeg.'

Het zit haar niet lekker, dat beeld dat Jak mogelijk van haar heeft. Sinds wanneer is wat hij van haar vindt zo belangrijk, zo cruciaal voor haar zelfbeeld?

En wat doet het er eigenlijk toe? Hij is enkel haar werkgever. Dat omschrijft precies hun relatie.

Echt? De vraag is afkomstig van een Vinnieachtig stemmetje in haar hoofd. Is dat alles?

Meera bonkt haar voorhoofd zachtjes tegen het hoofdeinde. Bonk. Bonk.

Wat denkt ze nu weer? Iemand als Vinnie kan haar makkelijk zeggen dat ze een kansje moet wagen. Vinnie, van wie de stem de onuitgesproken pijn van de afwijzing niet kon verhullen. Die middag had haar minnaar haar in bed meegedeeld dat hij nooit met haar zou trouwen. Hij had kennelijk een plukje van haar haar om zijn vinger gewonden en gezegd: 'Ik ben niet het type dat trouwt, dat weet je wel, hè?'

'Maar Vinnie, je kunt niet met hem trouwen. Je bent al getrouwd,' zei Meera zacht.

'Daar gaat het niet om. Hij vond me het trouwen niet waard.'

'Dump hem dan!' zei Meera. 'Dit hoef je niet te pikken.'

'Dat kan ik niet. Ik moet het uitzitten. Een affaire is iets organisch. Er is een geboorte, een bloei en uiteindelijk een dood. Het is tegennatuurlijk om de cyclus te versnellen of hem halverwege te onderbreken. Dan blijft het maar in je hoofd zitten, een graat in je keel, en zorgt het telkens voor momenten van berouw en pijn. Ik kan het weten, Meera. Ik heb het meegemaakt. Wat ik wil zeggen, is dat je datgene wat er tussen Soman en jou gaande is een kans moet geven; je moet het laten opbloeien voordat het kan sterven.'

Maar Meera is geen vrouw die risico's neemt. Bovendien weet ze hoe het zit. Soman had in het begin iets laten doorschemeren over een mislukte relatie. Het meisje was veel jonger dan hij en hing aan hem. Hij werd verstikt door haar behoefte aan hem, haar obsessie, zei hij. Niet zoals jij, Meera, impliceerde hij. Soman voelt zich aangetrokken tot het beeld dat hij van haar heeft. Het elegante huis. De societygastvrouw. De beheerste, geraffineerde vrouw. Zeker van het leven en vol vertrouwen in haar eigen kunnen. En dat, bedenkt Meera met smart, heeft ze zo goed als niets om het lijf. Als hij haar werkelijke situatie ontdekt en haar ziet zoals ze is, vlucht hij. Wil ze zich daar echt weer voor openstellen? De afwijzing, de pijn? Heeft ze er de kracht voor? Meera krimpt ineen. Ze reikt naar de telefoon om Soman te zeggen dat de lunch niet doorgaat.
    Ze hoort het hek piepen.
    Er wordt aangebeld. Keer op keer.

VII

Meera snelt naar de deur.

Saro en Lily zijn vandaag weg, op bezoek bij een vriendin die Saro nog kent van haar andere leven als plantersvrouw. Nikhil is naar school. Zelfs Raniamma, de hulp, is naar haar maandelijkse samenzijn met een godin in de tempel aan Magadi Road. Een godin die klinkt als een enigszins excentrieke lievelingstante, gezien haar voor- en afkeuren, boze buien en goedgeefsheid waar alleen Raniamma van afweet.

Meera denkt aan een vrouw die ze op een feestje heeft gezien. De vrouw kromp ineen omdat er een telefoon onophoudelijk rinkelde en ze fluisterde woest: 'Waarom neemt er niemand op?'

Meera had zich verbaasd naar haar toe gedraaid. Op het voorhoofd van de meestal zo onverstoorbare vrouw parelden zweetdruppeltjes. Meera raakte haar aan en vroeg: 'Gaat het wel?'

'Mijn broer is omgekomen bij een ongeluk ... Er belde iemand van het ziekenhuis. Sindsdien kan ik geen telefoon meer horen. Dan raak ik helemaal van streek.'

Die vrouw ben ik nu, zegt Meera tegen zichzelf terwijl ze aan het veiligheidsslot van de deur morrelt. De bel, de rinkelende telefoon, een klapperend raam. Ik ben voortdurend aan het wachten. Op iemand die vertrekt. Op iemand die terugkomt. Op het moment dat mijn wankele wereld een achterwaartse salto maakt.

Door de smalle spleet tussen de deur en de deurpost ziet Meera Soman met zijn hals als een Dorische zuil en zijn zwoele lach. Haar mond vormt onwillekeurig een brede, onoprechte krul terwijl haar gedachten razend tekeergaan: wat komt hij doen? Hoe kan hij zomaar onaangekondigd langskomen?

Ze hadden afgesproken bij Ebony in het Barton Centre. Sterker nog, hij stelde het voor. Meera had zonder enig bezwaar toegestemd. Het lunchbuffet was er zacht geprijsd. En het overdekte dakterras was precies zoals ze hun relatie zich het liefst zou zien ontwikkelen: open en vriendschappelijk, zonder die intieme ondertoon die toch telkens de kop had opgestoken bij hun eerdere ontmoetingen.

'Wat kom jij hier doen?' flapt ze eruit. Meteen verstijft ze van schaamte.

'Hallo, Meera,' zegt hij langzaam.

Ze kijkt naar zijn handen. Waar is de symbolische bos bloemen of doos bonbons, of zelfs maar een stuk handgemaakte zeep? Ze loopt duidelijk achter. Vinden ze een symbolische geste niet eens meer nodig, worden de finesses van het flirten niet langer gerespecteerd? In plaats daarvan staat hij superieur en zelfvoldaan te wezen met zijn: ik breng je mezelf. Wat wil je nog meer?

En Vinnie, die zich kennelijk permanent in haar hoofd heeft gevestigd, zeker waar het haar omgang met mannen aangaat, zeurt: je mag blij zijn dat hij niet met een tas vuile was komt aanzetten. In de verwachting dat jij alles wast en strijkt en er welriekende stapels van maakt. Ook dat is mij overkomen!

Ze ademt diep in en zegt langzaam: 'Hallo, Soman!'

'Ik dacht dat ik wel kon langskomen. We kunnen van hieruit naar het restaurant, dacht ik ...'

'O,' zegt Meera. En er volgt een 'o, o' in haar hoofd wanneer hij, vermoedend dat ze alleen in de kamer zijn, zijn vingers in de hare laat glijden en bromt: 'Het is heerlijk om je weer te zien. Je ziet er prachtig uit!'

Ze wordt helemaal week. Ze begint aan hem toe te geven. 'Ik pak de sleutels, dan kunnen we meteen gaan,' zegt ze, terwijl ze het moment tegelijkertijd wil laten voortduren en zich eruit wil bevrijden. Deze honger, deze honger wordt haar ondergang.

'Waarom blijven we niet hier?' zegt hij en hij laat zich in een stoel vallen met zijn hand nog altijd om de hare. 'Het maakt mij niet uit wat we eten. Restjes zijn ook prima. Dan kunnen we gewoon chillen! Samen zijn ...'

Meera staat er onzeker bij.

'Dat is dan geregeld,' zegt hij en hij brengt haar vingers naar zijn mond.

De vloeibare warmte van zijn mond maakt dat Meera hem haar lippen wil aanbieden. Wat gebeurt hier?

'Ik maak wel lunch ... dat is zo gebeurd,' zegt ze. 'Hier heb je wat tijdschriften. Ik kan ook de tv aanzetten.' Ze stopt hem een stapel tijdschriften toe, geeft hem de afstandsbediening en hoopt zich in de keuken te kunnen verstoppen tot ze haar gedachten op een rijtje heeft.

Zijn we verontwaardigd? grinnikt Vinnie. Stuur hem dan weg. Maar dat wil je niet, hè?

'Wat nu?' vraagt Meera hardop als ze zich probeert te verstoppen in een cocon van aroma's, smaken, stoom en rook. In de spiegel in de hal ziet ze een gezichtsuitdrukking die ze herkent van haar tandartsbezoeken. Het besef van het dreigende noodlot, terwijl hij zijn spulletjes bijeen zoekt en haar in een staat van valse kalmte sust. Een vlakke, ongelukkige blik die zegt: waar ben ik aan begonnen?

Meera recht haar schouders. Ik blijf gewoon hier, haal alles uit de kast en hij mag toekijken. Hopelijk vertrekt hij als we hebben gegeten, gevuld en verzadigd.

Maar uit de keuken wilde hij ook al niet weg. Hij opende de koelkast en deed ijsblokjes in een glas water. Pikte een worteltje om op te knabbelen. Sloeg plotseling zijn armen om haar middel tijdens het uien snijden. 'Niet huilen, kleine meid. Hier is papa!'

Kleine meid. Papa. Meera verschiet van kleur, net als de amandelen in het bakje warm water. Die malloot leeft zich uit in een fantasietje. Grote Man. Klein Vrouwtje. Kom op mijn knie zitten en ik vertroetel je. Als tot haar doordringt hoe absurd de situatie is, draait Meera zich in zijn armen om, snuift het parfum diep op waarmee hij zich heeft doordrenkt en murmelt: 'Wil papa dan de uitjes hakken?'

Het duurt niet lang of papa begint te snikken. Hij gromt: 'Waar heb je verdomme zoveel uien voor nodig? Nu stink ik een uur in de wind ...'

Meera kan niet ophouden met lachen. Ze is plotseling niet langer verward.

Ik kan hem aan, denkt ze. Bij twijfel maak je een stoofpotje. Maar wanneer je ziel wordt verlicht, maak je luchtige meringues.

Als Soman de keuken weer in komt met vingers waar de uienstank vanaf is geboend en ogen die met koud water zijn gebet, ziet hij Meera kleine wolkjes wit schuim stijf kloppen in een mengkom. Ze voelt zijn waarderende blik terwijl ze klodders schuim op de bakplaat lepelt. Als ze bukt om de plaat in de oven te zetten, komt hij naast haar staan.

'Waarom ben je zo verhit?' vraagt hij met zijn favoriete stem, laag en sexy.

'Hete oven!' Meera gaat voor luchthartigheid, maar hij laat zich niet zomaar afschepen.

'Hete oven. Meera is dus niet zo heet?'

Er komt een giechel omhoog. Adonis van de cryptogrammen.

'Schatje, papa krijgt je wel heet!'

Mijn god, het begint op een slechte film te lijken. Meera krijgt de kriebels. Maar zodra ze zijn hand op haar onderrug voelt en hij haar tegen zich aan drukt, wordt ze helemaal week vanbinnen. Hoe haar hersenen ook gillen en protesteren, er is geen ontsnappen aan de roep van het vlees, de serenade van haar zenuwen.

Meera weert al die gevoelens uit haar gezicht. 'We moeten eten,' zegt ze en ze probeert zich uit zijn greep te wurmen. 'Ik heb honger!'

Hij lacht naar haar. 'Ik ook, Meera, ik ook!'

In haar hoofd grinnikt Vinnie.

Meera wurmt heviger. 'Ik bedoel dat het eten koud wordt!'

Bij wijze van antwoord buigt Soman zijn hoofd en likt haar mond. Meera snakt naar adem. Ze wil hem wegduwen; ze wil haar neus tegen zijn nek vlijen. Ze verstart van de vertwijfeling die aan haar rukt.

Tevreden nu hij weet dat ze begrijpt wat hij van haar wil, tikt

Soman haar achteloos op haar billen en zegt: 'Ga dan, vrouw!'
En zoals het een goede kokkin betaamt, gaat Meera.

Waar hebben ze het over aan tafel? Meera hoort alleen haar
bonzende hart. En bij de aanblik van zijn roofzuchtige eetlust
bonst het enkel nog harder. Hij zal haar bespringen zodra hij
klaar is. Zo niet, dan is ze er kapot van. Zo wel, wat dan?
De ovenwekker piept. Haar meringues zijn gaar.
'Probeer er eentje,' zegt Meera. Soman neemt er twee. Meera
ziet de groeiende verwondering in zijn ogen. Zo gaat dat bij
haar meringues. Licht, stevig en buitengewoon bevredigend.
Toch weet Meera dat mannen zelden tevreden zijn met het idee
van eindeloze meringues in hun leven. Ze had in Giri's ogen
hetzelfde ongeloof gezien: Meera's huis, Meera's meringues,
Meera ... Alleen bleef dat niet zo. Immers, en dat weten alle
banketbakkers: meringues zijn slechts een hersenschim. Wolkjes eiwit, poedersuiker en een polsbeweging. Ze hebben geen
substantie, geen nasmaak. En daarom ook niet de macht van
een herinnering of de kracht van een beklijvende waarde.

Uiteindelijk geeft dat de doorslag. Het gevoel van verlies, waardoor Meera al haar bezorgdheid achteloos over haar schouder
werpt. Ze heeft dit nodig: een snufje zout om zich te behoeden
voor jarenlange eenzaamheid. Meera laat zich door Soman
meevoeren naar een kamer. Niet die van de kinderen of van
haarzelf, Saro of Lily, maar de logeerkamer, waar geen geesten
huizen. Waarvan de muren de geheime levens hebben opgenomen van iedereen die er heeft vertoefd. De kale, strakke kamer,
de koele, witte lakens, de openslaande ramen met uitzicht op
een deel van de tuin met een hoge muur. De anonimiteit ervan
zal alle sporen van schuldgevoel en berouw wegwissen. Ze laat
zich door hem uitkleden en liefkozen.

Zoals hij aan haar tafel at, zo laaft hij zich ook aan haar. Zijn
mond volgt een boog, een bocht, de binnenkant van haar elleboog, de kuiltjes onder aan haar rug, de ruimte tussen haar
tenen. Zijn lippen op de hare. Meera snakt naar adem. Die

honger. Waar komt die vandaan? Zijn zachte lippen, zijn gladde huid ... Haar vingers over zijn rug, die hem steeds dichterbij trekken. Zo groot is haar verlangen. Zo gretig wil haar hebberige mond verslinden. Dit is Meera niet, zegt ze tegen zichzelf. Dit is een valse Meera. Zoals er ook ooit een valse Hera was.

Toen de ondankbare Ixion Hera wilde verleiden om Zeus zijn trouweloosheid betaald te zetten, creëerde Zeus een Hera uit een wolk. Het was deze Hera die Ixion plezierde en door wie hij werd geplezierd, terwijl de echte Hera onaangeraakt elders lag.

Ik ben die valse Hera. Niets van dit alles overkomt mij. Het overkomt een andere vrouw, de vrouw die hij denkt dat ik ben. Meera kromt haar rug wanneer zijn hand een wervelwind van sensaties losmaakt. Op de voet gevolgd door weer een gedachte: en de echte Hera dan? Verlangde zij ook niet naar zo'n bevrediging?

De echte Hera moet hebben gejammerd, verpletterd omdat ze vergeten werd. Welke vrouw, of ze nu Hera of Meera was, bleef onberoerd als een mond een spoor van natte kussen over haar ruggengraat aanbracht? De echte Hera moet de valse Hera hebben vervloekt. Net zoals ik de nieuwe Meera vervloek.

Laffe Meera, die wil vluchten in wolken en andere valse goden van hoop. Terwijl ze niets anders nodig heeft dan dit, dit, dit ...

Op zijn rug voelt ze een ribbel. Ze stopt met strelen. 'Wat is dit?' vraagt ze en ze bevoelt de opgehoogde baan littekenweefsel. 'Waar is dit van?'

Hij verstrakt. 'Een ernstig ongeluk!'

'Is het nog gevoelig?'

'Niet echt. Maar de herinnering ...' Hij praat tegen haar mond. 'Ik raakte ergens bij betrokken waar ik me niet mee had moeten bemoeien en zij, de mannen, hielden me vast en een van hen stak me in mijn rug. Als ik de volgende ochtend niet was vertrokken, zouden ze voor mijn gezicht en twintig andere plekken gaan ...' Hij rilt.

'Drugs?' Meera is terneergeslagen.

'Nee, Meera. Ik gebruik geen drugs. Nooit gedaan. Dit was

wat anders ... kunnen we erover ophouden?'

Alsof hij haar de mond wil snoeren, daalt zijn mond neer op de hare. Onder zijn volhardende lippen bloeien de hare open. De vochtige pruillip, de priemende tong, genot dat zich ontrolt in lange spiralen ... Is ze dwaas geweest om zichzelf dit te ontzeggen?

Giri leidt nu een eigen leven, begreep ze van de kinderen. O pappie, o pappie, jij hond, het is genoeg. In stilte citeert Meera Plath.

Een maand na zijn vertrek begon Nayantara over papa's vriendin. Ze was erbij toen hij Nayantara mee uit nam. Meera wilde dolgraag doorvragen, maar Nayantara hield het af. 'O, best jong, mam. Kleedt zich leuk. Slim. Rijdt een Swift. Zoals die meisjes bij papa op kantoor, denk ik!'

Nayantara was enthousiaster over het appartement. 'Het is op de elfde verdieping, hij heeft een geweldig uitzicht. En het is allemaal heel minimaal, met strakke lijnen. Het is heel chic, mam.' Niet zoals dit armoedige krot, hoorde Meera er verwijtend doorheen. 'Je zou de keuken eens moeten zien. Allemaal inbouw, met glijdende lades, en hij heeft nieuwe pannen. Het bestek ...'

Toen was Nikhil op Nayantara afgestormd. 'Hou op, hou op, ik wil het niet weten. Mama hoeft die onzin ook niet te horen,' riep hij met zijn vingers tegen haar mond.

Nayantara hield haar mond. Beschaamd. Schuldbewust. 'Sorry, mam.' Ze sloeg haar arm om Meera heen. 'Ik dacht er niet bij na.'

Meera voelt het tollende genot afnemen. Wat moet ze met deze jongen?

Alsof hij haar tanende interesse aanvoelt, stopt hij. 'Wat is er?' bromt hij.

'Niets,' zegt ze met een klein stemmetje.

Zijn aanrakingen zijn mechanisch en lusteloos. Ze zou dolgraag zijn hand wegslaan.

'Pijp me,' vraagt hij.

'Nee,' zegt ze. 'Nee,' zegt ze nogmaals, streng nu, met de stem die ze gebruikt als haar kinderen onredelijk zijn.

Hij gromt in haar nek. 'Hou me vast,' fluistert hij. 'Daar, nee, niet daar ...'

Meera voelt zich niet verbonden met haar rollende, trekkende hand. Het doet haar verdacht veel denken aan het kneden van deeg. Kloppen, knijpen, rollen, trekken. Soepel deeg maken, zodat het rijst en rijst ... Terwijl ze ligt te stoeien met een man door wiens warmte en parfum ze wordt overspoeld, zijn haar gedachten bij een ander.

Moet ik me nu schuldig voelen, Giri? vraagt ze hem. Moet ik berouw voelen nu ik in dit bed lig in wat ooit ons huis was, bijna verstikt onder het gewicht en het verlangen van deze man? Maar we hebben nooit gesproken over wat we onder schuldgevoel verstonden; over dingen waardoor we ineenkrompen en waarvoor we terugdeinsden. We hebben eigenlijk nooit iets substantieels besproken, toch?

Wat deden we met ons leven? Al die jaren gevuld met alledaagse details. Ontbijt. Lunch. Avondeten. Winkelen. Onenigheid. Vakanties als dat kon. Uren bij elkaar, zonder ooit werkelijk met elkaar te praten. We leidden onze levens zonder elkaar ooit te kennen.

De afwezigheid van gevoel die ik nu ervaar, had jij die ook toen je vertrok?

Weet je nog toen je vader stierf? Ik wilde met je mee, maar je was onvermurwbaar. Je zei dat je vader en jij uit elkaar waren gegroeid. Je ging er alleen heen om de laatste dingen te regelen, want je voelde geen verdriet.

Die nacht was ik bang. Ik vroeg me af: hoe kun je de banden met je verleden zo makkelijk verbreken?

Maar de nacht nadat je uit je dorp terug was, kon je niet slapen. Ik hoorde je woelen en draaien. Ik zag je ogen glinsteren. Wanneer ik je aanraakte, draaide je je om en deed je alsof je sliep.

Ik wilde je troosten, maar ik was voornamelijk opgelucht. Je was niet zo ongevoelig als je je voordeed. De dood van je vader had je geraakt. Voelde je je schuldig, Giri? Of zag ik meer in het moment dan er te zien was?

Jij verliet mij. Waarom zou ik me schuldig voelen? Weet je wat Vinnie zegt? Vinnie, mijn nieuwe vriendin. Ze zegt dat iedere man in het begin anders lijkt – zijn huid, zijn geur, de textuur van zijn handen, de vorm van zijn vingers, zelfs de lijnen van zijn schouder: hard, vlezig, benig – maar als je hem uiteindelijk tegen je aan houdt, is er een overeenkomst. In het donker zijn alle mannen hetzelfde. Misschien heeft Vinnie daarom geen schuldgevoel.

De gevoelens die een vrouw voor de man heeft, maken hem uniek, onvervangbaar. Dus hoe zit het met deze knul?

Hij betekent niets voor me, hij is niet meer dan een uitlaatklep voor mijn verlangen.

En ik heb niet direct behoefte aan seks. Waar ben ik dan mee bezig?

Meera's arm doet pijn in deze houding. Langzaam trekt ze haar hand weg. Soman verslapt. Hun luchtige meringuemoment is vervlogen. Er zijn enkel nog wat kruimels om op te ruimen.

'Ik weet niet, dit is me nog nooit gebeurd,' zegt hij tegen haar borst, gegeneerd over zijn lichaam dat hem in zijn verwachtingen teleurstelt. 'Ik kan heel hard worden, heel groot ... misschien als je ...'

'Het geeft niet.' Meera tikt hem op zijn wang en probeert weg te schuiven zonder te laten merken hoe graag ze zich uit zijn omarming wil losmaken.

In de schemerige kamer kleden ze zich snel en in stilte aan. Meera bekijkt zichzelf weer in de halspiegel.

Hij voegt zich bij haar spiegelbeeld en Meera kijkt weg. 'Wil je thee?' vraagt ze.

'Nee, ik moet gaan,' zegt hij. Als ze naar de deur lopen, gaat de bel. Ze hoort Nikhil op de deur bonken. 'Opendoen, mama, doe open! Waar ben je?'

VIII

Waar ga je heen? Wat heb je gedaan? Waarom ontwijk je mijn blik? Wat denk je?

De dagen na de begrafenis merkt ze dat haar kinderen elke stap die ze zet en elke gedachte scherp in de gaten houden. Die constante kritische blikken zijn zenuwslopend. Meera heeft zich al die jaren vrijwel onzichtbaar gevoeld; een geestesverschijning die door hun huis en door hun levens zweefde, die kookte, schoonmaakte, de was sorteerde en de kinderen hielp met hun huiswerk. Zij, boos op zichzelf omdat ze zo'n voetveeg was, aanwezig, maar niet echt, kan er niet van genieten dat ze zich nu zo terdege van haar bewust zijn.

Vragen. Onduidelijkheid. Verwijten. Nieuwsgierigheid. Angst. Meera voelt de pijn van al die dubbelhartige blikken. Als ze van huis gaat, vraagt er een: waar ga je heen? Als ze terugkomt, wordt ze begroet met: waar was je? Als de telefoon gaat, wil de blik weten: waar gaat het over? Als ze glimlacht, informeert hij: waarom lach je? Als haar gezicht een masker is, zeurt hij: waar denk je aan? Het valt haar op dat geen enkele blik ooit naar 'wie' vraagt!

Als ze de mogelijkheid van een 'wie' in haar leven accepteren, sluiten ze de deur voor hun vader, denken ze. En dat vinden ze beangstigend.

Meera wil haar kinderen omarmen en hun angsten wegnemen. Maar hoe? Ze voelen immers de aanwezigheid van een man. Nikhil had zijn moeder zien bijten op een kennelijk gekneusde lip terwijl ze mompelde: 'Dit is een vriend. Hij ging net weg ... Zeg hem gedag, Nikhil.'

Nikhil had de uitgestoken hand genegeerd en was teruggehaast om het hek te openen. Toen zag Meera de ambulance met zijn blauwe zwaailichten en weer voelde ze de moedeloosheid toeslaan.

Saro was nog in het ziekenhuis, zeiden ze. Lily moest worden gehecht en haar kneuzingen waren verzorgd. Maar Saro was het ergst getroffen toen er een tankwagen met water op de auto waarin zij zaten, was geklapt. Saro en de chauffeur, huilde Saro's vriendin.

'Op slag dood, zei de politie; ze heeft geen pijn geleden.' De vrouw raakte Meera aan.

Meera keek hulpeloos om zich heen. 'Ja, ja, ik weet het,' zei ze, zonder te weten wat ze zei en wensend dat de vrouw wegging.

Ze moest even alleen zijn om te kalmeren. Haar moeder lag ergens in een mortuarium. Zij moest haar naar huis brengen. Dan de uitvaart. Iedereen op de hoogte stellen ... Meera zakte in een stoel.

Het was Nikhil die Nayantara belde. Het was Nikhil die erop stond zijn vader te spreken, ook al woonde hij een presentatie bij waar hij niet gestoord kon worden, volgens zijn secretaresse.

'Wat is er, Nikhil?' Giri deed geen moeite zijn irritatie te verhullen. 'Wat? Ik heb je gezegd dat je me niet om toestemming mag vragen voor iets wat je moeder heeft verboden.'

'Het is oma. Saro. Ze is dood. En oma Lily ligt nog in het ziekenhuis. Hun taxi is aangereden. De chauffeur is ook dood!'

Toen werd Giri stil, zei Nikhil later tegen Meera.

'Je moeder. Hoe gaat het met haar?'

'Mama is alleen, papa. Je moet komen. Ze heeft je nodig.'

'Jongen, ik regel alles. Geen zorgen. Geef me Meera.'

Ver weg hoorde Meera Giri zeggen dat hij vandaag niet kon komen. Maar hij zou iemand van het kantoor in Bangalore vragen om te helpen met de politie, het stoffelijk overschot, de lijkwagen, het crematorium enzovoort.

'Wil je haar niet zien?' Meera's stem trilde.

Weer die stilte.

'Je weet dat we ...' begon Giri, waarop hij zijn redenen herformuleerde. 'Ik zit midden in een presentatie, Meera. Morgen zijn er weer vergaderingen. Ik kom zodra ik klaar ben. Wacht niet op mij.'

'Giri, het is mijn moeder!'

'Ik kom zo snel mogelijk. Hoe gaat het met Lily?'

'Ze rust. Ze hebben haar in het ziekenhuis iets gegeven om te kalmeren en haar in de ambulance vervoerd. Ze is in shock. Zo nu en dan vraagt ze naar mijn moeder. Ze blijft maar huilen ...'

Maar Giri moest weg en Meera bleef achter met een dode telefoon in haar hand. Meer dan ooit besefte ze dat Giri verder was gegaan. Nikhil zag de hangende schouders van zijn moeder en belde Jak.

De relatie tussen Meera en Saro was nooit een makkelijke geweest. Saro had haar vaste gewoontes en duldde geen verandering. Zelfs toen hun omstandigheden anders werden, wilde Saro dat alles bleef zoals het was geweest toen haar echtgenoot nog leefde en was het aan Meera om daar iets op te verzinnen.

Meera had een hekel aan wat haar moeder van haar verlangde. Ze werd ronduit boos als haar moeder sprak over 'het niveau ophouden', zoals zij dat noemde. Al stort je leven in, al breekt je hart, zolang je de schijn van regelmaat in je dagelijkse bezigheden handhaaft, krijg je weer grip op je leven, zei Saro.

Haar moeder is dood. Hun levens zijn ontwricht. Maar wanneer Meera de tafel dekt voor de lunch, merkt ze dat ze precies doet wat Saro zou hebben gedaan. De routine van alledag kreukvrij houden. Met een steck van berouw beseft ze dat het enige waardevolle in haar leven is ontsproten uit de lessen van haar moeder. En ze heeft er nooit aan gedacht dat te erkennen.

Meera gaat op zoek naar Lily en vindt haar in de slaapkamer, zittend op het bed. Haar gezicht staat somber en haar lichaam is volkomen stil. Alsof het verroeren van een enkele spier haar zou breken.

Lily drukt de urn stevig tegen zich aan. 'Hier zit mijn kind in,' zegt ze tegen Meera. 'Hoe moet ik dit verdragen? Dit is mijn dochter, Meera.'

Meera gaat naast Lily zitten en slaat haar arm om haar heen. 'Ik mis mama, Lily. Ik mis haar ontzettend ... Ik wilde dat ik had gezegd wat ze voor me betekende.'

Lily kijkt weg. 'Ik had moeten sterven. Ze was ingestapt aan de kant waar ik zat, maar ik wilde per se van plaats ruilen. Als ik niet zo moeilijk had gedaan, dan had jij je moeder nog gehad.'

Meera wilde dat ze wist hoe ze Lily moest troosten. Arme Lily. Om met het verdriet ook dat schuldgevoel te moeten dragen. Maar ze heeft geen troostende woorden. Haar eigen verdriet snoert haar de mond.

Nayantara ligt op bed in haar kamer naar het plafond te staren. Meera gaat naast haar zitten. Hoe zou zij het verdragen als er iets met haar dochter gebeurde? Hoe verdraagt Lily het? Ze had nooit eerder beseft dat verlies gradaties kan hebben. Wat is erger? Het verlies van een ouder of van je eigen kind?

Meera zou het liefst ergens in stilte gaan liggen om met haar armen om zich heen te huilen en te rouwen. In plaats daarvan streelt ze Nayantara's haar. 'Lieverd, wanneer moet je terug?'

'Wanneer komt papa?' vraagt Nayantara aan het plafond.

Meera schudt haar hoofd. 'Dat weet ik niet ... Misschien vanavond. Misschien morgen.'

'Denk je dat hij überhaupt komt?'

'Ik weet het niet.'

Nayantara, die tot dan toe geen kwaad woord over Giri heeft gezegd, keert Meera de rug toe en zegt: 'Wat een klootzak!'

Meera hapt naar adem. Zo praat je niet over je vader, wil ze automatisch beginnen, maar dan houdt ze zich in. Nayantara is oud genoeg om voor zichzelf te denken. Maar toch ...

'Ze was zijn schoonmoeder maar. Ex-schoonmoeder, inmiddels. Misschien heeft hij wel gelijk om weg te blijven.'

'Jullie gaan dus scheiden!' Nayantara komt overeind.

'Zijn advocaat belde vorige week om een afspraak te maken ...' Meera's stem breekt. 'Je wist dat het ging gebeuren.'

'En hij? Ben je van plan met hem te trouwen?'

'Welke hij? Er is geen hij in mijn leven. Dat weet je!'

'Nikhil zei dat je een man op bezoek had. Een jongeman. Het was Soman, of niet?'

Meera zucht. 'Hij is een vriend, gewoon een vriend ...'

'Nikhil dacht daar anders over.'

'Nikhil is te jong om die dingen te begrijpen,' zegt Meera.

'Nou, hij heeft besloten dat je met hem gaat trouwen.'

Meera gaat dus op zoek naar haar zoon. Jak zit in een van de rotanstoelen op het terras, Nikhil zit in een andere. Als hij haar ziet, staat hij op en loopt weg.

Meera ploft in een stoel.

'Hoe gaat het met Lily?' vraagt Jak. 'Je ziet er erg moe uit, Meera. Ik maak me zorgen om je ...'

'Met mij gaat het prima. Ik zweer het. Maar met hen niet.' Terwijl ze praat, maakt ze een gebaar dat haar hele wereld omvat.

'Ik heb je nog niet genoeg bedankt voor alles wat je hebt gedaan,' begint ze.

'Ben je gek. Ik ben blij dat ik bij kon springen. Het was slim van Nikhil om me te bellen. En gelukkig was ik hier!'

Jak wist wat te doen, wie te bellen, en hij herinnerde Meera eraan een koperen potje mee te nemen. Voor de as, had hij zachtjes gezegd. Ze deden het allemaal samen. Meera, Nikhil en Jak. En toen Nayantara er was, volgde een vreemde, rommelige rit naar het crematorium.

Jak stond aan haar zijde en nam de pot met as aan van de medewerker.

'Ja, Nikhil heeft er goed aan gedaan jou te bellen.'

Meera wrijft in haar ogen. 'Ik maak me het meest zorgen over Nikhil,' zegt ze.

Jak wacht tot ze verdergaat.

'Het was een heel moeilijk jaar voor hem. Eerst Giri's verdwijning. Weet je nog toen we elkaar voor het eerst ontmoetten? Die keer dat je ons thuis afzette? Giri liet ons zitten, het huwelijk, de kinderen, allemaal op die ene middag. Nikhil ontdekte dat hij er niet meer was. En nu dit ...'

Saro en Lily waren onderweg naar Bishop Cotton Boys, Nikhils school, toen het ongeluk gebeurde. Ze wilden met hem gaan winkelen voor zijn verjaardag.

'Ik belde naar huis, maar er nam niemand op,' zei Nikhil zonder zijn moeder aan te kijken.

Meera's hart brak. Waar was ze toen? Ze herinnerde zich een

telefoon die ergens ver weg rinkelde tijdens die eerste minuten, maar Soman had zijn armen stevig om haar heen. 'Nee, nee, laat maar overgaan.' Hij had het gerinkel uitgebannen met zijn liefkozingen en de vlaag van emoties die hij losmaakte had alles opgeslokt.

'Oma Saro nam ook niet op. Dus toen bedacht ik dat ik bij de ingang van de school kon wachten. Iemand zei dat er een eindje verderop een ongeluk was gebeurd, waar Vittal Mallya Road uitkomt op St. Mark's. Ik liep erheen, en ...' Nikhils gezicht vertrok. 'Het was verschrikkelijk, mama. De politie stond bij de aangereden auto. Ze hadden oma en de chauffeur bedekt met twee jutezakken. Ik wist niet dat het oma was ... Toen zag ik Lily. Ze droegen haar de ambulance in en ... Ik begon te rennen. Ik dacht even dat jij onder die jutezak lag. Toen zag ik de hand met de ringen en wist ik dat het oma was. Het was verschrikkelijk, mama. Ik had het niet mogen denken, maar ik was blij dat zij het was en niet jij.'

Meera leunt naar voren met haar hoofd in haar armen. 'Ik ben zo bang dat ik hem zijn kindertijd ontneem; zijn vader en ik. Wat is het toch triest dat kinderen zo moeten lijden vanwege de zonden van hun ouders.'

Jak neemt Meera's hand in de zijne. 'Nikhil redt het wel. Geloof me, Meera, ik kan het weten. Kinderen redden zich beter dan volwassenen.'

IX

Kinderen redden zich. Hoe gemakkelijk had hij dat gezegd. Dat hun begrip dieper gaat dan volwassenen verwachten. Maar het was wat Meera wilde horen. En dus bood hij haar de troost waar ze zo wanhopig naar verlangde: dat ze niet gefaald had als ouder.

Jak jogt met flinke pas door de straten. De avondlucht is koud en hij draagt een dunne trui over zijn T-shirt. Er blaffen honden achter de hekken, maar hij rent verder in een poging zijn gedachten bij te houden.

Plotseling heeft hij medelijden met Meera. Hij weet wat haar te wachten staat. Er valt niet aan te ontkomen. Aan de zwarte vlekken in de toekomst, wanneer bepaalde dagen haar zullen kwellen. De maalstroom van angst. Nikhil kan je nu misschien niet vergeven, Meera, wilde hij haar zeggen. Maar er komt een tijd in zijn leven dat hij je situatie zal begrijpen en daarmee komen ook acceptatie en vergiffenis. Tot die tijd moet je houvast zoeken bij de gedachte dat hij zich wel redt. Nikhil zal op zijn eigen manier de strijd aanbinden met het leven.

Hij weet dat beter dan ieder ander, vertellen Jaks voeten en gedachten hem synchroon. Kinderen redden zich, maar niet zonder getekend te worden. Kinderen leren te begrijpen, maar niet zonder iets van hoop te verliezen. Hoe kan een volwassene vergiffenis verlangen van een kind? Het is een volwassen emotie. Het is onnatuurlijk voor een kind om compromissen te sluiten ten bate van de ouder. Misschien dat een uitzonderlijk zeldzaam kind het kan. Dat was hij niet. Hij kende enkel een blinde woede ten opzichte van wat van hem werd verwacht.

Kitcha kwam thuis van de universiteit en trof zijn moeder in een vreemde bui. Hij studeerde destijds voor zijn bachelor Aardrijkskunde aan het Presidency College. Hij bestudeerde zijn moeders gezicht alsof het de zee was. De veranderlijke zee: dan weer kalm, dan weer wispelturig. Welke seismische krachten waren er veranderd? dacht hij. Waardoor werd het deze keer veroorzaakt?

Vanuit zijn ooghoek zocht Kitcha naar Kala Chithi. Een maand geleden stond ze plotseling op de stoep. 'Ik heb mijn man verlaten en ik heb ons ouderlijk huis verlaten. Ik kan nergens anders heen,' had ze onomwonden gezegd

Sarada sloeg haar hand voor haar mond. 'Wat heb je gedaan, kind?' riep ze uit. 'En je haar?'

Kitcha nam de koffer uit haar hand. Hij zag haar roerloze gezicht en herinnerde zich haar zoals hij haar voor het laatst op het strand had gezien: met losse haren, stralende ogen en een dansende ziel. Wat was er de afgelopen jaren met haar gebeurd?

'Hij wilde met een andere vrouw trouwen. Een vrouw die hem een kind kon geven,' zei Kala Chithi.

'Hij wilde dat we allemaal samenwoonden. De vernedering! De vernedering deed me vertrekken. En je kent onze ouders ...' Ze keek weg, omdat ze niet wilde dat haar zus of neefje haar vochtige ogen zag. Kitcha en zijn moeder zwegen. En zo werd Kala Chithi een lid van hun gezin.

Wist Kala Chithi waarom amma's ogen glinsterden als ze sprak, of waarom haar gezicht zo ongewoon levendig straalde? Hij werd er bang van. De afgelopen zeven jaar waren er twee momenten geweest dat zijn moeder uit haar catatonie ontwaakte. Twee keer nadat er nieuws van appa was gekomen.

De eerste keer kwam een familielid dat appa in een ashram had ontmoet hun een zakje met droogbloemen, heilige as en vermiljoen brengen. Kitcha was nog nooit zo kwaad op zijn vader geweest.

'Dit heeft hij ons gestuurd, Kitcha. Jawel. Wat betekent het? Hij is ons niet vergeten,' riep zijn moeder verrukt, blind voor de gêne op het gezicht van de man. Kitcha keek weg; hij kon het naakte verlangen in haar ogen niet aanzien.

Later die avond, nadat het familielid had gegeten en een

nieuwe *veshti* en tweehonderd roepie had gekregen – in zijn handen gedrukt met de mededeling: 'Hier heb je wat geld voor de bus' – keek amma op van het zakje en vroeg met een stem waaruit louter hoop sprak: 'Denk je dat hij terugkomt? Stuurt hij daarom deze *kumkuman*? Denk je dat hij me dat zo wil zeggen?' Ze zat daar en raakte met haar vingertop het vermiljoenkleurige poeder aan alsof het de arm van haar echtgenoot was. Ze moest het aanraken, zodat ze zichzelf kon zeggen dat hij bij haar was.

Kitcha wilde het zakje uit haar hand grissen en weggooien. En de as en de droogbloemen dan? wilde hij vragen. Wat zeggen die? Dat alles voorbij is. Zie je dat niet?

Maar Kitcha zei niets. Ook niet toen de brief kwam. Dat was ruim een jaar nadat het familielid op bezoek was geweest. Er was geen nieuws van appa gekomen. Amma was op een school-tje in de buurt gaan werken. Ze had haar wiskundediploma opgesnord; toen ze ging trouwen was ze met haar studie opge-houden. Nu zocht de basisschool iemand die wiskunde kon geven en amma bofte met dat baantje, zeiden ze. Zo dicht bij huis, een bescheiden maar vast inkomen, regelmatige uren en lange vakanties. Kitcha was blij toen ze de baan kreeg. Het was precies wat ze nodig had. Afleiding en een doel. Ze putte zich-zelf uit door dit behoeftige wezen te zijn dat telkens als er werd aangebeld met onverholen hoop uit haar stoel opstond.

De brief was aan hem gericht. Amma hield hem vast tot hij uit school kwam. Kitcha was zestien. 'Ik ga het weer bestuderen,' grapte hij tegen iedereen die hem naar zijn toekomstplannen vroeg. 'Dat is tenminste voorspelbaar in zijn onvoorspelbaar-heid!'

Steeds als hij dat zei, keek amma weg.

Kitcha voelde de druk in zijn hoofd toen hij de brief zag. Wat nu weer? 'Maak open,' drong amma aan. 'Ik wilde het niet doen. Hij is aan jou gericht ... Maar hij komt van hem. Je appa!'

Kitcha legde zijn boeken op de schommelbank. 'Kan ik me eerst omkleden?' vroeg hij zacht, om het moment uit te stellen. Zag amma het dan niet? Hoe kon ze zoveel hoop koesteren? Wanneer accepteerde ze dat hij niet terugkwam?

'Kitcha ...' Haar smekende stem deed hem de envelop uit haar hand graaien. Er zat een kaart in waarin appa aankondigde dat hij naar Rishikesh ging verhuizen, waar de ashram hem zou helpen zijn onderbewuste te vinden. Er stonden *shloka's* en een uitleg bij en in de laatste regel een discrete afwijzing: '*Nainam chindanthi pavakaha ...*' Het is tijd om verder te gaan. Dat moet ik. Dat moet jij.

Het was een onomkeerbaar afscheid.

Amma schreef zich hierna in voor de lerarenopleiding. En toen het tijd was om een specialisatie te kiezen aan de universiteit, koos Kitcha voor zijn wolken en zeeën, hoewel iedereen hem verzekerde dat hij gegarandeerd zonder werk zou zitten na zo'n nutteloze studierichting.

En vanavond zat amma hier weer met sterretjes in haar ogen. 'Ik moet je iets vertellen,' zei ze.

Kitcha staarde naar de tv. 'Ja, amma, ik luister,' zei hij, omdat hij de verwachting in haar ogen niet wilde zien.

'Ik heb nagedacht,' begon amma. Toen zette ze de tv uit. 'Ik wil dat je aandachtig luistert.'

Kitcha keek op. Hij zag dat Kala Chithi deed alsof ze een tijdschrift las. Ze kon nu elk moment opstaan en weglopen. Kala Chithi had weinig geduld met de 'een-dezer-dagen-komt-hij thuis'-waanideeën van amma. 'Je moet verder met je leven, akka,' zei ze. 'Je moet accepteren dat Athimbel niet terugkomt!'

Amma sprak de laatste tijd echter niet meer over haar echtgenoot en ook de zinspelingen bleven achterwege. Ze leerde het eindelijk los te laten, concludeerden ze opgelucht. Appa was een woekerend gezwel dat amma vanbinnen opvrat en zo een levenslustige vrouw veranderde in een broze, droge, leeggehaalde huls.

Kitcha was bang dat appa weer een nieuw communiqué had gestuurd.

'Je vader is weg. Hij komt nooit meer terug. Accepteer je dat?' vroeg ze en ze legde haar handen even voorzichtig op zijn schouders.

'Ja, dat weet ik,' mompelde Kitcha. 'Dat wist ik altijd al.'

'Maar mijn leven is niet voorbij.'

'Wat is er, amma? Is het die master? Moet je ervoor verhuizen?'

Amma liet haar adem langzaam ontsnappen. 'Nee, het is niet vanwege die master. Ik heb iemand ontmoet en we zouden graag trouwen.'

Kitcha, die zijn moeder direct had moeten bijstaan, het haar gemakkelijk had moeten maken door te zeggen: 'Ja, amma. Je bent jong. Je hebt een man nodig. En ik ... Ik wil ook een vader. Een vader die er is.' Kitcha, die de kleur van de zee en de dichtheid van de wolken al kon interpreteren en die een aangeboren gevoeligheid had, had het medeleven moeten vinden om zijn moeders hand te pakken en haar elk schuldgevoel te ontnemen door te zeggen: 'Je moet hertrouwen. En kies deze keer een man die het leven omarmt, amma. Niet iemand die ervoor vlucht', had gesnauwd: 'Ben je niet goed? Je kunt helemaal niet trouwen! Je bent nog altijd getrouwd met appa!'

Kala Chithi liet sissend haar afkeuring blijken voor Kitcha's wrede toon en het venijn in zijn woorden. Amma boog haar hoofd. Toen keek ze op en staarde hem lange tijd aan.

Kitcha voelde schaamte opkomen. Wat had hij gedaan? Maar de schaamte werd weggevaagd door de agressie die hij voelde bij het idee van zijn moeder met een andere man. Hij ging weg, omdat hij daar niet kon blijven staan.

Toen hij terugkwam, was hij gekalmeerd en berouwvol. 'Ik bedoelde het niet zo.' Hij bedacht schuldbewuste woorden die het goed konden maken, eigenlijk meer voor zichzelf dan voor haar.

Maar zij kon ook onverbiddelijk zijn. 'Zo bedoelde je het wel, Kitcha. Ik dacht dom genoeg dat je het vanuit mijn oogpunt zou bekijken. Hoe zou je dat ook kunnen? Je bent nog een kind.' Zo verwierp zijn moeder zijn pogingen een volwassen positie in te nemen en zette hem op de plaats die hij volgens haar verdiende: die van een kind.

Het duurde een jaar om te scheiden. De dag erop trouwde ze met haar nieuwe man. Een rustige natuurkundedocent uit Hyderabad. Een jaar later gingen ze in Tanzania wonen. Kitcha hoorde af en toe van hen en ging er een paar keer op bezoek. Maar er was iets gedoofd tussen Kitcha en zijn moeder. Ze konden niet terug naar hoe het was geweest. Hij had zijn moeder teleurgesteld, maar toch, hoe kon ze hem dat verwijten?

Bij Kala Chithi kon hij zijn schuldgevoel en berouw uiten. Alleen zij leek hem te begrijpen.

Enkele jaren later overleed zijn moeder aan kanker. Kitcha woonde toen al in de VS. Hij kon de begrafenis niet bijwonen, maar hij zei tegen Kala Chithi dat ze al afscheid hadden genomen. Die keer dat zijn moeder hem aan haar zorgen had toevertrouwd en met haar nieuwe man was vertrokken.

Pas op dat moment zei Kala Chithi afkeurend: 'Moet je zelfs nu ze dood is zo rancuneus blijven? Tot op haar sterfdag heeft ze zichzelf gekweld met de gedachte dat ze je tekort heeft gedaan ... Laat haar gaan in vrede, Kitcha. Laat haar rusten.'

'Waarom laat je haar daarmee wegkomen? Hoe lang blijf je haar gedrag nog goedpraten?' wilde Monique op een zomeravond van je weten. Jullie waren aan het werk in de tuin. Tenminste, zij was de achtertuin aan het wieden van het huisje waar jullie twee volle maanden in mochten verblijven.

Rijke Monique, met een peetoom en -tante die hun huisje in Umbrië aan hun petekind en haar minnaar hadden aangeboden, terwijl zij naar Argentinië waren. Polyglotte Monique, die in één zin van Engels naar Italiaans naar Frans naar Spaans omschakelde. Onderhandelingen met obers, taxichauffeurs, op de markt, de ambtenarij: het ging haar allemaal adembenemend goed af, ongeacht waar ze was. Ondertussen keek jij hulpeloos toe, blootgesteld aan wat niet meer leek dan een lange stroom onzin.

Gekke, frivole Monique, die nooit in een boek kon duiken en kon meeleven met de personages. Maar ze kende wel elke wilde plantensoort en kon zuringsoep maken om daarna gestoken in een kokerrok van Armani uit eten te gaan en over stoffen en stijlen te praten met een arrogantie die haar kopers overweldigde.

Ze deed je versteld staan. Een piepend stipje op de radar dat je niet kon verklaren. Ze noemde je haar wolkenlezer, haar weerman, en trok een spoor van kussen van het kuiltje in je hals tot je schaamstreek. Je dacht dat voor haar hetzelfde gold: ik draag de magie van het onbekende met me mee.

Nu hun relatie elf maanden duurde kon Monique de irritatie in haar stem echter niet langer verbergen toen ze opkeek van de rozen en vroeg: 'Dit is toch niet de eerste keer? Ze heeft dit al eens eerder gedaan. In de problemen raken. Had je niet door dat je dochter woedend was dat je met mij meeging? Dat ze iets zou doen waardoor je zeker terug zou komen ... Ik wist het. Dat, en anders had je haar moeten laten meekomen.'

Je haalde je hand door je haar, wreef over je neus, staarde somber in je glas witte wijn en zei: 'Had ik dat maar gedaan. Ik wilde dat ik wist wat Smriti van plan was. Het is ironisch dat ik die de wolken en zeeën bestudeer, die stromen kan voorspellen en hun route bijna intuïtief in kaart kan brengen, Smriti's stemmingen en fasen niet doorzie. Ze is me de baas.'

Soms dacht je dat je gewoon de rekening kreeg gepresenteerd voor wat je je moeder had laten doormaken.

Eerst zei Monique niets. Toen ze dat wel deed, hield ze de woede niet uit haar stem. 'Jij kunt haar misschien vergeven voor wat ze je laat doormaken. Ik niet. Niet toen ze me een vuil kutwijf noemde en zij en haar vrienden mijn huis overhoop haalden. Ik hou van je, Jak, maar dit ... dit is belachelijk, hoe je haar losbandige gedrag stilletjes accepteert. Soms doe je alsof het onvermijdelijk is!'

En jij verstarde.

Smriti's haren gingen overeind staan als ze Monique zag. Ze zag haar als een indringster. Het lag niet aan Monique; iedere vrouw zou onderworpen worden aan dezelfde haat. Smriti deed enkel wat jij ook had gedaan. 'Ze gaat je wel aardig vinden als ze je wat beter leert kennen,' zei je verzoenend.

Monique snoof. Ze had jou noch Smriti de verpeste kerstvakantie in Venetië vergeven. Je stond erop dat Smriti meeging.

Het was de veiligste optie tijdens de storm van feestjes die tijdens de vakantie zou losbarsten, hadden Nina en jij besloten: ze moest weg uit de omgeving waar ze in de problemen kon raken. Sinds de scheiding deden jullie het om beurten. Shruti ging met Nina naar Engeland. Kneedbare, plooibare Shruti die zichzelf wel vermaakte. Zo niet Smriti, die ertussenuit kneep en stomme dingen deed die haar toekomst, haar leven in gevaar konden brengen.

Smriti was dus met hen mee naar Venetië gegaan om hun een week van onophoudelijke marteling te bezorgen, wat ze zonder enige moeite en achteloos klaarspeelde. Ze mokte, sliep lang uit, had overal iets op aan te merken, ook op de duiven, vond de gondels en de bezienswaardigheden 'saa-haai!' en werkte Monique op haar zenuwen tot je ze kon horen ploinken.

Ter compensatie bewerkte je Monique met wijn en etentjes, vrijde je met haar zo vaak je kon en ging je zelfs een paar keer mee winkelen. Het was zwaar en het was zinloos.

Smriti kreeg haar zin. Nadat je die zomer terugging om Smriti's laatste uitspatting recht te zetten, gingen Monique en jij uit elkaar. Smriti was verrukt. En de maand daarna verkondigde ze dat ze naar India ging.

Jak stopt plotseling met rennen. Hij denkt er nu pas aan. Dat idee van vergiffenis. Hoe dat zich in het leven ontvouwt. Misschien leren we pas te vergeven als onze zonden bij ons terugkomen. Pas toen Smriti een chagrijnige, onhandelbare, recalcitrante vijftienjarige was, begon Jak te begrijpen aan welke kwelling hij zijn moeder had onderworpen. Toen Smriti weigerde te accepteren dat hij een eigen leven kon leiden, besefte hij dat zijn opvliegende, koppige houding tegenover zijn moeder kinderachtig en onterecht was geweest.

Toen werd het makkelijk om Smriti te vergeven dat ze hem pijn deed. Hij hoefde zichzelf alleen maar te vertellen dat het de cirkel van het lot was. Er viel niet aan te ontkomen. Er ligt een zekere mate van troost in het idee van karma, denkt hij. Meer kun je niet doen, meer kun je niet controleren.

Jak draait om, naar huis. Hij is moe. Toch is het een vermoeidheid die wordt verzacht door kalmte, alsof er een lange reis ten einde is gekomen. Hoe zou Meera zich redden, vraagt hij zich af. De sereniteit waar ze normaliter door wordt omgeven, lijkt verdwenen.

'Ik kan niet slapen,' had ze de dag ervoor toegegeven. 'Ik word wakker met pijn op mijn borst, alsof ik niet kan ademen. Ik weet niet meer wat ik moet doen.'

Wie weet slaapt hij vannacht goed. Meera ook, hoopt hij. Dat is belangrijk geworden voor hem. Haar welzijn.

VIERDE STADIUM

DE OOGWAND DER VERWOESTING

Ik heb al jaren een schilderijtje van 20x20 cm in mijn bezit dat een boeddhistische monnik me heeft gegeven. Hij kwam uit een van de kleinere kloosters in Darjeeling en ik heb hem ontmoet toen ik begin jaren tachtig in Cambodja was. Het is een afbeelding van een mandala, zei hij. Een abstractie van chaos en wanorde. Zijn advies luidde dat ik ernaar moest gaan zitten kijken wanneer ik me vanbinnen verscheurd voelde, en dat zich vervolgens in die heilige ruimte een orde zou manifesteren waardoor ik na verloop van tijd zou kalmeren.

Het is een klein schilderijtje dat met me mee is gereisd van woning naar woning. Alhoewel de werveling van kleuren, omsloten door geometrische vormen, fantastisch is, ben ik nooit in staat geweest het op te hangen. Carl Jung zei dat de mandala een voorstelling is van het onbewuste zelf. Door voortdurend op dit schilderij te mediteren kan ik misschien in mijn gevoelsleven tot heelheid komen.

Maar eerlijk gezegd vind ik mijn boeddhistische schilderijtje angstaanjagend. Als ik ernaar kijk, zie ik het voorlaatste stadium van een cycloon. Het meest beangstigende aspect ervan.

Vanuit het hart van de storm wervelt er een naar buiten gerichte, razende kracht. Kwaadaardig als een horde monsters ontketend die een krans van woeste stormen. Soms worden het er zelfs twee keer zoveel. Daar schuilt het gevaar. Want de winden van de oogwand hebben geen ziel, ze kennen geen genade.

Prof. J.A. Krishnamurthy
De metafysica van cyclonen

Jak betrapt zichzelf er vaak op dat hij zich afvraagt wat ze van hem vindt. Denkt ze überhaupt aan hem? Meera is op geen enkele manier te peilen. Ze geeft zich bloot zonder zich bloot te geven. In de maanden na haar moeders dood zag Jak haar de strijd met haar demonen aangaan. Hij zag haar worstelen en overwinnen. Zijn gehechtheid aan haar wordt door bewondering getemperd. En door iets anders. Deze stille vrouw is een oever waar hij aan land kan gaan.

Jak wil vreselijk graag een kus op haar voorhoofd drukken als hij op weg naar zijn bureau langsloopt.

Ze zijn in de werkkamer. Ze hebben samen een artikel bekeken dat hij naar een tijdschrift moet sturen. Een artikel dat al zes weken te laat is, waardoor de redacteur schuimbekt terwijl hij kalmte en begrip voorwendt. 'Hij moet zich van frustratie de haren uit het hoofd trekken,' zegt Jak, die lacht als hij de zorgvuldig verwoorde maar bondige e-mail leest. 'Maar hij is zo bang om me op de kast te jagen dat hij niet durft te zeggen waar het op staat. Met al zijn gedraai wil hij in feite maar één ding zeggen: stuur ons dat verrotte artikel, luie klootzak die je bent.'

Meera glimlacht. Ze is niet echt gecharmeerd van zijn kleurrijke taalgebruik, maar omdat Jak het zonder kwade bedoelingen zegt, lijkt het volkomen beschaafd. 'Wat ga je doen?'

'Ik heb iets op papier staan. We moeten het alleen nog in de vorm gieten die professor Anderson verwacht,' zegt Jak terwijl hij in zijn laptoptas rommelt.

Meera ziet hem er tot haar afgrijzen een notitieblok van een hotel uit pakken, volgekriebeld met aantekeningen.

'Is dat het artikel?' vraagt ze weifelend.

'Zo om en nabij. Kijk eens niet zo gechoqueerd. Dit is de kern van wat ik naar voren wil brengen. Verder leuken we het op met registers, voetnoten, bijlagen enzovoort.' Jak leunt naar achteren. 'Zo doen alle academici het. Twijfel je? Doe er een voetnoot bij. Moet je overkomen alsof je er verstand van hebt? Doe er een paar bijlagen bij. Laat zien hoe het in zijn werk gaat! Hoe je tot die schitterende conclusie bent gekomen. Of beter nog, hoe dat je juist niet wilde lukken. Maar laat zien hoe het in zijn werk gaat, daar zit 'm de kneep!' Op Jaks gezicht verschijnt een trage grijns. 'Het is bijna kunst, schrijven voor een wetenschappelijk tijdschrift.'

Meera schudt in verwarring haar hoofd. Ze is perplex, ziet hij. Ze weet niet of hij geestig of sarcastisch is. 'Maar bij die conclusie moet je dus nog wel zien uit te komen. En dit is alles wat je hebt.' Ze houdt de drie minuscule velletjes papier omhoog.

'Dat is een goed beginpunt. De rest komt wel. Alles op zijn tijd. Laat de brave professor nog maar even sudderen.'

'Waarom begin je niet nu?' vraagt Meera.

Jak knijpt zijn ogen peinzend tot spleetjes. 'Vind je? Oké, doen we! Hier, schrijf de titel maar op: "De metafysica van cyclonen". Wat vind je ervan?'

Meera zwijgt in alle talen.

Hij weet wat ze vindt. Dat hij onbestendig is. Dat zijn stemming zomaar ineens kan omslaan. Hoe kun je zo iemand vertrouwen? De ene dag is hij er. En de dag erna is hij weg.

Februari. De dagen lengen, het blijft uren langer licht; een verraderlijke warmte. Wie zegt dat er in India geen seizoenen zijn? denkt Jak als hij de ventilator harder zet. Elke dag is zijn eigen seizoen. Er is geen overweldigende variatie die een veranderend patroon suggereert. Daarentegen varieert de dagelijkse textuur op talloze subtiele manieren. Hoe kon hem dat allemaal zijn ontgaan toen hij hier woonde? Jak merkt dat hij steeds vaker met wijd open ogen de wereld in kijkt. Een verandering die Meera in gang heeft gezet. Het bevalt hem dat ze niet op hem inpraat. Niet zoals Nina, denkt hij. In plaats daarvan praat Meera mét hem.

'Weet je dat je "Cyclonen-Jak" wordt genoemd? Ik heb je ge-
googeld en 39.400 treffers gevonden. En die naam wordt in
bijna elke treffer op de eerste twee pagina's gebruikt. Cyclonen-
Jak,' zegt ze met een zijwaartse blik. 'Dat verbaast me niks!'

Hij trekt één wenkbrauw op. 'Bedoel je nu dat ik onvoorspelbaar ben?'

Ze glimlacht. 'De rest van de wereld zegt dat. Ik weet het niet.
Ik denk dat je je achter dat onvoorspelbare vernisje verstopt. Ik
denk dat het een act is. Wat? Kijk me niet zo aan.'

Jaks hart slaat een slag over. Ze zijn al een tijdje zo geksche-
rend tegen elkaar bezig. Licht flirtend, mogelijkheden te over.
Wie zet de volgende stap? Doet zij dat? Of zal hij het moeten
doen? Wil hij dat wel? Het versieren, het dansen, twee passen
vooruit, drie passen terug, het gepeins, het gepieker, het hele
bindingsgebeuren ... wil hij dat? Is zij er klaar voor?

De verpleegster klopt op de deur. 'Meneer,' zegt ze. 'Sorry dat
ik stoor, maar komt u even?'

De luchtige stemming in de kamer wordt verdreven door de
onheilspellende onderstroom in haar stem. Jak springt op. Hij
ziet Meera aarzelen, dan opstaan om hem te volgen.

I

Is hij iemand hierheen gevolgd?

Hij kan zich niet herinneren dat hij binnenkwam. Of ging zitten.

Is hij blindelings binnengestommeld, aangetrokken door de diepe, donkere ruimte, de heimelijke stilte van het wanhoopsgebed, de aanblik van een ter aarde bestelde? Kon een ander zo gekweld zijn als hij? Kon een ander zo bloeden als hij? Waar is de verlichting? Waar is de verlossing?

Jak tilt zijn hoofd van de leuning van de houten kerkbank voor hem. Twee rijen verder, aan de andere kant van het middenpad, zit een oude vrouw die haar haren onder een hoofddoek verbergt. Haar ogen zijn dicht, haar handen stevig verstrengeld in een smekend gebaar. Haar lippen bewegen koortsig. Wanneer is ze gekomen? Wat scheelt er aan haar leven dat ze zo moet smeken? En dan denkt Jak: zo moet ik er ook uitzien. Ik ben niet anders. Verder hebben we misschien niets gemeen, maar we zijn allebei gekwelde zielen.

De kaarsen flakkeren. Jak komt uit zijn bank en loopt naar het altaar. Hij staart naar het gezicht van Christus aan het kruis. Ooit had hij in een Europese stad in een klein kerkje een Christusbeeld gezien. Monique had gezegd dat het Christus de Verlosser werd genoemd. 'Wat vreemd,' had ze er bedachtzaam bij gezegd. 'Michelangelo's *Christus de Verlosser* kijkt triomfantelijk, ook al draagt hij het kruis op zijn rechterarm. Maar ik heb nog nooit zo'n gekwelde Christus gezien als deze.'

Hij kon zich Michelangelo's *Christus* niet herinneren. Maar wat hij nooit zou vergeten was de uitdrukking op het gelaat van deze Christus, gebeeldhouwd door een minder bekende kunstenaar: waar ben ik naartoe teruggekeerd? leek het beeld te vragen.

En nu staat Jak voor de Christus in de kerk van de Heilige Geest aan Richards Park Road en hij vraagt aan de zoon die stierf voor de hele mensheid: waar ben ik naartoe teruggekeerd?

Hij huivert.

De verpleegster had met het ervaren gemak van iemand die zoiets voortdurend deed Smriti op haar zij gelegd. Daarna tilde ze Smriti's enkel op en wees naar de huid aan de binnenkant. 'Ziet u dit?' vroeg ze en ze wees naar de rode kleur. 'Raak maar aan!' zei ze.

Onder zijn aarzelende vinger voelde de huid warm en het spierweefsel sponzig aan.

Theresa legde de enkel weer op het bed alsof het een slapende baby was. Ze liep energiek naar rechts en tilde het lange T-shirt op dat Smriti droeg. Tot aan de knieën, verder omhoog, over de bovenbenen en billen. Jak hoorde Meera scherp inademen.

Je wist intuïtief wat Meera dacht. Hoe kan de verpleegster zo onnadenkend doen en hoe kun jij, haar vader, zo onfatsoenlijk zijn om niet weg te kijken? Hoe kun je zo naar het lichaam van je dochter staan kijken? Ze mag dan wel het kind zijn dat je als baby in bad deed en afdroogde, maar dit is aanstootgevend, walgelijk.

Je wilde haar vragen: weet je hoe ik me eronder voel, Meera? Dat ik, haar vader, degene moet zijn die haar vrouwelijkheid aanraakt?

Er zijn dagen bij dat de verpleegster te laat of afwezig is. Dan doet Kala Chithi Smriti in haar eentje. Maar weet je nog dat Kala Chithi haar pols had verstuikt? Op zekere dag kwam de verpleegster niet. Kon ik mijn dochter onverzorgd laten? Ik moest mijn volwassen dochter die dag wassen en schoonmaken. En dan kan ze nog zo zielig en verstard zijn, ze weet dat ik het ben. Ze zal nooit ineenkrimpen onder mijn aanraking. Niet eens wanneer ik haar benen van elkaar moet doen om een washandje over de plooien van haar vagina te halen.

De eerste keer keek Kala Chithi weg. Ze was verbijsterd, maar wat konden we anders? 'Ze is mijn dochter,' zei je zo zachtaardig als je maar kon. 'De baby die ik hielp baden en voeden. Ze is nog altijd mijn kind!'

'Het is niet goed.' Kala Chithi's mond was een streep.

'Is hier überhaupt iets goed aan?' zei je terwijl je Smriti's rug met talkpoeder bestrooide en het met een poederdons in de plooien van haar oksel aanbracht. Haar geest was misschien elders, haar lichaam was hier.

Het was de bedoeling dat de verpleegsters haar oksel- en schaamhaar kort hielden. Maar de laatste was een luie slons geweest. Je was bang dat je haar zou snijden, maar ook dit deed je. Je verwijderde het haar in haar oksels en schaamstreek.

Als het jouw kind is dat lijdt, hebben de normen van de beschaafde maatschappij geen enkele betekenis. Wat een ouder wel of niet mag doen voor een kind is irrelevant.

Je dacht aan Smriti van twaalf die jou haar kunstwerk liet bewonderen. Je deed er een lijstje omheen en hing het op. En zonder te kunnen besluiten of ze zich gevleid of gegeneerd moest voelen, zei Smriti met een tevreden klank in haar stem: 'Papa, ik heb toch zo'n hekel aan die zogenaamde onvoorwaardelijke liefde. Dat is zoiets irrationeels.'

Je was het met haar eens. Het was irrationeel. Want daarom zag je, hoewel ze een vrouw was – een en al vouwen, plooien, holten en spleten – je kind in haar, geen vrouw, niet dit beklagenswaardige schepsel.

'Meneer.' Theresa's stem drong tot hem door. 'Ziet u dit?'

Toen begreep Jak waarom Meera haar adem vol afgrijzen had ingehouden. Want op Smriti's rug was een beginnende blaar te zien. De huid was rood en zag er beschadigd uit.

'Is dat een doorligwond? Is het dat, zuster?' Jaks stem schoot omhoog.

'Ik heb de verpleeghulp gezegd wat ze moest doen, maar het zijn nonchalante meisjes, zonder enig plichtsbesef. Ze moet zijn vergeten haar om de paar uur in een andere houding te leggen. En nu is de plek warm aan het worden.'

Theresa's stem klonk deels beschuldigend, deels verontschuldigend. En er was nog iets in te horen: de onvermijdelijkheid van het ontstaan van doorligwonden.

'Gelukkig hebben we het nu gezien. In dit stadium is het makkelijk te behandelen,' vervolgde Theresa. 'Spreekt u met de dokter, dan zal ik hem raadplegen.'

'Heeft ze pijn, zuster?' Dat was Meera.

'Dat weet ik niet, mevrouw. Bij bedlegerige patiënten kunnen doorligwonden pijnlijk zijn. Heel pijnlijk. Maar bij deze patiënte weten we het niet. We weten niet hoeveel ze voelt of wat er tot haar doordringt.'

Jak kan zijn ogen niet van Jezus afhouden. Het is net of er tussen hen een zeldzame verstandhouding is ontstaan. Hindoegoden laten ons zelden zoiets zien: medeleven, empathie en een bereidwilligheid om gekwetste zielen te genezen ... Jak wordt erdoor geraakt. Hij is niet godsdienstig. Hij is zijn geloof verloren toen appa bij hen was weggegaan.

'Kitcha, *kanna*.' Amma probeerde hem zover te krijgen dat hij met haar meeging naar de familietempel in Thirumulavayil. 'Talloze generaties Shivacharya's zijn er priester geweest. Onze familie heeft de krachten van Eashwara gekend ... Hoe kun jij God dan afwijzen?'

'Als er een God is, zouden we dan zo'n leven leiden?' was zijn reactie.

Daarop zweeg zijn moeder. En Kitcha ging mee. Hij vond het vreselijk om zijn moeder zo verslagen te zien.

Hij wilde de tempel echter niet betreden. Net als de stier Nandi die in Thirumulavayil naar het hek toe zit en niet naar het heiligdom, wachtte Kitcha op de binnenplaats en keek naar de lucht terwijl zijn moeder haar rampspoed neerlegde aan de voeten van een god die zijn ogen leek te hebben gesloten.

Naderhand had hij haar in de bus eerder nieuwsgierig dan boos gevraagd: 'Hoe kunt u in God geloven? Hoe speelt u dat klaar na alles wat ons is overkomen?'

Zijn moeder keek uit het raam terwijl ze langs de buitenwijken van Madras denderden. 'Ken je de legende van de Nandi van Thirumulavayil? De koning die de tempel liet bouwen was een groot aanbidder van Shiva. Op een keer was hij binnen in gebed toen zijn vijanden besloten hem aan te vallen, wetend dat hij alleen en ongewapend was. Toen is de Nandi tot leven gekomen. Hij kwam overeind en bewaakte de tempel terwijl de koning zijn gebed beëindigde. Misschien wordt het geloof hersteld als er iets met je gebeurt. Misschien ontdekken we de macht van de godheid als er elders geen troost is. Ik wens je niet toe dat je het ooit ondervindt, Kitcha, maar in de diepste duisternis van je nood is God het enige lichtpuntje.'

Is dit de diepste duisternis van mijn nood? vraagt Jak aan de vreemde god die hij net als zijn eigen goden had verworpen. Wat voor troost kun je mij bieden nu ik hierheen ben gekropen, slechts op zoek naar een donkere, lege plek?

Mijn godsdienst leerde me alles wat er in mijn leven gebeurde en zou gebeuren als onvermijdelijk te aanvaarden. Dat ergens iemand alles al had beslist voordat de tijd of ik bestond. Vrede is dus het aanvaarden van elke dag, elke speling van het lot: appa die bij ons weggaat, amma die met iemand anders trouwt, mijn scheiding, mijn dochter die meer dood dan levend is, mijn eigen tot stilstand gekomen leven. Maar mijn scholing verlangt iets anders van me. Ze heeft me geleerd vragen te stellen. Onder het oppervlak te duiken en diep te graven. Te weten, te weten, te weten, want in de wetenschap schuilt verlossing.

Laat in de middag gaat Jak naar Smriti's kamer. De ventilator staat aan. De dokter heeft zalven en injecties voorgeschreven. 'Alleen om de ontsteking onder controle te houden en infecties te voorkomen,' zei hij terwijl de verpleegkundige vermoeid ja knikte. Dit was geen moeilijke patiënte om te verzorgen, maar Theresa vond de verantwoordelijkheid een zware last.

Meera kijkt toe terwijl hij de dop van een flesje af peutert. 'Deze lippenbalsem heb ik ooit bij een Franse apotheek gevonden. Het is geen vaseline, die de huid in feite uitdroogt als je haar niet met tussenpozen bevochtigt. Deze zorgt ervoor dat haar lippen niet barsten,' zegt hij en hij smeert de balsem op de lippen van zijn dochter.

Als Jak even opkijkt, ontmoet hij Meera's blik. Dan slaat hij zijn ogen neer. Het beangstigt hem dat ze het razende tumult in zijn hoofd heeft opgemerkt dat bij Smriti's aanblik de kop opstak. Maar dit schepsel is niet werkelijk zijn dochter. Op het bed ligt een afschuwelijke, verwrongen pop, het handwerk van boosaardige tovenarij. En toch is het Smriti. Hij doet geen knieval voor een herinnering. Dit is zijn kind dat hij verzorgt.

Meera komt naast hem staan. Ze raakt zijn schouder aan. Een lichte aanraking met twee vingers. Wat zal ik zeggen, is het aarzelende aanbod.

II

Een lichte aanraking met twee vingers op zijn schouder. Ze wist niet hoe ze hem anders moest troosten. Dus deed ze het enige wat ze kon doen. Een aarzelende liefkozing aanbieden. Meera snuift met haar gezicht tussen de kussens. Wat haalde ze zich in haar hoofd?

Ze wist alleen dat ze, toen Jak als een bezetene het huis uit was gestormd, niet weg kon gaan, al was het moment dat ze naar huis mocht aangebroken en voorbijgegaan ... Dus wachtte ze. Net als Kala Chithi. Ze hielden allebei de wacht terwijl ze pretendeerden alsof ze dat niet deden.

Meera had naar het strenge gezicht gekeken van de vrouw die met plastic draadjes een mand afwerkte. 'Waarom nu, Kala Chithi?' vroeg ze opeens. 'Ik snap niet wat er gebeurde. Kitcha ... hij ...?'

Bij het zien van zijn ontreddering was er diep in haar binnenste iets gebeurd. Er was iets geheimzinnigs ineengekrompen, op hol geslagen, verward geraakt omdat hij zo leed.

De oude vrouw keek op, terwijl haar vingers bijna blindelings de draden verwerkten. 'Mijn moeder heeft enkele maanden op bed gelegen voor ze stierf,' zei ze bij wijze van uitleg.

Meera knipperde niet-begrijpend met haar ogen. Had ze iets gemist wat Kala Chithi had gezegd?

'Toen de doorligwonden kwamen, trof me dat als een mokerslag. Hoe moet ik het uitleggen? Je voelt je schuldig, alsof je niet genoeg hebt gedaan.' Kala Chithi zette de half afgewerkte mand neer. Hoe kon ze Meera de zwaarte uitleggen van het schuldgevoel waarmee een doorligwond je kan belasten?

'Je bent hulpeloos omdat je weet dat je niets meer kunt doen. Je bent kapot omdat er zoveel van je wordt verwacht. Je bent wanhopig omdat je weet dat er niets zal veranderen. Je bent gevangen in de ellende van een ander terwijl je eigen leven tot stilstand is gekomen. Je bent rancuneus, boos. Je hebt verdriet, je bent in de war. Er is niet genoeg plek in je hoofd om het allemaal te bevatten zonder te ontploffen. Ze was mijn moeder. Haar leven kwam voor het mijne. Dus zeg je tegen jezelf dat dit ook deel uitmaakt van de levenscyclus. Dat *samsara* bestaat uit vreugdevolle én verdrietige dingen, misschien ook wel uit doorligwonden.

Dat ik er was om voor haar te zorgen, gaf me een wat beter gevoel. In het natuurlijke bestel zorgen kinderen voor hun zieke ouders. Maar hier gaat het om zijn dochter. Geen enkele ouder kan zich daarop voorbereiden.'

Meera slikte. Er was een grote brok in haar keel gekomen. Ze bedacht hoe het zou zijn als het Nayantara was in plaats van Smriti.

Meera stond van de sofa op. Ze wist dat ze er niet langer kon blijven zitten. Het deed haar te veel denken aan het wachten tot Giri thuiskwam. Die Meera was ze niet meer. Deze Meera kon allebei, wachten en zichzelf bezighouden. Ze zou Nayantara een e-mail sturen of op Facebook kijken of ze nog berichtjes had geplaatst. Als Nayantara online was, konden ze chatten. Of ze kon misschien zelfs de aantekeningen doorkijken die ze had gemaakt voor *De ideale echtgenote in het buitenland*. Wat dan ook, als het maar niet dit lange wachten was tot Kitcha weer thuiskwam.

'Ben je hindoe, Meera?' vroeg Kala Chithi.

Meera wachtte even. 'Ja,' zei ze. 'Hoezo?'

'Ik heb gehoord dat onze heldendichten ons vertellen dat het kind dat je baart degene is die je in een eerder leven het ergst hebt gekwetst. Zodat je voor je zonden betaalt. Zodat je beseft hoever de kwelling reikt die je hebt veroorzaakt. Zodat je de kans hebt om het goed te maken. Als ik aan Kitcha denk, denk ik dat het moet kloppen.'

Plotseling verbrak Kala Chithi de ontstane stilte: 'Mijn arme Kitcha!

Hij draagt zo'n afschuwelijke last. Toen Nina Smriti naar Amerika wilde halen om haar professionele zorg te kunnen geven, wilde Kitcha daar niets van weten. Ze zou zich in de steek gelaten voelen, zei hij. Alsof zelfs haar ouders geen hoop koesteren dat ze ooit nog geneest ... Wat doet hij met al zijn pijn, zijn verdriet? Dat heb ik me vaak afgevraagd. En dan acht hij zich op een bepaalde manier ook nog verantwoordelijk. Mijn arme Kitcha. Waarmee zal hij zich nog meer belasten?'

In Meera's hoofd werden zinnen gevormd, stuk voor stuk bedoeld om te troosten, te genezen. Wat naar buiten kwam was een gemeenplaats. 'Ik wou dat ik wist wat ik moest zeggen. Ik wou dat ik wist hoe ik hem moest troosten.'

Kala Chithi knikte alsof zelfs zo'n cliché haar al troostte.

Meera zat aan de computer en in haar hoofd vormden zich zinnen.

Hoi Nayantara, dacht ze dat ze zou schrijven, alles goed? En daar bleef ze steken. Tumultueuze gedachten die elk op hun eigen manier een beetje aan haar knaagden. Dat arme kind. Was het niet beter geweest als ze was gestorven? Doorligwonden. En daarna?

Even vroeg ze zich af wat Nayantara zou doen als ze haar de misselijkmakende angst beschreef die haar ineens had bevangen bij het zien van de kapotte huid op Smriti's rug. Die ene gedachte die door haar hoofd was geschoten: goddank is dit de dochter van een ander! En toen de paniek: wat dit kind is overkomen, kan het mijne evengoed gebeuren.

Ze herinnerde zich de zomer dat Nayantara vijftien was en Meera tabakslucht in haar kamer had geroken. Dat zullen Giri's sigaretten zijn, zei ze tegen zichzelf. Rook die door het open raam naar binnen was gekomen en daar was blijven hangen. En toen dreef er een peukje in de wc-pot. De badkamer bij Nayantara's kamer werd door niemand anders gebruikt. Meera staarde naar de peuk terwijl in haar binnenste angst en verdriet om voorrang streden. Haar kind was groot geworden. Het was niet langer aan haar om haar kind door het leven te loodsen naar een veilige haven die zij voor haar zou maken. Haar kind hoefde niet meer bij de hand genomen te worden. Maar je weet niet wat er in de wereld te koop is, wilde ze tegen Nayantara zeggen.

Uiteindelijk mondde Meera's verwarring uit in een beschuldiging. 'Ik weet dat je rookt. Hoe durf je?'

Waarop Nayantara stekelig reageerde: 'Ga je mijn gangen na? Snuffel je in mijn spullen?'

'Geef antwoord, je rookt, hè? Wat nog meer? Alcohol, drugs, seks?' Meera hoorde zichzelf tot haar ontzetting de dingen zeggen waarvan ze altijd had gedacht dat niet te zullen doen. Beschuldigingen die Saro haar naar het hoofd had geslingerd toen ze achttien was. Maar ik was achttien en Nayantara is vijftien. Nog een kind, zei ze tegen zichzelf.

Nayantara stormde boos de kamer uit en smeet de deur met een harde klap dicht.

Meera wilde haar achternagaan. Haar uitleggen hoe het kwam dat ze zulke lelijke dingen had gezegd. Ik denk aan jou, kindje, het gaat om jouw welzijn.

Toen Meera de moed kon opbrengen om het er met Nayantara over te hebben, was het alleen maar gênant. 'Ik wil er niet over praten,' zei Nayantara terwijl ze de klitten uit haar haren borstelde.

Meera zag voor het eerst dat haar kind een vrouw was geworden. Haar lichaam had rondingen gekregen en haar gedachten behoorden haar toe. 'Waarom laat je het niet rusten? Je moet mij mijn eigen leven laten leiden. Toe. Begrijp dat dan,' zei Nayantara rustig. 'Moet je net zo zijn als je moeder?'

Toen gaf Meera het op. Nayantara zou nooit begrijpen waar Meera bang voor was. Tot ze zelf een kind had.

Bovendien zou Meera de rest van haar leven de afkeer niet kunnen vergeten die er in Nayantara's ogen was gekomen toen Meera in de kamer was blijven staan. Ze wist niet of ze de discussie moest voortzetten, moest proberen Nayantara om te praten. Maar die amper verhulde wrevel, die onmiskenbare afkeer had haar volkomen ontmoedigd. Hoe kon haar eigen kind haar aankijken alsof zij de vijand was?

Toen hoorde ze de auto op de oprit. Meera stond besluiteloos bij de computer.

Kitcha kwam de kamer in. Eerst zag hij haar niet. Toen wel, en hij staarde haar aan en zei langzaam: 'Je bent er nog.'

Hij ging naar Smriti's kamer. Zij volgde. Meera zag hem een potje lippenbalsem opendraaien en de lippen van zijn dochter insmeren. Ze werd door een enorme golf emoties overspoeld. Een golf die haar voorwaarts stuwde om met een kalm, doelbewust gebaar zijn schouder aan te raken: 'Hier ben ik.' Toen hij zich naar haar toe draaide zonder moeite te doen om de pijn in zijn blik te verbergen, wist ze wat haar te doen stond. Ze hield hem vast. Zonder koketterie of omhaal sloeg ze haar armen om hem heen. Hij verstijfde en ontspande toen, leunde tegen haar aan.

'Het doet pijn ... zo'n pijn, Meera.' Gedempte woorden, de diepte van zijn verdriet, allemaal tegen haar huid.

Ze nam hem steviger in haar armen. Als haar greep ook maar enigszins verslapte zou dat hem breken.

'Hoe moet ik dit dragen, Meera? Waar vind ik de kracht? Jij hebt zelf een dochter, Meera. Hoe wist jij wat je moest doen? Hoe wist jij waar je grenzen moest stellen?'

Meera schudde haar hoofd. 'Dat valt niet te zeggen, Kitcha. We doen ons best voor onze kinderen. We willen het beste voor ze. Je kunt jezelf niet de schuld geven voor wat Smriti is overkomen.'

Meera's mond was droog. Ze was helemaal van streek door zijn leed. Wat moest die arme man niet doormaken? Ongeacht hoe oud onze kinderen worden, we staan hen niet gemakkelijk aan de wereld af. Misschien is het alleen ons instinct tot zelfbehoud dat van zich doet spreken.

Vanaf het moment dat Nayantara een jonge vrouw werd heeft Meera geweten wat het wil zeggen om gloeiende kolen in haar hart te dragen. Een doordringende, verterende hitte als ze op Nayantara's thuiskomst wacht. Bij de telefoon de wacht houdt tot ze opbelt, de oren gespitst of er wordt aangebeld.

Het gekibbel, de verhitte discussies, de linkse hoek en de rechtse directe op gevoelige plekken, terwijl het ooit engelachtige kind in een wreed monster veranderde als ze haar zin niet kreeg.

Beschuldigingen over en weer, woede: dat is het muntgeld dat onze groot geworden kinderen ons toebedelen.

'Hoezo moet ik je bellen als ik bij Ria ben? Waarom moet je met haar moeder praten?'

'Waarom kan ik niet naar dat feest? Al mijn vriendinnen gaan erheen.'

'Ik dronk alleen een Breezer. Vraag je grootmoeder liever of ze de fles kan laten staan, nu we het toch over drinken hebben.'

'Ik neuk niet met hem, als je dat soms wilt weten ...'

En dan, ter compensatie en met de glans van een pas geslagen munt, is de engel er weer met iets kleins, een attent gebaar, een kaartje, een bloem, een glinsterend, slechtzittend topje, een doosje servetringen die ze niet zonder meer zou gebruiken, een spontane knuffel. Wat een schitterend moment, wat een jubelstemming bracht het bij haar teweeg nu ze haar kind weer thuis zag komen.

Jak werd dat allemaal ontzegd, misschien voor altijd. Hoe kon hij het verdragen?

Een hele poos later was hij degene die zich terugtrok. Langzaam maakte hij haar vingers los, waardoor de omhelzing in twee lichamen uiteenviel.

Meera zei niets. Ze had er toen geen woorden voor en nu evenmin. Ze verbergt haar gezicht tussen twee kussens. Wat moet hij niet van haar denken?

Kitcha had zich tot haar gewend met een dringende behoefte aan troost. Dat zou op zo'n moment iedereen hebben gedaan. Hoe kon zij er meer in zien? Hij mag haar graag, dat weet ze in elk geval. Misschien is het haar eigen eenzaamheid, haar eigen behoefte om uit niets iets te maken. Ze projecteert haar verlangen op hem.

En dat is vragen om pijn.

III

'Heb je pijn, kindje?' vraagt Jak zachtjes. Hij zit aan het bed naar zijn dochter te kijken. Haar geopende ogen staren. Smriti blijft staren. Dan gaan haar kaken van elkaar en er komt een schreeuw uit het gapende gat van haar mond.

Een dierlijk gebrul doortrokken van panische angst en pijn, verdriet en woede, afschuw en walging. Een dierlijk gebrul dat aldoor aanhoudt, hem in zijn ziel aangrijpt en waardoor hij uit zijn stoel opspringt, in blinde paniek de deur uit rent.

Je dacht dat je het stadium van het loslaten had bereikt. Dat het nalopen van Smriti's dagen voor het ongeluk een zinloze oefening was in lijden. Een hebbelijkheid die meer kwaad deed dan goed. Een bezorgde tong die keer op keer diep doordrong in de lege holte van een getrokken tand. Het verlies werd er alleen maar door geherdefinieerd. Het eigenlijke verlies en het besef ervan.

De uren met Mathew brachten een dodelijke vermoeidheid bij je teweeg. Eenmaal uitgeplozen was je dochters verhaal niet meer dan de roekeloze onbezonnenheid van een tienermeisje. Je liet al je theorieën dat het meer dan een ongeluk was varen. Je dacht dat Rishi, over wie Mathew had gezegd dat hij zou weten wat er echt was gebeurd, alleen maar dingen kon bijdragen die je toch al wist. Dat Smriti, jouw kind, jouw knappe dochter, er een handje van had chaos te ontketenen. En uit chaos komen ongelukken voort.

Je besloot het dus te laten rusten. Je zou Rishi niet gaan zoeken. Je zou er niet meer achteraan gaan.

Toen zag je hem met Meera bij een kunstevenement. Eerst vroeg je je af wie die jongen was. Nee, geen jongen. Jongeman. Dat hadden ze hem geen van beiden, Shivu noch Mathew, verteld. Dat de derde hoek van de driehoek rondom Smriti een stuk ouder was dan de anderen. En het air had van de knappe man die weet dat hij knap is.

Rishi Soman. Maar wat deed hij eigenlijk bij Meera?

Meera's stem had hoger geklonken, met iets van verongelijkte angst erin. 'Soman. Nee, hij is geen vriend van Nayantara. Hij is iemand die ik ken ...'

Je hield je gezicht zo goed mogelijk in de plooi. Je wilde geen sprankje opwinding laten zien bij het horen van die naam. Bij de bevestiging van je vermoeden. Je zag dat Meera je onderzoekend aankeek. 'Hoezo? Waarom vraag je me naar Soman?'

Je haalde je schouders op. 'Ik was gewoon nieuwsgierig. Hij deed me aan iemand denken ...'

'O,' zei Meera, bij wie de opluchting overduidelijk uit haar ontspannen lichaamshouding sprak. 'Hij is acteur. Hij heeft een paar keer als model gewerkt. Je hebt hem waarschijnlijk op tv gezien.'

'Dat zal het zijn!' Je lichtte niet toe waarom je ophield over Rishi Soman.

Je vroeg je af wat ze wilde verbergen. Zouden ze ...? Je stopte even. Als Meera erbij betrokken was, vond je geen van de woorden voor de paring bruikbaar: neuken, naaien, wippen ... Meera was niet dat soort vrouw. Bovendien was hij veel te jong. En toch bespeurde je iets van onbehagen bij Meera. Dat beviel je niet. Dat beviel je absoluut niet.

Jak doet er twee dagen over om een besluit te nemen. Twee dagen waarin hij onafgebroken naar het beeldscherm kijkt in een poging zekerheid te krijgen of de derde jongen – nee, man – Rishi Soman is. Smriti's vriendje, als het waar is wat Shivu en Mathew suggereerden.

Twee dagen waarin hij aan Smriti's bed zit in een poging door de grimas heen te kijken die haar gebruikelijke gelaatsuitdrukking is. Smriti, Smriti, vertel me: is hij degene op wie je verliefd was? Is hij degene die met je meeging? Was hij erbij toen het gebeurde? Waarom heeft hij je dan in de steek gelaten? Zal ik hem gaan zoeken? Zal ik eisen dat hij de waarheid zegt? Zal ik dat doen, Smriti?

Ze ligt daar zonder zich te verroeren; haar gezicht is verwrongen tot een masker. Ze ligt daar en kijkt aan hem voorbij. Wat ziet ze? Talloze versies van die laatste ogenblikken? Dit opnieuw afspelen van wat er gebeurd zou kunnen zijn geeft de doorslag. Jak zal Rishi Soman bellen om met hem af te spreken.

's Morgens weet Jak dat uitstel zinloos is. Trouwens, als hij niet iets onderneemt wat hem afleidt van wat hem te doen staat, begeeft zijn gezonde verstand het. Zolang hij bezig blijft, geeft hem dat verlichting. Een schijn van normaliteit zelfs.

Het eerste wat hem te doen staat is Rishi Somans nummer achterhalen. Jak wil het niet aan Meera vragen en belt daarom Sheela. 'Waarom moet je zijn nummer hebben?' vraagt Sheela. 'Hij is een onbeduidende acteur. Een charmante vent, dus hij is overal welkom. En hij is heel knap. Fotogeniek bovendien!'

Jak mompelt een uitvlucht over een vriend van een vriend die hem ergens bij nodig heeft ... Hij vindt het zelf ongeloofwaardig klinken. In plaats van door te vragen foetert Sheela hem uit omdat hij haar alleen maar belt als hij iets van haar wil. 'Komt er nog iets van dat etentje dat je me lang geleden hebt beloofd? Of heb je een lekker ding aan de haak geslagen?'

Hij belt Rishi Soman. 'Ik ben Smriti's vader,' begint hij, ervan uitgaand dat een rechtstreekse confrontatie de beste tactiek is.

Het is stil.

'Hallo, hallo,' dringt Jak aan.

'Ja, ik hoor u,' zegt een zware stem.

'We moeten ergens afspreken,' zegt Jak. 'Ik moet met je praten.' Maar Rishi wil hem niet spreken. Hij draait er heel beleefd omheen. Deze week heb ik het te druk, zegt hij.

'Oké, dat begrijp ik. En volgende week?' stelt Jak op zijn meest verzoenende toon voor. 'Ik zal niet te veel van je tijd in beslag nemen.'

'Dat zou ik moeten bekijken. Ik weet het niet. Ik bel u wel terug ...' Rishi verbreekt de verbinding.

Jak wacht de hele week op Rishi's telefoontje. Maar hij belt niet terug. En wanneer Jak hem probeert te bereiken krijgt hij bij wijze van antwoord de bezettoon.

Jak laat zijn voorhoofd op zijn handpalm zakken. Hij is zo moe. Hoe moet hij die jongen aan het praten krijgen?

'Is er iets?' vraagt Kala Chithi zachtjes.

Jak kijkt haar uitdrukkingsloos aan. Ze raakt zijn schouder aan. 'Vertel eens. Misschien kan ik helpen.'

Ze luistert geduldig naar zijn gefrustreerde, zelfs boze woorden. 'Waarom wil hij niet met me praten? Hij moet iets weten. Daarom gaat hij me uit de weg.'

'Zei je niet dat je hem met Meera zag?'

Jak knikt.

'Dan hoef je alleen maar aan Meera te vragen of ze een ontmoeting regelt,' zegt Kala Chithi.

'Maar doet ze dat?'

'Vertel het haar. Leg haar het verband uit. Dan doet ze het. Hoe kan ze nee zeggen? Ze kent Smriti's toestand, ze zal begrijpen waarom je niet kunt rusten tot je het weet.'

Kala Chithi zwijgt even. Dan vervolgt ze op zachte, luchtige toon: 'Besef je dan niet dat ze erg op je gesteld is ...'

Die bekendmaking brengt Jak van zijn stuk, maar hij gaat er niet op in. In plaats daarvan gaat hij naar Meera's kamer. Hij zal haar vertellen wat hij heeft ontdekt. En dan is het aan haar.

Jak wacht in zijn auto in Cockburn Street. Hij kijkt belangstellend om zich heen. Hij wist niet eens dat er hartje stad iets dergelijks bestond. Maar hier is er een. Een piepklein cafétje tussen een rij afbraakpanden en vervallen winkels in de straat die naar Bamboo Bazar afbuigt en uitkomt bij het Cantonment Station.

Hij kijkt weer op zijn horloge. Twintig over elf. Meera kan elk ogenblik komen. Hij houdt via de wijd open, vaal gekleurde deuren de ingang van Dewar's in de gaten, waar mannen in nette pakken en bestuurders van autoriksja's door elkaar zitten. Terwijl hij toekijkt, parkeert een meisje haar scooter en loopt naar binnen. Weer voelt hij de sensatie van het ontdekken. Dat zoiets bestaat. En dat Meera dat weet en voorstelt erheen te gaan ...

Jak ziet een motor op Dewar's af rijden. Een man en een vrouw. De vrouw heeft de man in een bijna intieme omarming bij zijn middel vast. De motor komt gierend tot stilstand en hij weet dat de borsten van de vrouw nu tegen de rug voor haar drukken. Hij grijnst. Vroeger deed hij dat ook, al zijn vrienden deden het. Zo plotseling afremmen. Haar geplette borsten, haar verstevigde greep, de brede glimlach van iemand die weet waar hij mee bezig is. Het verlekkerde besef dat het meisje het net zo graag wilde als hij.

Jak wordt door een zonderlinge spijt bevangen. Zulke tijden heeft hij ook beleefd. Een motor, een meisje en die zorgeloze jeugdige opwinding waar maar geen eind aan kwam. Niet dat hij er nog naar verlangt; dat is het niet. Is dit wat ouder worden inhoudt? Dat je je in zekere zin verzoent met je tot bedaren gekomen gemoed en niet-zo-jeugdige zelf?

De vrouw stapt lachend van de motor af. Ze slaat de man speels op zijn schouder. Jaks dagdroom verdwijnt als sneeuw voor de zon als hij ziet dat het Meera is. Een Meera die hij niet herkent. Hij ziet het nonchalante gemak waarmee ze het ongebruikelijke tenue draagt en haar manier van doen. Jaks mond verstrakt. Dan is dit dus Rishi Soman, Smriti's vriend die ook met Meera bevriend is. Méér dan bevriend.

Jak kijkt op het dashboardklokje. Tien minuten, had Meera gezegd. 'Wacht tien minuten voor je belt. Dan vraag ik of je ook hierheen komt. Je wacht nog eens vijf minuten met naar binnen gaan. Ik wil niet dat hij denkt dat ik dit op touw heb gezet. En het is dus vanwege die sleutel dat je me bij Dewar's achterna komt.'

Welke sleutel? vroeg Jaks blik.

'Doet dat ertoe?' Meera zuchtte. 'De sleutel van de archiefkast, als het beestje een naam moet hebben.'

'Al dat gekonkel ...' zei Jak nadenkend.

'Zeg dat wel! Hoe denk je dat ik me erbij voel? Maar ik denk aan Smriti,' zei Meera zachtjes.

Ze laat de telefoon zes keer overgaan. Hij ziet voor zich hoe ze een pruilmondje trekt. 'Mijn baas. Ik moet even opnemen!' zou ze zeggen, misschien met een verontschuldigend lachje. Rishi Soman zou achteroverleunen en haar een lui, zwoel lachje terug schenken. Dat zou ik doen als ik het was, denkt Jak ongelukkig terwijl hij zegt wat er van hem wordt verwacht en haar het afgesproken antwoord hoort geven. 'Ja, die sleutel zit in mijn tas. Ik ben bij Dewar's. Weet je waar dat is? Dat weet je. Kun je hem komen halen?'

Ze zit in een van de versleten rieten stoelen met haar gezicht naar de deur. Rishi Soman zit met zijn rug naar de ingang. Jak ziet hem met uitgestoken hand een pinda in haar mond stoppen terwijl Meera maar al te gretig haar lippen opent. Jak klemt zijn kaken op elkaar. Dan ziet hij dat ze hem in het oog krijgt en de opluchting die over haar gezicht flitst. Jak glimlacht. Rishi Soman kijkt achter zich om te zien wie de ontvanger is van Meera's stralende glimlach.

En algauw begint Meera met: 'Was het moeilijk te vinden?' Ze rommelt in haar tas en als ze Jak de sleutel toesteekt, doet ze net alsof ze in de war is. 'O, ik vergeet helemaal hoe het hoort. Rishi, dit is Jak. En Jak, dit is Rishi Soman.'

Jak kijkt naar de jongeman en informeert met de stem van een volleerd dramaturg: 'De acteur?'

Rishi Soman ontspant en produceert de brede, onechte glimlach van iemand die ontzettend graag in het openbaar wordt herkend, maar dat genoegen zelden smaakt. De sukkel, denkt Jak. Hij denkt echt dat ik hem zou herkennen uit al die etalagepoppen waar de middagsoaps op tv mee vol zitten. Wat een eikel, met zijn wetlook en te strakke T-shirt en de onweerstaanbare behoefte om met zijn profiel te pronken, waarvan ooit iemand moet hebben gezegd dat het zijn beste kant is.

'Kom er even bij zitten,' zegt Meera.

'Ja, doe dat,' zegt Rishi Soman meteen, niet echt blij, maar ook niet bereid afstand te doen van een kort samenzijn met iemand die hem zowaar heeft herkend.

Jak pakt een stoel en gaat zitten. En nu?

Meera is een bedreven gastvrouw. Ze weet hoe ze zowel Jak als Rishi Soman bij het gesprek moet betrekken. Op de manier van de ervaren ideale huisvrouw die weet dat timing alles is, zegt Meera: 'Jaks dochter heeft op Mounts gezeten.'

'O ja?' informeert Rishi Soman beleefd. Jak voelt zijn rusteloosheid.

'Ik denk dat je haar kent,' zegt hij ineens. 'Ze noemde je naam ...'

Rishi Soman kijkt beteuterd, maar zijn glimlach is zelfingenomen. Hij haalt zijn schouders op. 'Studentes. Acteurs zijn nergens zonder hen. Ze krikken ons zelfbeeld op, zelfs wanneer de critici ons afkraken ... Zou deze betoverende dame hier me bijvoorbeeld ooit om een foto vragen die ze vervolgens in haar dagboek opbergt?' Hij trakteert Meera op een jongensachtige grijns.

Jak bedenkt dat hij die domme, zelfingenomen uitdrukking er graag vanaf wil meppen. Maar hij ziet ook wat Smriti aantrekkelijk vond, waardoor zelfs een verstandig iemand als Meera schijnt te worden bekoord. Tot zijn verbijstering ziet hij een vreemde trek op haar gezicht. Een dom, smoorverliefd lachje.

'Nee, ze was geen anonieme fan van je.' Jak klinkt schor. 'Volgens mij kenden jullie elkaar goed. Smriti. Smriti Krishnamurthy.'

Dan sluipt er een stilte in het gesprek. Een stilte als een schurftige hyena die wacht tot een ander de prooi doodt.

'Dit is doorgestoken kaart,' sist Rishi Soman. 'Jullie hebben dit samen bekokstoofd. En ik dacht dat je mij wilde spreken, Meera,' vervolgt hij zonder op Jak te letten. 'Ik dacht dat het tussen ons klikte. Je hebt me gewoon gebruikt.'

Meera bloost. Jak leunt achterover. 'Meera deed wat ik haar had gevraagd.'

Hij houdt Somans blik vast. 'Jij nam niet op toen ik belde, dus moest ik het wel zo spelen.'

'Wat wil je weten? Ik heb al gezegd dat ik er niets mee te maken had.' Rishi Somans gezicht wordt een krampachtig, verdrietig masker. 'Hoezo vind je dat ik er verantwoordelijk voor ben?'

Meera neemt zijn hand in de hare. 'Rishi, niemand vindt dat jij er verantwoordelijk voor bent. Maar denk je niet dat de professor recht heeft om te horen wat er is gebeurd? Jij was er als enige bij ... Kijk naar hem. Verplaats je in hem. Zou jij het niet willen weten?'

Jak voelt Rishi's ogen op hem rusten.

'Vertel het me,' zegt Jak zo kalm mogelijk.

Eerst was Smriti een spel. De koningin die op het schaakbord achterna werd gezeten door de loper, de toren en hemzelf, het paard. Eerst was Smriti een schaakstuk dat hij zachtjes fluitend de anderen afhandig wilde maken. Tot hij op een dag bleef staan, haar taxerend opnam en mompelde: schaakmat?

De twee anderen keken hulpeloos toe toen hij aanviel. De toren viel om en maakte zich uit de voeten, de loper stond te schuimbekken, maar het paard, begiftigd met het vermogen om twee passen vooruit en één opzij te doen, kon zijn slag slaan.

Hij wist dat hij oneerlijk voordeel had. Hij was de oudste. Ouder dan beide anderen. Hen zou ze altijd jongens vinden. Speelkameraadjes. Maar hij was degene die zijn stem een verleidelijk zware klank wist te geven en haar gevoelens wist te bespelen, die toch al van het rechte pad waren afgedwaald; hij kon met zijn armen over elkaar achteroverleunen, zijn hoofd schudden om haar jeugdige onbezonnenheid en zeggen: 'Je bent toch zo'n kind! Wat moet ik met je beginnen?'

Het kind dat ze was kwam tot bloei.

Jak knijpt zijn ogen tot spleetjes. Klaarblijkelijk heeft deze rotzak altijd oneerlijk voordeel. De oudere man bij Smriti en de jongere man bij Meera. Hij is een professionele rokkenjager. Afwezig wrijft Jak verwoed over zijn neus.

Rishi Soman en Smriti speelden vadertje en moedertje. Eerst was het allemaal een spel. Hun dagen vulden zich met toneelspel en rolverdelingen. Jij bent Tarzan, ik ben Jane. Jij bent de echtgenoot, ik de echtgenote. Jij bent papa, ik mama. Ze kookten. Ze poetsten. Ze winkelden. Ze bedreven de liefde. Ze maakten plannen. Ze sliepen in elkaars armen en huisden in elkaars dromen.

Alles was perfect zolang het een spel was. Maar toen wilde Smriti niet meer spelen. In de flat die hij deelde met zijn neef liet ze broeierige emoties rondwervelen en ophopen. Ze wilde hem laten weten dat de gevoelens die hij in haar opriep, haar verteerden. Ze kleedde zich zoals hij dat meisjes graag zag doen. Ze at wat hij at. Ze switchte naar de muziek waar hij naar luisterde en hield op met alles waar hij een hekel aan zei te hebben. In bad gebruikte ze zijn zeep, ze leende zijn tandenborstel, ze droeg zijn overhemden ... Ze volgde hem op de voet en als hij een deur tussen hen dichtgooide, wachtte ze buiten tot hij weer tevoorschijn kwam.

Eerst was hij ontroerd. En gevleid dat hij zo'n overdaad aan gevoelens bij een ander kon losmaken. Maar algauw ervoer hij haar toewijding als klitten, haar liefde als een val, haar aanwezigheid als een last op zijn schouder. Hij wist niet of hij het nog kon verdragen. Doe eens kalm aan, wilde hij haar zeggen. Wat is dit voor vreemde intensiteit? We zijn jong. We hoeven niet te denken aan voor eens en altijd. Nog niet. Laten we gewoon van elkaar genieten.

Hij vond het zenuwslopend om het voorwerp van haar verlangen te zijn.

Nee, dat was het niet. Verlangen was iets anders. Minder allesomvattend, minder angstaanjagend en meer iets lichamelijks, iets zinnelijks. Dit was een obsessieve liefde. En hij werd er bang van. Het gaf hem het gevoel dat hij met huid en haar werd verslonden.

Eerst was Smriti een felbegeerde prijs. Daarna werd ze een irritant kind dat hij graag links wilde laten liggen.

De vlakke stem pauzeert. Een weifelende blik. Rishi Somans vingers grijpen in elkaar en hij vraagt zacht: 'Willen jullie dat ik verder vertel?'

Aan de andere kant van het vertrek zitten twee oude mannen waterig voor zich uit te kijken achter halfvolle glazen en een schaaltje kruimels. Ze staren naar het drietal gevangen in een tableau vivant. Meera, bang voor wat komen gaat, diep weggezakt in haar stoel. Jak, die zich schrap zet om het ergste te horen. En Rishi, die probeert zijn gezicht, zijn gedachten, zijn woorden onder controle te houden.

'Ik vond dat ze onrealistische verwachtingen had van het leven dat we zouden leiden,' zei Rishi. 'Ze was gewend met geld te smijten. Ze was zo'n typische Indiase die in het buitenland is opgegroeid! Ze dronk mineraalwater en had verfrissingsdoekjes en desinfecterende handgel in haar tas. En ik was gewoon een jongen uit de middenklasse. Ik kon me haar eerlijk gezegd niet veroorloven.

Ze was niet echt rijk in dat opzicht. Niet zoals meisjes met ouders in het Midden-Oosten. Ik wist dat haar ouders academici waren. Ze had geld, maar niet genoeg om ons allebei te onderhouden. En ik wist niet wanneer ik goed zou gaan verdienen.

Ik vind het vreselijk om het te moeten zeggen, maar volgens mij kon Smriti zich ons niet veroorloven.

Ik besloot mee te gaan naar Madurai. Ik wist hoe erg ze ertegen opzag om ook maar even niet bij mij te zijn, en dit leek me de beste aanpak.

Ik wist niet wat ik zou doen als we daar aankwamen. Maar ik wist dat ik tegen het einde van de reis tegen Smriti zou zeggen dat het voorbij was. Ik kon hier niet mee doorgaan. Ik kon me nog niet binden. Althans, niet op de manier die Smriti van me verlangde.'

Jaks mond verstrakt. Meera legt haar hand op de zijne. Er schuilt zoveel betekenis in dat heimelijke gebaar: laat hem uitpraten. Als hij dichtklapt, zullen we nooit de waarheid achterhalen.

Zijn ogen zoeken de hare in een laatste appèl. Zou jij in stilte kunnen verdragen dat iemand Nayantara zo laatdunkend loochende?

Meera schudt haar hoofd. Jak zegt niets.

IV

'Niets. Het geeft echt niets.' Vinnie probeert het gesprek een andere wending te geven.

'Nee, je moet het uitleggen. Hoezo o-o?' Meera, die al in verwarring was, is door Vinnies uitroep pas echt verbijsterd. 'Keur je het niet goed?'

'Hoe ga ik dit uitleggen? Ik keur het goed omdat je eindelijk weer in beweging lijkt te zijn. Op een gegeven moment dacht ik dat je een tempel zou oprichten voor je leven met Giri en er de rest van je leven zou blijven bidden. Toen kwam die acteur ...'

Meera huivert. Ze weet niet meer hoe ze Rishi in haar leven moet inpassen.

'Die niet deugde, althans niet voor jou,' vervolgt Vinnie. 'Maar het idee van de professor staat me ook niet aan.'

'Waarom niet?' Meera slikt. Ze weet al wat Vinnie gaat zeggen, maar ze moet het toch horen.

'Hij heeft te veel behoeften. Denk aan zijn situatie. Jij hebt iemand nodig die er voor je is. Niet andersom. Je wilt niet de steunpilaar zijn die hij straks niet meer nodig heeft.'

'Dat zei ik toch al. Hij heeft geen steunpilaar nodig.' Meera klinkt mat, toonloos.

'Je bent gekwetst,' zegt Vinnie.

'Ja ... nee. Ik weet het niet.' Meera wrijft over haar neus. Een gebaartje dat ze van Jak heeft overgenomen. Ze ziet Nikhil op de basket mikken. Bonk, bonk galmt zijn basketbal op de betonnen vloer. 'Het enige waar ik aan kan denken is: waarom werd hij ineens zo afstandelijk? Wat heb ik verkeerd gedaan? Moet ik het ter sprake brengen? Hem vragen waarom hij me zo koel behandelt?'

'Je moet niets zeggen en niets vragen, Meera. Je hebt gehoord wat de acteur te zeggen had. Dat moet de professor verwerken. Bekijk het van zijn kant. Hij heeft te veel dingen die hem somber maken. Daarom lijkt hij me niet goed voor je.' Vinnies afwijzing van Jak is glashelder.

Meera zegt niets.

Ze kan alleen maar denken aan hoe ze die middag bij Dewar's uit elkaar gingen.

Meera en Jak wachtten tot Rishi Soman weg was. Even zeiden ze niets. Toen vroeg Jak: 'Waar ga je nu naartoe?'

'Naar huis. Waarheen anders? Hoezo?' Zijn vraag bracht Meera in verwarring.

Bij de deur wachtte ze tot hij zou vragen of hij haar thuis kon afzetten. Hij leek ontdaan, wanhopig. Er zijn zoveel dingen die een vader, een ouder, niet over zijn kind zou moeten weten. Maar hij had geluisterd en amper iets van zijn gevoelens getoond, behalve die paar keer dat hun ogen elkaar vonden. Dat had haar gesterkt in haar besluit hem niet uit de weg te gaan.

Maar hij bood het niet aan. In plaats daarvan ging hij met een hoofdknikje naar zijn auto en liet haar zelf uitzoeken hoe ze thuiskwam.

Meera werd moedeloos toen ze hem zag vertrekken. Dit was de tweede keer dat hij wegliep als ze de afstand probeerde te overbruggen.

De volgende ochtend staat hij op haar drempel, schuldbewust en hoopvol. Meera kijkt op van de ontbijttafel waar Nikhil met tegenzin zijn pap naar binnen lepelt.

'Kitcha! Jak!' roept ze, niet in staat te beslissen hoe ze hem moet aanspreken. 'Is er iets?' Ze duwt haar stoel al achteruit.

'Nee, nee,' stamelt hij. 'Ik was gewoon in de buurt ...'

Lily onderbreekt haar maaltijd om hem te vragen of hij wil aanschuiven. 'Het doet me goed u te zien, professor. We hebben u al een poosje niet gezien. Hoe gaat het met u? Hebt u al gegeten? Pak gerust waar u zin in hebt. Er is pap, geroosterd brood en fruit. U kunt ook *pongal* en chutney krijgen. Of wilt u liever een eitje?'

Hij laat zich in de stoel naast Meera zakken. 'Nee, alleen koffie is prima.'

Maar zijn vingers komen niet tot rust, merkt Meera. Hij speelt met een sneetje geroosterd brood. Ze schept een kleine hoeveelheid pongal in een schaaltje. 'Proef maar eens,' dringt ze aan, 'Raniamma maakt heel lekkere.'

'En dat is dan ook meteen het enige wat ze kan,' mompelt Nikhil binnensmonds.

Lily fronst haar voorhoofd, maar ze zwijgt. Ze is niet langer de uitbundige Lily van vroeger.

Meera schudt afkeurend haar hoofd. Eindelijk vertoont Jaks gezicht een ontspannen glimlach.

'Het is lekker,' stelt hij vast.

'Niet te beleefd, professor,' houdt Nikhil aan.

'Nee, echt. Dit is precies wat ik nodig heb,' zegt hij, maar zijn ogen zoeken Meera's blik weer.

Ze is niet in staat lang terug te kijken.

'Nog wat koffie?' Ze verbergt zich achter de huiselijke Meera, een pose die ze in een mum van tijd kan aannemen.

Ze hoort hem inademen. Telt hij nu tot tien, vraagt ze zich af en er begint een hysterisch lachje te kriebelen.

'Ja,' zegt hij. 'Graag!' Is dat sarcasme dat ze hoort? Meera kijkt hem van opzij aan.

Dan voelt ze onder de tafel zijn vingers tussen de hare en hij geeft ze een zacht kneepje. Het spijt me zo, zegt die zachte druk. Het was niet mijn bedoeling me los te rukken. Het was niet mijn bedoeling je te kwetsen. Ik vond dat ik je niet kon meeslepen in de puinhoop waar ik me nu in bevind.

Meera's ogen worden groot.

Ze kijkt omlaag. Een pluk haar verbergt haar gezicht. Ze voelt hoe hij de lok optilt en hem achter haar oor doet.

Meera houdt haar adem in.

Uit de stilte die op de kamer is neergedaald maakt ze op dat Lily en Nikhil ook hun adem inhouden. Net als Jak.

V

Lily wil praten, zegt ze tegen Meera. Ze straalt rust uit.

'Maak er tijd voor vrij, besluip het moment, wat dan ook. Maar we moeten praten. Je moet niet geringschattend doen over wat ik zeg tot je me hebt laten uitspreken.'

Buiten waait het. Meera heeft een hekel aan de wind. Het voortdurende geruis wakkert al haar angsten aan. Het vertelt haar precies wat er mis is met het huis: dakpannen die kunnen verschuiven, ramen die knarsen, deurdrangers die niet meer op hun taak zijn berekend. En nu staat Lily hier zonder haar kunstgebit in aan een zakdoekje te friemelen met een gezicht ontdaan van alle kunstgrepen en elke uitdrukking.

'Waarom doe je zo, Lily?' zegt Meera. 'Waarom zo vormelijk? Je hoeft toch geen afspraak te maken om iets tegen me te zeggen ... Vertel het maar!'

Maar Lily wil niet gaan zitten. En ze wil evenmin de woorden zeggen die ze op het hart heeft. 'Nee, nee, niet zo. Ik heb je volledige, onverdeelde aandacht nodig. Ik wil dat je je concentreert op wat ik te zeggen heb.'

Er verschijnen rimpels op Meera's voorhoofd. Sporen van de oude, heerszuchtige Lily. Die met haar 76 jaar kaarsrecht staat, zonder dat ook maar iets wijst op een slappe houding of een haperende stem. Die Lily verdween toen Saro stierf. Het was bijna alsof haar ziel wegdruppelde samen met het straaltje bloed uit Saro's mond toen ze in de ziekenwagen werd gelegd.

'We weten niet wat verdriet is tot er een kind sterft,' had Lily die avond gezegd. 'Het niet te stelpen verdriet als je beseft dat niets ooit nog hetzelfde zal zijn.'

Meera kroop dicht tegen Lily aan, niet tot verdriet of troost in staat. Ze voelde alleen de verdoving in haar binnenste.

Ze denkt aan Kitcha, de droefheid die aan hem kleeft. Ze heeft gezien hoe die ook Lily de afgelopen maanden is komen omhullen. 'Wat heb ik toch een hekel aan die wind,' zegt ze plotseling. 'Ik heb zo'n hekel aan die takken die tegen het dak schuren. Ik krijg er de kriebels van.'

Lily's mond wordt nog holler. 'Dat bedoel ik dus,' zegt ze zichtbaar misnoegd. Lily doet geen moeite meer. Dat heeft ze nooit echt gedaan. Maar de maanden na Giri's vertrek en de dagen na Saro's dood hebben haar behoedzamer gemaakt. 'Ik wil dat je er tijd voor vrijmaakt. Wat ik te zeggen heb, is belangrijk. Ik wil niet over de wind of de bomen praten. Als je er zo'n last van hebt, hak ze dan om!'

Meera moet plotseling lachen. Hoge bomen waren heilig voor Zeus. En deze in het bijzonder. 'Hoe haal je het alleen al in je hoofd!' had Giri boos gereageerd toen ze voorstelde er een stuk af te halen. Hij was zo gesteld op het plaatje van het huis tussen de zilvereiken, hun spichtige takken en blaadjes die net gaas leken. Schilderachtige bomen die boven hen uit torenden en hen in hun bed dreigden te doden; daar wond zij zich al jaren over op. Lily heeft gelijk. Als ze er zo'n last van heeft, moet ze er iets aan doen. Ze laat er alles boven de één meter tachtig afhalen, besluit ze. Mannen en bomen zijn hetzelfde: geef ze de ruimte en na een tijdje zijn ze niet meer te hanteren. Meera Hera maakt zich er niet langer druk over dat ze het haar Zeus naar de zin moet maken.

Nu de zilvereiken zijn geregeld, zit Meera op de patio en koestert haar gedachten. Ze komt tot de slotsom dat ze met een merkwaardige schroom over haar gevoelens spreekt, zelfs met Vinnie. Het is te nieuw en te vaag. Het is ook iets wat ze tegenover zichzelf nog moet erkennen. Dat dit een man is bij wie ze graag wil zijn.

'Lieve help,' zou Vinnie uitroepen, met ogen die diep in Meera's verborgen gedachten proberen te boren. 'Bedoel je dat je met hem wilt trouwen?'

'Nee, niet trouwen. Zo ver denk ik niet vooruit,' zou Meera zeggen.

'Wat dan?'

'Ik weet het niet, Vinnie. Ik weet het echt niet. Ik vind hem gewoon leuk.'

Dat zegt Meera nu tegen zichzelf. Kitcha. Jak. Ze kan niet eens beslissen hoe ze hem in haar hart moet aanspreken. 'Dat heb jij niet alleen,' had hij haar eens verteld. 'Ik weet zelf ook niet hoe ik mezelf moet noemen. Mijn familie zegt Kitcha tegen me, mijn collega's zeggen Jak en mijn dochters papa Jak. Ben ik Kitcha? Ben ik Jak?'

'En hoe los je dat op?' Ze glimlachte.

'Ik ga af op wie ik voor me heb. Willen ze dat ik Kitcha ben? Willen ze dat ik Jak ben?'

'Wie denk je dat ik wil dat je bent?' vroeg ze, terwijl ze kalm zijn blik vasthield.

'Wat denk je?' Jak, of was het Kitcha, boog zich naar haar toe. Ze kon zijn eau de toilette ruiken en wilde haar neus tegen de huid van zijn hals wrijven.

'Daar moet ik zien achter te komen.' Ze beet op haar lip.

Want Meera kon dan nu wel ongebonden zijn, een deel van haar was nog altijd Hera, die opzag tegen de komst van verandering. Hera die in kleermakerszit voor Acmeneds deur wacht met overal knopen in haar kleren en haar vingers gekruist. Laat het nog niet gebeuren, laat het nog niet gebeuren, zo had Hera de voortbewegende tijd haar wil opgelegd.

Het schemert. Nu het zomer wordt, duren de dagen alsmaar langer. Meera denkt aan de zomeravonden toen ze allemaal gingen zwemmen. Giri was via zijn werk lid van een privéclub en stuurde de auto om hen op te halen. Op sommige dagen werden ze vergezeld door Lily en Saro. Dan zat Saro op de rand van het zwembad commentaar te geven op het gebrek aan finesse waarmee de kinderen zwommen. 'Je lijkt wel een hond of een nijlpaard met al dat gespetter,' zei ze en ze trok haar benen op wanneer Nikhil een vloedgolf over de rand liet komen.

'Waarom doe je ons niet voor hoe we moeten zwemmen?' had Giri haar op een avond toegebeten.

Saro, die van zichzelf nooit ruzie mocht maken met haar

schoonzoon, had een delicaat getekende wenkbrauw opgetrokken en gemompeld: 'Dat kon ik weleens doen!'

En dus kwam Saro tevoorschijn in een zwempak dat de badmeester voor haar was gaan halen en haar kapsel weggestopt onder een badmuts, en onder Meera's verbaasde blik was ze via het stalen trapje het water in gegaan waar ze, met het volmaakte zelfvertrouwen en de stijl van een geoefend zwemster, haar schoolslag demonstreerde. En de rugslag en de vlinderslag. En de borstcrawl. Alleen was er terwijl Saro zwom nauwelijks een rimpeling in het zwembad te bespeuren.

De kinderen keken met open mond toe en Meera ook. Ze wist niet eens dat haar moeder kon zwemmen.

Saro zwom nooit meer. Ze wilde niet vertellen waarom, hoewel Meera ernaar vroeg.

Terwijl ze naar Lily kijkt die nu, voorafgaand aan haar belangrijke gesprek, haar bril opzet, barst Meera opeens los: 'Lily, waarom zwom mama nooit? We hadden immers allemaal gezien hoe fantastisch ze het kon. Waarom wilde ze niet zwemmen?'

Lily fronst haar wenkbrauwen. 'Ik dacht dat ik "geen gebabbel" had gezegd!'

Meera zucht. Ze zitten samen aan de eettafel.

'Het zit zo.' Lily begint aan haar uitleg waarom het nodig is om zo tegenover elkaar aan tafel te zitten. 'Na Saro's dood heb ik over veel dingen nagedacht.'

Lily heeft haar haren naar achteren gekamd en in haar nek een knotje gedraaid. Fijn, zijdeachtig grijs haar dat ze in de kapsalon een lichte, glanzende kleurspoeling laat geven, waardoor haar huid nog doorzichtiger lijkt. Porselein. Dat versplintert als je het aanraakt. Ze heeft zich opgemaakt en een zware, crèmekleurige zijden sari aangetrokken. Er glinsteren blauwe saffieren aan haar oren en om haar hals. Het allerbelangrijkste is dat Lily haar gebit in heeft. Haar mond blijft op zijn plaats en haar kaak beweegt vastberaden als ze haar rug recht en bits zegt: 'Dit is belangrijk!'

Meera steunt met haar ellebogen op tafel en speelt met haar ringen. Dit deden ze ook toen Saro nog leefde. Haar voor een gesprek uitnodigen om haar te zeggen hoe vreselijk ze het vonden haar tot last te zijn en dat ze van mening waren dat ze naar een bejaardenhuis moesten.

'Er zijn er die echt leuk zijn, hoor,' zei Saro dan. 'Ze hebben niet allemaal armoedige kamertjes die naar wegterende lichamen of oud eten ruiken. Ik heb geïnformeerd, je zult versteld staan van het aanbod.'

En dan barstte Meera los: 'Wat mankeert jullie? Jullie wonen hier. Als er al mensen weg moeten, zijn het Giri en ik!'

Stel dat ik hun aanbod inderdaad had aanvaard en ja had gezegd, vraagt Meera zich af. Waren ze dan weggegaan? Een steek van verdriet – ook dit hoort bij het ouderschap – het gevoel dat je ongewenst bent als je ouder wordt, de wens om nodig gevonden te worden ... Op zekere dag doe ik waarschijnlijk hetzelfde bij Nayantara en Nikhil, dan kom ik met mijn versie van: hou je van me? Hou je echt van me? Heb je mij nodig in je leven?

Dus stelt Meera haar snel gerust. 'Lily, ik weet waar dit heen gaat ... begin er alsjeblieft niet over. Je bent niet tot last. En nee, ik laat je niet naar een bejaardenhuis gaan!'

Lily zit rechtop en fronst haar voorhoofd. Ze maalt met haar kaken, zo verbaasd is ze. 'Wie heeft het over naar een bejaardenhuis gaan?'

'Wat is er dan?' Meera's hart bonst. Is Lily ziek?

Lily glimlacht. In een flits ziet Meera de schoonheid die ze vroeger was. Ze duwt een lok haar achter haar oor. 'Mijn vriendin Zahira, je weet wel, de actrice die een paar jaar terug overal mee ophield en nu in een huis vol dieren in Mysore woont. Nou, haar zoon, een heel succesvol tv-regisseur, wil dat ik meedoe in een nieuwe serie. Nagesynchroniseerd in zes talen.'

Lily's opgewonden stem maakt Meera doodsbenauwd. Ze heeft Lily nog nooit zo levendig gezien. Ze is te oud en altijd gewend geweest de show te stelen. Wat voor rol zou ze krijgen?

'Lily, ik weet niet wat ik moet zeggen,' begint Meera. Ze moet Lily van deze onbesuisde zotheid afbrengen. Als ze op haar leeftijd de hele dag op de set moet rondhangen, wordt dat haar dood. En de kinderen zouden het niks vinden. Ze zouden zich generen voor een overgrootmoeder die oma speelt in een soap.

'Je hoeft niets te zeggen. Ik vraag je niet om toestemming. Ik breng je op de hoogte van mijn besluit,' zegt Lily vinnig. Ze ziet dat Meera er niet blij mee is.

'Ze hebben me uitstekende voorwaarden geboden. Ik ben tenslotte een nationaal erkend en bekroond actrice. En het zal jouw last een beetje helpen verlichten.'

Meera krijgt een duister vermoeden nu het geld wordt genoemd. 'Doe je het daarom, Lily?'

Lily snuift. 'Ja, het geld is belangrijk, maar je weet toch dat ik mezelf nooit zou afbeulen voor een waardeloze rol? Ik vind het verhaal leuk. Ik vind de reikwijdte leuk van het personage dat ik ga spelen. Weet je hoe hard ik eraan heb gewerkt om me het personage eigen te maken? Ik heb alles zonder kunstgebit gedaan omdat ik vind dat het personage daar in het eerste deel van de serie om vraagt. Vóór de flashbacks en zo.'

Meera is beteuterd. Ik ben degene die overal zo'n drama van maakt, niet zij. Terwijl ik dacht dat ze gedeprimeerd en radeloos was, ging zij helemaal op in haar rol. Meera neemt Lily's hand in de hare.

De huid is papierachtig en droog, en onder het bijna doorzichtige vel liggen de blauwe aders kriskras op de rug van haar hand. Meera geeft de breekbare hand een heel zacht kneepje. Ze laat de ergernissen van haar dagelijkse beslommeringen steeds vaker de overhand krijgen.

'Als dat je gelukkig maakt, Lily ...' zegt ze. 'Ik ben zo trots op je.'

Ze vraagt zich af of het tranen zijn waardoor Lily's ogen zo gaan glanzen. Lily mompelt: 'Bedankt, liefje, bedankt. En ...' Ze zwijgt even en staart in de verte. 'Ik ben het kwijt, Meera. Zonder Saro is mijn leven zijn invulling kwijt. Ik mis haar.'

'Ik mis mijn moeder ook,' erkent Meera, zich bewust van het vacuüm dat door Saro's afwezigheid is ontstaan.

'Er is nog iets,' zegt Lily plotseling. 'Als je de kans hebt om een nieuw leven te beginnen, dan moet je dat doen.'

Meera kijkt weg.

'Toen je vader stierf, had ik dat tegen Saro moeten zeggen. Maar dat deed ik niet. De angst om alleen te zijn maakte me egoïstisch. Daarom klampte ik me aan je moeder vast en liet ik me door haar als steunpilaar gebruiken. Ze was te jong om weduwe te zijn zoals ik dat was. Ik had dat moeten zeggen, maar dat deed ik niet. Dus moet ik het tegen jou zeggen.'

Het bloed stijgt naar Meera's gezicht. 'Ik weet niet wat je denkt, maar er is niets gaande tussen de professor en mij,' zegt ze weinig overtuigend.

Lily leunt achterover. 'Nog niet. Maar ik zie dat hij je leuk vindt en jij hem. Het heeft niets te maken met je haar knippen of een nieuwe garderobe aanschaffen. Dat werkt in de film. Een nieuw uiterlijk dat je omtovert tot een nieuwe vrouw. Word wakker, Meera. Word wakker voor je leven je ontglipt.'

Meera recht haar schouders om haar ontkenning kracht bij te zetten. En dan stopt ze. Waarom zou ze de waarheid ontkennen?

'Er is trouwens geen duister geheim waardoor Saro niet wilde zwemmen. Ze had een hekel aan water en toen ze klein was, moest ze van mij leren zwemmen. Toen ze het huis uit ging, bezwoer ze dat ze nooit meer zou zwemmen, tenzij iets haar daartoe verplichtte.

En die dag in het zwembad was dat Giri,' zegt Lily en ze staat op. 'Het eerste wat je te doen staat, is eerlijk zijn tegenover jezelf. Luister naar me, Meera, we hebben allemaal onze dromen nodig ...'

VI

En zodoende mag Meera van zichzelf nog één keer dromen. Niets ingewikkelds of grandioos. Niets waar ruimte in de kleerkast of nieuwe gordijnen aan te pas komen. Ze vestigt haar hoop niet op het maken van een nieuw nestje of vleugel aan vleugel de zonsondergang tegemoet te vliegen. Op dit moment is ze tevreden met de kameraadschap die Jak haar zo gemakkelijk en gul biedt. Haar Jak. Haar Kitcha. Als hij door haar haren woelt of zich naar haar toe buigt om haar kin in zijn hand te nemen of een kruimeltje van haar *kurta* weg te vegen, exploderen Meera's zintuigen.

Aan de zijlijn heeft Vinnie een volledige ommezwaai gemaakt. 'Komt het ooit nog tot een vrijpartij bij jullie, of blijft het voorgoed bij dit kinderlijk om elkaar heen drentelen?' vraagt ze als Meera de dagelijkse, terloopse liefkozingen opsomt. 'Ik kan niet geloven dat je zo'n aai over je vel zo opwindend vindt. O Meera, Meera, wat moet ik toch met je beginnen?'

Meera grijnst dom. Alles op zijn tijd, denkt ze. Voorlopig is ze gesteld op de vrouw die ze in zijn ogen ziet.

Voor het eerst sinds vele jaren schudt ze de schim van een dode droom wakker.

'O Giri,' had ze op een avond in het begin van hun huwelijk geroepen, 'ga ik het ooit afmaken? Ik heb zo hard gewerkt aan het onderzoek. Het ligt daar allemaal stof te vergaren terwijl het leven me ontglipt.'

'Waarom zou je? Eén literatuurproefschrift meer zal de wereld niet veranderen,' zei Giri en toen fluisterde hij, als om zijn stekelige woorden te verzachten: 'De kinderen hebben je nodig. Ik heb je nodig. Is dat niet belangrijker?' Hij kuste haar vingers een voor een, bij wijze van eerbetoon aan haar rol in hun leven.

Meera glimlachte. Maar toen ze het daarna tijdens een auto-tochtje weer ter sprake bracht, was Giri minder complimenteus. Hij pakte haar terug met een grapje. Een wreed grapje. Hij wees naar elke watertank: 'O, daar heb je mama's doctorstitel op het dak!' De kinderen grinnikten en Meera had een glimlach geproduceerd en er nooit meer iets over gezegd.

Jak daarentegen luisterde vol aandacht, met zijn hoofd scheef en poppetjes tekenend. 'Ik wou dat je het had gedaan,' zegt hij. 'Dat kan nog steeds. Toch?' vraagt hij ineens. 'Zijn er misschien boeken die ik voor je kan achterhalen?'

Niet lang daarna komt Meera aanlopen als Nayantara en Nikhil tijdens een partijtje scrabble over haar praten. Ze blijft plotseling staan, even nieuwsgierig als ongerust.

Nayantara en Nikhil merken dat er iets in de lucht hangt, maar in het licht van een vader van wie ze weten dat hij binnenkort een kind krijgt, is een enigszins verliefde moeder makkelijk te hebben.

Ze hoort Nikhil tegen Nayantara zeggen: 'Hij is aardig. Hij kraakt ma niet af.' Zoals pa vroeger, maar dat zegt hij er niet bij.

De afgelopen maanden hebben Nayantara en Nikhil allebei een nieuwe gevoeligheid verworven. Hun vaders onaardigheden, spotternijen en getreiter uit het verleden laten hen niet met rust.

'Hij bewondert haar en zo,' zegt Nikhil. 'Hij vraagt de hele tijd haar mening.'

'Van ma! Ze is maar een huisvrouw. Wat weet zij nou?'

'Hou je kop. Hou je kop,' zegt Nikhil boos. 'Ze staat toch voor ons klaar, of niet soms! Ik bewonder haar ook.'

'Moederskindje!'

'Liever een moederskindje dan papa's lievelingetje zoals jij. Papa wilde ons niet. Hij ging weg. Of ben je dat soms vergeten?' Nikhils stem krijgt een ernstige klank die Meera nog nooit heeft gehoord. Haar adem stokt.

'Daar had hij zijn redenen voor.' Nayantara verdedigt hem meteen, maar Meera ziet dat het niet van harte gaat.

'Die redenen kunnen me niet schelen. Heeft hij jou of mij ook maar één keer gevraagd of we met hem mee wilden? Hij heeft ons achtergelaten alsof we oude kleren waren of zo. Je zou de professor moeten zien. Zoals hij voor Smriti zorgt. Hij doet zoveel voor haar en gedraagt zich nooit alsof hij dat hartstikke beu is. Elke avond voor hij naar bed gaat zit hij bij haar en dan kietelt hij haar onder haar kin en zegt: "Ga maar vlug slapen, kindje, want als je morgen wakker wordt laat ik je heel hard werken om al die verloren tijd in te halen ..." Denk jij dat papa zo voor ons zou zorgen? Papa geeft niks om ons. Volgens mij heeft hij nooit echt om ons gegeven,' zegt Nikhil terwijl hij een steentje dan weer hier, dan weer daar aanlegt.

Nayantara heeft niets meer te zeggen. Maar net als Meera tussenbeide wil komen, krijgt Nayantara's nieuwsgierigheid de overhand. 'Dus wat vind je ervan?'

'Waarvan?'

'Van mama en haar professor. Hebben ze iets?'

'Ik weet het niet. Misschien gaan ze trouwen.'

Nikhils gedachtegang overdondert Nayantara volkomen. Dat pa een nieuw leven zou beginnen maakte deel uit van zijn vertrek uit huis. Maar Meera? Moeders worden geacht hun dromen opzij te zetten en gracieus oud te worden, net als meubilair. 'Trouwen?' gilt ze.

'Ja, ze lijken elkaar heel leuk te vinden. Maar zelfs als ma en hij trouwen hoef je in elk geval niet bang te zijn dat er een baby komt. Daar zijn ze allebei te oud voor.'

Meera voelt een stille steek. Haar kinderen worden groot. Hun leven krijgt een eigen dimensie.

'En hoe zit het met Smriti?' vraagt Nayantara.

'Hoezo?' Nikhil springt meteen voor Smriti in de bres. 'Je moet ma eens vragen of je mee mag naar het huis van de professor. Dan zie je het zelf. Ze ligt daar maar ...'

'Dus dan is zij hun baby! De baby van pa wordt in elk geval groot. Maar de luiers van deze kunnen we de rest van ons leven blijven verschonen.' Nayantara bedoelt het minder onaardig dan het klinkt, maar ze is in alle staten. Ze weet niet wat haar tot zulke uitspraken brengt. Pijn. Angst. Of een combinatie daarvan.

'Dat is gemeen,' zegt Nikhil kalm. 'Als je haar zag, zou je alles wat je daarnet zei terugnemen. Ik ga er af en toe mee naartoe en de laatste keer vroeg ma of ik haar wilde voorlezen,' zegt hij met de gewichtige stem van iemand die was gevraagd iets heel belangrijks te doen.

'Heb je dat gedaan?' Heel Nayantara's wezen straalt jaloezie uit.

'Ja. Na een poosje is het alsof je jezelf voorleest. Volgens mij beweegt ze nog geen spier.'

Nikhil legt een woord aan. D.O.O.D.

Nayantara kijkt op van het scrabblebord. 'Is het zo erg met haar?'

'Ja. Volgens mij ga ik dood als jou ooit zoiets overkomt.' Nikhils stem hapert.

Nayantara zegt een tijdje niets. Dan schuift ze het spelbord opzij en geeft Nikhil een knuffel.

VII

Op een avond als Jak bij haar waakt, komt Rishi bij Smriti kijken. Kala Chithi is naar de dokter voor haar periodieke controle. Meera is naar huis. Jak heeft er steeds meer moeite mee dat Meera haar boeken, papieren, pen en telefoon in haar tas doet en de deur uit gaat. Als hij kan, zet hij haar thuis af en stelt daarmee het moment dat ze weggaat uit. Soms vraagt hij zich af of hij zich niet in te diep water begeeft. Zelfs in die eerste, onstuimige dagen met Nina had hij niet zo'n duizelig makend gevoel ervaren. Een heldere straling. Die zo sterk gebundeld is dat een andere Jak, op een ander moment en een andere plek, zich uit protest tegen het voorhoofd zou hebben gemept met een spottend: 'O, word eens volwassen, zeg!'

Voor het eerst wil hij de gebeurtenissen liefst versnellen en niet zoals gewoonlijk toekijken en afwachten. Met Meera wil hij meer. Niet enkel een versmelting van lichamen en behoeften; hij wil haar helemaal. 'Ik weet dat je Meera leuk zult vinden, Smriti. Ze is niet zoals Monique of een van die andere vrouwen. Ik weet dat je je enorm aan hen stoorde. Meera is anders. Meera is Meera ...' vertelt hij zijn dochter terwijl hij haar handpalmen met crème insmeert. Dan hoort hij de bel.

Jak zegt niets als hij ziet wie het is. Hij doet de deur wijd open en zegt: 'Kom binnen. Ik neem aan dat je Smriti wilt zien.'

Rishi loopt achter hem aan Smriti's kamer in.

Jak hoort hoe hij zijn adem uitstoot en kijkt naar het spel van emoties op Rishi's gezicht.

Rishi zegt lange tijd niets.

'Dit wist ik niet ...' Zijn smekende blik zoekt Jaks ogen. 'Echt niet. Wat kan ik zeggen?' Met afhangende schouders leunt hij tegen de muur.

'Wat had je verwacht?' Jak doet geen moeite te verbergen hoe razend hij is.

Rishi gaat van de muur naar het voeteneinde van het bed. Hij staart naar Smriti zonder meteen in staat te zijn te geloven dat dit verwrongen wezen, deze schim van een meisje, de Smriti is die hij heeft gekend. De Smriti op wie hij zo waanzinnig verliefd werd. 'Ze ... ik had geen moment gedacht dat ze dit zouden doen.'

'Wie zijn ze?' Jak recht zijn rug.

'Srinivasan en zijn mannen. Ik had niet gedacht dat ze het zouden durven.'

'Het was een ongeluk. Een bizar ongeluk,' zegt Jak.

Rishi's blik wordt hard. 'Een ongeluk dat zij hebben veroorzaakt. Wat zou het anders kunnen zijn? Ze zijn slecht. Ik weet het zeker. Dit hebben zij haar aangedaan.' Zijn stem wordt hoger. 'Ze zeiden dat ze het zouden doen.'

Een van de bestanddelen van elke chaotische beweging, weet Jak, is herhaling. Bepaalde systemen keren terug naar een staat die de eerste zeer dicht benadert. Aan de delicate afhankelijkheid tussen de oorspronkelijke en de geleidelijk ontstane staat valt niet te ontkomen.

In het diepst van zijn hart, ergens achter in zijn hoofd, in de verborgen holte in zijn ziel waar hij het spookbeeld van Smriti's verleden heeft begraven, voelt hij gefladder. Snel klapwiekende vleugels. Jak, de weerman, weet hoe dit verschijnsel elders de komst van een tornado kan veroorzaken.

De vlinder fladdert met zijn vleugels, telkens weer opnieuw ...

'Je zei dat jullie in Madurai uit elkaar gingen. Ik ging ervan uit dat je haar daar had verlaten, maar zo is het niet gegaan, hè?' vraagt Jak. 'Wat is er toen gebeurd? Hoe is Smriti in Minjikapuram terechtgekomen?'

Rishi Soman gaat zitten. Zijn ogen worden spleetjes als hij zich de busrit uit Madurai herinnert.

VIII

Bij de bushalte in Madurai werden Smriti's ogen groot van pret bij het zien van het blauw-witte ruitjespatroon van de bussen. 'O, kijk, ik heb nog nooit een bus gezien met een tafelkleed aan,' riep ze. Rishi zei niets. Hij wist niet veel opwinding op te roepen. Eerlijk gezegd wist hij tegenwoordig helemaal nergens gevoelens voor op te roepen. Hij voelde zich alleen bezwaard door wat er van hem werd verwacht.

'Hmm,' zei hij en hij probeerde de goede bus te vinden die hen verder naar het oosten zou brengen, naar de kust waar Minjikapuram wachtte. Daar had hij een afspraakje met de vrijheid.

In de bus sliep Smriti met haar hoofd op zijn schouder. Toen de bus piepend tot stilstand kwam, merkte hij dat ze wakker werd. Haar wang wreef tegen zijn hals. Hij zag de man aan de overkant van het gangpad naar hen staren. Hij werd er ongemakkelijk van.

'Ga eens rechtop zitten, slaapkop,' zei hij en hij rechtte zijn schouders in de hoop dat ze dan haar hoofd zou optillen.

Smriti kwam overeind en rekte zich uit. Hij zag haar korte topje omhoog kruipen tot hij bijna de onderkant van haar borsten kon zien. Weer voelde Rishi de ogen van de man. Alleen likten ze dit keer aan Smriti's huid. Rishi leunde naar voren om het blikveld van de man te blokkeren.

'Hé, Smriti,' zei Rishi, 'doe die bloes aan.'

'Het is zo heet!' Smriti fronste haar voorhoofd.

'Dat weet ik. Maar we zijn op het platteland van India en daar weten ze zich geen houding te geven als ze een meisje als jij zien.'

'Wat is er mis met mij?' wilde Smriti weten.

Rishi's mond verstrakte. Ze deed zo ontzettend defensief. Als je haar op één klein dingetje wees, deed ze alsof ze van een gruwelijk misdrijf werd beschuldigd.

'Er is niets mis met je. Ze hebben nog nooit een meisje als jij gezien. En jij hebt altijd beweerd dat je in het echte India wilde opgaan. Dat gaat je dus niet lukken in een topje zonder beha,' zei Rishi boos en hij deed alsof hij haar gekwetste blik niet zag. Of hoe zijn afkeuring haar intimideerde. De traantjes kunnen elk ogenblik komen, dacht hij.

'Wat is er?' vroeg ze even later. 'Waarom stopt de bus?'

Hij haalde zijn schouders op. 'Een ongeluk. Een wegversperring. Een lekke band ... Het kan van alles zijn,' zei hij. Hij verveelde zich, hij had het warm, hij voelde zich schuldig. Uit zijn ooghoek zag hij dat Smriti haar bloes nu aan had en hem helemaal had dichtgeknoopt. God, was er geen makkelijke manier? Om pijnloos uit elkaar te gaan? Hoe kreeg hij dat voor elkaar?

'Kijk, iedereen stapt uit. Laten wij dat ook doen. Buiten is het frisser.' Smriti trok aan zijn elleboog.

Buiten stonden de mensen in groepjes langs de weg. Smriti vroeg aan een vrouw: 'Wat is er gebeurd?'

De vrouw keek haar niet-begrijpend aan. Rishi moest onwillekeurig glimlachen. Arm ding. Zelfs als ze Tamil sprak, staarden ze haar verbijsterd aan. 'Het komt door je accent,' mompelde hij.

'*Yennach?*' probeerde Smriti nog eens.

Het begon de vrouw te dagen. Ze legde uit dat er verderop bij de spoorbomen een ongeluk was gebeurd. Ze zouden hier een poosje vastzitten, voegde ze eraan toe.

Smriti knikte en wilde weglopen. 'Waar kom je vandaan?' De vrouw had haar elleboog gepakt. Naast haar stond haar zwangere dochter en Smriti merkte dat ze haar tot in de kleinste details opnamen. Wisten ze niet dat het onbeleefd was om te staren? Ze schudde haar hoofd zonder te kunnen besluiten of het haar amuseerde of ergerde. Maar ze bleven haar inspecteren. En ze lieten zich er ook niet van weerhouden nogal intieme vragen te stellen toen er een ander groepje vrouwen bij kwam staan.

Een van hen raakte Smriti's wenkbrauwknopje aan. 'Blijft je haar er niet achter hangen?' Een andere vrouw, eerder overdreven kritisch dan nieuwsgierig, kneep in de stof van haar bloes en vroeg op een fluistertoon: 'Gapen de mannen je niet aan? Naar ons staren ze al als we een sari dragen, dus als ze iemand als jij zien ... Ik zou er nooit zo bij kunnen lopen als jij. Al die ogen die me uitkleedden. Ik ging nog liever dood!'

Weer een ander gebaarde met haar kin naar Rishi. 'En hij? Vindt hij het niet vervelend dat je je zo kleedt?'

'Zijn jullie pas getrouwd? Op huwelijksreis?' vroeg iemand quasiverlegen.

Smriti keek naar Rishi's gezicht. Zouden ze het verlangen in haar ogen zien? Ze schudde haar hoofd. 'Nee, nee, we komen uit Bangalore. Hij is een vriend van me.'

De vrouw fronste haar voorhoofd. 'Ik dacht dat jullie man en vrouw waren. Jullie zouden een leuk stel zijn! Zeg je ouders dat ze je met hem moeten laten trouwen.'

Smriti lachte verward. Als dat zou kunnen. Haar ogen zochten Rishi weer.

Hij raakte haar arm aan. 'Blijf je hier de hele dag staan kwebbelen?'

Toen zag Smriti het reclamebord voor de PijnWeg-balsem. 'Kijk, Rishi!' Ze wees. En iedereen keek mee naar Rishi op het reclamebord. Rishi die achtereenvolgens verlost van een stijve rug rechtop ging staan en met suizend tennisracket een krachtige backhand speelde. Een zwierige, knap uitziende Rishi op wie mannen jaloers waren en om wie vrouwen zuchtten.

'Bent u filmacteur?' vroeg een man.

Rishi bloosde. 'Nee!' snauwde hij.

'Dat zou u moeten worden!' verkondigde de man, zonder zich van Rishi's bruuskheid bewust te zijn. 'Zoals u kijkt! U zou een goede filmster zijn!'

De vrouwen stootten Smriti aan. 'Hij is heel aantrekkelijk. Pas maar op dat niemand hem van je afpakt!'

'Hebt u Rajanikanth ontmoet?' Een jongen had alleen het laatste stukje van het commentaar gehoord en ging door over de 'filmster'. Hij trok Rishi aan zijn mouw.

Rishi schudde zijn hoofd en begon weg te lopen. 'En Vijay-kanth dan? Prabhu? Surya? Dhanush? U kent helemaal niemand! Hoe kunt u nou een filmster zijn!' De teleurstelling van de jongen was een trap na.

Rishi liep naar een groepje bomen aan de overkant van de weg.

'Wat is hij verlegen!' zeiden de vrouwen tegen Smriti.

Smriti zei niets. Ze wist dat elke verwijzing naar zijn filmcarrière hem overstuur maakte. Hij had in een paar films gespeeld en daar was het bij gebleven. Een doodgeboren filmcarrière was het ergste wat je kon overkomen, vertelde hij haar telkens weer. 'Terwijl je wacht op iemand die je gaat ontdekken, heb je in elk geval reden tot hoop. Maar dit is afschuwelijk!'

Haar hand gleed in de zijne. Hij vertrouwde zijn stem niet, dus zweeg hij. Hij moest weg uit Bangalore. Dat had hem niets te bieden. Hij zou naar Mumbai moeten verhuizen. En Smriti zou moeten aanvaarden dat het afgelopen was.

'Wat is dit voor een treurige bedoening?' vroeg Smriti met opgetrokken neus. Ze stond op één voet terwijl ze met de andere lui haar kuit krabde.

Rishi keek op en stopte even met schrijven in het registratieboek. 'Tja, ik kan me niets anders veroorloven. Er is verderop aan de kust een exclusief hotel bij gekomen. Maar dat kan ik niet betalen. Als je wilt kun je daarheen gaan!'

Smriti schudde haar hoofd en porde hem in zijn ribben. 'Je klinkt alsof je van me af wilt. Dit is goed. Het ligt aan zee en ik kan de golven horen. En het is in Minjikapuram!'

En zodra ze in de kamer waren, deed het er niet meer toe. Want toen de bediende de balkondeur en -ramen had opengedaan, zag Rishi Smriti's ogen glazig worden. Hij zag haar de zee inademen. Toen lag ze in zijn armen en trok aan zijn hemdsknoopjes.

'Laten we vrijen, Rishi. Laten we hier vrijen met de zee en de lucht als onze getuigen,' drong ze aan, dicht tegen hem aangedrukt.

Rishi hield haar van zich af. 'Wat? Hier?' vroeg hij, ineens opstandig.

'Hoezo?' wilde ze weten terwijl ze met haar nagels cirkels trok op zijn rug. 'Wil je niet? Je leek nooit genoeg van me te kunnen krijgen en nu doe je alsof je niets van me moet hebben.'

'Niet nu.' Zijn stem klonk mat, zijn gezicht stond uitdrukkingsloos. 'Ik ben niet in de stemming. Hou eens op. Laten we iets te eten proberen te krijgen. Ik heb honger.'

Smriti zat ineengedoken op het bed. 'Wat is er?' vroeg ze ineens. 'Waarom krijg ik het gevoel dat je hier niet wilt zijn? Is dat zo, Rishi? Wil je hier niet zijn?'

Rishi liep het balkon weer op. Hij kon ver op zee de boten zien. Er was een vissersdorpje vlakbij. 'Maar ga daar niet rondhangen,' had de receptionist hem gewaarschuwd. 'Zeker niet met een vrouw. Het zijn allemaal zuiplappen. Dronken lomperiken als ze aan land zijn.

En nog iets,' had hij gezegd. 'Ik stel voor dat je wat geld in een envelop doet die je bij mij achterlaat. Voor de politie. Je wilt toch niet dat ze jullie oppakken voor onzedelijk handelen? Dat doen ze geheid als ze jullie zien ...'

Rishi was niet op zijn gemak. Achteraf bezien was het stom om met Smriti naar hier te komen. Op bekend terrein uit elkaar gaan had hij makkelijker voor elkaar gekregen, besefte hij.

Hij voelde zich vreemd bezwaard. Hij wilde dat hij kon zeggen wat hij van plan was. Het uitpraten met haar, zich eroverheen zetten. En dan misschien nog een paar leuke dagen samen hebben. Teruggaan naar hoe ze ooit waren. Jong, zorgeloos en ongebonden.

Smriti was heel opgewonden over de reis die ze zouden maken. 'Ondanks de wetten en voorschriften lukt het vrouwen nog steeds om achter het geslacht van hun ongeboren kind te komen. Als de vrouw het niet doet, dan doet haar familie het wel. Als het een meisje is, wordt de foetus geaborteerd. De dag nadert dat er geen vrouwen meer over zijn,' zei ze terwijl ze haar kleren op het bed klaarlegde.

'Er is bewustzijn nodig. Zodat de vrouwen beseffen dat een meisjesfoetus een kans moet krijgen. Dat ze ook aan hun dochters plezier kunnen beleven. Het wordt een moeilijke klus, en een ondankbare.' Smriti had blosjes van opwinding. 'Ik blijf twee of drie weken weg,' zei ze. 'Ik weet dat de anderen bijna allemaal vinden dat ik overloop van medelijden maar nooit echt stelling neem. Maar ik wil ze laten zien dat ik er iets aan wil doen. Er echt iets aan wil doen.'

Rishi hoorde het enthousiasme in haar stem opgelucht aan. Misschien ging ze wel minder aan hem plakken. Verlegde ze haar obsessie naar die ongeboren baby's, die er in elk geval baat bij zouden hebben.

'Wanneer moet je er zijn?' vroeg hij.

'Op 1 maart, heb ik gezegd. De eerste groep vrijwilligers is er vast al. Je weet toch dat ik de gedachte dat ik jou achter moet laten vreselijk vind?' zei ze en ze legde zijn hand tegen haar wang.

Haar huid voelde klam aan. Rishi werd door een vreemde droefenis bevangen. Van de vloedgolf van gevoelens die ze ooit bij hem had opgewekt, was alleen dit nog over. Fysieke afkeer en medelijden.

'Ik breng je wel,' bood Rishi aan. 'We kunnen een paar dagen samen doorbrengen voor je weer verder trekt. We zouden naar Kodai kunnen gaan. Of naar Minjikapuram, wat vind je daarvan? Je praat voortdurend over hoe geweldig het daar is ... We zouden erheen kunnen gaan. Het ligt ook niet ver van Madurai.'

'Wil je dat doen? Echt? Ik ga het liefst naar Minjikapuram. Daar vertelde mijn vader altijd over toen ik klein was.' Smriti straalde. Misschien kwam het door de opgetogenheid op haar gezicht dat zijn geweten zich nog meer verhardde. Op deze manier hoefde het niet hier te gebeuren, waar het lastig zou zijn om zich voor haar wanhopige smeekbedes te verstoppen. Want hij wist dat Smriti zou gaan klitten. Op deze manier hielden de vrouwen en hun ongeboren dochters haar een poosje bezig. En dan was hij al vertrokken.

'Wijn,' zei ze. Ze zouden wijn meenemen om aan zee te drinken. 'Mijn vaders tante heeft er vroeger een tijdje gewoond. Papa is er een paar dagen geweest, vertelde hij. Toen heeft hij zijn hart aan de lucht verpand. Tot die tijd had hij naar de zee gekeken, maar in Minjikapuram leerde hij ook naar de lucht te kijken.

Dus we moeten wijn hebben,' zei ze en ze maakte een lijstje.
En sinaasappels en druiven. En een schaaltje met plakjes pep-
peroni. Ze zouden bij maanlicht op het strand picknicken. Het
zou dan bijna vollemaan zijn.
'Smriti, Smriti,' zei hij, haar dolenthousiaste monoloog onder-
brekend. Onbezonnen plannetjes om hem te verstrikken met
liefde en verlangen. Rishi knielde naast haar en dacht: hoe kon
ik ooit denken dat dit liefde was?
'Doe alsjeblieft een beetje kalm aan. We gaan met de bus. Het
eten blijft niet goed. We logeren in een klein hotelletje. Daar
hebben ze geen kurkentrekker of wijnglazen. Het strand is misschien een heel eind lopen ... Wie sjouwt er al die spullen heen?'
Uiteindelijk ging hij schouderophalend akkoord met twee
blikjes bier en een blikje zoute cashewnoten.

'Waarom fris je je niet wat op?' zei hij terwijl hij de kamer weer
in liep. 'Dan gaan we als je klaar bent die wandeling maken.
Waar heb je het bier en de nootjes? Ik heb een koelkast gezien
in de winkel buiten. Ik zal vragen of ze de blikjes voor ons koud
willen zetten. We kunnen je wandeling in het maanlicht maken
en dan iets gaan eten.'
Hij zou het haar vanavond zeggen, nam hij zich voor. Dit kon
hij niet meer laten voortduren.

'Maar ik kon het niet,' zegt Rishi. 'We gingen wandelen. We
dronken het bier en aten de nootjes. Ik luisterde terwijl Smriti
praatte. Ik hoopte op een geschikt moment; een pauze die ik
kon opvullen. Maar het was net of de nachtlucht en de maan
haar wild hadden gemaakt. Ze rende het water in en uit, ze
maakte pirouettes. En toen ze de laatste keer rondwervelend
opsprong, trapte ze bij het neerkomen in een glasscherf.'

Er zat niets anders op dan te wachten tot de nacht voorbij was.
Er was geen ijs, maar de winkel naast het hotel kon twee flesjes
gekoelde Pepsi leveren. Er was geen hechtpleister, dus scheurde
Rishi zijn T-shirt in repen om de wond te verbinden.
Ooit zouden ze erom hebben gelachen. Zoiets absurds vonden

ze hilarisch. Ze zat met haar voet op zijn schouder en hij hield aan weerszijden van de voet een flesje Pepsi om het bloeden te laten ophouden. Het vond allemaal plaats in een stilte bezaaid met beleefdheden. 'Doet het pijn?' vroeg Rishi.

Ze schudde haar hoofd.

'Wil je iets drinken?'

'Straks,' antwoordde ze.

Dit was een nieuwe Smriti. Een stille, bedaarde Smriti. Haar volgzaamheid was net een verwijt. Hij werd er ongemakkelijk van. Hij wilde dat hij gewoon kon weglopen. De deur achter zich dicht kon trekken en alles wat binnenkort aan de orde kwam, kon vergeten.

Rishi, die van zichzelf maar drie sigaretten per dag mocht roken, stak een vierde op en ging op het balkon staan. Hij voelde haar ogen op hem terwijl hij inhaleerde en de rook uitblies en zich vervolgens door een pakje van tien heen werkte.

Hij zag haar matte gezicht. Zijn geweten knaagde. Ze zat met haar rug naar de muur en haar voet omhoog op de kussens. Hij wist dat ze wachtte tot hij naar haar toe kwam. Om haar te knuffelen en lieve woordjes te zeggen zoals hij had gedaan in die eerste wervelende tijd, toen een klein sneetje in haar duim een enorm reservoir aan tederheid in hem aanboorde. Nu had ze pijn. Haar voet zou wel bonken. Maar hij voelde alleen een afstandelijk medelijden.

IX

Smriti wilde geen medelijden. Ze wilde dat hij van haar hield. Dat ze net als vroeger waren. Dus toen hij met haar naar een dokter wilde gaan, weigerde ze, omdat ze hem niet wilde laten merken hoe overstuur hij haar maakte.

'Nee, ik red het wel,' zei ze. 'Maak je niet druk!'

Maar daar nam hij geen genoegen mee. 'Die wond moet waarschijnlijk worden gehecht. Doe niet zo idioot! Je moet een tetanusinjectie krijgen en misschien antibiotica. Hoor eens, ik ben al gestrest. Maak het nu niet erger door zo koppig en chagrijnig te doen,' snauwde hij.

Smriti keek hem een hele tijd aan. 'Mij best,' zei ze.

Er was een privékliniek bij de bushalte, zei de receptionist. Hij bood aan een autoriksja voor hen te bestellen. Rishi keek hem verwonderd aan. Hij was jonger en veel vriendelijker dan degene die gisteravond de balie had bemand. Toen Rishi de bloedende Smriti de stoep van het hotelletje op hielp, had de oudere receptionist zonder een sprankje gevoel toegekeken. Hij was nog te beroerd geweest om te vragen wat er was gebeurd.

In het zwak verlichte halletje had Rishi een ontzettende woede op voelen komen jegens de apathische man.

Nu was het alsof de jongeman dat wilde compenseren door de hele tijd vragen te stellen terwijl ze op de autoriksja wachtten. 'Als ik hier was geweest, had ik gezegd dat jullie 's avonds laat niet naar het strand moesten gaan. Daar is het echt niet veilig. Die vissers zijn zuiplappen, en eenmaal dronken zijn ze tot alles in staat. Het is maar goed dat jullie ze niet tegen het lijf zijn gelopen,' zei hij.

'Hoe heet je?' vroeg Rishi.

'Arul Raj. Hoezo?' Zijn ogen kregen een belangstellende blik.

'Het verbaast me hier iemand als jij aan te treffen,' zei Rishi.

Arul Raj haalde zijn schouders op. 'Ik heb een baan aangeboden gekregen in Singapore. Zodra de aanstellingsbrief er is, ben ik vertrokken. Ik heb hier niets te zoeken, meneer. Helemaal niets. Ik heb een hekel aan deze stad.

Wat doet u hier?' vroeg hij ineens. 'Dit is geen toeristische stad. Er is niets ... Hoe bent u hier verzeild geraakt?'

Rishi haalde zijn schouders op. Smriti gaf antwoord: 'Ik hoor bij een theatergroep die op tournee is in Tamil Nadu.'

'Wanneer komt die autoriksja?' wilde Rishi plotseling ongeduldig weten.

Arul Raj ergerde zich aan Rishi's aanmatigende toon en werd weer de beleefde vreemdeling. 'Snel,' zei hij en hij sloeg het registratieboek open.

Toen Rishi naar het hek ging, vroeg Smriti, alsof ze het goed wilde maken: 'Is het een goede kliniek?'

'Het is de enige die er is. Mijn zussen hebben hier hun kinderen ter wereld gebracht.' Arul Raj liet zich weer tot een gesprekje overhalen. 'Er is een openbaar ziekenhuis in het *taluk*-hoofdkwartier, maar dat ligt tien kilometer hiervandaan. Daarom gaat iedereen die het kan betalen naar de Meenakshi-kliniek.'

'Is Meenakshi de chef-arts?'

'Nee, dat is een man. Dokter Srinivasan. Meenakshi is zijn dochter, geloof ik. Dit hotel is trouwens ook van hem. Zowat alles in dit stadje, volgens mij!'

Rishi kwam terug. 'Hoeveel vraagt die riksjaman?' vroeg hij aan Arul Raj.

De ogen van de jongeman kregen een harde blik. Toen zag hij Smriti met een van pijn vertrokken gezicht haar voet neerzetten. 'De chauffeur vraagt vijftig à zestig roepie, omdat u niet van hier bent. Maar u moet niet meer dan dertig betalen.' Vervolgens richtte hij zich op vriendelijker toon tot Smriti en zei medelevend: 'Vraag naar zuster Vasantha. Ze is mijn buurvrouw. Zeg haar dat ik u heb gestuurd. Ze zal u helpen.'

Smriti glimlachte. Toen weigerde ze Rishi's aangeboden arm en strompelde met opeengeklemde tanden de stoeptreden af naar de wachtende autoriksja.

'Wat doe jij hier?' vroeg de vrouw verbaasd aan Smriti.

Smriti keek op uit het boek dat ze zat te lezen. Ze staarde de vrouw even aan zonder zich te kunnen herinneren waar ze haar was tegengekomen. Toen wist ze het weer, dat gesprekje langs de kant van de weg toen de bus niet verder kon.

'Ik heb mijn voet bezeerd. Er moet een dokter naar kijken. Ik krijg een injectie, misschien zelfs hechtingen!' Smriti's woorden gingen vergezeld van een verlegen lachje.

'Waar is je vriend?' vroeg de vrouw, die de drukke ontvangstruimte afzocht.

'Hij moet hier ergens zijn,' zei Smriti. Ze wilde het gesprek op een ander onderwerp brengen en vroeg: 'En u? Waarom bent u hier?'

De vrouw sloeg haar ogen neer. 'Ik ben met mijn dochter meegekomen. Ze krijgt een echo. Ik was juist op weg naar de echokamer toen ik jou zag.'

'Maar jullie wonen toch ergens anders? Dat zei u.'

De vrouw gaf geen antwoord. Ze zei daarentegen: 'Ik moet gaan. Pas goed op jezelf. Zorg dat je haar een paar dagen droog blijft. Je moet geen koorts krijgen.'

Smriti zag Rishi naar de inlichtingenbalie gaan en naar zuster Vasantha vragen.

'Ze heeft vandaag vrij,' zei iemand ten slotte, om van hem af te zijn.

'Ik snap deze drukte niet,' zei Rishi terwijl hij op een lege stoel tegenover haar neerplofte.

'Het is de enige kliniek hier in de omgeving,' zei Smriti.

'Al die zwangere vrouwen!' zei Rishi, die zich dieper in zijn stoel liet wegzakken.

Alsof hij wilde zorgen dat hij verder nergens over hoefde te praten, haalde hij zijn mobiel tevoorschijn en ging een spelletje doen.

Smriti keek een poosje naar hem. Ze had dorst. Ze had best iets willen drinken. Een vruchtensapje of zo. Een groot glas sinaasappelsap met ijsblokjes. Ze kreeg plotseling vreselijke heimwee. Ze had in geen maanden zo naar huis verlangd. Naar een bed met koele witte lakens en de vertrouwdheid van geliefde spulletjes. De kaalgesleten plek op het vloerkleed in de huiskamer en het slaapkamerraam dat knarste als het waaide. Naar de geur van de koffie die papa Jak 's ochtends zette. Naar het hangzitje op de veranda dat schommelde na een duwtje van je voet. Nina's parfum. Shruti's schrille kreetjes van opwinding. Zoveel dingen om te missen. Haar ogen schoten vol. Het huis waarin ze was opgegroeid was verkocht, het meubilair dat Nina niet wilde houden, was weggegeven. Waar was thuis nu? Bij papa Jak? Of bij Nina en Shruti? Of was het de flat waar Rishi woonde? Haar leven trilde van broosheid, van het verlies dat het bevatte.

Smriti sloeg de bladzijde om en terwijl ze deed alsof ze las, keek ze naar Rishi. Deze man herkende ze niet meer. Hij leek afstandelijk en kil. Wat was er mis?

Smriti kreeg op de eerstehulp vier hechtingen en twee injecties en kwam vermoeid terug met een recept voor een antibioticakuur. 'Ik haal die medicijnen wel. En ik zoek een autoriksja die ons naar het hotel terugbrengt. Wacht jij hier maar. Het is vreselijk heet buiten,' zei Rishi terwijl hij haar naar de ontvangstruimte bracht.

De vrouw uit de bus zat ineengedoken op een van de stoelen. Smriti strompelde erheen en ging naast haar zitten.

'Is alles goed met uw dochter?' vroeg ze.

Even keek de vrouw haar uitdrukkingsloos aan. Toen schudde ze haar hoofd. 'Ik weet niet wat ik moet zeggen,' fluisterde ze.

'Hoezo?' Smriti fronste haar voorhoofd.

'De foetus is gezond. Maar het is een meisje!'

Smriti snoof van schrik. 'Hoe u dat zegt! Wat is er verkeerd aan een meisje?'

'Ze heeft al twee dochters, aan deze derde heeft ze helemaal niets. Maar ze is al vier maanden zwanger. Ik wou dat we eerder waren gekomen, maar de echodokter komt maar eens per maand. Het is riskant om nu een abortus te laten doen. Maar zelf wil ze ook geen dochter meer. Haar man is toch al woedend op haar. Ik weet niet wat ze moet doen.'

'Hoe weet ze dat het een meisje is?' Smriti raakte haar even aan.

'Dat heeft de echodokter verteld.'

'Maar de dokter mag het geslacht van een ongeboren kind niet noemen. Dat is verboden!' Smriti praatte steeds harder.

'Toch doen ze dat hier. Waarom dacht je dat we hierheen kwamen? Die echodokter is niet van hier. Ze laten hem ergens anders vandaan komen en als je ernaar vraagt, vertelt hij het,' fluisterde de vrouw. 'Kijk om je heen,' voegde ze eraan toe. 'Die zwangere vrouwen komen overal vandaan, uit het hele district. Dacht je dat er waar zij wonen geen ziekenhuizen waren? Ze komen voor de echodokter. En als je dat wilt, kun je hier ook de abortus laten doen!'

'Maar dat is niet goed.' Smriti wilde gaan huilen. 'Je kunt een foetus haar geslacht toch niet verwijten?'

'Zeg dat maar tegen de mannen. Zeg dat maar tegen de vrouwen die die mannen hebben gebaard!' Smriti schrok van de hardvochtigheid van de vrouw. Dit was niet de uitbundige vrouw uit de bus, met haar luide lach, haar aanstekelijke vrolijkheid.

'Maar vindt u dat zelf ook?' vroeg Smriti zachtjes.

'Wat ik vind doet er niet toe. Het gaat om wat mijn dochter wil. Weet je wat een last een meisje is? Mijn dochter heeft er al twee. Nu staat haar huwelijk op het spel. Als ze weer een meisje krijgt, laat haar man haar misschien wel in de steek. Daar heeft hij al mee gedreigd.

Ik moet gaan. Ze is bij mevrouw de dokter. Ik moest even alleen zijn. Ze gaat me vragen wat ze moet doen en ik moet haar een antwoord kunnen geven.'

Smriti keek de vrouw na die schoorvoetend en piekerend de gang in slofte waar de spreekkamers waren.

Het was lunchtijd toen ze weer bij het hotelletje waren. Ze gingen naar een nabijgelegen restaurantje, waar Rishi naar Smriti keek die met lange tanden at. Ze was somber gestemd en zei niet veel. En het enige wat Rishi kon denken was: ze begint te begrijpen hoe ik me voel. Dat verklaart dat opgelaten gevoel.

Er kwam nog een steelse gedachte achteraan: zag ze hem niet meer zitten? Rishi besefte dat dat de beste oplossing zou zijn, maar hij vond het niet leuk.

'Lust je het niet?' wilde hij weten, zich ergerend aan de manier waarop ze een rijstballetje van de ene kant van haar bord naar de andere duwde.

'Ik heb geen honger,' zei Smriti en ze duwde het bord van zich af. 'Ik moet uitrusten.'

Ook met de ventilator aan was het warm in de kamer. Ze lagen naast elkaar met hun ogen dicht. Rishi voelde de hitte op zich af komen. Smriti leek in slaap te zijn gevallen. Hij keek naar het plafond en dacht aan wat hij haar die avond zou zeggen.

Toen hij wakker werd, was het bijna zes uur. En Smriti was weg.

Hij ging zitten. Hij keek om zich heen. Haar tas stond er nog. Waar kon ze heen zijn?

Rishi besloot te kijken of ze beneden was. Misschien was ze een praatje aan het maken met de receptionist bij de ontvangstbalie. Maar de zwijgzame oude man had dienst en Rishi durfde hem niet te vragen of hij wist waar Smriti was. Hij zag er niet uit alsof hij uit zichzelf iets zou vertellen, zelfs als hij het zou weten.

Rishi wreef over de stoppels op zijn kin. Hij moest douchen en zich scheren. Maar hij werd al neerslachtig bij de gedachte dat hij dan naar die smerige kamer terug moest. In plaats daarvan besloot hij te gaan wandelen en hij gaf de sleutel bij de receptie af.

Toen de witte Maruti Omni op de verlaten weg afremde, bereidde Rishi zich voor op wat er zou komen. Hij was ervan overtuigd dat ze hem een meisje wilden aanbieden. Tot zijn verbazing zag hij twee goedgeklede mannen uit het witte busje komen. De oudste droeg een witte dhoti en een wit hemd met halve mouwen, de jongste een lange broek en een ruitjeshemd.

'U bent hier nieuw,' zei de oudste man. Het was eerder een vaststelling dan een vraag.

Rishi knipperde verbaasd met zijn ogen. Wie waren dit? En waarom namen ze hem zo taxerend op?

'Hoezo?' vroeg hij in het Tamil, met zijn meest vijandige stem. 'Waarom wilt u dat weten? Wie bent u?'

De mannen keken elkaar aan. Toen sprak de oudste weer, met zijn zware, schorre stem: 'U bent hier nieuw. U kent onze gewoonten niet. Ik raad u aan te vertrekken. We willen geen problemen veroorzaken. Maar we staan evenmin toe dat u ons in de problemen brengt.' Hij was beleefd, alhoewel er volop dreiging uit zijn woorden sprak.

'Wat voor problemen?' stamelde Rishi. 'Ik weet niet waar u het over hebt.'

De jonge man kwam naar voren. 'Die slet van je was vanavond in de kliniek. Ze steekt haar neus in zaken die haar niet aangaan. Ga naar huis. Ga waar je heen wilt. Maar hier moet je oprotten.'

De oudste man stak zijn hand op om de agressieve jongeman de mond te snoeren. Zijn gouden horloge glansde in het late avondlicht en Rishi zag de vurige flits aan zijn wijsvinger. Een diamanten ring. Wie waren deze mannen?

De oudste gaf Rishi een schouderklopje. Een warm, vaderlijk gebaar. 'Hij begrijpt het wel. Nietwaar? Ze gaan weg!'

Rishi zag de mannen in het witte busje stappen en op hoge snelheid terugrijden naar waar ze vandaan waren gekomen. Zijn hart klopte in zijn keel. Zijn mond was droog. Hij was nog nooit zo bang geweest. Wat had Smriti gedaan?

'Hoe kon je zo stom zijn?' riep hij toen ze de deur opende.

'Hoezo? Omdat ik opendoe?' Ze trok een wenkbrauw op.

'Nee, achterlijke trut. Omdat je je neus in zaken steekt die je niet aangaan.' Rishi merkte dat hij dezelfde woorden gebruikte als de jonge man. 'Wat was je bij die kliniek gaan doen?'

'Schreeuw niet zo tegen me, Rishi. Je weet niet wat daar gebeurt,' zei Smriti en ze liep weg.

Hij volgde haar naar het balkon. 'Luister naar me, Smriti, je beseft niet waar je mee bezig bent.'

'Waar denk jij dat het allemaal om draait?' vroeg ze rustig.

'Ik weet het niet. En het kan me niet schelen.' Rishi ramde met zijn vuist tegen de deur. Die zwaaide onrustbarend.

'Ik ben niet zoals jij,' zei Smriti. 'Als ik iets zie, kan ik niet doen alsof ik het niet heb gezien.'

'Waar heb je het over?' vroeg Rishi, die steeds ongeloviger klonk.

'Ze hebben een mobiel echoapparaat en vertellen zwangere vrouwen welk geslacht hun foetus heeft. Maar dat is niet alles. Ik ga uitzoeken wat er gebeurt. Wat ze doen is niet zomaar verboden, het is verkeerd. En iemand moet het tegenhouden!' Hij werd doodsbenauwd van de rechtvaardige verontwaardiging op haar gezicht.

'Dit zijn gevaarlijke mensen. Dit is Amerika niet en jij bent geen Erin Brockovich ... Je kunt heibel maken over wat er gaande is zodra je hier weg bent. Maar hier blijven is niet veilig!' Over zijn toeren trok Rishi aan haar elleboog.

'Wat heeft het voor zin om een klacht in te dienen? Die verdwijnt al in de doofpot nog voor er iets mee gebeurt. Ik heb het nu alleen van horen zeggen. Als ik hier nog een paar dagen blijf, heb ik de nodige bewijzen. Een vrouw die ik sprak, heeft beloofd me met iemand in contact te brengen die met me wil praten, die me alles gaat vertellen.' Smriti zweeg even. Met een bedachtzaam gezicht praatte ze verder. 'Jij hoeft er niet bij betrokken te raken. Je mag gaan als je dat wilt!'

'En toen ging je.' Het is Jak die de stilte tussen hen beiden verbreekt.

Rishi leunt voorover, zijn handen tussen zijn bovenbenen geklemd, zijn hoofd diep omlaag, in gedachten verzonken. Van berouw? Van wroeging, vraagt Jak zich af.

'Ik weet dat u al hebt besloten dat ik een harteloze klootzak ben. Maar ik kon het niet eens meer opbrengen om de schijn op te houden. Zo ver voelde ik me ervan verwijderd,' zegt Rishi, wiens gezicht geen enkele emotie verraadt.

Dan zwijgt hij.

Tot Jak spreekt. 'Ga door, Rishi, wat gebeurde er toen?'

Jak vindt het moeilijk de bitterheid uit zijn stem te weren. 'Ze bood je de uitweg die je nodig had, nietwaar?'

Rishi schudt zijn hoofd. 'Ik ging niet weg. Niet toen! Ik kon zo niet weggaan. Ik wist dat ze zich ergens in had begeven waar ze totaal niet tegenop gewassen was!'

Jak laat zijn hoofd in zijn handen zakken. Hij zegt hardop: 'Hoe had ze erbuiten kunnen blijven? Zo is ze ten voeten uit! Ze is vasthoudend.' Dan verstijft hij en verbetert zichzelf: 'Is? Was?'

Hij gaat plotseling staan en voegt eraan toe: 'Ze heeft nooit goed dingen achter zich kunnen laten ... of mensen. En ze wierp zich zo graag op goede doelen ...'

X

'Goede doelen vragen om martelaren. Ben je van plan er een te worden? Een martelaar? Ze zullen je vast en zeker pijn doen.' Aanvankelijk sprak Rishi rustig.

De nacht was helder. De maan stond laag aan de horizon. De wind kwam van zee, sterk en zout. Ze konden de golven horen bulderen. Met zijn tweeën zaten ze in de kamer, gevangen in een vijandig stilzwijgen.

'Ga dan. Je hoeft niets te riskeren. Je kunt weglopen,' zei Smriti verwijtend.

'Nee, ik kan niet gaan,' snauwde Rishi. 'Dat kan ik niet maken. Je weet niet hoe die mannen zijn. Ze zijn gevaarlijk, Smriti, dat meen ik echt!'

Smriti friemelde alsmaar aan de franje van haar bloesje. De kwastjes aan de boord zwaaiden heen en weer. Ze zei: 'Je was al van plan om weg te gaan, of niet soms? Het is voorbij. Ik weet het. Je wilt zo ontzettend graag bij me vandaan ... Nee, ontken het maar niet. Dus waarom ga je dan niet?'

Rishi likte zijn lippen. Hij proefde de zee. 'Dat zou ik doen, als ik me niet verantwoordelijk voelde. Ik heb je hierheen gebracht. Ik moet je hier weg zien te krijgen. En als ik terugga, verhuis ik naar Mumbai.'

'Zou je me hebben gevraagd of ik mee wilde verhuizen?' vroeg ze zachtjes.

'Nee.' Hij schudde zijn hoofd. 'Het is voorbij. Althans, zodra ik je hier weg heb.'

Smriti zat rechtop. 'Jij noch iemand anders kan me dwingen te vertrekken voor ik heb wat ik wil.'

'En dat is?'

'Bewijsmateriaal, Rishi. Ik heb bewijsmateriaal nodig om een klacht te kunnen indienen. Ik heb bewijsmateriaal nodig om naar de kranten te kunnen stappen. Dan kan niemand de waarheid nog weerleggen. Zelfs jouw gevaarlijke mannen niet.'

Hij wist niet wat hij moest zeggen of hoe hij haar moest overtuigen. Hij kon haar evenmin daar achterlaten terwijl hij wist dat ze zichzelf in gevaar bracht. Dus besloot hij te blijven.

Ze zaten in die kamer van het groezelige hotelletje zonder in staat te zijn de stilte te overbruggen. Uiteindelijk was het Rishi die sprak. 'Vertel,' zei hij.

'Waarom?' vroeg ze. 'Wat kan het jou schelen?'

'Niets,' zei hij. 'Maar dan weet ik tenminste waarom je ons leven op het spel zet.'

Ze vertelde hem over de moeder en dochter in de bus. Dat ze de moeder in de kliniek opnieuw had ontmoet. De ontdekking dat er een ambulante echodokter spreekuur hield in een kamer met een bordje dat verkondigde: HET GESLACHT VAN HET KIND WORDT HIER NIET ONTHULD! Over de extra kosten waarnaar werd verwezen en over de abortus die kon worden geregeld als uit de echo bleek dat het een meisje was.

'Maar wat denk je te kunnen doen? Niets is ingewikkelder of kwaadaardiger dan kleinsteeds gekonkel. En deze mensen weten dat je te veel vragen hebt gesteld.' Rishi's geschokte gefluister striemde de lucht.

'Ik bedacht dat ik haar overal waar ze heen ging zou vergezellen. Ze zouden haar in elk geval niet aanvallen als ze bij mij was. Ik bedacht dat ze naar mijn voorstel zou luisteren als ik genoeg belangstelling leek te tonen om haar te helpen.

Ik had vrienden bij de media. Hen zou ik inschakelen. We konden het aan de grote klok hangen. Dat zou de autoriteiten alarmeren. Ik zou die telefoontjes in haar bijzijn plegen, zodat ze wist dat ik haar serieus wilde helpen.

De avond erna hoopte ik met haar in de bus te zitten die ons naar Madurai bracht.' Rishi somt de reeks gebeurtenissen op alsof hij ze in zijn hoofd keer op keer opnieuw heeft beleefd.

Hij volgde Smriti de hele ochtend. Bij de kliniek werden ze weggestuurd. 'Je kunt ons de toegang niet weigeren.' Smriti probeerde woedend de bewaker te passeren.

'Dat kunnen we wel.' Een wat oudere man was uit een kamer in het gebouw gekomen. 'Ten eerste heb je geen medische hulp nodig. Ten tweede is dit een particuliere kliniek, en uiteindelijk ben ik degene die beslist wie binnen mag en wie niet. Ga alsjeblieft weg.'

Toen hij Rishi opmerkte, kwamen er op zijn voorhoofd nog meer rimpels bij. Op dezelfde onverstoorbare toon waarmee hij Smriti had tegengehouden, zei hij: 'Je hebt dus besloten het op jouw manier te doen. Je vond wat wij te zeggen hadden niet belangrijk genoeg.'

'Was dat je gevaarlijke man? Die zachtaardig uitziende onderwijzer?' Smriti was woest op Rishi toen ze via het steegje naar de hoofdweg liepen. 'Ik had me er een besnorde kleerkast bij voorgesteld in een nethemd en een *lungi*.'

Rishi veegde het zweet van zijn voorhoofd. 'Het probleem is dat je te veel Tamil films kijkt. Jij denkt dat schurken eruitzien als schurken. Voor die zachtaardige onderwijzer is het misschien een peulenschil om jouw of mijn keel door te snijden. Hoorde je de dreiging niet in zijn stem?' Rishi voelde een ijskoude rilling over zijn ruggengraat lopen. 'Smriti, ik zeg je dat hij gevaarlijk is, deze plek is gevaarlijk!'

'Oké, toegegeven, er is een zekere vijandigheid. Maar niet genoeg om te rechtvaardigen dat we er met de staart tussen de benen vandoor gaan. Laten we hier even gaan zitten,' zei ze en ze ging naar een klein theehuis waar buiten overal bankjes stonden.

'Mijn telefoon is aan het opnemen. Ik ga filmen hoeveel zwangere vrouwen er naar binnen gaan. De radioloog is er nog tot twaalf uur, daarna is hij weg. Kijk ...'

Er stopte een autoriksja bij de ingang van de steeg. Een zwangere vrouw en een man stapten uit. Enkele minuten later liepen twee vrouwen, van wie er één zwanger was, de steeg in.

Ze bleven er een paar uur zitten, dronken een heleboel kopjes thee en maakten opnamen van alle zwangere vrouwen die langskwamen. 22 in drie uur tijd.

Terug op hun kamer liet Smriti hem haar filmmateriaal zien. 'Begrijp je nu waar ik op doel? Dacht je dat de echo wordt gemaakt om te controleren of alles in orde is met de baby in de baarmoeder? Ze willen alleen maar weten of het een jongetje of een meisje is. Hoe kan hij anders zoveel patiëntes in zo'n korte tijd ontvangen?'

Rishi knikte. Hij wist niet wat hij moest zeggen. Hij dacht zelden ergens al te diep over na. Het enige wat hij wilde in het leven was doorbreken als filmster. Een gespeelde held zijn. Daarom ging hij naar de sportschool en zat hij op dansles. Hij was begonnen met kickboksen en volgde acteerlessen. Hij wilde gewoon overtuigen als held. Iemand die in staat was het mooie meisje het hof te maken, de schurken te bestrijden, het recht te beschermen, de rechtschapenheid hoog te houden. Maar dan wel in de gespeelde wereld. De bestrijding van het kwaad in de echte wereld liet hij over aan mensen die moreel hoogstaander waren dan hij.

'We moeten hier echt vanavond weg,' zei Rishi nogmaals.

'Ik moet een vrouw spreken. Chinnathayi. Haar dochter is na een abortus in de kliniek gestorven en ze heeft misschien nog documenten en verslagen in haar bezit. Ik heb haar adres. Ik ga er na het middageten heen. Alles bij elkaar duurt het denk ik een paar uur. Zodra ik terug ben kunnen we vertrekken,' was haar antwoord.

'Waarom zou zij met je willen praten?' vroeg Rishi.

'Ze zal praten. Ze heeft een dochter verloren. Hoe kan ze niet boos en verbitterd zijn? Zodra ik haar op de band heb staan, kunnen we vertrekken. Dat beloof ik!'

Rishi voelde zijn spieren ontspannen. Het denkbeeld dat ze ergens alleen heen ging stond hem niet aan. Maar het was klaarlichte dag en binnenkort waren ze hier weg. Hij wilde niet nog een nacht in deze vervloekte plaats of dit aftandse hotel doorbrengen.

'Ik ben om zes uur terug,' zei ze terwijl ze *biriyani* aten uit een bananenblad. 'Als jij onze spullen inpakt, kunnen we gaan zodra ik terug ben.'

Hij knikte. 'Dank je,' zei hij ineens.

Ze keek hem een hele poos aan. 'Dank je,' zei ze terug.

Dat was de laatste keer dat ik Smriti heb gezien. Dat was het laatste wat ik tegen haar heb gezegd.

Ze kwamen in het begin van de avond. De jongste man en drie anderen. Ik deed open in de veronderstelling dat het Smriti was. 'Je bent vroeg,' zei ik toen ik de grendel openschoof. Ze drongen in stilte naar binnen.

'Kijk, we gaan zo,' zei ik en ik wees naar onze ingepakte bagage. 'Ik zei toch dat we weggaan. We gaan nu meteen.'

De jonge man keek me aandachtig aan. Hij maakte een nonchalant wegwerpgebaar.

Ze sloegen me in elkaar. Toen ik gilde, deed een van hen een prop in mijn mond. Op een gegeven moment gebruikten ze een mes. Ik lag ineengedoken op de grond en bij elke schop, bij elke pijnscheut bad ik om de dood. Ik dacht niet aan Smriti. Niet één keer.

Dit was geen film waarin ik de schurken bestreed en Smriti redde en het goede zegevierde.

Op dat moment wist ik hoe menselijk ik was, behept met allerlei zwakheden. Ik kon alleen maar aan mezelf denken en of ik zo zou sterven.

Ze lieten me kapotgeslagen en bewusteloos achter. Arul Raj vond me een uur later toen de hotelbediende alarm sloeg.

Arul Raj bracht me naar een ziekenhuis in een stad in de buurt. Hij liet me er opnemen. Mijn rug moest gehecht worden en ik had een gebroken pols. Inwendige blessures waren er ook. Hij zei dat ik een paar dagen onder narcose was gehouden.

Toen ik mijn ogen opsloeg, zat hij daar. Hij vroeg niet wat er was gebeurd en ik gaf geen uitleg. Hij wist het of wilde het niet weten. 'Smriti?' vroeg ik.

Hij schudde zijn hoofd. 'Ze is niet teruggekomen. Ik heb een boodschap voor haar achtergelaten bij de receptie ...'

Ik keek weg. Ik hoopte dat ze bijtijds had weten te ontsnappen. Ik leende zijn mobiel en probeerde haar te bellen. Een elektronische stem zei: 'Het nummer dat u probeert te bellen is op dit moment niet bereikbaar.' Toen was ik niet meer zo bang. Ze was vast bij de theatergroep, dacht ik. Ze is vast naar Madurai gevlucht toen ze de puinhoop in de kamer zag. Of misschien heeft iemand haar gewaarschuwd dat ze moest vluchten. Dat werd mijn toevlucht. Meer kon ik niet doen. Ik had te veel pijn om me te kunnen concentreren. Wat kon ik doen? Wat had ik kunnen doen?

Mijn neef kwam me de dag erna halen en bracht me naar Coonoor.

Toen ik een maand later terug in Bangalore was, hoorde ik over het ongeluk dat Smriti was overkomen. Het leek me beter om er niet bij betrokken te raken. Als ik haar opzocht, zou dat betekenen dat er oude wonden werden opengereten.

Naderhand zit Jak aan het bed, niet in staat zijn dolgedraaide gedachten tot bedaren te brengen, die Rishi's woorden echoën: Wat kon ik doen? Wat had ik kunnen doen? Zoekend naar boetedoening, wanhopig verlangend naar vergeving omdat hij er niet was om zijn dochter te beschermen.

De volgende ochtend wacht hij op Meera's komst. Hij heeft besloten terug te gaan naar Minjikapuram. Er was een naam in Rishi's verhaal die hem bekend voorkwam en nu weet hij waar hij hem voor het eerst heeft gehoord. Chinnathayi, de onvindbare schoonmaakster van het hotel.

Als ze tegen hem niet wil praten, zal ze dat tegen Meera doen.

VIJFDE STADIUM

HET KALME OOG

Ik heb me vaak afgevraagd waardoor een toestand van kalmte wordt weergegeven. Door de spiegelgladde zee? Door een strakblauwe lucht? Door het gezicht van een slapend kind? Door de vloeiende lijn van een kat op een vensterbank?

En dan weet ik het. Toen ik in de zomer van 2006 in Londen was, ben ik op Trafalgar Square het geruchtmakende beeld *Alison Lapper zwanger* gaan bekijken. Op weg erheen was ik erop voorbereid afkeer te voelen, zelfs boos te zijn. Wat dacht de maker, Marc Quinn, wel niet?

Maar in het wit van het marmer uit Carrara, in de roerloosheid van die vorm, in die uitbundig bolle buik zag ik meer dan een ode aan de levenskracht. Ik zag de wind die ging liggen. Ik zag de kalmte die ontstaat doordat het onvermijdelijke is aanvaard. Er zou een leven worden gebaard en daarmee zou alles veranderen. Maar voorlopig was er dit. De stilte voor de storm.

In het dagelijkse leven zullen, net als in een storm, de krachten die de aard van de gebeurtenissen bepalen vanzelf heviger gaan rondtollen als het belangrijkste moment nadert. Maar de toenemende snelheid komt niet alleen: het manische getol van de omstandigheden brengt een naar buiten gerichte kracht voort.

De wetenschappelijke term hiervoor is middelpuntvliedende kracht. In de oudheid werd dit het aanvaarden van het onvermijdelijke genoemd. Zonder die kracht, zo leert ons de wetenschap van het absolute, zou het heelal zichzelf vernietigen tot het niets.

De lucht draait rond. Steeds sneller. Je verwacht dat deze oogwand de plek is waar de allerhevigste furie van de storm zich bevindt. Ware het niet dat de kern achter de rand wacht.

Terwijl de middelpuntvliedende kracht de luchtspiralen naar buiten werkt, veroorzaakt ze een vacuüm. *Shunyata* of de materie van het niets. De wiskunde en de filosofie staven dit nulconcept.

Maar de organische wereld heeft geen plaats voor curieuze veronderstellingen. Iets is er of het is er niet; alles moet iets anders worden. Zo luidt de wet van de levende wereld. De hele natuur verafschuwt het vacuüm, elk vacuüm. Dus stroomt er vanaf de bovenkant van de oogwand wat lucht de leegte in die daardoor zinkt.

Er verrijst een wolkeloze opening van dalende lucht en licht. Dit is ook het kalmste deel van de storm. Het oog.

Prof. J.A. Krishnamurthy
De metafysica van cyclonen

Meera's ogen zoeken zijn blik.

Heb ik het in me? Wil ik bij hem zijn? Want er zal een punt komen waarop leven en tijd onomkeerbaar worden. Er zal verandering optreden. Heb ik het in me om met die verandering te leven?

Hera wist waar ze het monster dat ze had grootgebracht moest laten. Het verscheen alleen wanneer zij het ontbood. Maar Meera heeft de veelkoppige Hydra in haar binnenste grootgebracht. Telkens wanneer ze iets voor zichzelf wilde doen, verhief Hydra zich. Waarom? siste ze. Hoe kun je? Is dat niet zelfzuchtig, jezelf op de eerste plaats zetten? Geleidelijk leerde Meera hoe ze Hydra in haar grot kon opsluiten door zichzelf te laten verdwijnen in de vrouw die ze van Giri moest zijn.

Maar deze Meera is niet bang voor de sissende, veelkoppige Hydra. Ze weet hoe ze de kop van de wankelmoedigheid moet afhakken en hem diep moet begraven, zodat hij daar blijft.

Als Jak haar meevraagt naar het stadje aan zee, aarzelt ze niet.

'Ja, ik ga mee,' zegt ze. 'Maar waarom, Kitcha?' Het is vandaag een Kitcha-achtige ochtend. 'Wat wil je er gaan doen?'

Hij zit op de rand van de tafel en ze voelt zijn bovenbeen tegen haar arm. Hij haalt zijn schouders op. 'Het afsluiten,' zegt hij stellig en dan neemt hij een slokje thee uit haar kopje.

Meera's handen grijpen in elkaar. Een vrouw krijgt zelden een tweede kans. Trouwens, een man net zo zelden. Misschien is dit die van hen, van haar en hem. Van hen.

Chinnathayi krimpt ineen als ze de vreemden in haar deuropening ziet staan.

Ergens in haar achterhoofd heeft ze altijd geweten dat hij op zekere dag naar haar toe zou komen. Toen ze die eerste keer had gehoord dat hij naar Minjikapuram was gekomen, was ze weggegaan. Naderhand hoorde ze dat hij overal op zwijgen was gestuit. Zo zou het zijn. Ook haar zwijgen hadden ze gekocht. Ze moest het wel verkopen. Het leven van haar kleindochters hing ervan af en ook het hare. Voor haarzelf maakte dat niet uit, maar de meisjes zouden wees worden als haar iets overkwam. En dan zou ze tegenover haar dochter nogmaals tekortgeschoten zijn.

Ze wist dat niemand met hem zou praten. En zij had besloten hem niet de kans te geven haar te vinden, toen ze die avond wat schone kleren voor zichzelf en de meisjes in een tas deed en vlug naar de bushalte ging.

Als ze hem tegenkwam, wist ze niet wat ze zou doen. Of zeggen.

'Wat komt u doen?' vroeg ze op de man af.

De vreemde glimlacht. Een nare, wetende glimlach. 'Vreemd dat u niet vraagt wie ik ben. Wil dat zeggen dat u me herkent?'

Chinnathayi zwijgt. Vervolgens vraagt ze, ook al weet ze wie hij is: 'Oké, wie bent u? En wat komt u doen?'

Ze gaat verder het huis in. De man stapt niet over haar drempel. Hij blijft er vastberaden op staan. 'Ik ben Smriti's vader. Herinnert u zich Smriti nog?'

Chinnathayi ademt diep in. 'Hoe is het met haar?' vraagt ze zachtjes.

Zijn gezichtsuitdrukking verandert niet. 'Het was beter geweest als ze was gestorven,' zegt hij met een stem waaruit geen enkele emotie spreekt.

'Ja, het was beter geweest als ze was gestorven,' beaamt Chinnathayi en ze wendt zich af. Houdt haar gezicht in het donker. 'Kom binnen,' voegt ze eraan toe. Na dit maandenlange geweifel staat haar besluit vast.

Ze had Smriti weggestuurd, zegt ze. Chinnathayi zit met haar rug tegen de muur. Ze ziet dat de man en de vrouw niet gewend zijn om op de grond te zitten. In tegenstelling tot het meisje.

Smriti had met gemak op de vloer gehurkt om met Vana en Kanaka, haar kleindochters van negen en zeven, te spelen. 'Ik heb tegen haar gezegd dat ik haar niets kon vertellen,' zegt Chinnathayi weer.

'Maar waarom kwam ze naar u?' vraagt de vrouw die met Smriti's vader is meegekomen. 'Wat voor informatie had u haar kunnen geven die ze niet al had?'

'Mijn dochter is gestorven. Ze was bijna vijf maanden zwanger toen haar dokter haar vroeg een echo te laten maken. De dokter zei dat ze er zeker van wilde zijn dat alles in orde was. Waarom moet dat? vroeg ik. Heb ik een echo laten maken toen ik mijn kinderen kreeg? Maar haar echtgenoot wilde per se dat we deden wat de dokter vroeg, en hij zei dat we naar de Meenakshi-kliniek moesten gaan. Hij was degene die het geslacht van de baby wilde weten.

De echodokter zei dat het kind een meisje was. Haar echtgenoot liep weg zonder iets te zeggen.

Op weg naar huis vroeg mijn dochter of ik haar vroedvrouw wilde zijn. Ik wist wat ze wilde. "Nee," zei ik. "Dat doe ik niet meer. Toen je voor de tweede keer zwanger raakte, heb ik gezworen dat ik nooit meer vroedvrouw zou zijn."'

Chinnathayi klinkt schor.

'Ze huilde en smeekte. Maar ik wilde niet luisteren. Ik dacht dat ze erover zou ophouden als ik volhardde. Haar echtgenoot maakte een afspraak voor een abortus. Ze zeiden er niets over tegen mij. Ik wist het toen ze mijn dode dochter thuisbrachten.

Nu zit ik met de vraag. Als ik haar vroedvrouw was geweest,

had ze me gevraagd dat leven te beëindigen. Dat had ik namelijk al eens gedaan. Dan zou mijn dochter nu nog leven. Ze zou ongelukkig zijn, maar wel leven.'

Chinnathayi pakt haar tabaksbuidel en zwijgt even. 'Uw dochter had over mijn dochter horen praten ... Ze wilde weten wat er precies was gebeurd. Maar ik heb haar weggestuurd. Mijn dochter is dood, wat valt er nog te praten, zei ik tegen haar.'

Jak gaat verzitten. Door het hurken is zijn been gaan slapen. Hij kijkt naar Meera, die er geschokt uitziet. Bang zelfs. En dan heeft hij wroeging. Wat richt hij aan door Meera hierin mee te slepen? Hij heeft enkel aan zichzelf gedacht: de echte verschrikking van Smriti's laatste uren wachtte in Minjikapuram en hij moest zich ergens achter kunnen verschansen. Hij is onnadenkend en zelfzuchtig geweest. Hij merkt hoe zijn hand naar die van Meera tast.

'Maar daarmee was het niet afgelopen,' zegt hij.

Chinnathayi knikt. Met een zucht strekt ze haar benen. Haar voetzolen zijn gebarsten en er zitten diepe groeven in de onderkant. Ze wriemelt een paar keer met haar tenen. 'Nee, daarmee was het niet afgelopen.'

Kort nadat Smriti was weggegaan, kwamen ze naar haar huis. 'Waar is ze?' vroeg Srinivasan.

Chinnathayi deed alsof ze niet wist wie hij bedoelde. 'Wie? Mijn kleindochters? Die zijn hier ... Vana, Kanaka, kom eens hier.'

Srinivasan keek met priemende blik naar de meisjes. 'Speel geen komedie, Chinnathayi. Is het meisje hier geweest? Saravana heeft haar gezien.'

Chinnathayi verbleekte bij het horen van de naam van haar schoonzoon. De kliniek had voor zijn zwijgen betaald toen haar dochter stierf. Hij werkte er nu als bewaker. Hij zag in hen niet de slachters die ze waren. De moordenaars die zijn vrouw hadden gedood. In plaats daarvan was hij hun hond. Hun loyale, hielenlikkende hond. De onderdanige, gewetenloze khoodi die hij was.

'O, hij. Hij is een zuipschuit. Hij ziet zijn elleboog aan voor zijn knie.'

Srinivasan fronste zijn voorhoofd. Hij begreep heel goed waar ze op doelde. 'Saravana vergist zich misschien, maar anderen hebben haar deze steeg in zien lopen. Zij herinneren zich haar maar al te goed. Hoeveel meisjes in onze stad vertonen zich in een spijkerbroek?'

'Hè? Dat meisje?' Chinnathayi maakte een wegwerpgebaar. 'Waarom hebt u dat niet meteen gezegd? Ze is weggegaan. Ongeveer een uur geleden.'

'Weet je hoe je haar kunt bereiken?'

'Hoe moet ik dat weten? Ik weet niet eens hoe ze heet.'

Kanaka was degene die alles eruit flapte. Ze had de woordenstroom gehoord tussen *paati* en de oude man die er als een bovenmeester uitzag. Ze zag hoe bang paati was. Waarom maakte paati zich zo'n zorgen? Zij wist hoe ze kon helpen.

'*Aiyah*, aiyah!' piepte ze. Een klein vogeltje met een grote snavel. 'Ik weet het!'

Ze voelde dat Vana haar kneep. Ze wist dat Vana het haar niet gunde dat ze als eerste iets zei. Vana kneep haar voortdurend. Ze praatte te veel, zei zowel paati als Vana. Maar deze keer ging ze het voor paati in orde maken. 'Aiyah! Ik weet hoe die akka heet. Ze heet Smriti en kijk, ze heeft ons dit papiertje met haar nummer gegeven. Ze zei: je moet paati zeggen dat ze met mij moet praten en als zij dat goedvindt, bel je me op dit nummer. Dan breng ik als ik kom een pop en snoepjes mee, zei ze.' Kanaka's woorden galmden na in de plotseling doodstille kamer.

Srinivasan boog zich naar voren om Kanaka's hoofd te aaien en nam het strookje papier uit haar hand. 'Slimme meid! Je bespaart me een hoop moeite. Hier, Selvam, geef haar eens een briefje van twintig roepie. Koop er maar *thenkuzhal* voor. En niet alles in één keer opeten, hoor. Dan word je ziek. Ook wat aan paati en je zus geven, afgesproken?'

Kanaka knikte blij.

'Die akka zei dat ze vanavond vertrekt. Ze heeft met haar telefoon foto's van ons gemaakt,' voegde ze eraan toe, blij met alle aandacht die ze kreeg. Ze glimlachte aan één stuk door.

Srinivasan stak zijn hand uit naar Selvam.

Aan de telefoon zei Chinnathayi wat Srinivasan haar had gevraagd: 'Ik heb nagedacht over wat je zei. Ik geef je de papieren, het echorapport, alles. Maar ze mogen niet zien dat je hierheen komt, en ook niet dat ik naar het hotel kom. Dat is te gevaarlijk. Kom maar naar het strand. Naar het lege stuk bij het bosje kasuarbomen, vlak voor de visserskolonie. Om zes uur ben ik daar. De schemering is het beste. Dan heeft niemand ons in de gaten.'

'Bedankt. Bedankt. Het is zo edelmoedig wat u doet!' hoorde ze Smriti in haar oor zeggen.

'Doe haar geen pijn, aiyah!' hoorde ze zichzelf smeken. 'Het is een jong meisje. Een jong meisje dat niet weet wat ze doet. Ze vertrekt later vandaag. Laat haar alstublieft met rust!'

Srinivasan glimlachte. 'Ik ben geen gangster. Wat denk je dat we met haar gaan doen? Ze krijgt van ons de aanpak die ze verdient. Meer niet. En zet nu dit gesprek uit je hoofd.'

Chinnathayi knikte langzaam. Ze kon niets doen.

Als er een God was, zou hij zich over haar ontfermen. Maar ze wist dat God soms zijn ogen sloot als het om vrouwen ging.

Shanta had haar laten komen toen de eerste baby zich aandiende. Mijn moeder heeft veel baby's op de wereld gezet, ze moet mij ook helpen met die van mij. Ze moet bij me zijn, had ze aangedrongen toen haar schoonmoeder wilde weten waarom. Chinnathayi had gezegd dat ze alleen zou komen als Shanta's schoonmoeder haar erbij wilde hebben.

'Is het een jongen?' jammerde Shanta.

'Een meisje! Een mooi meisje,' zei Chinnathayi terwijl ze bedreven het stompje van de navelstreng afbond en het kindje in een katoenen doek inbakerde.

'O!' zei Shanta, die haar schoonmoeder niet aan durfde te kijken.

'Dat was een fraaie bevalling!' zei de vrouw. 'Ik dacht dat je zei dat ze een gelukbrengende hand had,' zei ze. 'Ik dacht dat ze ons huis een jongen zou brengen. Ik zei nog tegen je dat ik de vrouw zou laten komen die Saravana en zijn broers op de wereld heeft helpen zetten, maar jij wilde je moeder en niemand anders.'

Chinnathayi wijdde zich zwijgend aan de verzorging van moeder en kind. 'God beslist. Hoe kan een vroedvrouw daaraan tornen?' zei ze toen.

Maar de vrouw schudde onverbiddelijk haar hoofd, niet bereid zich te laten vermurwen. 'In deze familie hebben we altijd jongens gehad. Dit is de eerste keer dat er in dit huis een meisje is geboren.'

'Meisjes zijn nu eenmaal ook nodig. Anders zou het menselijk ras uitsterven. Stel dat jouw moeder en de mijne zo over ons hadden gedacht? Ik was zo gelukkig toen mijn Shanta was geboren,' zei Chinnathayi zachtjes.

'Misschien. Maar onze familie heeft aan meisjes geen behoefte. Die moet iemand anders maar krijgen. Wat mij aangaat zijn ze een last, in één woord een last.'

Later was Shanta het daarmee eens. Haar kindje zoog uit alle macht aan haar borst. Maar ze had maar weinig melk. Het voortdurende gebrul van het hongerige kleintje echode door het huis en door haar. 'Ze heeft gelijk. Meisjes zijn een last. Kijk dit schepsel eens. Dit nutteloze zwerfkind vindt het heel gewoon om de hele dag melk te willen.'

Chinnathayi nam de baby in haar armen en wiegde haar zachtjes. 'Niet zo hardvochtig zijn,' berispte ze haar dochter. 'Wat weet dit kindje nou? Wat je schoonmoeder betreft, die is teleurgesteld,' troostte ze Shanta. 'De volgende keer, als je een jongen krijgt, is ze dolgelukkig, let op mijn woorden!'

'Maar stel dat het geen jongen wordt?'

Toen Shanta's tweede baby zich aankondigde, plande Chinnathayi het zo dat ze laat arriveerde. Laat iemand anders maar vroedvrouw zijn, dacht ze. En weer was het een meisje.

'Wat moet ik nu doen, amma?' snikte Shanta.

Chinnathayi wist niet hoe ze haar moest troosten. Daar dacht ze nu aan terwijl ze haar mat uitrolde en er ineengedoken op ging liggen. Het was drie uur 's middags, maar Chinnathayi werd door een grote moeheid overmand. Ze wilde alleen maar haar hoofd op het kussen leggen en haar ogen een poosje sluiten.

In de plooien van de sari lag het te wachten. Een piepklein pa-diekorreltje. Een babynageltje rijst. Glanzend. Goudkleurig. Een gevulde korrel. Met een spits toelopende punt aan de uiteinden. Chinnathayi deed het zakje open waarin ze het handjevol padie bewaarde. Ze haalde er een korreltje uit dat ze aandachtig bekeek. Ze wreef met haar vinger over de zijkant. Het was door het drogen schelpachtig bros geworden. De uiteinden waren net dolken. Maar toch moest ze de scherpe punt controleren. Er konden geen fouten worden gemaakt. Ze drukte met het zachte deel van haar duim op het uiteinde van de padie. Een druppel bloed.

Chinnathayi's ogen rustten op die van het meisje. Dat stond ze zichzelf elke keer toe. Jij bent degene die moet kiezen, liet ze haar ogen dan tegen het meisje zeggen. Ik weet wat mij is opge-dragen. Ik weet dat ik voor die handeling en voor mijn zwijgen word betaald. Maar als jij niet wilt dat ik het doe, doe ik het niet.

De ogen van het meisje waren dicht. Chinnathayi keek een hele poos naar haar. Het meisje sliep niet. Ze wist dat ze zich achter die gesloten oogleden verborg. Chinnathayi wilde niets zeggen. Ze wilde zelfs niet door een zucht laten merken dat ze wachtte.

En toen zag ze de traan die uit de ooghoek van het meisje drupte. Een traag kronkelende traan, nat van wroeging en zelf-haat. Het zout van de berusting. Doe wat je moet doen. Het is de enige manier.

Chinnathayi werd zoals altijd met een schok wakker, met ge-brul in haar hoofd en een brandende keel. Tientallen bonzende snijwonden. Alsof iemand de binnenkant van haar keel met een scheermes in plakjes had gesneden. De droom was elke nacht dezelfde. Een gedrocht dat haar slaap en die paar uurtjes rust om zeep bracht. Het deed er niet toe hoe vaak ze tegen zichzelf zei dat het allemaal verleden tijd was. Het brullende kind ver-stoorde haar slaap. Al die kleintjes met hun wijd opengesperde monden en trappelende beentjes. En tussen hun openstaande kinderdijen het minuscule spleetje. De stille mond die hen di-rect bij hun geboorte had veroordeeld.

'Wat is het? Wat is het? Zeg het ...' eisten de stemmen van hen die wachtten tot de onderste helft van het lijfje tevoorschijn kwam.

Chinnathayi's kleindochter stootte haar aan. 'Paati, paati ... wat is er?'

Chinnathayi staarde naar het meisje zonder iets te zien. 'Hoe laat is het?' vroeg ze zachtjes.

'Bijna vijf uur,' fluisterde het meisje, dat bang werd van de bezeten glans in haar grootmoeders ogen.

'Breng Kanaka naar Rajeswari hiernaast. Zeg erbij dat we laat terug zullen zijn. We komen haar ophalen zodra we er weer zijn,' zei Chinnathayi terwijl ze de mat oprolde. Haar armen en benen deden pijn en haar hoofd was zwaar. Er trok een rilling door haar heen en de binnenkanten van haar oogleden waren warm en pijnlijk. Ze voelde zich alsof ze koorts zou krijgen.

'Waar gaan we naartoe, paati?' vroeg Vana in de bus die hen naar de andere kant van de stad bracht.

'Nergens in het bijzonder,' zei Chinnathayi en ze stak een pluk tabak in haar mond. Vana keek uit het raam. Als paati haar mond vol tabak deed, betekende dat dat ze geen zin had om te praten.

Met haar tong maakte Chinnathayi een bal van de pruim en duwde hem tegen haar wang. Het sap schroeide haar mond en legde de talloze demonen die in haar hoofd amok maakten het zwijgen op. Ze vertrouwde Srinivasan niet. Ze zouden het meisje niet zo makkelijk laten gaan. En Chinnathayi voelde zich verantwoordelijk. Hoe kon die domme Kanaka er alles uitflappen? Maar ze was tenslotte nog maar een kind. Een onhandig kind misschien, maar hoe kon Chinnathayi haar iets verwijten? Ze had behoedzamer, zorgvuldiger moeten zijn in haar aanpak van het meisje en Srinivasan.

En toen schoot Chinnathayi opeens iets te binnen. Waarom had ze er niet aan gedacht om Smriti te bellen en haar te waarschuwen? Haar te vertellen dat het allemaal doorgestoken kaart was?

'Weet je het nummer van die akka nog?' vroeg ze aan Vana. Het meisje knikte. 'Het zit in mijn hoofd,' zei ze.

Chinnathayi keek wanhopig om zich heen. Een bejaarde man had een mobiele telefoon in zijn zak. 'Aiyah, ik moet dringend iemand bellen. Mogen wij alstublieft uw mobiel gebruiken?' Vana zei het nummer tegen hem. Hij fronste zijn voorhoofd. 'Dat is een interlokaal nummer.'

'Ik vergoed alle onkosten,' zei Chinnathayi vlug.

Hij drukte de toetsen in en hield het toestel bij haar oor. Toen probeerde hij het nog eens. 'Hij gaat niet over. Degene die u belt heeft geen bereik. Hebt u een ander nummer?'

Chinnathayi voelde de maalstenen over elkaar wrijven. Van het besef dat de krachten die hier heersten haar te boven gingen.

In de schemering krijgt de zee in het oosten een typische tint. De stervende cirkel van de zon zweeft boven een andere horizon. De van licht beroofde wereld zakt weg in misvormde schaduwen en donkere vlekken. Deze kust was door de tsunami getroffen. Een wat noordelijker gelegen baai en een rivierarm net ten zuiden van de stad hadden deze voor de ondergang behoed. Het toestromende water had het land er verzwolgen, maar Minjikapuram was de dans ontsprongen zonder al te veel levens of bezittingen kwijt te raken. Wat wel veranderd was, was de kustlijn. De zandbanken waren weggevreten en het strand lag nog bezaaid met wrakgoed uit het water. Drijfhout en roestig metaal, alles wat de zee niet meer wilde hebben. Het viel allemaal in het niet bij een enorme stronk verwrongen hout, de stam van een dode boom uit een of ander ver land.

Chinnathayi en Vana liepen vlug over de weg. Zou ze er al zijn? Of zou een kracht in haar binnenste haar hebben gewaarschuwd voor wat haar wachtte?

Ze zagen haar al van verre. Ze stond een eindje van de boomstam vandaan met haar gezicht naar de golven. 'Kijk, paati, daar is akka.' Vana's stem klonk luid van opwinding.

'Sst!' waarschuwde Chinnathayi haar. 'Stil zijn. We moeten naar haar toe en haar met ons mee terug laten gaan voor er iemand anders komt.'

Uiteindelijk kon Chinnathayi alleen maar toekijken. Haar af-schuw smoren door de punt van haar sari in haar mond te prop-pen en Vana's gezicht tegen haar zij aan te duwen zodat het kind niets zag, niets hoorde.

De drie gespierde mannen. De arrogantie waarmee ze op Smriti af liepen. Een van hen maakte een gebaar. Een andere stak een sigaret op. En de derde stond erbij, met zijn armen over elkaar en zijn hoofd schuin. Chinnathayi had mannen gezien die zo'n houding aannamen. Als ze bij de slager een karkas aan een haak bekeken, of de rij geitenkoppen op het hakblok met hun dode, nietsziende ogen. Wat zal het zijn, koteletten of her-senen? Eén ding was zeker, ze zouden niet zonder vlees weg-gaan.

Ze stond er zonder te kunnen geloven wat ze zag. Deze mannen waren beesten. Ze rukten aan het meisje en hoe meer ze schreeuwde, hoe meer hen dat blijkbaar opwond. Zelfs vanaf waar zij stond kon ze de angst van het meisje voelen. Ze roken bloed. En Chinnathayi wist dat ze het meisje niet met rust zou-den laten, hoezeer ze ook smeekte of om genade vroeg. Ze was hun prooi.

Chinnathayi dacht dat ze alles had gezien. De verdorvenheid van de menselijke geest in al haar verwrongen gedaanten. Maar niets had haar hierop voorbereid, op het genoegen dat de angst van het meisje hun bezorgde. Tot het moment dat ze stierf zou ze de lach niet vergeten die over het strand echode toen het meisje probeerde te vluchten en zij haar omsingelden, wetend dat ze niets kon doen om aan hen te ontkomen, aan hun laag-hartige geest en lichaam.

Vlucht, vlucht, bad Chinnathayi. Maar Smriti wilde niet. Ze stond druk te gebaren. Wat zei ze tegen hen? Wat vertelden zij haar? De wind slokte de woorden op.

De derde man, de slager, was degene die haar met een plotse-linge beweging omverduwde. Ze torenden boven haar uit toen Smriti overeind probeerde te krabbelen.

Niet doen, alsjeblieft niet doen. Chinnathayi's mond ging wijd open, maar er kwam geen geluid uit. De angst drukte elk snippertje fatsoen dat ze had de kop in. Als ze zichzelf zou verraden, viel niet te zeggen wat ze met haar en de meisjes zouden doen.

En zo was een verstomde Chinnathayi getuige van het gemak waarmee ze Smriti in bedwang hielden en haar sloegen. Het terloopse verwijderen van haar kleren. De kreet van angst die een reeks gillen werd toen ze haar een voor een, snel en systematisch penetreerden.

Alsof dat niet genoeg was, draaide een van hen haar met zijn voet om. De anderen lachten luidkeels. Een horde kraaien in de schemerdonkere lucht.

Terwijl de anderen toekeken en aanmoedigden, drong hij ook van achteren bij haar naar binnen. Het meisje deed een poging hem af te schudden, trachtte weg te komen, vond de kracht om op handen en voeten over het zand te kruipen. Hijgend. Kokhalzend. Snikkend. In een poging te ontsnappen. De donderende, verraderlijke zee wachtte, maar alles was beter dan wat deze roofdieren haar konden aandoen.

En toen kwam de monsterlijke koning van het afval, de enorme, verwrongen boomstam die op zijn zij lag, op de golf omhoog en sloeg tegen haar hoofd.

'Wat ga je nu doen?' vraagt Meera.

Ze zitten op het balkon van hun kamer. Een kamer met uitzicht op zee in een exclusief hotel, compleet met sfeervolle details voor de opmerkzame reiziger.

Jak neemt een slok van zijn borrel. Het ijs rinkelt in het glas. 'Ik weet het niet,' zegt hij.

Het was bijna donker toen ze van het huis van Chinnathayi terugkwamen. Jak noch Meera was in staat geweest iets te zeggen. Hij had tijdens de hele rit haar hand vastgehouden. Het was Meera die hem aanspoorde op het balkon te gaan zitten en bij de roomservice de borrels en het avondeten bestelde. Het was Meera die zijn borrel inschonk en die in zijn hand drukte.

'Wat kan ik doen?' Zijn stem breekt.

Dit had mijn Nayantara kunnen zijn, denkt ze. Als het mijn kind was geweest, hoe had ik het dan kunnen verdragen? Dit alles en de wetenschap dat ze gevangenzit in een bevroren wereld met weerzinwekkende beesten en gevleugelde monsters. Dat haar laatste bewuste gedachte een smeekbede moet zijn geweest.

'Waarom houden we zoveel van onze kinderen?' In het donker snijdt zijn stem door haar heen.

Ze schudt haar hoofd en fluistert: 'Ik zou willen dat ik het wist, Kitcha. Ik zou willen dat ik je kon vertellen dat er een andere manier is om van onze kinderen te houden, een betere dan deze. Ik vraag me soms af of dat de reden was dat de mensen vroeger meer kinderen hadden. Uit zelfbehoud. Wanneer je jezelf over zoveel anderen moet uitspreiden, word je niet zo overrompeld.' Meera zwijgt als ze zijn schouders ziet schokken.

Zijn pijn vervult haar met smart. Het is niet het verdriet van iemand die getuige is van het leed van een gekwelde ziel. Het is Kitcha zelf. De omvang van zijn verdriet. Hoe kan deze man in zo'n korte tijd zoveel voor haar zijn gaan betekenen?

'Kitcha, Kitcha ...' zegt ze. Ze strekt haar vingers uit naar die van hem.

'Ik heb me nog nooit zo alleen gevoeld. Zo beroofd. Zo verslagen,' huilt hij tegen haar wang.

Ze knijpt haar ogen stijf dicht. Maar er drijft een beeld langs van Smriti met haar mond open in een dierlijke schreeuw. Als het Nayantara was, dan ... 'Nee, nee,' zegt ze, net zo goed tegen zichzelf als tegen hem. 'Zo moet je niet denken. Je moet flink zijn. Je moet sterk zijn.'

'Als Smriti als baby niet wilde slapen, haalde ik haar uit de wieg en ging ik met haar lopen. Ik hield haar tegen mijn borst en wiegde haar elke nacht. Zolang ik haar tegen me aan hield, geloofde ik dat ze veilig was. Dat haar niets zou overkomen. Hoe heb ik dat kunnen vergeten? Hoe heb ik haar kunnen laten gaan?'

Meera probeert niet te denken aan de uitdrukking die ze telkens in Nayantara's ogen zag opflitsen als ze haar weerhield van een impulsieve actie. De vijandigheid, de afkeer. Uiteindelijk was ze altijd bezweken en gaf ze haar haar zin, alleen maar opdat haar kind naar haar zou glimlachen.

'Kitcha, er is geen juiste manier. We kunnen alleen maar hopen dat we goed zijn voor onze kinderen en dat ze het ooit zullen begrijpen. En dat alles ten slotte goedkomt ...'

'Bij Smriti is zelfs dat er niet. Er is niets om naar uit te kijken.' Zijn stem klinkt vlak, zijn ogen zijn dicht.

Heel omzichtig en licht omvatten Meera's handen zijn gezicht. Langzaam buigt ze voorover en drukt haar lippen op zijn oogleden.

Ze voelt zijn ogen onder haar lippen bewegen. Weer denkt ze aan wat hij moet zien. Het geschonden kind. Zijn verloren dochter. De breuk met de eeuwigheid. Want is dat niet wat ze voor ons zijn? Kinderen, onze kinderen. Een lijn die ons voorbij morgen brengt.

Meera schudt de droefheid af die haar dreigt te verzwelgen. Haar lippen bewegen, onderzoeken de omtrekken van zijn gezicht. Zachtjes, o zo zachtjes ...

Hij voelt hoe iets zijn diepste wezen omarmt. Zo'n tederheid. Zo'n zoetheid. Wanneer heeft hij voor het laatst zo'n troost gekend? Ze laat het kusjes op hem regenen. De milde namiddagregen die het verleden wegspoelt. Hij voelt zich gereinigd, springlevend, en zoals het leven zich roert onder de lichte maar aanhoudende druk van de regen op de aarde, is er in hem een beweging, een ontwaken, een voorzichtig begin van mogelijkheden.

Als hij haar omhelst is dat met een heftigheid die, naar hij hoopt, alles zegt waar hij geen woorden voor heeft. Ze doorziet hem. Daar is hij in elk geval zeker van. Misschien zal hij op zekere dag de woorden vinden. Maar op dit moment heeft hij alleen wat hij tegen de welving van haar hals fluistert: Meera, o Meera, mijn Meera ...

Andere mensen waren een raadsel voor Meera. Dat waren ze altijd al geweest. Giri had haar in de begintijd van hun huwelijk geplaagd: 'Bestaat er nu echt niemand anders voor je dan je familie?'

Ze had ernstig haar hoofd geschud. Nee, nee, niemand, maar jij nu wel.

Pas daarna, veel later, had hij zijn ogen toegeknepen en geringschattend, met heimelijke bewondering gezegd: 'Andere mensen bestaan niet voor je, zo is het toch?'

Tegen die tijd wist Meera wel het een en ander over de levens van andere mensen. Hoe ze woonden. Wat ze aten. Met wie ze sliepen. En met het vertrouwen van iemand die een moeilijke puzzel had gelegd, kaatste ze hooghartig terug met een: 'Ik weet niet wat je bedoelt. Ik weet alles over iedereen die jij en ik kennen, met inbegrip van iedereen met wie je werkt. Wie bestaat er dan niet voor me?'

Maar Meera wist dat ze de mensen nog steeds niet begreep.

Ze dacht dat ze Jak had doorgrond. Deze man die zeegezichten schildert van volslagen kalmte of zware stormen, wiens muzikale voorkeur van oude Tamil liedjes overspringt naar Barry White, Cat Stevens en Leonard Cohen; die XL draagt omdat elke vorm van opsluiting hem verstikt. Ze weet dat zijn geest naar gebieden snelt die zij nooit zal kunnen begrijpen. Dat hij zijn heftigheid verbergt en daardoor een grote, gelijkmoedige man lijkt met onbestemde sympathieën en antipathieën, moeilijk te duiden, moeilijk te vatten. Van hem houden zal frustrerend zijn en zelfs zijn doel voorbijstreven, en dat maakt haar bang. Maar als zijn 'O, Meera, Meera' haar omspoelt, is ze evengoed van slag.

Ze wordt er opgewonden van. Het maakt dat ze zich tot hem wendt met een haar tot nu toe onbekende, gulzige honger.

'O, Jak!' fluistert ze. 'Of moet ik Kitcha zeggen ... Ik weet niet eens welke naam ik moet gebruiken!'

'Dat geeft niet, zolang je maar weet dat ik het ben.' Zijn vingers bewegen alsof hij alles aan haar vanbuiten moet leren door alleen die aanraking. 'Ik heb je zo nodig ... O, Meera, mijn Meera!'

Meera leunt tegen hem aan.

Later weet ze precies hoe het was. Het toenemende bewustzijn, het wetende lichaam. Het liefdevol verlangen. Meera bestudeert de wijzers van de klok en daarna, door het raam, de parelkleurige tint van de hemel. Is het dag of nacht? Wanneer heeft ze dit tijdstip voor het laatst bewust meegemaakt? Dit tijdstip van slaap en meervoudige dromen waarop je diep in het kussen wilt wegzakken? Meera strijkt een haar van haar wang en draait zich op haar rug.

Dan hoort ze een geluidje in de badkamer. Meera verkrampt. Hoe moet ze zich op dit moment vertonen? Wie moet ze zijn? Meera's geest, al net zo onbestemd als het tijdstip, weifelt. Tussen slaap en waakzaamheid, opwinding en gêne, schuld en een merkwaardige luchtigheid.

Haar ogen glinsteren in het donker.

Ze had er al die jaren voor gekozen zichzelf te begraven en Hera, de perfecte echtgenote, te zijn. Wanneer Zeus haar lichaam wenste, gaf zij daaraan gehoor. Hij hoefde haar maar te nemen; ze vroeg zich nooit af of ze verlangens kon koesteren. Domme Hera die dacht dat mannen van de geslachtsdaad genoten en een vrouw zich alleen maar hoefde te schikken. Toen Teiresias, die als man én als vrouw seksueel genot had gekend, het daar niet mee eens was, werd ze woedend. Hoe was het mogelijk dat op een genotsschaal van een tot tien, vrouwen de negen bereikten en mannen slechts de één?

Voor die lasterlijke uitspraak sloeg ze hem met blindheid. Maar dit is Meera, die de schellen van haar ogen, van haar verlangens heeft weggenomen.

Wat zal Vinnie zeggen als ze erachter komt? Een glimlach tooit haar gezicht. Vinnie zal het niet bepaald goedkeuren. Nee, ze blijft niet stilstaan bij wat Vinnie misschien zal zeggen. Ze bedenkt daarentegen wat Vinnie in haar plaats zou hebben gedaan. Zou ze net als zij zo liggen? Bang en in angstige afwachting van het moment dat hij de badkamer uit komt. Of zou ze het bedlampje aanknippen? Tegen de kussens op het bed gaan zitten met de lakens nonchalant om haar borsten en dijen gedrapeerd. De kat die de room heeft opgesmikkeld, maar niet vies is van een nieuwe portie. Zou ze haar haren losschudden en verlangend roepen: 'Waar ben je?'

Zou ze zoveel moed kunnen verzamelen? Meera's tenen duwen tegen het opgefrommelde hoopje nachthemd. Ze gaat zitten en trekt het in één snelle beweging over haar hoofd. Moet ze net doen of ze slaapt als hij binnenkomt? Moet ze dat doen? Of moet ze dat niet doen? Wel doen? Of niet doen? Madeliefblaadjes vallen op de grond tot er één overblijft. Ze likt langs haar droge lippen en wacht. Opnieuw Meera.

Kort nadat appa was vertrokken, was Kitcha met enkele familieleden naar Rameswaram geweest. 's Morgens vroeg had Kala Chithi hem gewekt.

'Kan het niet wachten?' had hij slaperig gejammerd.

En Kala Chithi had gefluisterd: 'Kijk naar de lucht, Kitcha, het wordt algauw dag. We moeten bij de tempel zijn voor de zon op is. Dat is de gewoonte.'

Kitcha had naar de nacht met zijn grijze onderbuik gekeken en zich afgevraagd of er iets nog fascinerender kon zijn. En waarom een god de zon meed.

Sindsdien had Kitcha de wekker op drie uur gezet en tot grote consternatie van zijn tantes werd hij de hele week dat ze er waren elke dag op dat tijdstip wakker om het hemelse licht te bestuderen. 'Laat hem een paar sterrenbeelden zien,' adviseerde een oom. 'Wat ziet die jongen in de lege lucht?'

Maar dat wilde Kitcha helemaal niet. 'Nee, nee.' Hij schudde zijn hoofd en keek vastbesloten weg.

De anderen trokken een gezicht. Hun gedachten werden door afkeuring beheerst. Net zijn vader. Koppig als een ezel. Alles moest op zijn manier!

Alleen Kala Chithi begreep het. 'Laat hem toch!' zei ze met haar zachte stem die een ijzeren wil verborg. 'Misschien heeft hij gelijk. Als je eenmaal weet wat er te weten valt, waar is de betovering dan?'

En zo zag Kitcha alles wat hij wilde van de drie uur oude lucht. Van een licht dat niets van de zon had. Van de zee die in de lucht weerklonk. Van een wereld die boven en onder hetzelfde was, terwijl het ertussenin in zijn dertienjarige wereld chaos was.

Kitcha in de badkamer – alleen is hij nu Jak – speurt de hemel af via de ventilatorlatjes. De parelmoeren glans. Die hem net zo verrukt als toen. Een eindeloos uitzicht op mogelijkheden. Hij vraagt zich af of dit het moment van de waarheid is waar appa over sprak.

Dan hoort hij gedempte geluidjes in de kamer achter hem. Zijn hand blijft even op de kraan liggen.

Jak staat in de deuropening. Ze doet alsof ze slaapt. Hij ziet het aan de manier waarop ze haar lichaam houdt, zich bewust van elke keer dat hij ademhaalt. Hij gaat naast haar zitten. Hij ziet geamuseerd dat ze haar nachthemd heeft aangetrokken. Hij tast op het bed en vindt zijn boxershort. Hij doet hem aan en raakt vervolgens het puntje van haar neus aan. 'Je kunt je ogen nu wel opendoen,' mompelt hij zachtjes. 'Ik ben aangekleed. Aangekleed genoeg.' Hij lacht.

Haar ogen gaan opeens open. Hij ziet de gegeneerde blos. Weer wordt hij door die plotselinge tederheid bevangen. 'O, Meera, Meera,' zegt hij zachtjes.

Jak buigt zich over haar heen en legt heel zachtjes zijn wang tegen de hare. Hij duwt zijn gezicht tegen de zijkant van haar hals. 'Kom,' fluistert hij. 'Kom mee naar de lucht kijken.'

Hij trekt haar overeind, uit bed, en brengt haar naar het raam. Hij neemt haar hand in de zijne. Ze laat haar hand daar even liggen en verstrengelt dan langzaam haar vingers met de zijne. Buiten deint de lucht en de wolken verschuiven.

Ze hoort hem fluisteren, half hopend, half met een nieuwe verwondering. 'Ik moet afmaken wat Smriti is begonnen. Hoe kan ik dat niet doen, Meera? Herinner je je die tekst van Cohen? Over het luiden van klokken die nog geluid kunnen worden ...?'

Meera zwijgt. Gisteravond lag in het verschiet. Hij reageerde op haar omhelzing, en haar manische honger was aan de zijne gewaagd terwijl ledematen en verlangens zich verstrengelden. Maar wat Meera trof was vooral de aard van de behoefte die ze stilden: twee wanhopige mensen die zich aan elkaar vastklampten. Is dat alles wat we ooit zullen hebben? Zal het ooit iets anders worden? Een duurzamer verbintenis. Een langduriger liefde.

Nu Jak in haar zijn rustpunt zoekt dat hem bemoedigt bij wat weleens een lange, frustrerende speurtocht kon worden, bekruipt Meera weer dat onbehaaglijke gevoel.

Haar hele wezen smacht ernaar toe te snellen en zich aan hem te geven. Zijn strijd de hare te maken. Hun levens en hun hoop te vervlechten. Uit het niets iets te maken.

Maar ze weet dat als ze dat doet, de Meera die ze is geworden zal verkommeren en onherroepelijk zal sterven. Ze zal er voor hem zijn, besluit Meera. Maar om zelf in leven te blijven, zal ze alle zelfzucht die in haar huist moeten opdiepen. Dat is het enige wat haar ervan verzekert dat Jak haar niet zal opslokken zoals ooit Giri dat heeft gedaan.

'Ja, dat moet je doen,' zegt ze.

Aan de stand van zijn lichaam ziet ze dat hij wacht tot ze hem haar trouw toezegt.

Maar Meera kan het niet. Nog niet. Ze kan hem niet de verzekering geven die hij van haar wil. Nog niet. Meera denkt aan haar lievelingsvrucht: de granaatappel. Aan hoe die haar het beste smaakt wanneer ze hem zaadje voor zaadje opeet, en niet wanneer ze er een handvol van in haar mond doet. Dat zal haar leidraad zijn. Van hoe er dag na dag aan de verrijzenis moet worden gewerkt.

Zodoende doet Meera wat ze kan. Ze laat haar hoofd tegen zijn arm rusten. Dit is alles wat ze nu te bieden heeft.

Misschien zal er op een gegeven moment meer zijn.

En een daarna.

Daarna ...

De man beweegt in zijn slaap. Hij is de hele nacht rusteloos geweest. Een reeks beelden volgt elkaar op in zijn hoofd. Een collage van gedachten waar hij niet graag bij stilstaat. Hij weet waar ze vandaan komen. Het rudimentaire orgaan dat geweten heet kondigt, net als zijn kleine teen en zijn stuitbeen, zijn aanwezigheid aan in deze onbekende, in drie districten gelegen bedden.

In het begin liet hij zijn hand het onderzoek op de vrouwenbuiken moeiteloos uitvoeren. Het was een gerenommeerd ziekenhuis. Het diagnostisch centrum trok veel patiëntes aan. Na een tijdje keek hij niet eens meer naar hun gezichten. Het was routinewerk. En het was beter er niet bij betrokken te raken. Alleen wanneer zich een afwijking voordeed, keek hij op van het beeldscherm om er iets over te zeggen.

Soms informeerde een aarzelende stem: 'Wat is het?'

En dan kaatste hij terug: 'Hoezo?'

Toen leerde hij de vraag met een achteloos handgebaar terzijde te schuiven. 'Het is nog te vroeg om dat te kunnen zeggen.' De eed van Hippocrates stond destijds nog vers in zijn handpalmen geëtst: *naar mijn beste oordeel en vermogen en om bestwil mijner zieken en nooit iemand kwaad doen.*

Tot de dag aanbrak dat de directeur van het diagnostisch centrum hem naar zijn kamer riep. 'Je weet waarom ze hierheen komen,' zei hij. 'Als je ze niet geeft wat ze willen, gaan ze ergens anders heen, en dat wil ik niet hebben.'

'Maar het is niet ethisch, meneer,' protesteerde hij. Nooit zal ik een vrouw een instrument voorschrijven om een miskraam op te wekken, mompelde Hippocrates in zijn oor.

De directeur keek hem bevreemd aan. 'In wat voor wereld leef je, mijn beste? Het is nog altijd hun keuze, niet jouw beslissing. En als je je targets niet haalt, laat je ons bovendien niet veel keus.'

Keuzes. Daar kwam het op neer. Van de patiënte. Van het ziekenhuis. Houden of doden. Blijven of gaan.

Hij zwichtte, zoals de directeur had geweten. Hij leerde antwoord te geven op: 'Wat is het?' Hij was niet langer een dwaas.

Hij ligt op zijn rug in het donker te staren. Ik zou er intussen aan gewend moeten zijn, houdt hij zichzelf voor. In feite bega ik geen misdrijf. Ik speel niet voor God. Ik vervul alleen mijn professionele verplichtingen.

Door die gedachte getroost voelt de man zijn ogen weer dichtvallen. Het zal gauw tijd zijn om wakker te worden, een bad te nemen en zich aan te kleden. Het wordt een lange dag.

Een man heeft zijn rust nodig.

Elders, in een kamer badend in groen licht, zweeft een gedachte door vele maanden niets, door een moeras van verdoofde cellen en weer weet ze:

Haar blauwe spijkerhemd. Het hemd van papa Jak. De parelmoeren knoopjes die in het donker glansden. Papa Jak is er. Nee, nee, het is alleen zijn hemd. Papa Jak, waar ben je?

Kijk, papa Jak, hier ben ik. Waar jij ooit bent geweest. Je wilde me nooit genoeg vertellen over je tijd hier. Misschien wilde je niet dat ik hiernaartoe kwam.

De zee, papa Jak. De zee. Ik kan hem ruiken. Het is een woeste zee. De golven beuken. Boem. Boem. Boem.

Ik wilde iets waarachtigs doen. Ik wilde wat zij deden laten ophouden. Kijk, mama, wilde ik zeggen, ik heb mijn toekomst niet vergooid toen ik besloot naar huis terug te komen ...

Weet je nog dat de kat mijn parkietje te pakken kreeg? Birdie lag op haar rug. De kat hief zijn bek op, vol druipende ingewanden. Ga weg! gilde ik. De kat staarde me grauwend aan.

Ze kwamen op me af op dat purperen tijdstip dat aan de nacht voorafgaat. Met zijn drieën. In hun blik zag ik wat er in die van de kat had geloerd.

Ik lig op mijn rug. Ik gil. Ga weg! Ik probeer ze weg te duwen. Ik gil. Papa. Papa Jak.

Catatonie onderdrukt. In een verstarde diepte versplintert een minuscuul adertje. Een zenuwcel wordt geboren. Een teen wriemelt. *Smriti. Ik ben Smriti ...*

In alles, in alles zit een scheurtje,
en zo sijpelt het licht naar binnen.
En zal alle gratie, alle blijdschap haar toekomen.
Het hele leven aan haar voeten.
Een perfecte dag.

Een notitie over Hera

Het Griekse woord Hera, dat gewoonlijk wordt vertaald als 'dame', zou ook Herwa ('beschermster') kunnen betekenen. Hera is de dochter van Kronos en Rhea. Ze bracht haar jeugd door in Arkadië, waar de Seizoenen zich over haar ontfermden. Hera's tweelingbroer Zeus verbande haar vader en maakte haar het hof. Zij wees hem echter hooghartig af tot hij zich vermomde als een verfomfaaide koekoek. Hera's medelijden was gewekt en ze nam de koekoek liefdevol in haar armen om hem aan haar boezem te koesteren. Waarop Zeus zijn ware gedaante aannam en haar verkrachtte. Hera schaamde zich zo erg dat ze niet anders kon dan met hem trouwen.

Zeus en Hera hadden een turbulent huwelijk. Vernederd en gekwetst door zijn voortdurende ontrouw nam ze vaak haar toevlucht tot meedogenloze intriges om zich te wreken. Pas als hij haar afranselde of zelfs een bliksemschicht naar haar toe slingerde, kwam er een einde aan hun voortdurende gekrakeel. Merkwaardig genoeg vertrouwde Zeus haar zijn geheimen toe en nam soms zelfs haar advies in acht. Maar haar volledig vertrouwen deed hij nooit.

Hera had diverse kinderen, maar Python baarde zij parthenogenetisch om Zeus te treiteren. Een andere zoon van haar was Hephaistos, de smid-god.

De winden waren aanvankelijk Hera's bezit en de mannelijke goden hadden er geen macht over. Haar symbool is de granaatappel, die de dood en de belofte van verrijzenis vertegenwoordigt.

Gewijzigd overgenomen uit Robert Graves, *Griekse mythen.*

Bibliografie

Bastiaans, Tamera, *Special Series: The Art of Hospitality,*
Part V, Dinner Party Etiquette, www.homecooking.about.com
Graves, Robert, *The Greek Myths: Complete Edition,*
Penguin Books Ltd, 1992
Graves, Robert, *Griekse mythen,* vert. Paul Syrier e.a.,
De Haan/Unieboek, 1999

Dankwoord

Zoals altijd zou dit boek niet zijn wat het is zonder V.K. Karthika, anker, verschansing, roer en die laatste windstoot die het boek tot het einde toe op koers heeft gehouden.

Jayant Kodkani, die wederom mijn eerste lezer en hemelse navigator is geweest.

Camilla Ferrier, Geraldine Cooke en de medewerkers van The Marsh Agency voor hun niet-aflatende steun.

Mini Kuruvilla, omdat ze werkelijk het verschil maakt bij de productie van een literair werk.

Sudha Pillai, die mij het materiaal over cyclonen heeft verschaft.

Sumentha en Franklin Bell, Francesca Diano, Leela Kalyanraman, Gita Krishnankutty, Chetan Krishnaswamy, Achuthan Kudallur, Carmen Lavin, Dimpy en Suresh Menon, S. Prasannarajan, Sunita Shankar, Rajini en Sunil, Jayapriya Vasudevan, Vishwas en Patrick Wilson, vrienden door wie alles elke dag op talloze manieren zoveel eenvoudiger aan te pakken was.

Mijn ouders, Soumini and Bhaskaran, omdat ze er voor me zijn. Altijd.

Unni, Maitreya en Sugar, het driemanschap zonder wie leven en literatuur voor mij zin noch relevantie zouden hebben.

Verklarende woorden- en namenlijst

Aishwarya Rai – Indiase actrice, voormalige Miss World
aiyah – beleefde aanspreekvorm, meneer
akka – zuster
amma – moeder
anna – broer
appa – vader
aval uppuma – pittige rijst
bandhanam – (fig.) gevangenis
banian – huisjasje
bhajan – hindoeïstisch loflied op God
bhatura – zacht, luchtig gefrituurd brood
biriyani – rijst met een milde of pittig gekruide vlees-, vis- of
    groenteschotel
bonda – zoete aardappelballetjes
brahmoupadesham – heilige inwijding
chachan – familiaire aanspreekvorm, lett. oom
chakkara pongal – zoete rijst met cashewnoten
chakravuya – spiraalvormige legerformatie bestaande uit zeven
    linies
chapatti – rond, plat brood
dal – linzen
devi – godin
dhoti – lange, van de heupen afhangende doek die het onderli-
    chaam bedekt, door Indiase mannen vaak in combinatie met
    een overhemd gedragen
Divali – vijfdaagse, religieuze viering van de overwinning van
    het licht, 'feest van de duizend lichtjes', gewijd aan de ver-
    ering van de hindoeïstische godin Lakshmi
Eashwara – de god Shiva

Gandhi Jayanthi – 2 oktober, geboortedag van Mahatma Gandhi, in India een nationale feestdag

ghats – trappen die naar een religieuze badplaats leiden

ghee – geklaarde boter

grihastha ashrama – het huwelijksleven

IIM – International Institute of Management, een prestigieuze bedrijfskundige opleiding

Janmashtami – geboortedag van de god Krishna

kal analum kanavan ... – al is hij zo hard als steen of zo waardeloos als onkruid, een echtgenoot is een echtgenoot

kanakambaram – petunia's

kanna – lieverd, schatje

Karthika vilakku – tempelceremonie waarbij lichtjes worden ontstoken; vindt plaats in november als hoogtepunt van de viering van het lichtfeest, ter ere van de god of godin aan wie een bepaalde tempel is gewijd

kathakali – traditionele podiumkunst uit het zuiden van India

Kaurava-leger – afstammelingen van de legendarische koning Kuru

kauswey – gerecht met noedels en kip

khoodi – klootzak

kirtanam – hymne

konnudu vein – ik vermoord je

Krishna – hindoeïstische god

kumkuman – kurkuma- of saffraanpoeder, gebruikt bij sociale en religieuze gelegenheden

kurta – lang katoenen hemd, met of zonder kraag

Kurukshetra – heilige stad in het noorden van India

kuzhipaniyaram – gierstballetjes

lungi – lendendoek

Madhur Jaffrey – gevierde kookboekenschrijfster

Mahabharata – klassiek epos, basis voor het hindoeïsme

masala dosa – gefrituurd, kruidig bladerdeeggerecht

mundu – lange rok voor mannen

Mylapore – wijk in het centrum van Madras

mynah – spreeuwensoort

namaste – traditionele, respectvolle begroeting

paati – grootmoeder

paav bhaji – Indiaas fastfood, bestaande uit brood met curry

pakoda – gefrituurde groente, meestal ui en pepertjes, in knapperig beslag

parpu usili – groenteschotel met linzen

pilayadi mon – lett. hoerenzoon

pongal – rijstgerecht

puja – ceremoniële offerande in huiselijke kring

pulao – schotel van gekruide rijst

Rama – een verschijningsvorm van de god Vishnu, het ideaal van de deugdzame, voortreffelijke mens

Rameswaram – bedevaartsplaats in Tamil Nadu

Saif Ali Khan – Bollywoodacteur

sambhar – kruidige groentesaus op basis van linzen

samsara – in het hindoeïsme de oneindige cyclus van dood en wedergeboorte, d.w.z. het leven op aarde

Santiniketan – stad in West-Bengalen waar dichter-filosoof Rabindranath Tagore zijn school vestigde

sanyas – vrij van verlangens

sanyasi – iemand die leeft volgens sanyas

sari pallu – het uiteinde van de sari dat over de schouder wordt geslagen

Satyajit Ray – filmregisseur

shikakai – plantaardig poeder aangemaakt met water, gebruikt als shampoo

Shivacharya – priestergeslacht uit de Shivatempels van Tamil Nadu

shloka – episch couplet uit de klassieke Indiase literatuur, gebruikt in o.a. de Mahabharata; ook nu nog de meest voorkomende versvorm in India

sir – achter de naam geplaatste beleefdheidsvorm

taluk – administratieve eenheid, meestal een aantal kleinere plaatsen, waarvan het 'hoofdkwartier' de bestuurszetel is; meerdere taluks vormen één district

Tamil Nadu – lett. 'land van de Tamils', deelstaat in het zuidoosten van India, gelegen aan de Golf van Bengalen en de Indische Oceaan; onderverdeeld in dertig districten waarvan er in dit boek een aantal wordt genoemd, zoals Coimbatore, Chennai, Dharmaputri, Madurai, Salem en Tiruvallur; de overwegend hindoeïstische bevolking, 62 miljoen mensen, spreekt Tamil

thenkuzhal – hartige, zoute, gefrituurde snack; soort chips

thoran parpu – mengsel van fijngehakte groente en kruiden om te roerbakken

tiffin – middageten, lichte maaltijd

tindi – snacks uit het zuiden van India

upanayam – religieuze overgangsrite waarbij deelnemende jongens de rest van hun leven de heilige draad dragen, het symbool voor de brahmaanse (zuivere) levenswijze

urunda kozhambu – linzenballetjes in koriandersaus

Vaidehi – echtgenote van Rama

veena – klassiek snaarinstrument, lijkt op de lier

veshti – Tamil voor dhoti, zie daar.

.